HEYNE BÜCHER

EMILY CARMICHAEL

DIE HERRIN UND DER SKLAVE

Roman

Deutsche Erstausgabe

WILHELM HEYNE VERLAG
MÜNCHEN

HEYNE ROMANE FÜR ‹SIE›
Nr. 04/80

Titel der Originalausgabe
TOUCH OF FIRE
Aus dem Amerikanischen übersetzt
von Monika Koch

4. Auflage

Printed in Germany 1994
Umschlagillustration: Mauritius/Three Dians, Mittenwald
Umschlaggestaltung: Atelier Ingrid Schütz, München
Satz: IBV Satz- und Datentechnik GmbH, Berlin
Druck und Bindung: Elsnerdruck, Berlin

ISBN 3-453-05500-4

Dezember 1654
Barbados

Prolog

Logan Steele, aus Somerset Manor stammend und noch bis vor kurzem Insasse des Gefängnisses von Newgate, wollte seinen Augen nicht trauen. Ganz ohne Zweifel war dieses Mädchen ein Trugbild, das seine gequälten Sinne narrte. Nach fünfwöchigem Aufenthalt im finsteren Bauch eines Gefangenenschiffs, schmerzte die plötzliche Helligkeit seine Augen so sehr, daß er sofort die Lider schloß und nur noch rote, tanzende Punkte sah. Gleichzeitig fühlte er, wie die tropische Sonne seine bleiche Haut zu rösten begann.

Als er schließlich ein zweites Mal die Augen öffnete, erblickte er vor dem flimmernden Hintergrund der Carlisle Bay den staubigen Marktplatz von Bridgetown, zahlreiche schwitzende Menschen – und das Mädchen. Wie gebannt hingen seine Blicke an ihr. Es war ihm gleichgültig, ob sie wirklich existierte oder nicht, solange sie nur seine Gedanken von der bevorstehenden Auktion ablenkte, wo man ihn wie Schlachtvieh zum Verkauf anbieten würde.

Das Mädchen war großgewachsen und schlank und trug ein einfaches weißes Musselinkleid, das ihre goldfarbene Haut wunderbar zur Geltung brachte. Ganz gegen die Mode hatte sie auf einen Hut verzichtet und ihre glänzenden rabenschwarzen Haare lediglich aus dem Gesicht gekämmt und im Nacken zu einem simplen Knoten geschlungen. Eine besondere Schönheit war sie nicht – aber ein faszinierender Schwan unter all den eitlen Pfauen.

Eine barsche Stimme riß ihn aus seinen Träumen. »Aus dem Weg, du Schwein!« Reglos stand er neben den anderen Verurteilten und sah zu, wie die Soldaten einen Schwarzen nach dem anderen auf eine Plattform schoben, wo der Auktionator sie mit lauter Stimme anpries. Unerträglich heiß brannte die Sonne auf seinen Schädel, so daß immer wieder rote Flecken vor seinen Augen tanzten. Er haßte sich für seine Schwäche, und er haßte den beißenden Geruch, der von den schwitzenden, ungewaschenen Körpern aufstieg.

Um der quälenden Gegenwart zu entfliehen, überließ er sich den Erinnerungen an eine bessere Zeit, die das Mädchen in Weiß in ihm wachgerufen hatte. Vor seinem inneren Auge dehnten sich die saftig grünen Wiesen von Kent, die wunderschönen Gärten im sanften Sonnenlicht. Vermutlich würde er weder Somerset Manor noch seine Brüder und Freunde jemals wiedersehen. Die britische Admiralität kannte keinerlei Nachsicht gegenüber einem Offizier, der sich der Meuterei schuldig gemacht hatte. Logan Steele hatte sein Schicksal selbst besiegelt.

Als die letzten Schwarzen die Plattform bestiegen, blickte Logan mit einem bitteren Lächeln zu dem Mädchen in Weiß hinüber. Sie sah zwar aus wie ein Engel, doch offenbar hatte sie keinerlei Skrupel, diesem Schauspiel beizuwohnen. Wie hatte er nur annehmen können, daß ihr Anblick ihm Trost spenden würde? Er war und blieb ein Narr!

In diesem Augenblick sah das Mädchen zu ihm herüber, doch als ob sie sich an seinem starren Blick verbrannt hätte, schlug sie gleich darauf die Augen nieder, wobei ein verächtliches Lächeln um ihre Lippen spielte. Als die Versteigerung der Schwarzen beendet war, wandte sie sich zum Gehen und sprach kurz mit ihrem Begleiter. Dieser Mann war ihr wie aus dem Gesicht geschnitten, allerdings war seine Gesichtshaut blasser, und außerdem schien er alle die prächtigen Stoffe zu lieben, die das Mädchen ganz offensichtlich ablehnte. Mit einer heftigen Bewegung packte der Mann das Mädchen und deutete auf die Sträflinge, die als nächste zur Plattform geführt wurden. Vehement schüttelte die Kleine den Kopf, doch da ihr Begleiter sich nicht vom Platz rührte, blieb sie ebenfalls stehen.

Die Sträflinge mußten in einer Linie Aufstellung nehmen, so daß die Käufer sie eingehend begutachten konnten. Selbstbewußt richtete sich Logan in seinen Lumpen zu voller Größe auf und ließ seine Blicke über die Menge gleiten. Den Stolz hatte man ihm bereits in die Wiege gelegt, und selbst in diesem verzweifelten Augenblick konnte er ihn nicht verleugnen.

Während der Auktionator die Vorzüge der Männer anpries, die der Lord Protector Cromwell den getreuen Kolonisten von Barbados großzügigerweise für 1,550 Pfund Zucker pro Kopf überlassen wollte, meldete sich ein unzufriedener Zwischenrufer. »Er hätte sie lieber aufhängen sollen! Diese Vogelscheuchen taugen nicht für schwere Arbeit!«

Trotz der allgemeinen Zustimmung fuhr der Auktionator unbeirrt mit seiner Arbeit fort und brachte die Sträflinge nach und nach an den Mann. Immer wieder sah Logan, wie das Mädchen bei jedem Angebot den Kopf schüttelte, doch ihr Begleiter beachtete sie überhaupt nicht und erstand den einen oder anderen Mann.

Schließlich war die Reihe an Logan. Ausführlich pries der Auktionator die außergewöhnliche Größe dieses Mannes und seine breiten Schultern. Man mußte ihn nur ein wenig aufpäppeln, um für die nächsten zehn Jahre einen starken Arbeiter zu haben. Außerdem konnte dieser Mann lesen und schreiben und war bis zu seiner Verurteilung ein angesehener Gentleman gewesen.

»Ich glaube, er ist seinen Preis wert«, tönte eine gelangweilte Stimme in die Stille.

»Soll das ein Angebot sein, Master St. John? Kein schlechter Kauf!«

Master St. John seufzte. »Einverstanden. Bringen Sie ihn zu meinem Wagen!«

Voller Verachtung hatte Logan seine Augen über die Menschenmenge schweifen lassen, doch nun blickte er zu seinem neuen Herrn hinüber und stieg spöttisch grinsend vom Podest herunter. Der Begleiter des Mädchens hatte ihn gekauft, und Logan fragte sich, ob die beiden wohl ahnten, welch schlechten Handel sie abgeschlossen hatten.

1. Kapitel

Katarina Isabella Christina St. John posierte vor einem vergoldeten Spiegel und warf dabei ihrem Bruder einen neckischen Blick zu. »Welche Vorzüge habe ich denn deiner Meinung nach, lieber Bruder, um damit irgendwelche Verehrer zu beeindrucken?« In gespielter Verachtung zog sie eine Augenbraue hoch. »Natürlich außer meines Vermögens.«

Oliver schnaubte und war nur froh, daß er normalerweise als Kapitän auf einem der Schiffe, die seiner Familie gehörten, über die Meere fuhr und nur wenig Zeit in der Gesellschaft dieser Schwester verbringen mußte! Leider hatte er sich während eines Sturms den Arm verletzt, so daß er augenblicklich für zwei oder drei Monate ihren Launen ausgeliefert war. Guter Gott! Dabei hatte er nichts weiter getan, als sie wieder einmal ans Heiraten zu erinnern.

Er zog eine verächtliche Grimasse. »Eigentlich sollte eine so kluge Frau wie du wissen, weshalb ein Mann heiratet!«

Kit lachte respektlos. »Das ist mir nur zu klar, Oliver, doch in diese Falle werde ich nicht gehen!«

»Du besitzt eine Menge Tugenden, die ein Mann in einer Frau sucht.«

»Aber ganz sicher!« stimmte Kit zu, während sie stirnrunzelnd ihr Gesicht im Spiegel betrachtete. »Zumindest die Hälfte einer der ertragreichsten Plantagen und obendrein die Hälfte der erfolgreichsten Schiffahrtsgesellschaft, die zwischen dem englischen Mutterland und dieser fruchtbaren Insel verkehrt. Das sollte tatsächlich genügen.«

Resigniert schüttelte Oliver den Kopf.

»Ich weiß, daß du es gut meinst, mein lieber Bruder, aber ich habe nicht die Absicht, mein Schicksal in die Hand eines Mannes zu legen, der lediglich an meinem Vermögen interessiert ist. Ich kann sehr gut ohne Ehemann auskommen. Vielen Dank!«

»Du tust den Männern unrecht, Kit«, beharrte Oliver. »Ein Vermögen ist nicht das Wichtigste, und die Schönheit ebenfalls nicht! Deine Werte liegen tiefer...« Als er sah, wie Kit mißmutig die Brauen runzelte, lächelte er entwaffnend. »Schon gut, schon gut! Kaum bin ich zu Hause, streiten wir schon wieder wie Hund und Katze!«

Kit setzte sich neben ihren Bruder auf die samtbezogene Sitzbank und drückte herzlich seinen Arm. »So waren wir doch schon immer, Oliver!«

Lächelnd nickte er. »Das stimmt, doch wenn du nicht so verdammt dickköpfig...«

»Und wenn du doch endlich aufhören würdest, mein Leben regeln zu wollen!«

Oliver lachte leise. »Von großen Brüdern erwartet man geradezu, daß sie sich um ihre Schwestern kümmern. Halbschwestern sind da keine Ausnahme.«

»Ich komme durchaus allein zurecht«, bemerkte Kit mit zuversichtlichem Lächeln.

»Du hast recht«, meinte Oliver und tätschelte ihre Hand, die noch immer auf seinem Arm lag. »Vermutlich sollte ich mich lieber erholen, statt mich mit meiner widerborstigen Schwester herumzuplagen!« Plötzlich wurde seine Stimme weich. »Es ist schön, wieder einmal zu Hause zu sein. Ich habe dich richtiggehend vermißt.«

»Unsinn!« Kit erhob sich und zog ihren Bruder mit sich. »Wenn du auf See bist, denkst du doch nur ans Geldverdienen!«

Lachend folgte er ihr zu den französischen Türen, die

auf die Veranda hinausführten. »Dir wird es in meiner Abwesenheit kaum anders gehen, oder?«

Mit spitzbübischem Lächeln zuckte Kit die Achseln. »Die Arbeit auf der Plantage hält mich tatsächlich hübsch auf Trab.«

»Ich denke, wir sind uns recht ähnlich. Glücklicherweise bin ich ziemlich verständnisvoll, denn welcher Mann würde schon seiner Schwester gestatten, ein solches Unternehmen ganz allein zu führen?«

»Ich dachte, dieses Thema wäre ein für allemal geklärt! Ich mische mich nicht in die Angelegenheiten der Schiffahrtsgesellschaft und habe dafür auf der Plantage freie Hand.«

Abwehrend hob Oliver die Hände. »Ich wollte dir keinesfalls zu nahe treten, Schwester.«

Sie lehnten nebeneinander am Geländer der Veranda und blickten über die ausgedehnten Wiesen, die sich bis zu einem palmengesäumten kleinen See erstreckten. Die beiden bildeten ein gutaussehendes Paar, dem man die Verwandtschaft auf den ersten Blick ansah. Dieselben rabenschwarzen Haare und dieselben dunkelbraunen Augen, dazu die typischen Gesichtszüge der St. Johns, die bei Oliver sehr markant, bei seiner Schwester dagegen fast etwas hart wirkten, um noch wirklich schön zu sein.

»Dieser Anblick entzückt mich immer wieder«, bemerkte Oliver fast andächtig, »und manchmal wünschte ich, ich könnte öfter hier sein.«

»Ich denke, du fühlst dich nur auf dem Meer wirklich zu Hause«, erinnerte ihn Kit. Dabei glitten ihre Blicke bis zur glitzernden Wasserfläche der Half Moon Bay, die sich in sanftem Bogen bis zum Horizont erstreckte und in der Ferne mit dem sanftblauen Tropenhimmel verschmolz. Dies alles war mehr als nur ihre Heimat. Es war ihr Leben. Das Haus aus korallenfarbenem Stein, mit seiner ausladenden Veranda und den lichtdurchfluteten Räumen, dazu die endlosen Zuckerrohrfelder, die Mühle, die Sklavensiedlung, die zahllosen Bäche, Rinnsale und Seen, und nicht zuletzt der dichte Wald. Jeder Zentimeter des Bodens war ihr vertraut und ebenso jeder Mensch, der für sie arbeitete. Wie gesagt, das alles war ihr Leben.

Kits Großvater, George Harold St. John, war als einer der ersten Kolonisten 1627 auf die Insel eingewandert und hatte sich mit klugem Blick den fruchtbarsten und zugleich schönsten Landstrich für seine Farm ausgesucht. Anfänglich hatte er Tabak angebaut, den er nach England verkauft hatte, doch als im Jahr 1637 der Zuckerrohranbau auf der Insel eingeführt worden war, war er einer der ersten gewesen, die sich dieser neuen Bewegung angeschlossen hatte. Durch Aufkäufe kleinerer unrentabler Betriebe war schließlich Greenhaven entstanden. Die Plantage war zwar nicht die größte der Insel, doch mit Abstand die ertragreichste.

Nach George St. John wurde sein Sohn Roger Besitzer von Greenhaven und schließlich dessen Sohn Oliver und seine heißgeliebte Tochter Kit zu gleichen Teilen, wobei allerdings festgelegt wurde, daß die Plantage immer nur von einer Hand geführt werden sollte. Da Oliver keinerlei Interesse an Greenhaven hatte und den Besitz lediglich als Geldquelle betrachtete und höchstens als Stützpunkt zwischen seinen Reisen schätzte, hatte Kit diese Aufgabe übernommen. Und natürlich hatte sie nicht die Absicht, alles an einen geldgierigen Ehemann abzutreten.

»Wird dir nicht manchmal langweilig, wenn du nur Mandy und die Sklaven zur Unterhaltung hast?« fragte Oliver ganz beiläufig.

Kit warf ihrem Bruder einen warnenden Blick zu. »Geht es etwa schon wieder los?«

»Ich will doch nicht streiten, aber ich mache mir schließlich Gedanken!«

Kit schnaubte verächtlich. »Bist du sicher?«

»Aber ja. Mein Gott, Kit, du vergeudest doch deine schönsten Jahre! Ich kenne wenigstens ein halbes Dutzend Männer, die dir auf der Stelle den Hof machen würden, wenn du sie nur ein bißchen ermutigen würdest!«

Kit seufzte. »Nenne mir nur einen einzigen!«

»Nicholas Basey zum Beispiel.«

Augenblicklich brach Kit in schrilles Gelächter aus. »Ausgerechnet dieser eitle Fatzke! Der ist viel zu schön für mich!«

»Das ist wieder einmal typisch!«

»Was meinst du damit?« fragte Kit.

»Du versteckst dich wieder einmal hinter deiner eingebildeten Häßlichkeit und vergraulst damit alle, die sich für dich interessieren könnten.«

Kit wollte schon auffahren und ihm die passende Antwort geben, als sie sich besann. »Möglicherweise hast du recht, aber ich bin trotzdem der Ansicht, daß dich das nichts angeht. Ich bin eine erwachsene Frau, die weiß, was sie will. Hör endlich auf, mich erziehen zu wollen!«

Olivers Lippen wurden schmal. Schon immer war seine Schwester sehr stolz und widerborstig gewesen und hatte damit alle Verehrer auf Abstand gehalten. Eine niedliche Schönheit war sie nun wirklich nicht, dachte Oliver, während er ihre schlanke Gestalt mit geübten Blicken musterte. Aber dennoch ging eine gewisse Faszination von ihr aus. An Größe konnte sie es mit den meisten Männern aufnehmen, doch leider verfügte sie nicht über graziöse Bewegungen, die diesen ungünstigen Eindruck ein wenig gemildert hätten. Ihre mandelförmigen Augen und die hübsch geschwungenen Brauen entschädigten allerdings für die etwas zu kleine Nase, den breiten Mund und das energische Kinn. Von ihrer Mutter hatte sie die olivfarbene Haut geerbt, die ihr einen leicht exotischen Reiz verlieh. Bestimmt würden ihr viele Männer zu Füßen liegen, wenn sie nur nicht so hochnäsig und arrogant wäre.

Doch Oliver fragte sich, was er als ihr Bruder daran ändern konnte. Ihm war seit langem klar, daß Greenhaven weit mehr Gewinn abwerfen würde, wenn die Plantage straffer und energischer geführt werden würde, als Kit das tat. Seiner Meinung nach waren die Sklaven viel zu gut ernährt und arbeiteten zu wenig. Auch ihre Unterkünfte und ihre Kleidung waren für dieses milde Klima viel zu aufwendig. Wenn man die Mühle nicht nur in zwei Schichten, sondern rund um die Uhr betrieb, ließ sich mit Sicherheit ein weit höherer Profit erzielen, doch Kit schien mit dem Lauf der Dinge zufrieden zu sein. Die einzige Lösung war ein Ehemann... Und zwar einer, der auf Oliver hörte und dem ebenfalls der Profit am Herzen lag. Nick Basey erfüllte alle Voraussetzungen und würde es vermutlich auch mit einer so eigensinnigen Frau aufnehmen wollen.

»Und wie steht es mit der Liebe, Kit?« So leicht gab Oliver sich nicht geschlagen. »Willst du tatsächlich ohne die Liebe eines Mannes leben?«

»Bah! Liebe ist etwas für Dichter und kleine Mädchen! Und zu denen gehöre ich nun wirklich nicht. Gib es endlich auf, Oliver! Wir haben dieses Thema schon so oft durchgekaut, daß ich es nicht mehr hören kann! Wenn du weiterhin in meinem Leben herumrührst, werde ich einfach den Spieß umdrehen!« Sie grinste und zwinkerte ihm übermütig zu. »Habe ich dir schon erzählt, daß ich neulich Lucy Nelson in der Stadt getroffen habe? Sie ist noch unverheiratet und sieht bezaubernd aus! Sie wäre vielleicht die Richtige für dich, lieber Bruder! Nach deinem abwechslungsreichen Junggesellenleben solltest du wirklich allmählich zur Ruhe kommen!«

»Der Himmel bewahre mich davor!« Fürs erste gab Oliver auf, doch gleichzeitig beschloß er, mit Nick über alles zu sprechen. Dieses Theater hatte er sich schon viel zu lange gefallen lassen! Bestimmt war seine kleine Schwester auch nicht anders als andere Mädchen, und eine kleine Romanze konnte möglicherweise Wunder bewirken und sie auf den rechten Weg zurückführen. Er und der gute alte Nick wollten alles tun, damit es Kit an nichts fehlte! Und obendrein würden sie alle drei davon profitieren!

»Halten Sie still, sonst werden wir nie fertig! Sie zappeln ja herum, als ob sie Ameisen unter dem Rock hätten!« Mandy Carpenter befestigte das letzte Stück des Rocksaums mit einer Stecknadel. »So, das hätten wir! Ich werde Ihnen beim Ausziehen helfen.«

Mit einem Seufzer der Erleichterung stieg Kit aus dem schweren Satinkleid. Anproben waren ihr von Herzen zuwider, doch in diesem Fall hatte sie sich gefügt, denn wenn Mandy Carpenter sich in den Kopf gesetzt hatte, daß Kit für Mavis Edmonds großen Ball ein neues Kleid benötigte, so konnte keine Macht der Welt sie davon abbringen. Oliver war zutiefst entsetzt gewesen, als Kit diese Frau in ihren Dienst genommen hatte, was angesichts von Mandys anrüchiger Vergangenheit auch nicht verwunderlich gewesen war, doch Kit hatte ihre Entscheidung noch keinen Tag bereut. Die etwas rundliche, rothaarige Frau war nicht nur eine ausgezeichnete Dienerin, sondern ein wirklicher Kamerad und ihrer Herrin treu ergeben.

»Um dieses Kleid wird man Sie beneiden!«

Kit lächelte. »Bestimmt wird es wunderschön, Mandy, denn Sie sind wirklich talentiert.«

»Das ist wahr«, erklärte Mandy selbstbewußt. »Wenn Sie mir bei der Gestaltung Ihrer Garderobe nur ein wenig mehr freie Hand ließen, würden sich alle Männer der Insel um Sie reißen!«

»Sie sollten sich mit Oliver zusammentun!« seufzte Kit.

»Und weshalb?«

»Er meint, daß ich heiraten sollte, und ich fürchte, es ist ihm ernst!«

Mit einem philosophischen Achselzucken ließ sich Mandy in der Fensternische nieder und begann, den Saum umzunähen. »Die meisten Frauen heiraten früher oder später. Jedenfalls die anständigen.«

Kit schüttelte den Kopf. »Ich kann keinerlei Vorteil darin sehen.«

Die Rothaarige zog eine Grimasse. »In gewisser Weise kann ich Sie verstehen. Männer sind eine Last. Das habe ich in meinem früheren Beruf zur Genüge erfahren.«

»Ich weiß«, bemerkte Kit, die sich nicht im geringsten daran störte, daß ihre Kammerzofe früher in London als Hure gearbeitet hatte.

»Trotzdem dürften Sie sich ein wenig mehr Mühe geben, sich damenhafter zu benehmen! Sie arbeiten wie ein Mann, sprechen wie einer, und ich möchte schwören, daß sie sich eines Tages auch noch so kleiden werden!«

Abwehrend hob Kit die Hände. »Jetzt fangen Sie auch noch an! Du lieber Himmel!«

»Wir alle lieben Sie eben«, erklärte Mandy, »und deshalb machen wir uns Gedanken!«

»Lassen Sie das in Zukunft lieber sein!«

Gekränkt zog Mandy eine Augenbraue in die Höhe. »Wenn Sie meinen...«

»Holen Sie mir mein Reitkleid, Mandy! Wir müssen auf die Felder und sehen, wie die Ernte vorangeht.«

Entsetzt sah Mandy auf. »Wir?«

»Ja, wir!« Manchmal war Rache doch einfach süß, dachte Kit. Sie würde Mandy lehren, sich in ihre Angelegenheiten einzumischen! »Aber natürlich müssen Sie mitkommen, denn eine Lady kann schließlich unmöglich ohne Begleitung ausreiten!«

»Guter Gott, Miß! Sie wissen doch, wie zuwider mir diese Biester sind!«

Kit bedachte Mandy mit einem spitzbübischen Grinsen. »Allerdings weiß ich das!«

Als sie jedoch sah, mit welch verzweifelter Anstrengung sich Mandy in die Mähne ihres Pferdes krallte, bereute Kit ihren Entschluß schon bald. Mandys Gesicht war so leichenblaß, daß die zahllosen Sommersprossen deutlich hervortraten. Außerdem stöhnte sie aus tiefster Seele, sobald das Pferd eine etwas schnellere Gangart anschlug.

»Weshalb haben wir denn, um Himmels willen, nicht den Wagen genommen?« jammerte sie.

»Weil man auf diesen Wegen unmöglich damit fahren kann«, gab Kit zur Antwort, während sie ihr Pferd zügelte. »Was soll nur aus meinem guten Ruf werden, wenn ich Sie jetzt von Ihrer Qual erlöse und nach Hause schicke?«

In Windeseile war Mandy aus dem Sattel gerutscht und seufzte erleichtert, als sie endlich wieder festen Boden unter den Füßen spürte. »Ich anerkenne ja, daß Sie sich redliche Mühe geben, Miß, und ich werde das Thema auch nie wieder berühren! Darauf können Sie sich verlassen!«

Kit schüttelte den Kopf. »Ich bin manchmal schon recht ungezogen, nicht wahr, Mandy?«

Mandy rieb sich ihr schmerzendes Hinterteil. »Nun ja, zumindest sind Sie ziemlich rachsüchtig!« Mit der Gesichtsfarbe kehrte auch ihre gute Laune zurück. »Trotzdem würde ich Sie nie gegen eine andere Herrin eintauschen wollen! Ich werde mich jetzt schleunigst auf den Heimweg machen, wo meine Pflichten warten.«

Mit schlechtem Gewissen sah Kit der davonhumpelnden Mandy nach und gelobte insgeheim Besserung. Nur weil ihr Bruder sie verärgert hatte, mußte sie ihren Zorn nicht an ihrer Kammerzofe auslassen! Das ungeduldige Wiehern ihrer kleinen Stute brachte sie rasch wieder in die Wirklichkeit zurück. »Ist ja schon gut, Windy! Hab noch ein wenig Geduld! Auf dem Rückweg darfst du dann galoppieren.«

Nach sechzehn langen Monaten war das Zuckerrohr gerade reif geworden, und vor wenigen Tagen hatte man angefangen, es zu schlagen. Kit hoffte auf eine gute Ernte, denn sie brauchte dringend Geld zur Vergrößerung der Mühle, und auch am Haus mußte einiges repariert werden. Außerdem forderte Oliver ständig steigende Einnahmen. Mit einem tiefen Seufzer dachte sie an seine Vorliebe für Spiele, Pferde und teure Frauen, wodurch sein Anteil immer unglaublich rasch dahinschmolz.

Sie konnte nur bewundern, mit welcher Weitsicht ihr Vater sie schon früh auf die Übernahme des halben Vermögens vorbereitet hatte. Er hatte ihr beizeiten klargemacht, daß sie nicht schön genug war, um allein darauf vertrauen zu können. Gebrauche deinen Verstand, hatte er ihr geraten, statt dich auf die üblichen weiblichen Tricks zu verlassen. Gleichzeitig hatte er versprochen, sie großzügig abzusichern, wenn sie nur lernen wollte. Das hatte sie sich nicht zweimal sagen lassen und gierig aufgenommen, was ihr Vater ihr beigebracht hatte. Als sein besonderer Liebling war sie immer an seiner Seite gewesen und hatte auf diese Weise einen so gründlichen Einblick in Wirtschaft und Verwaltung einer Plantage erhalten, daß sie schließlich ihrem Bruder eine ebenbürtige Partnerin geworden war. Rasch hatte sie und Oliver jedoch festgestellt, daß eine Zusammenarbeit unmöglich war, und deshalb ein Übereinkommen geschlossen: Sie kümmerte sich um Greenhaven, während die Schiffsgesellschaft allein Olivers Sache war. Die Gewinne wurden jeweils halbiert, und keiner redete dem anderen in seinen Bereich hinein. Bis heute jedenfalls, dachte Kit und zog eine Grimasse.

Als sie das erste Feld erreicht hatte, kam der Aufseher zu ihr herüber und tippte höflich an seine Mütze.

»Wie geht es voran, Geordie?«

»Gut, Miß. Wie erwartet. Allerdings haben wir mit den Männern, die ihr Bruder geschickt hat, nur Schwierigkeiten.«

»Mit welchen Männern?«

»Mit den Sträflingen.«

Kit entfuhr ein leiser Fluch. Sie hatte Oliver ausdrücklich davor gewarnt, diese Weißen zu kaufen, doch er hatte nicht auf sie gehört. Schließlich hatte er sie für sich und nicht für Greenhaven gekauft! Aber offenbar hatte er sie trotzdem zur Arbeit geschickt. »Wo sind sie?« fragte Kit.

»Die meisten arbeiten bei Simon, auf dem nächsten Feld. Ich habe nur einen einzigen, doch der ist so alt und schwach, daß er wahrscheinlich die Woche nicht überstehen wird.«

Als Kits Blicke Geordies ausgestrecktem Arm folgten, entdeckte sie einen rotverbrannten Rücken unter all den schwarzen, dem die Sonne bereits übel mitgespielt hatte. Als der Mann sich aufrichtete, konnte Kit unschwer sein weißes Haar und seine schmächtige Gestalt erkennen.

Wortlos gab sie ihrem Pferd die Sporen und galoppierte zum nächsten Feld, das von ihrem Verwalter beaufsichtigt wurde. Als sie dort die anderen vier Gestalten entdeckte, fluchte sie wieder und legte sich bereits insgeheim zurecht, was sie Oliver nach ihrer Rückkehr ins Haus erzählen würde. Wieder und wieder hatte sie ihn darauf hingewiesen, daß Weiße für die Feldarbeit ungeeignet waren und trotz bester Behandlung wie die Fliegen starben.

Plötzlich richtete sich einer der Sträflinge auf und sah zu ihr herüber, als wenn er ihren Blick gefühlt hätte. Seine breiten Schultern und seine gewaltige Größe waren so eindrucksvoll, daß Kit ihn augenblicklich wiedererkannte. Erst vor zwei Tagen war er ihr bei der Versteigerung aufgefallen. Unwillkürlich zog sich ihre Nase kraus. Seine Haut war schrecklich verbrannt und schälte sich bereits, und die dunklen Haare hingen ihm wirr bis auf die Schultern. Auf seinem Knochen saß so wenig Fleisch, daß er wie die Karrikatur einer riesigen Vogelscheuche wirkte, doch seine kristallblauen Augen blitzten vor Widerspruchsgeist. Sekundenlang starrte Kit diesen Mann an, bis er sich plötzlich mit herausforderndem Grinsen vor ihr verbeugte.

Fast im selben Augenblick war Simon Brownlow zur Stelle. Er hatte Kit schon von weitem bemerkt, doch sie gewahrte ihn erst, als seine geflochtene Peitsche eine blutige Spur über den Rücken des Sträflings zog. Instinktiv sauste der Mann herum, um sich gegen seinen Angreifer zu wehren, doch schon traf ihn ein weiterer Hieb auf der Brust, und gleichzeitig starrte er in den Lauf einer Waffe, die direkt auf sein Gesicht gerichtet war.

»Sehen Sie sich vor!« Schon hob Brownlow wieder die Peitsche.

»Mister Brownlow, hören Sie auf!«

Kits Zwischenruf ließ den Mann zwar innehalten, doch Logans spöttisches Grinsen reizte ihn bis aufs Blut. »Diesem Stück Dreck darf man nichts durchgehen lassen, Miß St. John, sonst fällt er in der nächsten Minute über Sie her! Ein ganz besonderes Exemplar!« zischte der Verwalter voller Verachtung. »Master Logan Steele, ein Meuterer, der gerade noch einmal dem Henker entgangen ist! Glauben Sie mir, Miß, dieser Kerl hat jede Strafe verdient!«

»Weshalb arbeiten diese Leute hier!« erkundigte sich Kit mit finsterer Miene, die Brownlow nur zu gut kannte. »Für diese Arbeit sind sie ungeeignet.«

Langsam ließ der Vorarbeiter die Peitsche sinken. »Los, an die Arbeit, Kerl!« Damit drängte er Logan in die Reihe der anderen Arbeiter zurück, die die ganze Zeit über nicht einmal aufgesehen hatten. Ohne Zweifel hatte der Verwalter beschlossen, die Sache später auf seine Art zu bereinigen, doch im Augenblick wandte er sich mit unterwürfigem Lächeln an Kit. »Master John hat mir die Männer gestern geschickt. Sie sollen einstweilen hier beschäftigt werden, bis er andere Arbeit für sie hat.«

»Schicken Sie sie augenblicklich in ihre Unterkunft zurück! Hier will ich sie jedenfalls nicht mehr sehen!«

»Verzeihen Sie, Miß St. John, aber ich möchte den Anweisungen Ihres Bruders nicht zuwiderhandeln.«

Starr vor Empörung, fixierte ihn Kit. »Darf ich Sie daran erinnern, Mr. Brownlow, daß ich Greenhaven führe und nicht mein Bruder! Diese Sträflinge sind sein Eigentum, doch auf meinen Feldern dulde ich ihre Anwesenheit nicht! Tun Sie, was ich gesagt habe! Um Master John kümmere ich mich selbst. Habe ich mich klar genug ausgedrückt?«

»Ja, Miß St. John.« Mit ausdruckslosem Gesicht tippte der Vorarbeiter grüßend an seine Mütze, worauf Kit wortlos ihre Stute herumriß und davonritt. Voller Verachtung blickte ihr Brownlow nach, bevor er sich wieder der Ursache allen Übels zuwandte. Heiße Wut stieg in ihm auf und drückte ihm die Kehle zu, doch er wußte bereits, wie er sich davon befreien konnte.

2. Kapitel

Horace Raleigh war ein Butler der alten Schule, der es als besondere Verpflichtung verstand, auch auf der entlegenen Insel Barbados die britischen Traditionen hochzuhalten. Er regierte den Haushalt der St. Johns in Greenhaven mit strenger Hand, und es bekümmerte ihn sehr, wie wenig Miß St. John von seinem beispielhaften Verhalten lernte. Sie ließ die unmöglichsten Dinge durchgehen, die man seinen Kollegen im heimatlichen Surrey gewiß niemals zugemutet hätte. Mit entsprechend mißmutigem Gesicht öffnete er dem Sklavenaufseher Bradford Cartwright die Tür und wollte den Mann gerade an seine Stellung erinnern und zur Hintertür weisen, als dieser ihm kurzerhand das Wort abschnitt und seine Herrin zu sehen verlangte. Zu Raleighs größtem Entsetzen war Kit St. John auch noch einverstanden.

»Führen Sie ihn herein, Raleigh!« Kit ließ den Band mit Shakespeare-Sonetten sinken und überlegte, was den armen Mann so spät noch zu ihr führte. Insgeheim nannte sie ihn immer den ›armen Cartwright‹, denn er hatte zu den zahlreichen kleinen Farmern gehört, die die Umstellung auf den Zuckerrohranbau nicht verkraftet hatten. Als sein Betrieb vor neun Jahren von einem Nachbarn aufgekauft worden war, hatte Roger St. John ihn als Aufseher für die dritte Gruppe der Sklaven eingestellt. Im Grunde eignete sich Cartwright wegen seiner Weichherzigkeit und Freundlichkeit nicht für eine solche Arbeit, doch da sich in der dritten Gruppe überwiegend Kinder und alte Leute befanden, die nur leichte Arbeit leisten mußten, kam er überraschend gut zurecht. Schüchtern trat er mit dem Hut in der Hand ins Zimmer und räusperte sich, weil er sich in der vornehmen Umgebung ein wenig unbehaglich fühlte.

»Was führt Sie zu so später Stunde noch hierher, Mr. Cartwright?« begrüßte ihn Kit mit freundlichem Lächeln.

Verlegen drehte er den Hut in den Händen. »... es tut mir leid, daß ich Sie störe, aber ... Ich wollte eigentlich mit Master John sprechen ...«

Kits Augen musterten ihn genau. »Ach ja?« fragte sie geduldig, denn sie spürte genau, daß es einen Grund gab, weshalb Cartwright sich an sie gewandt hatte.

»Es geht um einen seiner Sklaven ...«

Aha, daher wehte der Wind. Brad Cartwright unterstand auch das sogenannte Gefängnis, wo man die Sträflinge einquartiert hatte. Eigentlich war Oliver für alle Fragen zuständig, doch da die beiden Männer einander nicht leiden konnten, vermutete Kit, daß sie die Kastanien aus dem Feuer holen sollte. »Gibt es Schwierigkeiten?« bohrte sie nach.

»Einer der Männer ist übel zugerichtet, Miß, doch wenn ich die alte Oona aus der Siedlung holen will, brauche ich Brownlows Genehmigung. Ohne Master St. Johns Zustimmung wird er sie mir jedoch nicht geben.«

Mit keinem Wort wurde davon gesprochen, daß Oliver St. John es ablehnte, mit derartigen Dingen belästigt zu werden, und Simon Brownlow Cartwright deshalb mit Sicherheit abgewiesen hätte. Cartwright wollte dem Mann aber helfen und hatte sich deshalb an Kit gewandt. »Welcher Mann ist es?« fragte sie und ahnte bereits die Antwort.

»Der große Dürre mit den dunklen Haaren.«

»Ich weiß, wen Sie meinen«, unterbrach ihn Kit und zog eine Grimasse. Der Teufel sollte diesen Simon Brownlow holen! Statt ihren Anweisungen zu folgen und die Sträflinge zurückzubringen, hatte er offenbar seine Wut an dem Provokateur ausgelassen!

»Heute nachmittag war alles noch gar nicht so schlimm, doch inzwischen sieht der Rücken böse aus! Eine ganze Zeit hat der Mann wie wild getobt. Inzwischen ist er jedoch ruhiger, aber ich glaube trotzdem, daß man sich um ihn kümmern muß.«

»Oona kann im Augenblick niemandem helfen«, sagte Kit, »denn sie ist selbst krank. Meinen Bruder oder Mr. Brownlow werden wir gar nicht erst mit diesem Problem belästigen.« Brownlow wäre sicher froh, wenn der Kerl krepieren würde, dachte Kit, und ihrem Bruder war ohnehin alles egal. »Ich werde mich selbst darum kümmern.«

»Das ist doch bestimmt nicht nötig, Miß«, wehrte Cartwright ab, doch gleichzeitig sprach aus seinen Augen die Zufriedenheit darüber, daß er sein Ziel erreicht hatte.

Das sogenannte Gefängnis bestand eigentlich nur aus

einem umfriedeten Stück Land, wo mehrere Palmhütten dürftigen Wetterschutz boten. Es diente dazu, ungehorsame Sklaven durch Trennung von ihren Familien zu bestrafen, doch da sich dieses Problem in Greenhaven praktisch nicht stellte, war die Einrichtung im Lauf der Zeit höchstens zwei- oder dreimal benutzt worden, soweit Kit sich erinnerte. Als sie nun im Mondlicht sah, in welch jammervollem Zustand sich die Hütten befanden, war sie entsetzt. Die löchrigen Wände und Decken boten kaum Schutz und waren bei stärkerem Wind mit Sicherheit einsturzgefährdet. Schweigend führte sie Cartwright zur abgelegensten Hütte und ging voraus.

»Zünden Sie die Laterne an!« forderte Kit.

Der Lichtstrahl beleuchtete zwei ausgemergelte Gestalten, die in einer Ecke kauerten, während ein dritter Mann bäuchlings auf einem mit Stroh bedeckten Holzrost lag. Der jüngre Mann starrte Kit mit grünen, feindlich blitzenden Augen an, doch als sie seinem Blick standhielt, erhob er sich schließlich und deutete eine spöttische Verbeugung an.

»Michael Carmody, zu Diensten!« tönte es in unverkennbar singendem irischen Akzent.

Als sich der ältere der beiden mühsam in die Höhe quälte, preßte Kit vor Mitleid die Lippen aufeinander. Der Mann war mindestens sechzig Jahre alt und sein Gesicht voll tiefer Falten. »Haben diese beiden nichts Besseres zu tun?« fragte sie in scharfem Ton. »Schicken Sie sie hinaus, damit ich mich um den anderen Mann kümmern kann!«

Cartwright zögerte, ihren Befehl auszuführen. »Der Alte behauptet, Arzt zu sein, Miß.«

Kit musterte den Sträfling eindringlich. »Weshalb haben Sie ihm dann noch nicht geholfen?«

Aus seinen Augen sprach Klugheit, die noch nicht von Hoffnungslosigkeit zerstört worden war. »Erstens hat man es mir verboten, und zweitens steht mir nur das faulige Wasser aus dem verschmutzten Behälter im Hof zur Verfügung. Mit Sicherheit würde die Sache dadurch nur verschlimmert.«

»Weshalb haben Sie die Behandlung verboten, Mr. Cartwright?« wollte Kit wissen.

»Ich hatte keine Erlaubnis dazu, Miß.«

»Seit wann brauchen Sie eine Erlaubnis, um etwas zu tun, was allein die Menschlichkeit gebietet?«

Resigniert zuckte Cartwright die Achseln. »Ihr Bruder ist zu Hause«, erklärte er, als ob es dieser Worte noch bedurft hätte. »Diese Männer sind sein Eigentum.«

Kit seufzte. »Holen Sie sauberes Wasser. Die beiden sollen Ihnen dabei helfen. Und dann schicken Sie den sogenannten Arzt wieder herein. Sie warten bitte am Tor, falls Mr. Brownlow noch seine Runde macht. Ich möchte nur ungern mit ihm streiten müssen!«

Was Kit über Heilkunst wußte, hatte sie von ihrer alten Kinderfrau gelernt, die von den Sklaven als weise Frau und Zauberin verehrt wurde. In diesem Fall waren allerdings keine besonderen Kenntnisse vonnöten. Es genügte völlig, die tiefen Striemen, die sich über den breiten Rücken zogen, zu reinigen und mit einer heilenden und schmerzstillenden Kräuterpaste zu bestreichen. Der alte Mann war viel zu schwach und klapprig, um eine Hilfe zu sein, so daß Kit ihn umgehend in seine Hütte schickte. Doch kurz darauf bereute sie ihre Entscheidung. Durch die schmerzhafte Behandlung war ihr Patient nämlich zu sich gekommen und stöhnte und fluchte heftig.

Auf der Stelle wies Kit ihn zurecht. »Liegen Sie still, Sie Narr! Sie haben dieses Schicksal selbst herausgefordert und müssen nun die Folgen tragen!«

»Verdammt! Was tun Sie da?« Wütend schlug Logan um sich und richtete sich ein Stück weit auf.

»Halten Sie still!«

»Verdammt, nein! Das Zeug schmerzt ja wie der Teufel!«

»Das will ich hoffen«, entgegnete Kit. »Spätestens morgen früh werden Sie mir dankbar sein.«

Logan fuhr herum, um den Quälgeist näher in Augenschein zu nehmen. Blitzartig wandelte sich sein anfängliches Staunen in Verachtung.

Unter seinem durchdringenden, aufreizenden Blick fühlte Kit sich äußerst unwohl, doch sie war viel zu stolz, um ihre Furcht einzugestehen. Mit einer entschlossenen Geste zwang sie Logan wieder auf sein Lager zurück und salbte die letzten Striemen mit unnötigem Druck.

»Autsch!«

»Halten Sie doch endlich den Mund! Oder wollen Sie, daß der Aufseher unnötige Fragen stellt?«

Als Kit aufstand, fuhr Logan herum, worauf sich sein Gesicht sofort schmerzvoll verzerrte. »Was interessiert Sie denn der Aufseher? Folgt er denn nicht Ihren Anweisungen?«

»Manchmal ja und manchmal nein«, räumte sie ein. »Allerdings muß ich in diesem Fall sagen, daß Sie die Prügel höchstwahrscheinlich verdient haben.«

Der Sträfling starrte sie mit seinen blaßblauen Augen an, die in heftigem Kontrast zu seinem sonnengebräunten Gesicht standen. »Und Sie glauben tatsächlich, daß Sie das beurteilen können?«

»Jedenfalls sehe ich, daß Sie sich wie ein Narr benehmen!« gab Kit zurück. »Ich kann Ihnen nur den guten Rat geben, in Zukunft Ihre Zunge im Zaum zu halten! Sie waren dumm genug, Brownlow zu reizen, aber versuchen Sie das nicht mit mir!«

Wackelig kam Logan auf die Füße, worauf Kit unwillkürlich zurückwich. Obwohl sie schon sehr groß war, überragte sie dieser Mann noch um ein ganzes Stück, und trotz seines mageren Körpers schien die Hütte plötzlich viel zu klein zu sein.

»Falls ich Sie erzürnt haben sollte, Mistreß, biete ich Ihnen hiermit meine untertänigste Entschuldigung an.« Er deutete eine steife Verbeugung an, doch sein Ton war alles andere als untertänig. Genau besehen, war sein ganzes Benehmen angesichts seiner Lage überaus hochmütig.

»Wie ich sehe, hätte ich mir meine Hilfe sparen können«, bemerkte Kit steif. »Der gute Mr. Cartwright hat sich ernsthafte Sorgen um Sie gemacht, doch offensichtlich geht es Ihnen bereits wieder so gut, daß Sie diesen Unsinn fortsetzen wollen. Haben Sie denn gar nichts aus diesen Peitschenhieben gelernt?«

Logan überhörte ihre Frage. »Welche Plantagenbesitzerin verarztet schon ihre eigenen Sklaven! Sind Sie sicher, daß Sie sich nicht nur an meinem Leiden weiden wollen?«

Kits Augen verengten sich zu Schlitzen, und insgeheim fragte sie sich, weshalb sie sich nicht einfach umdrehte und davonging. »Sie sind keineswegs mein Eigentum«, berichtigte sie ihn, »sondern Sie gehören meinem Bruder. Ihm habe ich den Gefallen getan, mich um Sie zu kümmern, doch wenn Sie so weitermachen, werden Sie in wenigen Tagen keine Haut mehr auf den Rippen haben!«

»Was Ihnen vermutlich gefallen würde, nicht wahr?«

»Möglicherweise«, bestätigte Kit, die immer wütender wurde. »Auf jeden Fall sind Sie nicht umsonst hier, und bestimmt rechtfertigen Ihre Verbrechen diese Behandlung ohnehin!«

»Das mag vielleicht sogar richtig sein«, erwiderte Logan mit schiefem Grinsen. »Trotzdem wüßte ich gern, ob es nicht vielleicht weit verabscheuungswürdiger ist, sich am Handel mit menschlichem Unglück und Elend zu bereichern!«

Kits Augen sprühten förmlich Feuer, und es juckte sie

so sehr in den Fingern, daß sie sich nur mit Mühe zurückhalten konnte. »Ich glaube, Sie verkennen Ihre Lage!«

Ein leises, herausforderndes Lachen war die Antwort. »Glauben Sie mir: Das täte ich nur zu gern, aber leider ist es mir nicht möglich.«

»Wenn Sie so weitermachen, werden Sie bald keine Gelegenheit mehr haben, Ihr närrisches Verhalten zu bereuen! Sie haben Glück, daß ich geduldig bin und Ihnen nicht noch eine weitere Lektion erteilen lasse!« Ohne ihm noch Gelegenheit zu einer Erwiderung zu geben, packte sie die Laterne und verließ die Hütte. Sie konnte das spöttische Grinsen nicht länger ertragen, und allein der Gedanke daran, wie dieser zerlumpte Mensch mit den verfilzten Haaren und dem wirren Bart mit ihr gesprochen hatte, ließ sie von Sekunde zu Sekunde wütender werden. Wenigstens hätte er sich bedanken können, doch statt dessen hatte er sie auch noch beleidigt!

Unvermittelt fuhr sie herum und starrte zu der kleinen Hütte zurück, die sich als dunkle Silhouette vor der Palisadenwand abzeichnete. Instinktiv fühlte sie, daß der Mann noch im Eingang stand und ihr leise lachend nachsah. Woher nahm dieser Sträfling nur sein unverschämtes Selbstbewußtsein? Aus seinen blauen Augen sprach ein Widerspruchsgeist, den man schon längst aus ihm hätte herausprügeln sollen! Sie war richtiggehend froh, daß dieser Mann ihrem Bruder gehörte!

»Miß St. John.«

Erschreckt fuhr sie herum.

»Es tut mir leid«, entschuldigte sich Cartwright, »aber ich wollte sie nicht erschrecken.«

»Sie haben mich nicht erschreckt!« widersprach Kit heftig. »Bitte öffnen Sie das Tor!«

Cartwright nickte in Richtung auf die Hütte. »Wird er es überstehen?«

»Jedenfalls geht es ihm gut genug, um frech zu werden!« brummte Kit. »Man könnte ihm bestimmt keinen größeren Gefallen tun, als ihm die Zunge herauszuschneiden!«

»Hat er Sie etwa beleidigt, Miß? Wenn ja, dann...«

»Lassen Sie nur, Cartwright!« beruhigte sie den Mann. »Er ist doch den ganzen Ärger nicht wert!«

Der immer gleiche Rhythmus des schwingenden Messers war Logan inzwischen in Fleisch und Blut übergegangen. Von Sonnenaufgang bis Sonnenuntergang führte er unentwege dieselben Bewegungen aus. Nur mittags gab es eine zweistündige Erholungspause. Kaum zu glauben, daß erst drei Wochen vergangen waren, seit er zum ersten Mal seinen Fuß auf diese verdammte Plantage gesetzt hatte! Das neue Jahr war gerade eine Woche alt. Drei Wochen oder drei Jahre – das machte keinen Unterschied, denn die Hölle blieb die Hölle, ganz gleich wie lange man darin zubrachte!

Logan überließ sich dem Rhythmus und versuchte, seine Qualen zu ignorieren. Schweiß brannte ihm in den Augen und in den unzähligen Hautrissen, die man sich beim Zuckerrohrschneiden zuzog. Sein Rücken und seine Schultern waren durch die immer gleichen Bewegungen verkrampft, und jeder einzelne Muskel schmerzte wie Feuer. Einige Male hatte sich seine Haut geschält, bis sie mittlerweile dunkelbraun und widerstandsfähig geworden war. Die Sonne brannte ihm auf den Schädel, bis er nur noch rote Punkte sah, und die Hitze dörrte ihn förmlich aus.

Aber er war noch am Leben, und das war im Augenblick das einzig Wichtige. Später war Zeit genug, das Schicksal zu verfluchen, das ihn in diese Hölle geschickt hatte, doch dazu mußte er erst einmal alles überstehen. Als er einen Augenblick innehielt, bemerkte er den Blick eines Schwarzen, der ihm zugrinste. Der hat es gut, dachte Logan voll

Bitterkeit. Er wohnt in einer soliden strohgedeckten Hütte, bekommt doppelt soviel Essen wie die Sträflinge und besitzt neben festen Sandalen sogar Kleidung zum Wechseln.

Auf dieser Plantage lebte es sich nicht schlecht. Die Sklaven aßen mindestens viermal in der Woche Fleisch oder Fisch, und außerdem verfügte jede Hütte über ein Stück Land, wo eigenes Gemüse angebaut werden konnte. Einige Sklaven waren bereits zu regelrechten Bauern geworden, indem sie Hühner und Schweine hielten und sie auf dem Sonntagsmarkt in Bridgetown verkauften.

Im Gegensatz dazu hausten Logan und die vier anderen Sträflinge in jämmerlichen Hütten, die diesen Namen gar nicht verdienten. Sie schliefen auf dem nackten Stroh, und ihre Nahrung bestand fast ausschließlich aus Kartoffeln, und nur gelegentlich gab es ein wenig Fisch. Sie besaßen nur die Kleider, die sie auf dem Leib trugen, und mußten trotz des steinigen Bodens barfuß laufen. Plötzlich riß ein Peitschenknall Logan aus seinen Gedanken, und schon spürte er einen brennend heißen Schmerz auf seinem Rücken.

»Los, weitermachen! Hier wird nicht gefaulenzt. Sonst setzt es wieder Hiebe!«

Widerspruchslos fuhr Logan in seiner Arbeit fort. Er hätte wissen müssen, daß er keine Sekunde innehalten durfte. Bei den Aufsehern war er mittlerweile als Störenfried bekannt und wurde bei jeder sich bietenden Gelegenheit von ihnen verprügelt. Seine Wunden waren zwar inzwischen verheilt, doch auf der frischen Haut schmerzte jeder Schlag nur noch schrecklicher. Immer wieder schärfte er sich ein, daß er nur noch einige Tage durchhalten mußte.

Es war völlig falsch gewesen, gleich am Anfang zu rebellieren. Es hatte seine Lage nur verschlimmert, aber diese schwarzhaarige Hexe hatte ihm seine Beherrschung geraubt. Als er sie bei der Versteigerung zum ersten Mal gesehen hatte, hatte sich etwas in seiner Seele gerührt. Und als er sie dann zwei Tage später auf dem Feld inmitten der Männer wiedergesehen hatte, die alle ihr Besitz waren, war sie ihm so nahe gewesen, daß er den frischen Duft ihrer Haut hatte riechen können und seinen eigenen Gestank nur um so abstoßender empfunden hatte. Wenn er an ihre Augen dachte, deren Blick ihn hochmütig gestreift hatte, ohne ihn wirklich zu sehen, fragte er sich wirklich, was er anderes hätte tun sollen, als aufzustehen und dieser Sklavenhalterin seine Verachtung zu demonstrieren.

Er mußte grinsen, als er an die Nacht dachte, wo er es der hochmütigen Miß St. John noch einmal hatte heimzahlen können. Dafür hatten sich die Prügel fast gelohnt. Bleich vor Wut war sie gewesen, und ihre Augen hatten geglitzert. Er sah noch vor sich, wie sie empört davongeeilt war, kerzengerade und mit raschelnden Röcken. Offenbar war sie leicht aus der Fassung zu bringen, was das Spiel natürlich noch viel reizvoller, aber auch ein wenig gefährlicher machte.

In diesem Augenblick läutete die Glocke an der Mühle die Mittagspause ein. Wie auf ein geheimes Kommando richteten sich alle Feldarbeiter auf, reckten ihre müden Arme und rieben ihre schmerzenden Rücken. Einige sanken erschöpft nieder, wo sie gerade standen, doch die meisten verließen das Feld, um im angrenzenden Wald ihr Mittagessen einzunehmen.

Logan folgte den Männern in den Wald, doch da den Sträflingen kein Mittagessen zustand, setzte er sich nicht zu ihnen, sondern ging einfach weiter, ohne daß sich jemand daran gestört hätte. Auf den Plantagen von Barbados waren Fluchtversuche beinahe unbekannt, denn jeder wußte, daß man die Insel ohnehin nicht verlassen konnte. Bisher waren alle entflohenen Sklaven früher oder später eingefangen worden, und die Bestrafung, die sie erhalten hatten, hatte auf die anderen äußerst abschreckend gewirkt.

Nach einem kleineren Fußmarsch erreichte Logan einen breiten Bach, der neben der Mühle über die Felsen talwärts brauste. Einige Minuten lang kletterte er am Bachufer entlang den Hügel hinauf, bis er schließlich am Rand eines jadegrünen Sees stand. Die grasbewachsenen Ufer waren von dichtem Buschwerk umgeben und allen neugierigen Blicken entzogen. Wie grünes Glas schimmerte die Wasserfläche unter den überhängenden Palmen und Tamarisken. Das Murmeln eines kleinen Zuflusses am anderen Ende des Sees und der gelegentliche Schrei eines Vogels waren die einzigen Geräusche, die die paradiesische Stille störten.

Logan hatte dieses Fleckchen bereits in der ersten Woche seines Aufenthalts entdeckt. Hier fühlte er sich frei und konnte für einige Zeit das Elend seines Sklavendaseins vergessen. Auch heute zögerte er keine Sekunde, sondern stürzte sich kopfüber mit allen Kleidern ins Wasser. Es dauerte eine Zeit, bis er schließlich mit strähnigen Haaren und triefendem Bart wieder auftauchte. Gern hätte er jetzt ein Rasiermesser, etwas Seife oder doch wenigstens einen Kamm gehabt und mußte unwillkürlich lachen, als er daran dachte, daß man ihn früher in England wegen seiner Eitelkeit verspottet hatte. Was seine Freunde wohl sagen würden, wenn sie ihn so sehen könnten? Er fühlte sich wie ein wildes Tier – und ganz falsch war das bestimmt nicht.

Das abgenutzte Hemd diente ihm zuerst als Lappen, bevor er es zusammen mit der Hose wusch. Nachdem er die Kleidungsstücke zum Trocknen in der Sonne ausgebreitet hatte, ließ Logan sich wieder genüßlich ins kristallgrüne Wasser gleiten und trieb lange nur sanft dahin, wobei seine Qualen und Ängste zusehends von ihm abfielen. Gerade heute brauchte er diese Erfrischung nötiger denn je, denn durch die Rückschritte der vergangenen Woche war seine Geduld auf eine harte Probe gestellt worden.

Während der vergangenen fünf Tage hatten Logan und seine vier Gefährten Nacht für Nacht den Ausbruch geplant, doch immer wieder war etwas dazwischen gekommen. In der ersten Nacht hatte Doc sich die Seele aus dem Leib gehustet, und am Tag darauf hatte man den armen Carmody in das Loch gesperrt – in ein enges Loch, das noch dazu mit einem Blechdach abgedeckt war. Nachdem er dort sechs Stunden lang geschmort hatte, hatte Brad Cartwright den kleinen Iren gegen den Willen von Brownlow ausgegraben und ihn in seine Hütte zurückgeschleift, wo er hilflos zusammengesackt war. Und in der vergangenen Nacht mußte Brownlow etwas geahnt haben, oder vielleicht hatte er auch nur eine von Carmodys wütenden Rachedrohungen ernstgenommen. Jedenfalls hatte der Aufseher zum ersten Mal eine Wache am Tor aufgestellt. In dieser Nacht nun wollten sie diese Leute bestechen, doch wer konnte schon vorhersagen, was sich bis dahin noch ereignen würde.

Mit langen Stößen strebte Logan dem Ufer zu. Er konnte es kaum mehr erwarten, endlich wieder frei zu sein. Als man ihm diesen Auftrag angeboten hatte, hatte er kaum registriert, daß er dazu eine gewisse Zeit als Sklave leben mußte. Er hatte auf seine Klugheit vertraut und geglaubt, die Dinge im Griff zu haben. Woher hätte er auch wissen sollen, wie rasch man einen Menschen zerstören konnte, so daß er sich wie ein Tier fühlte? Er, der sich eigentlich immer für besonnen gehalten hatte, hatte gelernt, zu hassen und auf Rache zu sinnen! Er brannte darauf, mit dem Mann abzurechnen, der ihn geschlagen hatte, und ebenfalls mit seinem Besitzer. Und außerdem mit der Frau, die ihn einen Narren genannt und sich an seinem Elend geradezu geweidet hatte! Er befürchtete, sich gänzlich in ein Tier zu verwandeln, wenn er dieser Hölle nicht bald entkommen könnte.

Logans Gedanken schweiften zurück ins Gefängnis von Newgate und zu der Abmachung, mit der er sein Leben gerettet hatte. Sir Thomas Modyford hatte ihn mit Versprechungen überhäuft, so daß ihm die Entscheidung leichtgefallen war. Alles war ihm verlockender erschienen, als seinen Kopf in die Schlinge des Henkers zu legen. Ob er sich wohl anders entschieden hätte, wenn er gewußt hätte, was ihn erwartete?

Kit tätschelte Windwalker einige Male freundlich den Hals, als sie ihr Pferd vor der Mühle zügelte. Zuallererst hatte sie ihrer kranken Kinderfrau Oona einen Besuch abgestattet. Danach hatte sie einige Stunden lang den Fortgang der Erntearbeiten auf den Feldern kontrolliert und wollte nun noch kurz mit Samuel sprechen, der die Arbeit in der Mühle leitete.

»Samuel!« rief sie, während sie aus dem Sattel rutschte, und war sehr überrascht, als ihr Oliver entgegengrinste. Sie grüßte ihn zwar freundlich, doch die Entfremdung, die sich während der vergangenen zwei Wochen eingestellt hatte, war nicht zu übersehen. Kit hatte sich einverstanden erklärt, die Strafgefangenen so lange auf den Feldern zu beschäftigen, bis Oliver sie vor seiner Abreise an jemand anderen verkaufen würde. Im Gegenzug war er bereit, ihren vertrauten Umgang mit den scharzen Sklaven nicht länger zu kritisieren.

»Was führt dich hierher?« erkundigte sich Oliver, während er ihr entgegenging.

»Ich wollte nach dem Rechten sehen. Schließlich ist dies der erste Durchgang der neuen Ernte.«

»Ich weiß. Die Melasse sieht sehr gut aus, und ich nehme an, daß die Ernte fantastisch werden wird!«

Skeptisch musterte ihn seine Schwester. »Seit wann interessierst du dich so intensiv für Greenhaven?«

Oliver zuckte die Achseln. »Vielleicht wird es Zeit, daß ich es endlich tue. Bisher habe ich ja gar nicht geahnt, was man aus dieser Plantage alles herausholen könnte!«

Kit verspürte keinerlei Verlangen, sich mit ihrem Bruder wieder einmal über die Arbeitseinteilung zu streiten, und noch weniger Lust hatte sie, mit ihm einen Rundgang durch die Mühle zu machen. »Nachdem du dich bereits um alles gekümmert hast, werde ich nach Hause reiten. Es ist entsetzlich heiß!«

»Das ist eine ausgezeichnete Idee! Und richte bitte Mrs. Simpson aus, daß sie schon einen Rum Punch zubereiten soll. Ich werde in Kürze nachkommen.«

Kit stieg wieder auf ihr Pferd, doch statt direkt nach Hause zu reiten, schlug sie den Weg zum See oberhalb der Mühle ein. Dort konnte Windwalker seinen Durst löschen, und sie freute sich bereits auf ein erfrischendes Bad.

Ärgerlich blickte Logan auf, als sich plötzlich die Büsche vor ihm teilten und das Mädchen ihr Pferd zum Ufer führte. Auf den ersten Blick erkannte er die unvorteilhaft große Gestalt in einem mindestens ebenso unvorteilhaften Reitkostüm. Überall kam ihm dieses Mädchen in die Quere, und nun störte sie sogar seine kostbare Erholungspause!

Während das Pferd gierig schlürfte, öffnete das Mädchen ihr enganliegendes Jackett, unter dem lediglich ein dünnes Hemdchen ihren schwellenden Busen bedeckte. Als sie ein Taschentuch ins Wasser tauchte und damit ihre nackte Haut kühlte, stand Logan unvermittelt auf. Erschreckt fuhr Kit zurück, worauf sich auch das Pferd aufbäumte und die Augen rollte.

Mit der Hose in der Hand, trat Logan lächelnd aus dem

Schatten der Bäume. »Keine Angst, Mistreß! Wie Sie sehen, ist es nur einer Ihrer niedrigen Untertanen!«

Kit riß die Augen auf, denn der Mann trug nur ein kurzes Lendentuch, das normalerweise von der Hose verdeckt wurde. Er war so spindeldürr, daß sie jede Rippe erkennen konnte, aber dennoch hatte sein Körper eine so maskuline Ausstrahlung, daß ihr heiße Röte in die Wangen schoß. Für Sekunden erstarrte sie, als sie an ihre aufgeknöpfte Jacke dachte. »Was machen Sie da?« fragte Kit, während sie sich hastig bedeckte.

»Ich schwimme.«

»Sie schwimmen.« Ungläubig starrte Kit ihn an. Die Vorstellung, daß ein Sklave ein Bad im See nahm, machte sie fassungslos.

»Im Augenblick ist Mittagspause«, erklärte Logan.

»In dieser Zeit sollen Sie essen und sich ausruhen.«

»Wir Sträflinge bekommen nur morgens und abends etwas zu essen.«

Wieder war Kit überrascht, doch sie ging nicht näher darauf ein. »Aber Sie sollten sich lieber ausruhen, statt hier im Wald herumzuschleichen!«

Ihr drohender Blick, der wahrscheinlich jeden anderen beeindruckt hätte, brachte Logan lediglich zum Schmunzeln. »Ich habe mich nicht herumgetrieben, sondern bin nur geschwommen! Sie dagegen sind heimlich durch die Büsche geschlichen, was guterzogene Damen normalerweise nicht tun, oder? Mit Menschen dürfen Sie handeln und sich bereichern, aber das Herumtreiben ist verboten!«

Kit platzte beinahe vor Zorn. Erregt trat sie einen Schritt auf Logan zu und umklammerte krampfhaft ihre Reitgerte. Logan spürte sehr genau, wie wütend sie war, und schon wandelte sich sein anfänglicher Zynismus in Zorn. Trotzdem gefielen ihm ihre blitzenden Augen, und er dachte grinsend, welch gefühlloses Herz sich doch hinter diesen durchaus ansprechenden Gesichtszügen versteckte.

»Sie haben völlig recht!« zischte Kit und schlug mit der Reitgerte heftig gegen ihre Röcke. »Guterzogene junge Damen treiben sich nicht herum! Das tun nur Mörder, Meuterer und Sklaven – der Abschaum der Menschheit, wenn Sie mich fragen!« Dann holte sie tief Luft. »Ziehen Sie sich augenblicklich an und verschwinden Sie auf der Stelle! Falls Sie es wagen sollten, noch einmal so unverschämt zu werden, werde ich Sie persönlich auspeitschen. Das schwöre...«

In dieser Sekunde riß Logan der Geduldsfaden. Schuld daran waren der Hunger, die köperliche Schwäche und nicht zuletzt die erniedrigenden Beschimpfungen dieser hartherzigen Hexe. Mit drei riesigen Schritten stand er vor ihr und packte sie. Gleich darauf verschloß sein Mund ihre Lippen, so daß ihre beleidigenden Vorwürfe verstummten. Blitzschnell hob Kit die Reitgerte und schaffte es noch, Logans Kopf zu treffen, bevor er ihr die Reitgerte entriß und ihr brutal den Arm auf den Rücken drehte. Er hielt sie in eisenhartem Griff, so sehr sie sich auch wand und zappelte, und preßte seine Lippen mit brutaler Leidenschaft auf ihren Mund.

Lange Monate waren vergangen, seit Logan zum letzten Mal eine Frau berührt hatte. Damals waren ihm die Damen geradezu nachgelaufen, und er hatte sich die schönsten aussuchen können. Doch keines dieser Dämchen hatte jemals eine solche Gier in ihm geweckt wie dieses Teufelsweib, das sich in seinen Armen wand und sich heftig sträubte. Je mehr sich sein Begehren steigerte, desto sanfter wurde er, und seine Küsse wurden immer eindringlicher und inniger.

Kit spürte genau, wie sein wildes Drängen nachließ und seine Küsse ihren Mund voll Leidenschaft liebkosten. Als sich schließlich auch sein eisenharter Griff lockerte und sie ihm hätte entkommen können, wollte sie es gar nicht mehr. Statt dessen breitete sich eine Hitzewelle von ihrem Herzen durch ihre Adern aus. Seine Sehnsucht so körperlich an ihrem Bauch zu spüren, ließ sie alle Bedenken in den Wind schlagen, und ungeniert preßten sich ihre Hüften gegen seinen Körper.

Sekunden später war sie frei. Ihr Mund brannte noch in Erinnerung an seine Küsse, und ihr Körper schmerzte, wo Logans sie gepackt gehalten hatte. Einige Momente lang sah sie nichts anderes als diese kristallblauen Augen, deren Glut ihr fast die Seele verbrannte. Sie war über ihr eigenes Verhalten zutiefst entsetzt, doch als sein Mund wieder ihre Lippen suchte, widerstrebte sie ihm nicht. Statt dessen schloß sie die Augen und überließ sich willenlos der Umarmung.

Das Knallen eine Peitsche riß Kit unversehens in die Wirklichkeit zurück, und als die Arme, die sie gerade noch gehalten hatten, plötzlich von ihr weggerissen wurden, stolperte sie und fiel auf die Knie. Wieder knallte die Peitsche, und als Kit aufsah, packte sie das nackte Entsetzen. Sie schämte sich zutiefst, als sie sah, wie ihr Bruder mit zornrotem Kopf auf den blutüberströmten Körper ihres Angreifers einschlug.

»Verdammter Hund!« schrie Oliver, während er wieder und wieder zuschlug. »Das werde ich dir austreiben!«

3. Kapitel

»Hör auf, Oliver! Mein Gott, du bringst ihn ja um!«

»Genau das werde ich tun!«

Logan lag blutüberströmt und halb bewußtlos im Gras. Mühsam versuchte er, auf die Füße zu kommen, doch der Schmerz ließ ihn taumeln und zu Boden sinken.

»Nein! Ich habe gesagt, du sollst aufhören!« schrie Kit mit verzerrtem Gesicht, als Oliver bereits wieder drohend den Arm hob. Verzweifelt warf sie sich dazwischen und packte die Peitsche. »Ich werde das nicht zulassen, Oliver!«

»Nein? Mein Gott, Kit! Dieser Mann hat...«

»Das weiß ich selbst!« Sie gab sich Mühe, möglichst normal zu atmen, doch trotzdem raste ihr Herz vor Aufregung – ob wegen dieses Überfalls oder wegen ihres Bruders, konnte sie nicht sagen. »Ich erlaube nicht, daß du ihn bestrafst, solange du so wütend und völlig außer dir bist. Keine Sorge, er wird bestraft werden, aber erst, nachdem du dich wieder beruhigt hast!«

Einige Sekunden lang maßen Bruder und Schwester einander mit Blicken, bis Oliver schließlich lächelte. »Du hast recht. Schließlich können auch deine anderen Sklaven daraus lernen!« Mit diesen Worten wandte er sich ab und trat neben die Gestalt, die bewegungslos am Ufer lag. Übergangslos versetzte er Logan einen kräftigen Tritt in die Rippen. »Los, du Hund! Steh auf und sieh deinem Schicksal in die Augen!« Als Logan nur stöhnte und sich nicht rührte, bekam er einen weiteren Tritt.

»Oliver!« stieß Kit warnend hervor.

Ungeduldig winkte er ab. »Geh nach Hause und zieh dich erst einmal anständig an! Wir treffen uns dann in der Siedlung.«

Kit blieb trotzig stehen.

»O Gott, kannst du denn nicht ein einziges Mal tun, was man dir sagt! Willst du, daß jeder dich in diesem Aufzug sieht?«

Als Kit an sich hinuntersah, stellte sie zu ihrem Entsetzen fest, daß ihre Jacke offenstand und sie praktisch nur noch ihr spitzenverziertes, dünnes Hemdchen trug. Was war geschehen? fragte sie sich voller Panik. War sie nicht mehr Herrin ihrer Sinne gewesen? Hatte er sie etwa berührt…? Errötend und verwirrt, kletterte sie wortlos auf ihr Pferd und ritt davon.

Nachdem Oliver seine schwierige Schwester endlich losgeworden war, band er Logans Handgelenke auf dem Rücken zusammen und schlang ein Seil um seinen Nakken. Dann stieg er auf sein Pferd und zerrte seinen Gefangenen in die Höhe und dann mit beträchtlichem Tempo hinter sich her. Irgendwann stolperte Logan und wurde ein Stück weit mitgerissen, bis es ihm wie durch ein Wunder gelang, wieder auf die Füße zu kommen. Als sie endlich die Siedlung erreicht hatten, waren nicht nur Logans Rücken, sondern auch seine Brust und seine Arme blutüberströmt.

Als Kit erschien, machte sie zwar einen ruhigen, gefaßten Eindruck, doch hinter der kalten, unbeteiligten Fassade kämpften Wut, Bedauern, Mitleid und Zorn einen erbitterten Kampf. Man hatte ihr von klein auf eingeschärft, vor Sklaven oder Bediensteten keinerlei Gemütsbewegungen zu zeigen – doch als sie sah, wie man den übel zugerichteten Körper an den Richtpfosten band, gab sie ihrem Pferd die Sporen und ritt zu ihrem Bruder hinüber, der von seinem Pferd aus zusah.

»Dieses grausame Schauspiel ist unnötig, Oliver!« Dabei funkelten ihre dunklen Augen voller Abscheu. »Weshalb verkaufst du den Mann nicht einfach und überläßt den Ärger jemand anderem?«

Olivers Lippen waren nur noch ein schmaler Strich. »Nach allem, was er dir angetan hat, soll er ungestraft davonkommen?«

»Da ich die Betroffene bin, sollte ich ein Wörtchen mitreden.«

»Den Teufel wirst du tun!« zischte Oliver ihr leise zu. »Ich als dein Bruder werde deine Ehre verteidigen!«

»Meine Ehre ist unangetastet«, widersprach Kit.

»Wenn ich nicht zufällig dazugekommen wäre, dann

wäre das jetzt nicht mehr so! Himmel, Kit, gerade du solltest auf einer Bestrafung bestehen!«

Kit runzelte die Stirn. »Du bist der einzige in dieser Familie, der derartige Maßnahmen gutheißt!«

»Genau deshalb muß auf dieser Plantage endlich ein Mann die Zügel in die Hand nehmen! Dieser Kerl kann froh sein, daß ich ihm nicht schon am See die Seele aus dem Leib geprügelt habe! Das hat er allein dir zu verdanken.«

»Derartige Aktionen sind auf Greenhaven nicht üblich!«

»Aus diesem Grund sind wir jetzt auch hier. Ich kann doch davon ausgehen, daß selbst du nichts gegen einige Peitschenhiebe einzuwenden hast?«

Obwohl Kit speiübel war, mußte sie doch einräumen, daß Oliver nicht ganz unrecht hatte. Dieser Sklave hatte sie überfallen – ein Fall ohne Beispiel. Er mußte dafür bestraft werden. »Gut, er ist dein Eigentum«, antwortete sie in kühlem Ton. »Tu, was du für richtig hältst.«

Oliver lächelte. »Genau das habe ich vor, und ich bin dir dankbar, daß du mich vorhin zurückgehalten hast. So wird die Lektion auf die anderen weit mehr Eindruck machen, nicht wahr?« Mit diesen Worten ließ er sich aus dem Sattel gleiten. »Einen Augenblick, Brownlow!«

Er drängte sich durch die Menge, die sich auf Befehl des Aufsehers versammelt hatte, und nahm Brownlow die Peitsche aus der Hand. »Ich werde das übernehmen.« Dann legte er seinen Hut ab und wandte sich Logan zu, der reglos am Pfahl stand und den ersten Hieb erwartete.

Augenblicklich breitete sich eine gespannte Stille aus. Kit zuckte regelrecht zusammen, als die Peitschenschnur durch die Luft sauste und dann laut auf den Rücken des Sträflings klatschte. Der Anblick des blutigen Striemens war ungleich schrecklicher, da ihr Bruder diese Folter ganz offensichtlich genoß. Von frühester Jugend an hatten Oliver und sie immer wieder gestritten, doch trotz aller Differenzen hatte Kit ihren großen Bruder geliebt, wie das nur eine kleine Schwester konnte. Seit dem heutigen Tag war jedoch einiges anders geworden, denn sie hatte eine dunkle Seite seines Charakters entdeckt, die ihr bisher verborgen gewesen war.

Wieder knallte die Peitsche, und wieder zuckte Logan zusammen, doch es drang kein Laut über seine Lippen. Er biß die Zähne so fest aufeinander, daß kleine Blutstropfen in seinen Bart sickerten und sich mit dem Schweiß vermischten, der ihm vom Gesicht tropfte. Beim dritten Schlag wandte er den Kopf, und seine Blicke fixierten Kit, die abseits der Menschenmenge auf ihrem Pferd saß. Während die Peitsche wieder und wieder auf ihn niedersauste, klammerten sich seine Blicke gewissermaßen an sie, bis ihn endlich eine Ohnmacht von seinen Qualen erlöste.

Reglos hatte Kit zugesehen, wie ihr Bruder seine Wut mit immer heftigeren Schlägen an dem Mann ausgelassen hatte. Sie hatte dem anklagenden Blick von Logans eisblauen Augen nicht ausweichen können, doch als er zusammensackte und nichts und niemanden mehr erkannte, war der Bann plötzlich gebrochen. In wilden Zukkungen wand sich sein geschundener Leib unter weiteren Schlägen, und ein Schrei entrang sich seinen Lippen, bevor er endgültig verstummte.

»Das muß augenblicklich aufhören!« Entschlossen gab Kit Windwalker die Sporen und jagte die Stute durch die Menschenmenge, bis sie sich zwischen ihrem Bruder und seinem Opfer befand. »Hör auf, Oliver!«

Wie in Trance blickte ihr Bruder sie an und hatte eindeutig Mühe, ihr Gesicht zu fixieren.

»Du wirst ihn sonst umbringen.«

Oliver schüttelte die Peitsche, so daß ein Regen kleiner Blutstropfen zu Boden fiel. »Das ist durchaus meine Absicht.« Er lachte wie betrunken. »Es ist mein ernst, liebe Schwester. Also geh mir aus dem Weg!«

»Nein!«

Seine Miene wurde immer finsterer. »Du selbst hast doch gerade noch gesagt, er sei mein Eigentum! Also kann ich mit ihm machen, was ich will!«

»Aber nicht auf dieser Plantage!« widersprach Kit mit völlig ruhiger Stimme und wandte sich dann an den Aufseher. »Mr. Brownlow, schneiden Sie den Mann los!«

Der Mann zögerte und warf Oliver einen unsicheren Blick zu.

»Schneiden Sie ihn los!« wiederholte sie so drohend, daß der Mann sich blitzschnell daran erinnerte, wer ihn bezahlte. Rasch zog er sein Messer und hackte die Stricke durch, so daß Logans Körper zu Boden sackte.

»Schicken Sie die anderen wieder an die Arbeit!« befahl Kit, worauf sie ihren Bruder durchdringend musterte. »Möchtest du dich gleich hier mit mir streiten?« fragte sie kühl, »oder hat das Zeit, bis wir zu Hause sind?«

Sekundenlang erwiderte Oliver ihren Blick, doch dann wandte er sich abrupt ab, stieg auf sein Pferd und gab dem armen Tier so heftig die Sporen, daß es sich auf der Hinterhand aufbäumte, bevor es in einer Staubwolke davongaloppierte.

Kit sah ihm nach und zuckte die Achseln. Dann wandte sie sich an einen der Sträflinge, der mit den anderen Sklaven davongehen wollte. »Sie sind doch der Arzt, nicht wahr?«

Ein vorwurfsvoller Blick traf sie, doch schließlich nickte der Mann.

»Kümmern Sie sich bitte um ihn!«

»Ich fürchte, das hat Ihr Bruder bereits zur Genüge besorgt!«

»Tun Sie, was ich sage!« Ärgerlich zogen sich ihre Brauen zusammen. »Widerspruch hatte ich heute schon zur Genüge! Ihr beiden!« Dabei deutete sie auf zwei starke Männer. »Ihr tragt ihn in sein Quartier, und du«, wandte sie sich an einen grinsenden kleinen Kerl, »du besorgst sauberes Wasser und alles, was dieser Mann dir aufträgt!« Besorgt sah sie zum Doc hinüber, der neben Logans zusammengesacktem Körper niedergekniet war und ihn untersuchte. »Wird er es überleben?«

Docs bedenkliches Kopfschütteln machte Kit angst, doch in derselben Sekunde fragte sie sich, was sie das Ganze überhaupt anging. Weshalb hatte sie sich vor allen Bewohnern der Plantage so unbeherrscht gezeigt und sich den Zorn ihres Bruders zugezogen? Dieser Sträfling war ein Krimineller, ein Meuterer und wer weiß was sonst noch. Und er hatte sie zu Dingen gezwungen, die sie keinem Mann gestatten würde.

Sie folgte der kleinen Gruppe bis in das Gefängnis und beobachtete Docs Bemühungen. Sie machte sich zwar vor, daß nur die Sorge um ihren Bruder sie dazu veranlaßt hatte. Sie hätte es nicht ertragen, wenn er aus reiner Wut zum Mörder geworden wäre. Doch insgeheim wußte sie, daß sie außerdem eine gewisse Sympathie für solch rebellische Narren hatte, auch wenn diese zum menschlichen Abschaum gehörten. Dieser Mann besaß außergewöhnlichen Mut und einen ausgeprägten Widerstandsgeist, und sie wollte nicht, daß er starb.

»Er wird es schaffen«, erklärte Doc schließlich. »Falls ihn die Fliegen und die Hitze nicht vorher umbringen, wird er es schaffen.«

»Ich werde ihm besseres Essen bringen lassen«, kündigte Kit an.

»Das wird Ihrem Bruder aber bestimmt nicht recht sein!«

Kritisch zog sie eine Augenbraue hoch. »Mein Bruder und ich haben durchaus verschiedene Ansichten, was die Behandlung von Sklaven angeht, aber ich kann mir nicht denken, daß er seine Investition leichtfertig aufs Spiel setzt. Er wird bestimmt einverstanden sein.«

Als Doc nur ungläubig brummte, wies sie ihn zurecht. »Ich glaube, Sie vergessen, wo Sie sind!« Nach all den Erlebnissen waren ihre Nerven sehr gereizt.

Doch Doc beeindruckte ihr Zornausbruch nicht im geringsten. »Verzeihung, Mistreß, aber ich glaube allmählich, daß die ganze Welt verrückt geworden ist!« Er schüttelte den Kopf. »Es würde mir nichts ausmachen, einer Welt Adieu zu sagen, in der so etwas Gerechtigkeit genannt wird!«

Zynisch runzelte Kit die Brauen. »Soll das heißen, daß Sie und dieser Mann für Ihre Verbrechen zu Unrecht verurteilt wurden?«

Der alte Mann lachte. »Mein *Verbrechen?* Das besteht allein darin, daß ich zu laut und zu deutlich gegen Lord Cromwells Politik protestiert habe! Und was diesen Mann betrifft... Ich weiß nicht, welcher Verbrechen man ihn bezichtigt, doch ich habe an seiner Seite die entsetzliche Überfahrt und die schrecklichen Wochen auf dieser Plantage durchgestanden, und ich kann beschwören, daß es keinen anständigeren Mann als ihn gibt! Keinen, dem ich mein Leben lieber anvertrauen würde!«

»Wie wollen Sie das beurteilen, wenn Sie gar nicht wissen, was man ihm vorwirft?«

»Ich beurteile einen Mann allein nach seinem Charakter und nicht nach dem Geschwätz der Leute! Ich bin ein alter Mann und weiß sehr gut, wie falsch die Welt ist. Ich weiß nicht, was der arme Kerl getan hat, um diese Prügel zu verdienen, doch ganz gleich was es war – ich erachte ihn auf jeden Fall für wertvoller als Ihren Bruder, Mistreß! Der ist in meinen Augen nichts anderes als ein Stück Dreck, doch das dürfte Ihnen ja bekannt sein.«

Kit schnappte einige Male nach Luft, weil soviel Worte in ihr hochstiegen, daß sie sie unmöglich auf einmal aussprechen konnte. »Sie sind verrückt!« stieß sie schließlich hervor. »Wie können Sie nur so etwas sagen! Sie haben Glück, daß ich Sie nicht ebenfalls auspeitschen lasse!«

Doc lächelte nur. »Nein, Mistreß, Glück würde ich das nicht nennen. Ebenso wie ich weiß, daß Logan Steele ein feiner Mann ist und Ihr Bruder lediglich ein Schurke, weiß ich auch einiges über Sie!«

»Sie wissen ... Verdammt, wenn Sie nicht so alt wären, um mein Großvater zu sein, würde ich ...« Mit hocherhobenem Kopf stürmte sie aus der Hütte und ließ den alten Mann kopfschüttelnd zurück.

Den ganzen Nachmittag über herrschte eine gespannte Atmosphäre im Haus. Die Sklaven schlichen mit bedrückten Mienen umher und tuschelten über das Ereignis, während Oliver seinen aufgestauten Zorn an allen ausließ, die ihm über den Weg liefen. Gegen Abend kam es schließlich zwischen den Geschwistern in der Bibliothek zu einer heftigen Auseinandersetzung. Oliver beschuldigte Kit, vor dem Aufseher und allen Sklaven seine Autorität untergraben zu haben. Als er sie auch noch als grenzenlos naiv schalt, explodierte Kit und nannte ihn ein Ungeheuer. In dieser Art ging es weiter, und ein Wort gab das andere, bis die Wände förmlich erbebten, doch es wurde nichts geklärt. Als Oliver schließlich wütend aus dem Zimmer stürmte, sah er eher noch finsterer drein als vorher.

Nachdem Oliver die Bibliothek verlassen hatte, blieb Kit noch einige Augenblicke lang sitzen und überdachte ihr Gespräch. Natürlich war ihr Bruder kein Ungeheuer, sondern lediglich ein heißblütiger Narr. Als sie bebend an ihre eigenen Wutausbrüche zurückdachte, war sie nur froh, daß der Tag endlich vorüber war.

Doch in dieser Beziehung befand sich Kit im Irrtum. Nachdem sie alle Lampem gelöscht und in ihr Zimmer gegangen war, bürstete sie gerade ihre Haare, als es schüchtern an der Tür klopfte. Als Kit öffnete, erblickte sie ein kleines schwarzes Mädchen, das nicht aufzusehen wagte.

»Du bist die kleine Rachel, nicht wahr?«

»Ja, Madam«, antwortete die Kleine, während sie wie gebannt auf ihre Zehen blickte.

Kit kniete nieder, um dem Kind ins Gesicht sehen zu können. »Was ist los, Rachel?«

»Oona schickt mich, Madam. Sie sollen kommen.«

Sekundenlang setzte Kits Herzschlag aus, und es ergriff sie heftige Angst um ihre alte Kinderfrau. »Geht es Oona gut?«

Rachel schüttelte den Kopf. »Sie stirbt, Madam, und sie möchte Sie sehen.«

Ein scharfer Schmerz durchzuckte Kits Herz, so daß sie die Augen schließen mußte. Die ganze Zeit über hatte sie gewußt, daß dieser Augenblick nahe war, doch natürlich hatte sie ihn nicht so früh erwartet. Der Tod kam, wann es ihm beliebte, und nahm keine Rücksicht darauf, ob man darauf vorbereitet war oder nicht.

»Lauf, Rachel«, bat sie die Kleine seufzend, »und sage Oona, daß ich komme!«

Draußen fiel warmer Regen, so daß Kit trotz eines Umhangs bereits nach kürzester Zeit durchnäßt war. Obwohl es stockfinster war, fand sie den steilen Weg zur Siedlung wie im Schlaf, denn sie war ihn schon unzählige Male in ihrem Leben gegangen. Rachel wartete bereits vor Oonas Hütte und öffnete ihr die Tür. Drinnen war es stockdunkel, und Kit war froh, daß sie Kerzen mitgebracht hatte, denn der Gebrauch von Laternen war den Sklaven verboten. Als der erste Lichtschein aufflammte, erkannte sie die ängstlichen Gesichter der Trauergemeinde, die sich um die Sterbende versammelt hatte. Sie hockten auf dem nackten Fußboden um das Bett und beobachteten, wie Kit die Kerze auf dem einfachen Tisch festklebte.

»Geht alle hinaus!« Die Stimme der alten Frau war nur

noch ein trockenes Flüstern und wegen des prasselnden Regens auf dem Palmblätterdach kaum zu hören. »Geht, meine Freunde! Ich möchte mit unserer Herrin allein sprechen.« Das klang schon energischer.

Kit kniete neben dem Lager der alten Frau nieder.

»Ich bin froh, daß du gekommen bist!« hauchte die trokkene Stimme.

»Aber natürlich! Hast du gedacht, ich würde dich im Stich lassen?«

»Du bist mir besonders ans Herz gewachsen, und ich wollte dich unbedingt noch einmal sehen, bevor ich sterbe.«

»Oona... Sag doch so etwas nicht!«

Ein leises, ein wenig krächzendes Lachen war die Antwort. »Ich habe keine Angst vor dem Tod, mein Kind. Weil ich mich mit den alten Weisheiten auskenne, halten mich alle für eine Zauberin, aber nur dir allein, liebe Katarina, verrate ich, daß ich in Wirklichkeit Christin bin wie du!«

Lächelnd ergriff Kit die runzelige Hand der alten Frau. Die Sklaven von Barbados durften das Christentum nicht annehmen, weil das Gesetz die Versklavung von Christen verbot – außer natürlich als Bestrafung für gewisse Verbrechen. Aus diesem Grund waren alle Schwarzen Heiden und besaßen nach Ansicht der Kirche keine Seele.

»Ich freue mich sehr für dich«, sagte Kit leise.

»All die Jahre über habe ich schon zu Jesus gebetet, und ich werde in den Himmel kommen wie alle anderen Christen auch. Das stimmt doch, oder?«

»Aber ganz sicher, und ich kenne niemanden, der den Himmel mehr verdient als du!«

Ein Lächeln der Erleichterung huschte über Oonas Gesicht, und ihre Augen strahlten so frisch und klar, wie schon seit langem nicht mehr. »Meine liebe Katarina.«

Oona sprach so leise, daß Kit sich vorbeugen mußte, um

die Worte überhaupt verstehen zu können. Dabei fielen ihre dunklen Haare wie ein Vorhang um ihr Gesicht, und Oona strich mit zitternden Händen über die seidenweiche Pracht und streichelte schließlich Kits tränennasse Wange.

»Weine nicht, mein Kind! Ich muß dir unbedingt noch etwas sagen. Vielleicht beweise ich damit nur, daß ich tatsächlich eine Zauberin bin, aber manchmal sehe ich eben Dinge, die Christen verborgen bleiben.«

»Oona, ich weiß nicht recht...«

»Dir stehen schwierige Zeiten bevor, kleine Katarina. Ein Mann wird Unsicherheit und Gefahr in dein Leben bringen. Sein Gesicht kann ich nicht erkennen, doch seine Seele gleicht den Riesenschildkröten, die früher hier an Land gekommen sind, bevor die Schiffe kamen – eine harte Schale, die ein weiches Herz verbirgt. Ein Rebell, ein Eroberer, der Zerstörung bringt. Nein, hör mir zu!« Mit einer Geste brachte sie Kit zum Schweigen, noch bevor diese etwas sagen konnte. »Aber letzten Endes wirst du gewinnen, Katarina. Dieser Mann wird dir auch etwas schenken, das wichtiger ist als alles andere auf der Welt.«

Nach dieser langen Rede versagte die Stimme der alten Frau, und während Kit und sie einander stumm in die Augen sahen, schlich sich das Leben ganz leise aus ihr fort. Endlich hatte die alte Frau ihre Unfreiheit abgestreift. Kit unterdrückte ein Schluchzen und verließ nach einigen Augenblicken die Hütte.

Logan duckte sich neben Doc und Michael Carmody in den spärlichen Schutz, den die Palisadenwand bot, aber trotzdem konnte er nicht vermeiden, daß immer wieder Regentropfen schmerzhaft auf seinem geschundenen Rücken aufprallten.

»Sie sind verrückt, wenn Sie glauben, daß Sie die Mauer in dieser Verfassung überwinden können!« zischte Doc

Logan zu. »Ist ein Tag mehr oder weniger denn wirklich so entscheidend?«

»Wir haben schon viel zuviel Zeit verloren«, flüsterte Logan. »Es bleibt bei heute nacht.«

»Es wird Sie umbringen!«

Logan schüttelte den Kopf, doch diese Bewegung war bereits zuviel. Wie ein Messerstich fuhr ihm der Schmerz durch den Rücken. »So leicht bin ich nicht umzubringen, denn ich habe ein Ziel. Oliver St. John wird für alles, was er tut, bezahlen. Ich werde ihn zur Rechenschaft ziehen!«

»Ich bin dabei, Mylord«, erklärte Carmody zustimmend. »Der Mistkerl wird eines Tages noch bedauern, daß er es mit uns zu tun hatte!«

Logan legte die Finger auf die Lippen, weil sich ihnen die beiden anderen Sträflinge näherten, die ihr Los teilten. Sie hatten beschlossen, gemeinsam die Flucht zu versuchen.

»Pst!« zischte Logan leise. »Nach den Vorfällen dieses Nachmittags werden die Wachen nicht sehr aufmerksam sein. Außerdem wird der starke Regen die meisten Geräusche verschlucken. Falls wir jedoch zu unvorsichtig sind, werden wir in Ketten enden!«

Genau nach ihrem Plan, den sie wieder und wieder durchgesprochen hatten, überwältigten die Sträflinge zuerst die beiden Wachen und zerrten sie gefesselt und geknebelt in eine der Hütten. Dann warfen sie eine Strickleiter, die sie aus Palmfasern und Schlinggewächsen angefertigt hatten, so geschickt über die Palisadenwand, daß sie sich gleich beim ersten Mal an den Spitzen der Pfähle verfing.

Carmody war der erste. Wie ein Affe erklomm er die Leiter und sprang auf der anderen Seite der Pfahlwand in die Tiefe, wo er mit einem dumpfen Geräusch aufkam. Doc war der nächste, und dann waren Gabriel Potter und Judd Smythe an der Reihe. Logan hatte absichtlich bis zuletzt gewartet, weil er im stillen befürchtet hatte, seine großsprecherischen Reden nicht in die Tat umsetzen zu können. Er packte das grobe Tau und dachte ausschließlich an die Freiheit, die ihn auf der anderen Seite der Wand erwartete. Schon bei der geringsten Bewegung protestierten sämtliche Muskeln seines Rückens, und immer wieder wäre er vor Schmerzen beinahe ohnmächtig geworden. Doch sein verzweifelter Wille trieb ihn weiter, so daß er tatsächlich nach einer halben Ewigkeit die zugespitzten Enden der Pfähle unter seinen tastenden Händen fühlte. Mit allerletzter Kraft zog er sich vollends nach oben und ließ sich gleich darauf ohne das geringste Zögern auf der anderen Seite ins Dunkel fallen. Er hatte noch nicht ganz den Boden berührt, als ihn die Hände seiner Freunde packten, ihn auf die unsicheren Füße zerrten und mit sich in die Freiheit zogen.

Kit achtete überhaupt nicht auf den Regen, der unter ihren Umhang geweht wurde und sie bereits völlig durchnäßt hatte. Die Luft war angenehm warm, und ihre Gedanken weilten immer noch bei Oona. Bereits im Alter von drei Jahren hate Kit ihre wunderschöne, aristokratische Mutter verloren, doch durch die Liebe ihrer schwarzen Kinderfrau war sie behütet und beschützt großgeworden. Von heute an jedoch, und das fühlte Kit überdeutlich, war sie endgültig erwachsen.

Nachdenklich blieb sie irgendwann stehen. Sie setzte sich auf einen flachen Felsen und barg den Kopf in den Händen. Irgendwie hatte sie Oona gar nicht richtig Lebewohl sagen können, denn der alten Frau waren ihre letzten Worte so wichtig gewesen. Trotz der warmen Luft lief Kit ein leichter Schauer über den Rücken. Schon immer hatte sie gewußt, daß ihre Kinderfrau zuweilen Dinge sah, die anderen Menschen verborgen blieben, und es war ihr bisher nie in den Sinn gekommen, den Wahrheitsgehalt solcher Aussagen anzuzweifeln. Mit diesen Weissagungen konnte sie allerdings gar nichts anfangen, denn welcher Mann sollte schon solche Schwierigkeiten über sie bringen? Sie lebte allein, und genauso sollte es bleiben. Für den Geschmack der meisten Männer war ihr Verstand viel zu klar und ihr Benehmen viel zu eigenwillig und direkt. Außerdem war sie schon rein äußerlich nicht dazu bestimmt, einem hartgesottenen Junggesellen den Kopf zu verdrehen. Vielleicht war Oona durch das Nahen des Todes irgendwie bedrückt und verändert gewesen, so daß sie nicht mehr klar hatte sehen können.

Ein plötzliches Geräusch schreckte Kit aus ihren Gedanken auf. Hatte sie tatsächlich eine Stimme gehört, oder hatte das Rauschen des Regens sie getäuscht? War sie bereits ein Opfer ihrer überreizten Fantasie? So spät in der Nacht war mit Sicherheit niemand mehr unterwegs, jedenfalls nicht bei solchem Wetter, beruhigte sie sich und machte sich wieder auf den Weg – doch nun in rascherem Tempo. So sehr sie auch lauschte, die Stimme hörte sie nicht wieder, aber dafür allerlei andere Geräusche, die ihr fremd vorkamen. Mit einem Mal bedauerte Kit, daß sie nicht geritten war. Sie blieb stehen und neigte den Kopf, um besser hören zu können. Nichts. Lediglich ein leichter Wind und der Regen rauschten in den Bäumen.

Als Kit sich gerade eine Närrin schalt, löste sich der Schatten eines Mannes aus dem Dunkel des Waldrandes und kam auf sie zu. Augenblicklich schlug Kit das Herz im Hals, und ohne genauer hinzusehen, wirbelte sie herum, raffte ihre Röcke zusammen und rannte den Weg zurück, den sie gekommen war. Doch sie kam nicht weit. Zwei eisenharte Arme umschlangen sie und zerrten sie zu Boden, obwohl sie wild um sich schlug und schrie. Sekunden später preßte sich eine Hand auf ihren Mund.

»Ruhig, du verdammte Hexe!« Befahl eine aufgeregte Stimme. »Ruhig, oder ich breche dir das Genick!«

Der irisches Singsang schien Kit vertraut, doch wo hatte sie die Stimme zuvor schon gehört? Die zweite Stimme beseitigte jeden Zweifel.

»Was geht hier vor?«

Unverkennbar Logan Steele! Diese Stimme würde Kit wahrscheinlich ihr Leben lang nicht vergessen – und die Augenblicke am See erst recht nicht!

»Sieh einer an, was wir hier mitten auf dem Weg gefunden haben!« Die erste Stimme gluckste vor Vergnügen. »Wenn das nicht die Lady von der Plantage ist, fresse ich einen Besen!«

»Lassen Sie sie los!« Logans Stimme klang sehr ruhig, aber gleichzeitig auch sehr bestimmend. Michael Carmody ließ sich davon jedoch nicht im geringsten beeindrucken.

»Ich soll sie einfach loslassen? Wollen Sie wirklich, daß sie mit ihrem Geschrei die ganze Plantage aufweckt? Du lieber Himmel, das wäre doch unser Ende!«

In der plötzlichen Stille hörte Kit sogar ihren ängstlich hämmernden Herzschlag.

»Ein netter kleiner Steinbrocken wird unser Problem lösen. Sie kann uns nicht mehr verraten, und wenn man sie am Morgen findet, sind wir längst über alle Berge!«

In diesem Augenblick erhob sich Docs vertraute Stimme zu Kits Verteidigung. »Guter Gott, Mann, Sie können doch eine unschuldige Frau nicht einfach umbringen!«

»Unschuldig? Da kann ich ja nur lachen!« fauchte Carmody. »Haben Sie vergessen, daß sie St. Johns Schwester ist?«

»Überlassen Sie mir die Sache!« entschied Logan. »Gehen Sie schon zum Strand voraus. Ich werde mich um alles kümmern.«

Mit einem wissenden Lachen schob Carmody Kit in Logans Arme. »Aber beeilen Sie sich Mylord. Wir müssen vor dem Morgengrauen in der Carlisle Bay sein!«

In stummer Wut wehrte sich Kit, als Logan sie zurück zur Siedlung zerrte. Sein Griff war schwächer, als sie ihn in Erinnerung hatte, doch im Vergleich zu ihr war dieser Mann immer noch stärker. Energisch schubste er Kit durch die Tür einer abgelegenen Hütte und stieß sie dort unsanft zu Boden.

»Wenn Sie auch nur den geringsten Laut von sich geben, werde ich Carmodys Rat befolgen!«

Starr vor Entsetzen, hörte Kit, wie Stoff zerriß, und als Logan ihre Handgelenke nach oben zerrte und fesselte, fühlte sie sich von Sekunde zu Sekunde hilfloser. »Es wird Ihnen nicht gelingen, von der Insel zu entkommen!« fauchte sie wütend. »Man wird Sie wieder einfangen und schon dafür sorgen, daß Sie es kein zweites Mal tun können!«

»Natürlich, wenn Sie Ihrem Bruder alles verraten.«

»Er wird Sie auch ohne meine Hilfe finden.«

»Das mag schon sein«, erwiderte Logan gleichmütig. »Zurück kommen wir jedenfalls nicht mehr!« Während er das sagte, zerrte er ihre zusammengebundenen Arme hoch und fesselte sie zusätzlich an den Mittelpfosten der Hütte. »An Ihrer Stelle würde ich nicht allzu heftig zerren. Das könnte die Hütte zum Einsturz bringen. Möglicherweise wird man Sie dann erst als verweste Leiche finden!«

»Als ob das einem Mann wie Ihnen etwas ausmachen würde!«

»Einem Mann wie mir? Ach, Sie haben ja keine Ahnung wer ich bin, und mit etwas Glück werden Sie das vielleicht auch nie erfahren müssen, Miß St. John.«

Obwohl Kit in der pechschwarzen Finsternis nicht das geringste erkennen konnte, sah sie förmlich das spöttische Lächeln, das um seine Lippen spielte, und es überraschte sie auch nicht, als seine Hände plötzlich ihre Taille umfaßten.

»Heute mittag hat mich Ihr Bruder leider unterbrochen,

doch um diese Zeit haben wir wohl nichts von ihm zu befürchten, nicht wahr?«

Als Kit seine Lippen auf den ihren fühlte und spürte, wie Logan sie gegen den Pfahl preßte, spannte sie alle Muskeln an und biß die Zähne aufeinander. Doch es half nichts. Mit Gewalt drückte Logans Hand gegen ihre Kiefer, so daß sie ihren Mund seiner bohrenden Zunge öffnen mußte. Heiße Gefühle durchfluteten ihren Körper, während seine Zunge sanft ihren Mund erforschte, und als sich Logan immer dichter an sie preßte, konnte sie auch seinen Händen nicht länger widerstehen, die sie um die Hüften faßten und an ihn drückten. Plötzlich fühlte Kit nur noch heiße Sehnsucht, doch gleichzeitig schämte sie sich ihrer Gefühle. Als Logan sich schließlich von ihr löste, hörte sie deutlich, daß er ebenso heftig atmete wie sie.

Sekunden später fühlte sie prüfende Finger an ihren Fesseln, und dann schob Logan ihr einen faulig schmekkenden Knebel in den Mund. »Ich denke, das reicht!« erklärte er in kaltem Ton. »Leben Sie wohl, Miß St. John!« Und ohne ein weiteres Wort war er fort.

4. Kapitel

Der Nachmittagstee im Hause des Gouverneurs in Bridgetown war normalerweise eine langweilige Angelegenheit, doch an diesem warmen Februarnachmittag empfand Kit die Veranstaltung als geradezu aufregend. Wie üblich hatten sich die Damen und Töchter der Pflanzer fast vollständig eingefunden, und hie und da kamen sogar einige der Herren ihren gesellschaftlichen Verpflichtungen nach. Zwei von Gouverneur Searles höheren Beamten unterhielten sich mit einigen Marineoffizieren, deren Schiffe in der Bucht vor Anker lagen, doch allein einem einzigen

Gast war es zu verdanken, daß der Nachmittag nicht in Langeweile erstickte. Völlig überraschend hatte Sir Thomas Modyford, der erst vor wenigen Wochen aus England zurückgekehrt war, Lady Searle seine Aufwartung gemacht.

Sir Thomas war ein äußerst wohlhabender Pflanzer, der seine Finger überall im Spiel hatte, und ganz gewiß nicht nur in der langweiligen Lokalpolitik von Barbados. Im Jahr 1652 hatte er blitzschnell erkannt, daß die Sache der Royalisten nicht zum besten stand, und daraufhin dem Parlament seine Unterstützung angedeihen lassen, wodurch Oliver Cromwell auf ihn aufmerksam geworden war. Unschwer war zu erkennen, daß Cromwells Aktionen gegen die spanischen Besitzungen in der Karibik zumindest teilweise von Sir Thomas beeinflußt worden waren. Auch die Anwesenheit der britischen Flotte, die seit nunmehr zwei Monaten in der Carlisle Bay ankerte, war ein weiteres Anzeichen für den großen Einfluß, über den Sir Thomas bei der Regierung im Mutterland verfügte.

Kit hatte Sir Thomas Modyford noch nie besonders gern gemocht. Weit und breit war jedermann vor ihm auf der Hut, und das aus gutem Grund. Hinter seinem höflichen Lächeln und seiner verbindlichen Art war deutlich eine gewisse Rücksichtslosigkeit zu spüren. Allerdings mußte Kit zugeben, daß seine Gegenwart die Gesellschaft eindeutig belebte. Sein Witz war geschliffen scharf, und seinen Augen und Ohren entging rein gar nichts. Kit genoß es ausgesprochen, Sir Thomas beim Beobachten der anderen Gäste zuzusehen, und war regelrecht enttäuscht, als er sich wenig später bereits wieder verabschiedete.

»Welch unerwartetes Vergnügen, daß Colonel Modyford uns heute nachmittag beehrt hat!« Lady Searles spitzer Ton strafte ihre höflichen Worte Lügen.

»Ein sehr interessanter Mann«, bemerkte Kit.

»O ja!« stimmte auch Elizabeth Rogers in die Lobreden ein. »Ein reizender Mann. Wirklich reizend.«

Insgeheim dachte Kit, daß Elizabeth Rogers vermutlich jeden Mann mit Titel und Vermögen ›reizend‹ finden würde, doch gleich darauf schalt sie sich für solche Gedanken. Im Zweifel war sie eifersüchtig, denn neben Elizabeth, mit ihrem pfirsichfarbenen Teint und ihren honigblonden Haaren, fühlte Kit sich ein wenig wie eine graue Maus. Gewissermaßen als Ausgleich für ihre abscheulichen Gedanken lächelte sie Elizabeth freundlich an. »Du bist vermutlich viel zu großherzig, Elizabeth. Ich glaube, daß sich unter Sir Thomas Modyfords freundlicher Art ein sehr berechnendes Herz verbirgt. Soviel ich weiß, haben wir ihm die Anwesenheit der Kriegsschiffe im Hafen zu verdanken.«

Lady Searle ließ nun endgültig ihre Maske fallen. »General Venables versucht, jeden nur annähernd geeigneten Mann für seine Flotte anzuwerben. Admiral Penn unterstützt ihn dabei, und Colonel Modyford ebenfalls. Sie nehmen beinahe jeden. Ich habe keine Ahnung, was Sir Thomas sich dabei denkt. Die Anzahl der weißen Männer auf dieser Insel wird schon seit Jahren immer geringer, und nun nimmt er uns auch noch die letzten. Ich kann nicht länger glauben, daß General Venables und Sir Thomas dieser Insel mit ihrer dummen Unternehmung wirklich einen Gefallen tun werden.«

Kit teilte diese Meinung zwar grundsätzlich, doch dieser Schlußfolgerung mochte sie nicht zustimmen. Bestimmt hatte die gute Frau Angst, daß Modyford möglicherweise ihren Mann als Gouverneur ablösen wollte, und war deshalb für jeden anteilnehmenden Zuhörer dankbar.

»Ich wünschte, die Versorgungsschiffe wären bereits eingetroffen und Admiral Penn schon auf seiner Expedition!« bemerkte die Gastgeberin. »Schließlich gibt es noch andere englische Kolonien, die er heimsuchen kann! Ich weiß wirklich nicht, weshalb man Daniel Venables so ungehindert gewähren läßt. Sie können darauf wetten, daß Colonel Modyford nur darauf wartet, seinen Vorteil daraus ziehen zu können.«

»Möglicherweise haben Sie recht«, entgegnete Kit und bedankte sich dann liebenswürdig bei ihrer Gastgeberin. »Ich fürchte, ich muß jetzt aufbrechen, damit ich nicht in die Dunkelheit komme.«

»Oh, aber selbstverständlich, meine Liebe!« Lady Searle war plötzlich sehr besorgt. »Es war ganz reizend, daß Sie uns besucht haben. Sie sollten sich wirklich öfter sehen lassen! Wenn Ihr Bruder auf Reisen ist, muß es doch in Greenhaven entsetzlich langweilig sein. Ich kann mir gar nicht vorstellen, womit Sie sich den ganzen Tag über beschäftigen!«

Während Kit sich höflich lächelnd verabschiedete, ging es ihr durch den Kopf, daß nicht nur Lady Searle, sondern vermutlich auch alle anderen Damen sehr genau wußten, womit sie sich in Greenhaven beschäftigte. Doch sie zogen es allesamt vor, ihre Augen zu verschließen. Unmöglich konnte eine junge Frau mit guter Erziehung Geschmack an einer so ›männlichen‹ Tätigkeit finden, wie es die Leitung einer Plantage nun einmal war!

Wie sich herausstellte, war Kit doch nicht rechtzeitig aufgebrochen, denn die Dunkelheit überraschte sie mitten auf der Straße. Normalerweise machte ihr das keine Angst, aber in den vergangenen Wochen waren ungewöhnlich viele Sklaven geflohen, die sich höchstwahrscheinlich noch in den Bergen versteckt hielten, weil sie ja die Insel nicht verlassen konnten. Solange man sie nicht eingefangen hatte, bestand immerhin die Gefahr, daß sie sich zusammenschlossen und gemeinsam die Küste heimsuchten, um sich für das vermeintlich erlittene Unrecht schadlos zu halten.

Kit beugte sich zum Fahrer ihres Wagens vor. »Seien Sie wachsam, Adam. In einer mondlosen Nacht wie dieser muß man auf alles gefaßt sein.«

»Ja, Miß.«

»Und halten Sie die Pistole griffbereit!« fügte Mandy hinzu. »Wenn der Master geahnt hätte, daß es so spät werden würde, hätte er uns bestimmt begleitet! Der Aufseher von Edmonds hat in der vergangenen Woche eine Gruppe Sklaven entdeckt, doch bis er die Hunde geholt hatte, waren sie bereits über alle Berge. Es sollen auch Weiße dabei gewesen sein.« Sie senkte die Stimme. »Vielleicht sogar die, die Sie letzte Woche überfallen und in diese Hütte gesperrt haben!«

»Kann ich mir nicht denken.« Kits Blicke waren eine eindeutige Warnung an die Adresse ihrer schwatzhaften Dienerin. Sie war es nämlich gewesen, die Kit nach einer entsetzlichen Nacht in aller Frühe in dieser Hütte gefunden hatte. Frühmorgens hatte sich Mandy über das unberührte Bett ihrer Herrin gewundert und glücklicherweise sofort die richtigen Schlüsse gezogen. Beim Gedanken an die kranke Oona war sie sofort zur Siedlung gelaufen – und hatte damit ihrer Herrin die Peinlichkeit erspart, in einer derartigen Lage von ihren Sklaven gefunden zu werden. Natürlich hatte Kit Mandy das Versprechen abgenommen, über die ganze Angelegenheit zu schweigen. Logan Steele war fort und hoffentlich inzwischen mit seinen Kumpanen zur Hölle gefahren! Nach knapp zwei Monaten hatte Kit jedenfalls keine Lust, dieses Thema noch einmal aus der Versenkung hervorzuholen.

»Mir wäre jedenfalls wohler«, begann Mandy noch einmal, »wenn Master Oliver uns begleitet hätte. So spät ist es...« Der Satz blieb unvollendet, weil das Pferd plötzlich scheute, zur Seite ausbrach und der Wagen mit einem Rad im Graben landete.

»Ruhig, ruhig!« rief Adam. »Ist ja schon gut!«

Doch das Pferd beruhigte sich keineswegs, und wenige Augenblicke später war der Grund klar. Vier Schatten lösten sich vom Waldrand und rannten auf den Wagen zu. Sekundenlang dachte Kit an Logan Steele, doch gleich darauf verwarf sie den Gedanken wieder. Es konnte einfach nicht wahr sein. Nein, es durfte nicht wahr sein!

Und es war es auch nicht. Die Männer waren allesamt untersetzt, und selbst der Größte reichte bei weitem nicht an Logan Steeles Riesengestalt heran. Bevor Kit erleichtert aufatmen konnte, hatten zwei bereits die Zügel gepackt, während sich die anderen beiden in den Wagen schwangen. Von Adam hörte man nur einen empörten Ausruf, bevor ihn ein Schlag auf den Schädel zu Boden beförderte. Wie wild trat Kit um sich und prügelte auf den nächstbesten Angreifer ein, weil er so siegessicher grinste.

»Autsch!« rief der Mann und taumelte überrascht einen Schritt zurück. »Verdammtes Biest!«

Blitzartig griff Kit nach der Peitsche am Kutschbock, doch im selben Augenblick wurde sie von zwei langen Armen hinterrücks umschlungen. »Vielleicht findest du mich erträglicher, mein Schatz! Was soll... Verdammt!«

Diesmal war Mandy dazwischengefahren. Sie hatte dem zweiten Mann das Gesicht zerkratzt und ihm dann zielsicher das Knie zwischen die Beine gerammt. Als er zusammensackte, sprang Kit zur Seite und bekam gerade noch rechtzeitig die Peitsche zu fassen, um sie ihrem ersten Angreifer kräftig quer über das Gesicht zu ziehen.

»Jetzt ist es aber genug, Miß!« Der dritte mischte sich ein, indem er Kits Arm packte und ihn schmerzhaft nach hinten drehte. »Lassen Sie augenblicklich die Peitsche fallen!«

Während Kits taube Finger gehorchten, hörte sie, wie Mandy sich empörte. »Wirklich unerhört! Zwei hilflose Frauen einfach so zu überfallen! Ihnen werde ich es zeigen!« Sofort gewann Kit neuen Mut und stürzte sich auf ihr Gegenüber, doch ein unsanfter Schlag auf den Kopf traf sie so unglücklich, daß sie auf die Knie niedersank und rote Punkte vor ihren Augen tanzten.

»Runter von mir, du alte Hexe!« Aus dem Augenwinkel sah Kit, daß Mandy wie der leibhaftige Teufel rücklings auf einem der Männer hockte und ihn mit Schlägen traktierte.

Noch bevor Kit sich versah, wurde sie wieder auf die Füße gezerrt, doch ihre heftige Gegenwehr trug ihr nur einen weiteren Schlag auf den Kopf ein. »Benimm dich endlich, mein Schatz, oder ich lösche dir die Lichter aus!«

»Mandy, laufen Sie!« brüllte Kit. »Laufen Sie und holen Sie Oliver!«

Ohne Widerrede ließ das Mädchen von seinem Opfer ab, wich geschickt den um sich schlagenden Armen aus und verschwand blitzschnell im dichten Wald. Der Mann rappelte sich hoch und wollte ihr nachlaufen, doch ein scharfes Kommando brachte ihn zum Stehen.

»Laß die rothaarige Hexe doch laufen!« Dann lachte der Anführer hämisch. »Wir werden ja sehen, was passiert!«

Inzwischen wurde Kit gefesselt und geknebelt und schließlich über eine starke Schulter geworfen. Da jede Bewegung ihre Lage nur unerträglicher machte, hielt sie still und zermarterte fieberhaft ihr Gehirn nach einem Ausweg. Wohin brachten diese Männer sie? Ihre Unterhaltung war in dieser Beziehung nicht sehr aufschlußreich.

»Wir sind schon gleich am Strand. Wo bleiben sie nur?«

»Woher soll ich denn das wissen.«

»Klappe!« befahl der Anführer. »Oder wollt ihr alles verderben?«

»Wir müssen eine Pause machen. Dieses Weib ist ganz schön schwer!«

Als Antwort trat Kit heftig um sich und traf etwas Weiches.

»Verdammt!« tönte es, und Sekunden später klatschte

eine breite Hand kräftig auf ihr Hinterteil. »Ruhig, verflucht! Da sind sie ja!«

»Es wird auch allmählich Zeit.«

Die kleine Prozession hielt inne. »Sind sie es wirklich? Irgendwie sehen sie so anders aus!«

»Wer sollte es denn sonst sein?«

»Das werden wir gleich wissen«, entgegnete der andere, während er Kit auf seiner Schulter zurechtschob.

»Ach, du Schreck! Das sind andere! Was zum Teufel... Lauft!«

Bei jedem Schritt rammte sich die Schulter des Mannes schmerzhaft in Kits Magengrube, doch die Pein dauerte nicht lange. Nach wenigen Schritten war ihm wohl klar, daß er ohne seine Last besser laufen konnte. Plötzlich warf er Kit im hohen Bogen in den Sand, aber es nützte ihm nichts mehr. Unvermittelt traf ihn ein heftiger Schlag am Kopf, so daß er zu Boden stürzte und mit dem Schädel vernehmlich gegen einen Felsbrocken knallte. Er zuckte noch kurz und lag dann still, während seine Kumpane im Wald hinter dem Strand verschwanden.

Als Kit zu den Männern aufsah, die sich um sie versammelt hatten, überlegte sie, ob sie nicht vielleicht vom Regen in die Traufe gekommen war. Mit offenem Mund starrten sie auf ihren Fund hinunter, wie auf einen seltenen Fang. Es war viel zu dunkel, um Gesichter zu erkennen, doch der irische Akzent genügte. Augenblicklich erinnerte sich Kit mit Grausen an die Nacht, als der wütende Sträfling ihr den Kopf mit einem Stein hatte zertrümmern wollen und der Engländer ihren Stolz mit einem Kuß vernichtet hatte.

»Was sehen meine wunden Augen?« spottete die Stimme. »Was hat die Herrin von Greenhaven denn hier zu suchen?«

»Halten Sie sich zurück, Carmody!« wurde ihm kurzerhand das Wort abgeschnitten. »Die Leute warten. Nehmen Sie ihr die Fesseln ab!«

»Halten Sie sich lieber zurück, Van Halen! Sie haben mir gar nichts...«

»Ich höre jemanden kommen!« rief eine ängstliche Stimme.

»Schneiden Sie sie los!«

»Sie weiß zuviel! Sie hat mich erkannt.« Wie eine dunkle Drohung hingen diese Worte über Kit, und als Carmody sein Messer zog und seine Schneide im Licht der Sterne funkelte, wußte Kit, daß er keineswegs ihre Fesseln durchschneiden wollte.

Kurz bevor das Messer ihre Kehle berührte, wurde Carmodys Handgelenk von einer starken Faust gepackt. »Ich habe gesagt, daß Sie die Fesseln durchschneiden sollen!« schrie Van Halen.

»Verdammt, ich habe Ihnen doch gesagt...«

»Ob sie zuviel weiß, wird der Kapitän entscheiden!«

Wenige Augenblicke später lösten sich Kits Fesseln, und sie konnte sich endlich den Knebel aus dem Mund reißen. Gleich darauf zerrte der Ire sie zum Wasser, wo bereits ein Boot flottgemacht wurde. Als Kit sich umblickte, erkannte sie drei Männer, die auf dem Kamm einer Düne standen und lauthals hinter ihnen her brüllten. Eine Stimme gehörte unzweifelhaft Nick Basey. Seltsam, dachte Kit und wunderte sich, wie viele Menschen sich nachts am Strand herumtrieben! Doch noch bevor sie einen klaren Gedanken fassen konnte, wurde sie mit anderen, vor Angst schwitzenden Menschen in das Boot gedrängt.

Nach wenigen Minuten in drangvoller Enge stieß das Boot schließlich gegen einen Schiffsrumpf, der sich lediglich als dunkler Schatten in der samtdunklen Nacht abzeichnete. Nirgendwo brannte eine Lampe. Ein leiser Ruf vom Deck her war das einzige Erkennungszeichen. Kurz darauf wurden Enternetze herabgelassen, und Kit beobachtete, wie etwa acht schwarze Männer und zwei Frauen hinaufkletterten. Bevor sie noch lange über das Gesehene nachdenken konnte, wurde sie ebenfalls hinaufgeschoben.

An Deck angekommen, drängte man sie einen Niedergang hinunter und sperrte sie in eine geräumige Kajüte auf dem Achterdeck. Als erstes überprüfte Kit die Fenster und schlug wütend dagegen, als sie sich nicht öffnen ließen.

»Wenn Sie eines meiner Fenster zerbrechen, wird Ihnen das nicht gut bekommen!«

Kits Herz schlug schneller. Die Stimme kam ihr sehr bekannt vor, doch das Gesicht und die Gestalt des Mannes unter der Tür waren ihr völlig fremd. Er war so riesig, daß bei seinem Eintritt der Raum zu schrumpfen schien, und Kit fragte sich, ob das breite Bett für diesen gewaltigen Menschen tatsächlich groß genug war. Er trug weder Jacke noch Weste, sondern nur ein seidenes Hemd, unter dem sich seine kräftigen Muskeln deutlich abzeichneten, und dazu modisch weite Kniehosen und schwarze, glänzend polierte Stiefel.

Mit verschränkten Armen lehnte er sich lässig gegen die Tür und betrachtete Kit mit ironischem Lächeln, was sie über alle Maßen irritierte. »Sie haben keine Ahnung, wer ich bin, nicht wahr?«

Dunkel ahnte Kit, daß sie diese Stimme schon einmal gehört hatte. Doch wo? »Muß ich das?« Ihre Stimme klang kühl und hochmütig. Dieser arrogante Kerl sollte nur nicht glauben, daß er mit ihr so umspringen konnte!

Sein Lächeln wurde breiter. »Eigentlich schon.«

Irgend etwas war ihr sehr vertraut... Nein! Sie war sicher, daß sie ihn noch nie gesehen hatte, denn einen so gutaussehenden Mann hätte sie bestimmt nicht wieder vergessen! In seinem ausdrucksstarken Gesicht mit vorspringendem Kinn, einem breiten Mund und schmalen, aber wohlgeformten Lippen spiegelten sich Humor, Klugheit und auch ein gewisses Maß an Härte. Er besaß eine sehr gerade Nase zwischen zwei durchdringend blickenden blauen Augen, und die mahagonifarbenen Haare trug er so ungewöhnlich kurz, daß sich am Nacken, an den Ohren und über der Stirn Locken kringelten.

Ein äußerst attraktives Gesicht, bei dessen Anblick es jeder Frau den Atem verschlägt, dachte Kit. Nein, ihn konnte man nicht vergessen! »Sie irren sich«, widersprach sie mit leicht vibrierender Stimme. »Ich kenne Sie nicht. Ich habe Sie noch nie zuvor gesehen.«

Der Mann grinste noch breiter. »Vielleicht wird das Ihrem Gedächtnis nachhelfen.« Rasch trat er auf sie zu, so daß sie unwillkürlich zurückwich, doch da hatte sein Arm sie bereits umfaßt. Und schon senkte sich sein Mund auf ihre Lippen und küßte sie, daß ihr der Atem stockte.

Wie wild wand sich Kit in seinen Armen und versuchte, den Körper von sich wegzudrücken, der sich so nachdrücklich und vertraut gegen sie preßte. Doch sie erreichte genau das Gegenteil. Je heftiger sie sich wehrte, desto tiefer und leidenschaftlicher wurde seine Umarmung. Trotz seiner gierigen Lippen spürte Kit deutlich eine gewisse Kühle, fast leidenschaftslose Verachtung – und genau die löste ihre Erinnerung aus. Ein Gesicht tauchte vor ihrem inneren Auge auf – bärtig, abgehärmt und schmutzig.

Das Entsetzen beflügelte ihre Kräfte, und sie schob den Mann von sich. »Sie!« stieß sie ungläubig hervor.

Im Gegensatz zu seinem brutalen Kuß lächelte er fast liebenswert. »Haben Sie mich jetzt endlich erkannt?«

»Sie Lump!«

Seine knappe Verbeugung troff vor Sarkasmus. »Captain Logan Steele, Madam, zu Diensten! Oder vielleicht sollte ich sagen: Ihr Sklave!«

»Captain?« Sie ließ das Wort voller Verachtung auf der Zunge zergehen. »Ein hübscher Titel für einen entlaufenen Sträfling und Verbrecher! Wie viele Männer haben Sie umgebracht, um in den Besitz dieses schönen Schiffes zu gelangen?«

»Genau genommen keinen. In der Nacht, als wir Ihren gastfreundlichen Besitz verließen, ankerte diese Fregatte in der Carlisle Bay. Glücklicherweise nahe am Ufer, so daß wir hinüberschwimmen konnten. Daß die wenigen Wachen freiwillig über Bord sprangen, haben wir allein unserer sanften Überredungskunst zu verdanken.«

»Sie haben Glück gehabt, ein so gutes Schiff zu ergattern«, bemerkte Kit in scharfem Ton. »Ich bin überrascht, daß Sie noch etwas anderes können, als unschuldige Frauen zu mißbrauchen!«

Logan überhörte die Spitze. »Nach achtjährigem Dienst in der britischen Marine kann ich mit jedem Schiff umgehen. Vorausgesetzt natürlich, ich habe eine willige Besatzung. Und die haben wir uns bei einem Besuch auf Tortuga zugelegt. Guter Gott, endlich hat sich mein Dienst für das Vaterland auch einmal ausgezahlt!«

Kit konnte der Versuchung nicht widerstehen. »Ich erinnere mich, daß Mr. Brownlow mir etwas von Meuterei erzählt hat. Die Piraterie ist offenbar Ihr Leben.« Dunkel konnte sie sich daran erinnern, daß Sir Thomas Modyford kurz nach seiner Rückkehr aus England gejammert hatte, man hätte ihm ein Schiff gestohlen. Er hatte damals Gouverneur Searle dazu gebracht, den Kommandanten von Wallenghby Fort zu entlassen, weil die Piraten das Schiff direkt unter seiner Nase aus dem Hafen von Bridgetown entführt hatten. Kit wäre niemals auf den Gedanken gekommen, dieses Ereignis mit der Flucht der Sträflinge in Verbindung zu bringen.

»Ich könnte mir denken, daß Ihre Kapitänslaufbahn nicht von langer Dauer sein wird! Falls es sich bei diesem

Schiff um das gestohlene handelt, haben Sie sich einen machtvollen Feind geschaffen.«

Logan lächelte hintergründig. »Ich denke, daß er mir verzeihen wird.«

Je eindringlicher sie diese blauen Augen betrachteten, desto ablehnender wurde Kit. »So, meinen Sie? Ich nehme an, daß Sie mich auch zu Ihren Feinden rechnen.« Sie bemühte sich um eisige Beherrschung. »Ist diese Entführung Ihre Rache?«

»Ganz gewiß nicht. Das war der reinste Zufall, und mir behagt die Situation genauso wenig wie Ihnen.«

Kit schnaubte verächtlich. »Und das soll ich Ihnen glauben? Ihren haßerfüllten Blick beim Auspeitschen habe ich nicht vergessen.«

Logan trat an einen kleinen Schrank und goß Wein in zwei Gläser. Grinsend reichte er ihr eines davon. »In dieser Beziehung haben Sie sich gründlich geirrt, Miß St. John. Es war ein Blick voller Lust. Ich habe nämlich entdeckt, daß man sich damit bis zu einem gewissen Punkt von Schmerzen ablenken kann.«

Erschreckt weiteten sich Kits Augen, und ihre Finger umklammerten krampfhaft den dünnen Stiel ihres Glases. Hatte er etwa die Absicht, sie zu vergewaltigen und ihr die Kehle durchzuschneiden? Am liebsten hätte sie ihm das Glas in sein arrogantes Gesicht geschleudert. »Ich werde mir die Lektion zu Herzen nehmen und meinen Bruder beim nächsten Mal nicht unterbrechen.«

Logans eisblaue Augen glitzerten. »Ja, meine Liebe, Sie sind tatsächlich viel zu weichherzig. Sicher wäre es besser gewesen, Ihr Bruder hätte mich umgebracht! Dann hätten meine Männer Sie allerdings nicht aus den Armen dieser ehrenwerten Gentlemen retten können, die Sie zum Strand geschleppt haben.«

»Mich gerettet? Von wegen! Dafür haben sie mich Ihren gierigen Händen ausgeliefert!« Kit reckte ihr Kinn in die

Höhe und versuchte, mutig zu wirken, obwohl dieser Riese ihr Angst einjagte. Wenn sie doch wenigstens nicht dauernd an die Berührungen seiner Hände und seines Mundes denken müßte! »Ich warne Sie ausdrücklich, mich noch einmal anzufassen! Ich werde Ihnen die Augen auskratzen, bevor ich nachgebe!«

»Nachgeben?« Genüßlich dehnte Logan das Wort in die Länge und dann lachte er. »Ach, jetzt weiß ich, was Sie meinen!«

Kit errötete. »Ich bin kein behütetes Pflänzchen, Mr. Steele, und weiß sehr wohl, wie Männer wie Sie mit Frauen umgehen! Sie vergessen, daß ich bereits eine Kostprobe genießen durfte. Ich warne Sie ganz ausdrücklich!«

»Aber, Miß St. John!« Mit einer Geste brachte er sie zum Schweigen und grinste. »Ich bitte um Verzeihung, aber ich bin mit meiner Rolle als Wüstling noch nicht ganz vertraut. Ich hatte eigentlich nicht die Absicht, Ihnen etwas anzutun, doch wenn Sie es wünschen, wird sich bestimmt einer meiner Männer finden... Ich für meinen Teil habe Wichtigeres zu tun.« Lässig lehnte er sich gegen einen Balken und trank seinen Wein, während Kit ihn nur mit schweigender Verachtung musterte. Dann biß sie wutentbrannt die Zähne aufeinander und kehrte Logan den Rükken zu.

Als er schließlich nach einer ganzen Weile das Schweigen brach, war jeder Spott aus seiner Stimme verschwunden. »Seien Sie froh, daß ich nicht der Mann bin, für den sie mich halten, Mistreß! Wenn ich wirklich auf Rache aus wäre, dann wäre das entsetzlicher als alles, was Sie sich vorstellen können.« Er betrachtete ihren geraden Rücken. »Wie die Dinge liegen, werde ich Sie sobald wie möglich an Land setzen. Im Augenblick ist es jedenfalls nicht möglich, weil es Wichtigeres zu tun gibt. Solange Sie sich meinen Befehlen fügen, garantiere ich für Ihre Sicherheit auf diesem Schiff.«

Das laute Knallen der Segel war bis in die Kabine zu hören, und die Lampe geriet in Schwingung, als der Wind das Tuch blähte und sich das Schiff zur Seite neigte.

»Wie gesagt, ich habe im Augenblick Wichtigeres zu tun.« Mit diesen Worten ging er zur Tür. »Ich schlage vor, daß Sie in aller Ruhe Ihren Wein trinken und dann ein wenig schlafen. Ohne meine ausdrückliche Erlaubnis dürfen Sie jedenfalls die Kabine nicht verlassen.« Er lächelte, obwohl sie ihm immer noch den Rücken zudrehte. »Falls Sie nicht gehorchen, muß ich Sie leider an den Pfosten binden. Also seien Sie vernünftig, Miß St. John! Sie haben meine Geduld schon über die Maßen strapaziert.«

Das Schließen der Tür übertönte den wenig damenhaften Fluch, den Kit ihm nachrief. Was fiel diesem Menschen nur ein, sie so zu beleidigen, und dann auch noch anzunehmen, daß sie seinen Worten glaubte! Unruhig wanderte sie in dem engen Raum hin und her und wurde zusehends wütender. Er konnte sie doch nicht zweimal – nein, dreimal – auf so intime und gleichzeitig verletzende Art küssen und dann behaupten, er würde sie nicht belästigen!

Ein wütender Tritt gegen den Bettpfosten brachte Kit wieder zur Besinnung, und sie begriff, daß sie nicht nur über die Entführung empört war, sondern auch über die Tatsache, daß sich dieser miese Pirat nicht im geringsten für sie interessierte. Nach Verehrern, wie sie Mavis Edmond und Elizabeth Rogers hinterherliefen, hatte sie nicht das geringste Verlangen, aber so häßlich, daß sich nicht einmal dieser Kerl für sie interessierte, war sie nun auch wieder nicht. Gar zu gern hätte sie sich auf der Stelle in eine Schönheit verwandelt und diesem Mann das Herz gebrochen, sobald er ihr verfallen war! Sie sah ihn schon vor sich knien und um ihre Gunst flehen, während sie lediglich die Nase rümpfte und ihm den Rücken zukehrte.

»Au, verdammt!« Den Tränen nahe, warf sie sich aufs

Bett, nachdem der Pfosten auch ein weiteres Mal Sieger geblieben war.

Wenig später hatte das Schiff die Half Moon Bay endgültig hinter sich gelassen und pflügte mühsam durch die unruhige See. Sofort überfielen Kit die ersten Anzeichen von Seekrankheit, die sich von Minute zu Minute verschlimmerten. Unruhig blickte sie sich nach dem Nachttopf um und entdeckte ihn gerade noch im letzten Augenblick.

Nachdem sie etwa eine Stunde lang gelitten hatte, merkte sie plötzlich, daß Logan inzwischen hereingekommen war. Doch er schien nicht besonders besorgt zu sein. »Also habe ich doch richtig gehört.« Er reichte ihr eine Tasse mit einer dampfendheißen Flüssigkeit. »Trinken Sie das! Es ist Docs Geheimrezept.«

Angewidert wandte Kit sich ab, aber Logan hob ihr Gesicht hoch und zwang sie, den Inhalt des Bechers zu trinken. Kit mußte zugeben, daß die warme Flüssigkeit ihrem gereizten Hals gut tat und sich auch ihr unruhiger Magen auf der Stelle besser fühlte.

»Ich glaube, Sie kommen besser mit an Deck. Die frische Luft ist mit Sicherheit angenehmer als dieser säuerliche Geruch hier unten!«

In der kühlen Nachtluft ging es Kit augenblicklich besser. Auch die Schlingerbewegungen des Schiffes waren weit weniger zu spüren. Während sie mit Logan über das Deck ging, folgten ihnen viele neugierige und zum Teil auch feindselige Blicke.

»Wohin segeln wir eigentlich?« fragte Kit unvermittelt.

Logan schüttelte den Kopf. »Das geht Sie nichts an.«

Auf dem Achterdeck faßte Logan Kit fürsorglich am Arm und führte sie zur Reling. Rasch schloß das Mädchen die Augen, um die dunklen Wellenberge nicht sehen zu müssen, die am Rumpf des Schiffes entlangglitten. Falls sie sich nicht klug verhielt, konnte er sie einfach über Bord stoßen, und kein Hahn würde nach ihr krähen!

»Ich habe nur aus Neugier gefragt«, erklärte sie. »Deshalb müssen Sie mir doch nicht gleich den Kopf abreißen! Nachdem man mich entführt und auf dieses Schiff verschleppt hat, darf ich doch wenigstens neugierig sein.«

»Aber diese Neugier kann Sie in größte Schwierigkeiten bringen«, entgegnete Logan trocken.

»Genau wie Sie die Entführung einer St. John in größte Schwierigkeiten bringen kann!«

Logan lachte leise. »Immer zum Diskutieren aufgelegt! Wirklich bewundernswert, aber nicht gerade klug! Sie sollten netter zu mir sein, Kit St. John, denn schließlich bin ich Ihr Beschützer unter all diesen Halsabschneidern!«

Kit war empört, weil Logan sie so einfach mit ihrem Kosenamen anredete. Ob er ihn auf der Plantage aufgeschnappt hatte? »Ich heiße Katarina Isabella Christina St. John«, korrigierte sie ihn mit einem gewissen Stolz in der Stimme. »Sie können mich gern weiterhin Miß St. John nennen.«

»Katarina...« Genüßlich dehnte Logan die Silben in die Länge. »Das klingt wesentlich schöner als diese kindische Kurzform. Ich wüßte nur gern, wie eine englische Miß zu einem so spanischen Namen kommt.«

»Meine Mutter war Spanierin«, erklärte Kit mit einem gewissen Stolz. »Sie war die jüngste Schwester des Count of Penalva, der augenblicklich Gouverneur von Hispaniola ist. Mein Vater war Engländer.«

»Der Gouverneur von Hispaniola...« Logan zog die Stirn kraus. »Demnach ist das fette Schwein im Gouverneurspalast von Santo Domingo Ihr Onkel? Ein seltsamer Zufall!«

»Mein Onkel ist kein fettes Schwein!« fauchte Kit.

Überrascht zog Logan eine Braue hoch. »Sind Sie tatsächlich mit ihm verwandt?«

»Aber natürlich. Meine Mutter war seine Lieblingsschwester, und ich bin seine liebste Nichte, obwohl wir uns nur selten sehen. Onkel Juan ist ein ehrenhafter Mann. Ich erlaube nicht, daß Sie ihn verleumden, nur weil er Spanier ist!«

Kit konnte Logans Züge in der Dunkelheit nur schwer erkennen, doch dieses nachsichtige Lächeln verhieß bestimmt nichts Gutes. Womöglich würde er sie gleich hier, vor versammelter Mannschaft, küssen! Vorsichtshalber wich sie ein Stück zurück, doch er hielt sie auf, indem er eine Hand auf ihrem Arm legte.

»Wovor fürchten Sie sich, Katarina?«

»Ich fürchte mich vor nichts – vor niemandem.«

Logan Steeles Lachen hallte tief in seinem Brustkorb. »Das glaube ich Ihnen aufs Wort! Aus vielerlei Gründen halte ich Sie für eine höchst ungewöhnliche Frau.«

Das hört sich ja nicht gerade wie ein Kompliment an, dachte Kit und schüttelte Logans Hand ab. »Die Luft hier oben wird immer schlechter«, bemerkte sie spitz. »Ich glaube, ich gehe lieber wieder hinunter.«

»Wie Sie möchten.« Gedankenvoll blickte Logan ihr nach, wie sie hochaufgerichtet zur Luke hinüberging. »Katarina!«

Unwillig blickte sie sich um.

»Manchmal haben sogar die Tapferen Angst, Katarina. Nur Narren fürchten sich nie!«

Der tropisch warme Wind fühlte sich plötzlich kalt an und ließ Kit erschauern. Rasch raffte sie ihre Röcke zusammen und verschwand wortlos im Niedergang.

5. Kapitel

»Segel voraus!«

Mit dem Ruf des Ausgucks war die friedliche Stimmung der Morgendämmerung unwiederbringlich dahin. Kit schreckte von ihrem Bett hoch und wußte im ersten Augenblick nicht genau, wo sie sich befand. Doch nach und nach kehrte die Erinnerung zurück. Die ganze Nacht über war sie unruhig in ihrem engen Gefängnis auf und ab gelaufen und hatte versucht, die zahlreichen Geräusche an Deck zu deuten. Vermutlich hatten die Piraten während der Nacht einen Überfall verübt, denn trotz der Finsternis hatte sie beobachten können, wie das Beiboot einige Male zwischen dem Schiff und einer kleinen Insel hin und her gefahren war. Als der Ruf des Ausgucks ein zweites Mal ertönte, ergriff Kit Mitleid mit dem kleinen Schiff, das bestimmt in Kürze den Piraten zum Opfer fallen würde.

Widerstrebend stieg sie aus dem Bett und erfrischte ihr Gesicht mit Wasser aus einer Waschschüssel. Dann schlüpfte sie in Hemd und Kleid und entwirrte ihre Haare mit einem Kamm, den sie auf dem Waschtisch gefunden hatte. Sorgfältig schlang sie die Mähne im Nacken zu einem Knoten, doch als ihre Finger unbewußt kleine schmeichelnde Löckchen aus der strengen Frisur zupften, hielt sie mitten in der Bewegung inne. Für wen machte sie sich eigentlich schön, wo doch weit und breit niemand existierte, für den es sich gelohnt hätte?

Als sie das Deck betrat, hielt sie unwillkürlich den Atem an. Die ersten Sonnenstrahlen tauchten die Wasseroberfläche in schimmerndes Gold, das sich gleichzeitig an den Federwolken am noch blassen Himmel spiegelte. Der Schiffsrumpf ächzte leise, und in der Takelage sang der Wind, während das Wasser um den Schiffsrumpf platschte und gurgelte.

»Es handelt sich um eine Brigg.«

Logans tiefe Stimme riß Kit aus ihrer Andacht und erinnerte sie wieder an die Gefahr, die dieser wunderschöne Morgen für das fremde Schiff bereithielt. Logan hielt sein Fernglas auf den Horizont gerichtet und rechnete bestimmt schon aus, wieviel ihm seine Beute einbringen würde.

»Offensichtlich treibt es auf den Wellen. Das einzige Segel ist zerfetzt, und ich kann keinerlei Bewegung auf Deck erkennen.«

Logan reichte das Glas an den Mann neben ihm weiter. An seine schlanke Gestalt, die schulterlangen blonden Haare und das Habichtsgesicht konnte Kit sich erinnern – es war Van Halen, der Michael Carmody daran gehindert hatte, ihr die Kehle durchzuschneiden.

»Was halten Sie von der Sache, Peter?« fragte Logan mit finsterer Miene.

»Sie mögen recht haben. Es sieht tatsächlich ganz nach einem Werk des Schakals aus. Der Rauch deutet darauf hin, daß der Überfall wahrscheinlich noch keine Stunde zurückliegt. Vermutlich ist es bei Tagesanbruch passiert.« Mit diesen Worten reichte der Holländer das Glas zurück.

Inzwischen hatten sie sich dem kleinen Schiff so weit genähert, daß Kit mit bloßem Auge das zerfetzte Segel ausmachen konnte, das im sanften Morgenwind wehte. Ganz offenbar war jemand Logan zuvorgekommen und hatte ihm die Beute vor der Nase weggeschnappt. »Weshalb soll das ausgerechnet der Schakal gewesen sein?« fragte sie, während sie zum Achterdeck hinaufkletterte.

Beim Klang ihrer Stimme fuhren Logan und der Erste Offizier überrascht herum. »Was machen Sie denn hier?« wollte Logan wissen.

»Genau das habe ich mich auch die ganze Nacht über gefragt!«

Logan runzelte die Brauen. »Offensichtlich hat sich Ihre spitze Zunge über Nacht erholt, Katarina!«

Diskret versuchte Van Halen, sich zurückzuziehen und sein Grinsen zu verbergen, doch Logan entging nichts. »Wohin gehen Sie?« herrschte er seinen Ersten Offizier an.

»Ich dachte, Sie wollten vielleicht allein sein«, antwortete dieser grinsend.

»Geben Sie lieber Anweisung, das Hauptsegel zu reffen! Ich möchte mir die Sache aus größerer Entfernung genau ansehen, bevor wir an Bord gehen.«

»Ja, Sir!«

Daraufhin starrte Logan finster zu Kit hinüber.

»Versuchen Sie nur nicht, mir Angst zu machen!« wies sie ihn zurecht. »Sie können nicht erwarten, daß ich Tag und Nacht in dieser engen Kabine verbringe! Und außerdem«, sagte sie mit Blick auf das treibende Wrack, »droht uns von dort ja wohl keine Gefahr.«

»Das kann man nie wissen! Möglicherweise ist es eine Falle.«

»Es sieht aber nicht danach aus«, gab sie zurück und übersah dabei geflissentlich seine finstere Miene. »Sie haben mir noch nicht erklärt, weshalb das ausgerechnet ein Werk des Schakals sein soll?«

»Haben Sie bisher tatsächlich so behütet in einem goldenen Käfig gelebt, daß Sie nicht einmal wissen, wer der Schakal ist?«

»Ich weiß nur, daß er eine Maske trägt und ein grau gestrichenes Schiff besitzt. Von Colonel Modyford habe ich gehört, daß er der abgefeimteste Pirat aller Zeiten ist – und gleichzeitig der erfolgreichste.« Sie schenkte ihrem Gegenüber ein zynisches Lächeln. »Sind Sie neidisch?«

Logan schnaubte verächtlich. »Soll ich tatsächlich auf einen Mann neidisch sein, der aus reinem Vergnügen Menschen foltert und sie umbringt?«

»Demnach ist dieser Mensch also tatsächlich anders als Sie?«

Logan schüttelte nur den Kopf. »Ob Sie es glauben oder nicht, Katarina, aber im Grunde bin ich für diesen Beruf äußerst ungeeignet. Allerdings ist er mir lieber, als auf einer Plantage zu arbeiten!«

»Demnach ist dieser Schakal kein Kamerad von Ihnen?«

»Wohl kaum.« Angewidert verzog Logan den Mund. »Eher bezeichne ich Ihren Bruder als meinen Freund!«

Vergeblich versuchte Kit auf seinem Gesicht nach einem sarkastischen Grinsen und entdeckte nur Anzeichen der Wut. »Offenbar verabscheuen Sie den Schakal ja wirklich!«

Mit geradezu erschreckender Eindringlichkeit sah Logan Kit in die Augen. »Und wie! Ich bin diesem grauen Geisterschiff nur ein einziges Mal begegnet. Damals sind wir mit knapper Not davongekommen. Wenn ich ihn das nächste Mal treffe, werde ich dieser Hyäne eine Überraschung bereiten!«

»Demnach hat der Schakal Sie besiegt«, stellte Kit mit wissender Miene fest.

»Das ist wahr«, räumte Logan ein, »aber das wird ihm kein zweites Mal gelingen.« Wieder richtete er das Fernglas auf das Schiff, dem sie nun schon so nahe waren, daß der Wind den Gestank nach Pulverdampf und verwesendem Fleisch bis zu ihnen trug. »Wir entern!« befahl er unvermittelt mit lauter Stimme und ließ das Glas zuschnappen. »Und haltet sorgfältig Ausschau nach dem Schakal, denn ich möchte nicht von ihm überrascht werden.«

Während Enterhaken auf das andere Schiff hinüberflogen und die Männer die beiden Rümpfe zusammenzogen, kletterte Logan auf das Hauptdeck hinunter.

Kit folgte ihm auf dem Fuß. »Ich komme mit!«

Wütend fuhr er herum. »Den Teufel werden Sie tun! Wenn Sie Gefallen an dieser blutrünstigen Angelegenheit finden, können Sie ja an Deck bleiben. Aber ich kann Ihnen nur raten, sich in Ihre Kabine zu begeben!«

»Ich bin nicht so empfindlich, wie Sie glauben! Und außerdem kann ich vielleicht nützlich sein.«

»Ich habe Sie nie für empfindlich gehalten, Katarina«, schimpfte Logan. »Aber diesen armen Teufeln können Sie nur noch durch Beten helfen! Sie bleiben hier!«

Empört reckte Kit ihr Kinn empor und stemmte die Hände in die Hüften. »Ich sagte, ich werde mitkommen!« widersprach sie.

In drohender Haltung baute sich Logan so dicht vor ihr auf, daß sie seine mahlenden Kiefermuskeln sehen konnte. »Sie benehmen sich wie ein verwöhntes, dummes Kind, Katarina! Jeder Esel hat mehr Verstand! Manchmal denke ich schon, daß Ihrem Bruder recht geschieht, wenn ich Sie ihm zurückbringe!« Ohne ein weiteres Wort ließ er sie sprachlos zurück. »Sie können ja mitkommen, wenn Sie unbedingt wollen!« schrie er über die Schulter zurück. »Ich kann Sie ja doch nicht davon abhalten. Aber jammern Sie nicht, wenn Sie Dinge sehen, die Ihnen ganz und gar nicht gefallen!«

Kaum hatte Kit den Fuß auf die zerstörte *Carrie Ann* gesetzt, bereute Sie ihren Entschluß bereits. Sie hatte Logan lediglich ärgern wollen und ganz bestimmt nicht mit einem so fürchterlichen Anblick gerechnet. Von den ursprünglich drei Masten der *Carrie Ann* stand nur noch ein einziger. Die beiden anderen waren durch Kanonensalven zersplittert und samt Takelage und Segel auf drei unglückliche Opfer gestürzt. Kit versuchte, die verrenkten Gliedmaßen unter den dicken Hölzern zu übersehen. Doch die Anstrengung war umsonst, denn der Tod war überall. Offensichtlich hatte die Mannschaft aufopferungsvoll bis zum letzten Mann gekämpft. Das Deck war schwarz von Blut.

Unwillkürlich streiften Kits Augen einen jungen Mann,

der vermutlich nicht älter als sie gewesen war. Sein blondes Haar bewegte sich in der sanften Brise, während seine blauen Augen blicklos zum Himmel emporstarrten. Es war unübersehbar, daß er unter großen Qualen gestorben sein mußte. Man hatte ihm die Haut auf der Brust in Streifen abgezogen, außerdem fehlte ihm eine Hand, und die Finger der anderen waren grotesk verkrümmt. Sofort dachte Kit an Logans Worte.

»Sie sollten das nichts sehen, Miß!« Docs faltiges Gesicht war wesentlich voller geworden und sah dadurch jünger aus, als Kit es in Erinnerung hatte. Mit väterlicher Sorge blickte er sie an.

Gern ergriff Kit den Arm, den er ihr entgegenstreckte, denn plötzlich war ihr schwindlig. »Wahrscheinlich haben Sie recht.« Im selben Augenblick fiel ihr Blick jedoch auf Logan, der voller Genugtuung zu ihr herüberblickte, und schon ärgerte sie sich, daß er recht behalten hatte. Energisch biß sie die Zähne aufeinander und ermahnte ihren revoltierenden Magen. »Ich hoffte, Überlebende zu finden, denen wir helfen könnten.«

Doc schüttelte traurig den Kopf. »Diesen armen Teufeln kann niemand mehr helfen. Gehen Sie lieber wieder zurück auf die *Ice Maiden*.«

»Nein«, erklärte Kit leise, aber entschieden.

Der alte Mann hatte die Blicke zwischen Kit und Logan sehr wohl bemerkt. Er wußte zwar nicht, was zwischen den beiden vorging, doch seiner Meinung nach tat es keinem von beiden besonders gut. Der Captain war zu ihm in die Kabine gezogen, nachdem man das Mädchen an Bord gebracht hatte, und hatte seitdem keine Nacht ruhig geschlafen. Insgeheim dankte der Arzt dem Himmel, daß er schon alt war und sich nicht wie die jungen Leute mit derartigen Herzensangelegenheiten herumschlagen mußte.

»Also gut, Miß St. John. Wenn Sie darauf bestehen, dieses Schlachthaus näher in Augenschein zu nehmen, dann begleiten Sie mich. Ich wollte mich gerade unter Deck umsehen. Dort ist es meistens ein wenig besser.« Freundlich tätschelte er ihren Arm.

Docs Vermutung erwies sich allerdings als Irrtum. Unter Deck war es keineswegs besser. Als erstes fanden sie einen sommersprossigen jungen Mann, der vermutlich Kabinensteward gewesen war. Er lag hingestreckt auf einem Tisch in der Messe. Sein Gesicht war über und über mit blauen Flecken und Schwellungen verunziert, und aus einer Säbelwunde an der Brust sickerte immer noch frisches Blut.

Doc beugte sich zu dem Gesicht des jungen Mannes hinunter. »Er atmet noch!« verkündete er.

Während er nach einigen Männern rief, die den Patienten auf die *Ice Maiden* hinüberbringen sollten, ging Kit langsam den Kabinengang entlang, wo alle Türen offenstanden. Die ersten beiden Kabinen waren leer. Vermutlich befanden sich ihre Bewohner unter den unglücklichen Opfern an Deck. In der dritten Kabine hatte man eine Seekiste erbrochen und Damenwäsche und Kleider überall verstreut. Kit watete förmlich durch das wilde Durcheinander und blickte neugierig durch die angelehnte Tür in die Nachbarkabine, was sie jedoch auf der Stelle bereute. Eine ältere Frau und ein junges Mädchen waren dort in Positionen erstarrt, die den Mißbrauch ihrer Körper offenkundig machten. Sekundenlang starrte Kit wie gebannt auf die schreckliche Szene, doch dann rebellierte ihr Magen endgültig.

Krampfhaft preßte sie sich die Hand auf den Mund und floh an Doc vorbei den Niedergang hinauf und quer über das Deck zur Reling, wo sie sich in wilden Krämpfen übergab.

Sanft strich ihr eine Hand über den Nacken und eine andere stützte ihr die Stirn. »Willkommen in der Wirklichkeit!« sagte Logan.

Kit war es in diesem Augenblick völlig gleichgültig, daß er letzten Endes recht behalten hatte. Erschöpft ruhte ihr Kopf auf seiner schwieligen Hand, und als ihr Magen sich beruhigt hatte, lehnte sie sich vertrauensvoll an Logans breite Brust. »Dort unten...« keuchte sie.

»Ich kann es mir vorstellen«, sagte er leise und schob sie von sich. »Gehen Sie jetzt mit den Doc wieder zurück! Er kann Ihre Hilfe bestimmt gebrauchen. Und vergessen Sie nach Möglichkeit, was Sie gesehen haben.«

»Wußten Sie das?«

»Nein. Doc hat es mir gerade erst berichtet. Aber hätte es denn etwas geändert? Sie hätten trotzdem Ihren Dickkopf durchgesetzt, nicht wahr?«

»Ich...«

»Hören Sie wenigstens jetzt auf mich und gehen Sie!« Dabei strahlte keinerlei Triumph auf seinem Gesicht, was Kit eigentlich erwartet hätte. Statt dessen schob er sie mit finsterer Miene zur *Ice Maiden* hinüber. »Gehen Sie jetzt!«

Mit konzentriertem Gesicht beugte sich Doc über den einzigen Überlebenden der *Carrie Ann* und reinigte die tiefe Schnittwunde auf der Brust des Jungen. Kit half ihm, indem sie ihm frische Tücher reichte, wenn er darum bat, und mit der Laterne immer genau die richtigen Stellen beleuchtete. Schon nach kürzester Zeit war ihre Kleidung von oben bis unten mit Blut verschmiert. Doc hatte das vorausgesehen und verlangt, daß Kit in Hemd und Hose schlüpfte und ihre Haare ganz streng zu einem Zopf zusammenfaßte. Schließlich konnten sie die junge Dame schlecht in blutbespritzten Kleidern am Strand von Barbados absetzen!

»Kaum zu glauben!« murmelte der Arzt. »Trotz der starken Blutungen hat der junge Mann unwahrscheinliches Glück gehabt. Es ist kein lebenswichtiges Organ verletzt, so daß er schon in kürzester Zeit wieder auf den Beinen sein wird!«

Kit erwiderte nichts, denn sie hatte alle Mühe, ihren rebellierenden Magen im Zaum zu halten.

»Leuchten Sie mehr hier herüber!« befahl der Arzt.

Als der Patient leise aufstöhnte, warnte Kit den Arzt. »Ich glaube, er wacht auf!«

Doc unterbrach seine Arbeit, und Sekunden später stöhnte der junge Mann noch einmal und bäumte sich so heftig auf, daß er beinahe vom Tisch gerutscht wäre.

»Halten Sie ihn fest! Hängen Sie die Laterne hier auf! Ja, so ist es gut. Und nun halten Sie ihn fest, damit ich meine Arbeit beenden kann. Er darf sich keinesfalls bewegen!«

Kit drückte die Schultern des jungen Mannes trotz heftiger Gegenwehr flach auf den Tisch. Zum ersten Mal in ihrem Leben war sie froh, daß sie nicht so zierlich und empfindsam war wie Mavis Edmond und Elizabeth Rogers.

Als der junge Mann die Augen aufschlug und sie irritiert ansah, beruhigte sie ihn. »Liegen Sie still! Dann wird es Ihnen bald besser gehen.«

Der junge Mann reagierte nur heftiger, und sein Stöhnen ging in lautes Schreien über. »O Gott! Lassen Sie mich doch los!«

»Halten Sie ihn fest!« schimpfte Doc voller Ungeduld.

Doch der junge Mann schrie wie wild. »Bitte bringen Sie mich nicht um, Captain Schakal! Ich habe doch nichts gesehen!«

»Sie sind in Sicherheit«, versuchte Kit ihm klarzumachen. »Die Piraten sind fort. Wir sind Ihre Freunde.«

Doch ihre Worte stießen auf taube Ohren. »Gehen Sie weg!« Diesmal klang es fast wie eine Bitte. »Captain Schakal, bitte lassen Sie mich am Leben. Nein! Nein!«

In diesem Augenblick kam Van Halen Kit zu Hilfe und

nahm ihren Platz ein. Unter seinen Händen wurde der Junge zusehends ruhiger, so daß Kit sich zurückziehen konnte.

»Gehen Sie lieber hinaus«, riet Doc. »Offensichtlich ist es besser für ihn, wenn er Sie überhaupt nicht zu Gesicht bekommt.«

Mit zitternden Händen und klopfendem Herzen stolperte Kit aus dem improvisierten Behandlungszimmer. Sie war zutiefst entsetzt, daß der junge Mann sie tatsächlich mit dem Schakal verwechselt hatte!

»Scheinbar hat Ihr Anblick den Jungen aufgeregt.«

Beim Klang von Logans Stimme sauste Kit herum und nickte nur. Ihr Entsetzen war noch viel zu groß, als daß sie auf den spöttischen Ton bereits die richtige Antwort gewußt hätte. »Er dachte, ich sei... Er hat mich für einen Piraten gehalten!«

»Nun, das kann ich ihm nicht einmal verübeln«, meinte Logan. »So wie Sie im Augenblick aussehen, ist das recht naheliegend.«

Heftig schlug Kit auf seine Hand, die ihr Gesicht ins Profil drehte. »Fassen Sie mich nicht an!« Ihre Nerven waren zum Zerreißen gespannt, und Logan kam ihr gerade recht. »Und sagen Sie so etwas nie wieder!« Ihre Erlebnisse auf der *Carrie Ann* waren noch zu frisch, und der Gedanke, daß der Mann, der da vor ihr stand, ähnlich brutale Überfälle verübte, verursachte ihr Brechreiz. »Sie mögen ja auf Ihre Taten stolz sein«, fauchte sie, wobei sich ihre Nasenflügel blähten, »aber ich würde lieber sterben, bevor ich mich auf ein solches Niveau begebe!« Damit wandte sie sich ab und floh aufs Deck hinauf.

Die darauffolgenden Tage waren ein einziger Alptraum gewesen. Drei Tage lang hatte sich die *Ice Maiden* in einer abgelegenen Bucht verstecken müssen, denn jeder Versuch, ungesehen die Küste von Barbados zu erreichen, war an der Aufmerksamkeit der zahlreichen britischen Schiffe gescheitert, die vor der Insel kreuzten.

An diesem Abend war die Wetterlage jedoch recht vielversprechend. Seit dem Vormittag waren Wolken aufgezogen, die sich bei Sonnenuntergang noch verdichtet hatten und kein Mondlicht durchdringen ließen. Unruhig wie eine gefangene Löwin, lief Kit auf dem Achterdeck auf und ab und malte sich aus, wie sich nach ihrer Heimkehr die britische Flotte auf Steele und seine Kumpane stürzen würde.

Als ob ihre Gedanken ihn herbeigerufen hätten, tauchte Logan plötzlich an ihrer Seite auf. »In Kürze werden wir den Anker lichten«, verkündete er.

»Na wunderbar!« kommentierte sie kalt.

»Heute nacht werden wir Sie am Strand absetzen. Das Wetter ist geradezu ideal!«

»Vermutlich soll ich nun auch noch dankbar sein, daß Sie mich unversehrt abliefern?«

»Warum denn auch nicht?« Sie hörte förmlich, wie er grinste. »Schließlich haben meine Männer Sie ja auch aus einer üblen Situation gerettet. Außerdem haben wir Sie gut behandelt.«

»Da kann ich nur lachen!« fauchte Kit. »Mehr als drei Tage haben Sie mich hier festgehalten, und die ganze Zeit über haben Ihre Männer mich angegrinst und verspottet!«

»Nun ja«, lachte Logan. »Gute Manieren sind nicht gerade ihre Stärke.«

»Das habe ich gemerkt. Und Sie gehören zu den schlimmsten Gesellen!«

Lächelnd zog er eine Braue hoch. »So?«

»Meinen Sie, ich hätte die Spöttereien über die ›eisige Jungfrau‹ nicht gehört? Das müssen Sie von meinen Sklaven gehört haben, und leider paßt diese Bezeichnung nur zu gut zu dem Namen dieses Schiffs. Ein ungezogener

Lümmel sind Sie, ein taktloser Kerl. Wirklich, Sie haben mich gut behandelt!« Sie wandte sich mit einem verächtlichen Blick ab und reckte ihre Nase in den Himmel.

Logan lachte und schüttelte den Kopf. »Gott, sind Sie empfindlich, Katarina! Ein bißchen Spaß ist doch kein Verbrechen! Sie müssen noch viel lernen, fürchte ich. In Wirklichkeit müßten Sie meinen Männern dankbar sein, daß sie Ihre Hilflosigkeit nicht ausgenützt haben. Sklavenhalter sind bei ihnen nämlich nicht gerade gut angeschrieben!«

»Ich nehme an, daß Ihnen ein einfaches Dankeschön nicht genügen wird, oder?« Traurig sah sie ihn an. Sie hätte wissen müssen, daß er sie nicht ohne Gegenleistung gehen lassen würde. »Was verlangen Sie? Geld?«

»Dafür habe ich keine Verwendung, Katarina.«

»Was dann? Ich spürte doch genau, daß Sie etwas möchten.«

Logan blickte auf die Wasseroberfläche hinaus. »Ich brauche tatsächlich Ihre Hilfe, Katarina«, fuhr er dann ganz ernst fort. »Ich muß nämlich unbedingt Ihren Onkel kennenlernen.«

Er dachte an das Gespräch, daß er vor etwa einer Stunde mit seinen vier Offizieren in Van Halens Kabine geführt hatte. Seit einer Woche hatten sie darüber nachgedacht, wie sie dreizehn Kameraden befreien könnten, die ein Beuteschiff nach Tortuga gesegelt hatten und dabei leider von spanischen Schiffen aufgebracht und ins Gefängnis von Santo Domingo gebracht worden waren. Jeder Befreiungsversuch war aussichtslos und hätte unweigerlich auch die anderen in dieselbe Lage gebracht, und so waren alle ziemlich ratlos gewesen – bis Logan von Kits ungewöhnlichen Verwandtschaftsbeziehungen erfahren hatte. Von diesem Augenblick an hatte ein wilder Plan in seinem Kopf Gestalt angenommen, und auch wenn er nicht unbedingt auf die Gesellschaft von Katarina St. John erpicht war, so bot sie doch die einzige Möglichkeit, seine Kameraden zu retten.

Mit ungläubigem Staunen hörte Kit zu, wie Logan seinen Plan entwickelte. »Sie müssen verrückt sein!« empörte sie sich schließlich. »Absolut verrückt! Glauben Sie wirklich, ich würde meinen Onkel hintergehen, um Diebe und Mörder zu befreien? Sie müssen verrückt geworden sein!«

»Glauben Sie wirklich?« Ihr Ausbruch hatte ihn in keiner Weise beeindruckt.

»Ja, genau das glaube ich! Selbst wenn Sie mich bis zum Jüngsten Gericht hier festhalten, werde ich mein eigenes Fleisch und Blut nicht verraten!«

»Eine äußerst ehrenhafte Haltung«, bemerkte Logan anerkennend. »Doch es geht nicht um Verrat. Ihr Onkel kann mit meinen Männer absolut nichts anfangen, und falls er Informationen von ihnen erpressen wollte, so hat er sie bestimmt längst aus ihnen herausgequetscht. Wie Sie vielleicht wissen, kann kaum jemand den spanischen Foltermethoden widerstehen.«

»Sparen Sie sich Ihre Worte! Sie werden mich nicht umstimmen. Ich hätte Ihnen eben von Anfang an nicht vertrauen dürfen!«

»Sie mißverstehen meine Absicht gründlich«, erklärte Logan steif, fast beleidigt. »Ich werde Sie selbstverständlich heute nacht an Land bringen. Ich habe versprochen, daß Ihnen an Bord dieses Schiffes nichts geschehen wird, und ich halte meine Versprechen.«

Kritisch zog Kit eine Braue in die Höhe. »Weshalb sollte ich Ihnen dann noch helfen?«

Selbst im Dunkel konnte sie das verächtliche Zucken seiner Mundwinkel erkennen. »Ich habe lediglich an Ihr Ehrgefühl appelliert, Katarina St. John. Sie stehen in meiner Schuld, und das ist der Weg, wie Sie sich erkenntlich zeigen können.«

Rasch wandte sie sich ab, weil sie das wissende Lächeln nicht länger ertragen konnte. »Sie reden von Ehre – ein Meuterer und Pirat redet von Ehre! Was verstehen Sie denn von Ehrgefühl?«

»Ich merke zumindest, wenn es nicht vorhanden ist.«

Kit erschauerte leise, und als sie sich umdrehte, konnte sie nur mühsam die Fassung bewahren. »Ach, verdammt! Ich kann doch nicht einfach mit Leuten wie Ihnen durch die Karibik segeln! Ich will nur noch nach Hause!«

Logan spürte deutlich, daß er einen wunden Punkt getroffen hatte, und lächelte siegessicher. »Gehen Sie nur nach Hause und weinen Sie sich an der Schulter Ihres Bruders aus. Ich werde Ihnen durch einen Boten unseren Treffpunkt mitteilen. Allerdings wird es noch einige Tage dauern, denn wir sind noch nicht vollzählig.« Zufrieden wandte er sich zum Gehen.

Kit richtete sich zu stolzer Größe auf und hielt ihn zurück. »Noch einen Augenblick, Captain Steele! Sie glauben, daß Sie gewonnen haben, nicht wahr?«

»Ist das denn nicht so?« Er grinste so breit, daß seine Zähne in der Dunkelheit blitzten.

Am liebsten hätte Kit ihm einen Faustschlag versetzt. »Ihre Bitte ist nicht gerade bescheiden, und deshalb möchte ich vorschlagen, daß Sie mir ebenfalls einen Gefallen tun.«

»Ach ja?«

»Ich habe ebenfalls ein Problem, bei dessen Lösung Sie mir helfen können.« Eine innere Stimme wollte sie zurückhalten, doch Kit wollte es wissen. Sie wollte wissen, was diesem Gentleman ihre Hilfe wert war.

»Und worum handelt es sich, wenn ich fragen darf?«

»Wie soll ich es nur sagen?« überlegte Kit laut. »Wissen Sie, mein Bruder Oliver hat die Absicht, mich mit einem seiner schrecklichen Freunde zu verheiraten. Er kann mich zwar nicht zwingen, doch er bedrängt mich pausenlos.«

»Ich wüßte nicht, was ich daran ändern könnte.«

»Oh, eine ganze Menge!« Übermut blitzte in ihren Augen. »Wenn mir ein anderer Mann den Hof macht, wird Oliver seine Bemühungen einstellen.«

Logan war fassungslos. »Sie wollen, daß ich Sie heirate?«

Kit lachte und amüsierte sich königlich über seine entsetzte Miene. »Heiraten? Wo denken Sie hin! Ich brauche lediglich einen Verehrer – einen akzeptablen Gentleman, um Oliver den Wind aus den Segeln zu nehmen.«

»Sie machen Witze!«

»Nicht im geringsten!« versicherte Kit. »Ich nehme an, daß Sie über ein gewisses, wenn auch unrechtmäßig erworbenes Vermögen verfügen. Am Aussehen eines Gentleman mangelt es ebenfalls nicht, wenn auch am entsprechenden Benehmen. Ich schlage vor, daß Sie sich einfach als Kaufmann in Bridgetown niederlassen und sich ein Haus kaufen, wie sich das für einen Mann von Bildung und Herkunft gehört. Und dann machen Sie mir den Hof, und zwar direkt unter den Augen meines Bruders.« Ein übermütiges Lächeln huschte über ihr Gesicht. »Einem Mann wie Ihnen dürfte das doch nicht schwerfallen!«

»Lächerlich! Man würde mich sofort erkennen!«

»Unsinn! Niemand käme auf den Gedanken, Sie mit dem armseligen Sklaven von Greenhaven in Verbindung zu bringen!«

»Sie verlangen Unmögliches!«

»Wie wichtig sind Ihnen denn Ihre Kameraden, die im Gefängnis meines Onkels schmoren?«

Logan wollte etwas entgegnen, doch dann besann er sich und schwieg. Kit konnte seine hilflose Wut fast körperlich spüren, als er sich abwandte und in den aufsteigenden Dunst hinausstarrte. Schachmatt, dachte sie und hätte fast laut gelacht.

Als er sich endlich wieder umwandte, schien er seinen Humor wiedergefunden zu haben. »Nun gut, Sie verlangen nicht gerade wenig.«

»Im Gegensatz zu dem, was ich tun soll, ist es nicht viel.«

Logan seufzte so ausgiebig, daß Kit mißtrauisch wurde. »Dann wollen wir den Handel besiegen. Sie bekommen, was Sie wollen, und ich umgekehrt genauso. Einverstanden?«

Hatte sie soeben ein gerissenes Grinsen gesehen, oder hatte sie sich in der Dunkelheit getäuscht? Weshalb hatte sie plötzlich das Gefühl, als ob sie sich in die Enge manövriert hätte? »Gut, ich bin einverstanden«, erklärte sie mit fester Stimme.

Bevor sie noch wußte, wie ihr geschah, stand Logan vor ihr und zog sie in seine Arme. »Dann wollen wir den Pakt besiegeln«, murmelte er in ihrem Haar. Sekunden später liebkoste sein Mund zärtlich ihre Lippen, und Kit ergab sich ihm, ohne es überhaupt zu merken. Seine rauhe Gesichtshaut kratzte ein wenig und ließ sie erschauern, während seine Zunge sanft und eindringlich ihren Mund erforschte. Ein wunderbares Gefühl durchströmte sie, und sie fühlte, wie ihre Seele dahinschmolz.

Als Logan sich im selben Augenblick unvermittelt von ihr löste, verharrte sie einige Augenblicke wie erstarrt. Doch dann kehrte ihre Vernunft mit Macht zurück, und sie errötete vor Scham. Wütend wollte sie nach ihm schlagen, doch Logan fing ihre Hand gerade noch ab.

»Davon war in unserer Vereinbarung aber nicht die Rede!« lachte er, und Kit ärgerte sich über seinen spöttischen Ton. »Unser Pakt ist jetzt besiegelt«, fuhr er fort, während er Kits Hand hinunterbog und vorsichtig losließ. »Vom heutigen Tag an sind wir Verbündete, kleine Katarina.«

Bevor Kit noch etwas erwidern konnte, hatte er sich bereits abgewandt und war in der Dunkelheit verschwunden. Undeutlich hörte sie, wie seine Stimme das Kommando zum Lichten des Ankers gab. Rasch wandte sie sich um und schlug wütend mit der Faust auf die Reling. Auch wenn sie zugestehen mußte, daß die erste Runde an ihn gegangen war, so mußte er doch noch viel lernen. Er mußte sich schon etwas mehr als nur einen dummen Kuß einfallen lassen, um sie zu entmutigen und von ihrem Plan abzubringen! Statt weiter die Reling zu traktieren, ließ sie den Kopf auf die Hände sinken. Ein dummer Kuß – und schon war sie bereit gewesen. Wozu eigentlich? Weshalb verlor sie nur immer den Verstand, sobald dieser Mensch sie berührte? Nachdenklich starrte sie in die Dunkelheit hinaus und fragte sich, worauf sie sich da eingelassen hatte. Welch dumme kleine Närrin sie doch war! Weshalb hatte sie nicht vernünftigerweise einfach Logans Vorschlag abgelehnt?

6. Kapitel

»Wachen Sie doch endlich auf!« Mandys übertrieben fröhliche Stimme riß Kit aus tiefen Träumen. »Nach einem Bad sieht die Welt gleich anders aus. Los, heraus aus den Federn!«

Kit murmelte in ihr Kissen, ohne sich zu bewegen. Sie hatte so wunderschön geträumt und wollte sich noch nicht davon trennen. Langsam ließ sie ihre Gedanken wieder davongleiten, doch als plötzlich Logan Steeles Gesicht vor ihr auftauchte, riß sie entsetzt die Augen auf. Wie konnte er es nur wagen, sie so brutal zu stören!

»Na endlich!« kommentierte Mandy, als Kit noch im Halbschlaf aus dem Bett stieg und ins Badezimmer wankte. Mit einem tiefen Seufzer der Erleichterung ließ sie sich in das heiße Wasser sinken und entspannte sich genüßlich. Seit zwölf Stunden war sie nun zu Hause, aber schon waren alle Erlebnisse in weite Ferne gerückt. Hatte sie vielleicht die ganze Geschichte nur geträumt?

Als Mandy hereinkam, um ihr die Haare zu waschen, waren alle Zweifel schnell beseitigt. »Bin ich froh, daß Sie wieder da sind, Miß! Als uns diese Kerle überfallen haben, habe ich geglaubt, unser letztes Stündchen hätte geschlagen, und als Master Oliver Sie dann nirgends finden konnte, erst recht!« flüsterte sie dramatisch.

Offenbar hatten alle dasselbe gedacht, denn als Kit nach Hause gekommen war, hatten alle sie völlig entgeistert angestarrt. Sogar der unerschütterliche Mr. Raleigh war kreidebleich geworden. Oliver hatte sie nicht begrüßen können, denn er hatte unmittelbar nach ihrer Entführung Segel gesetzt, um sie zu suchen, und war noch nicht zurückgekehrt.

»Fühlen Sie sich jetzt besser?«

»Ich bin immer noch entsetzlich müde«, sagte Kit und gähnte kräftig, während Mandy sie in ein großes Tuch hüllte.

»Nach einem solchen Abenteuer ist das ja kein Wunder! Aber Sie selbst haben mir befohlen, Sie unbedingt vor dem Mittagessen zu wecken.«

Kit seufzte, denn sie ahnte, daß sehr viel Arbeit auf sie wartete. Mein Gesicht sieht müde aus, dachte sie, als sie in den Spiegel blickte. Vielleicht hätte sie sich doch eine größere Pause gönnen sollen. Doch jetzt war es zu spät. Sie riß sich zusammen. »Ich werde ein Reitkleid anziehen. Das grüne – oder doch lieber das rote.«

Sie ließ das feuchte Tuch sinken und zog die Unterwäsche an, die Mandy auf dem Bett bereitgelegt hatte. Dünner bin ich geworden, dachte sie, während sie immer wieder abschätzend ihr Spiegelbild betrachtete. Sie wirkte dadurch noch ein Stück größer und knochiger, und diese wilden Haare mit den widerspenstigen Locken verschönerten sie ebenfalls nicht.

»Kommen Sie, Miß, setzen Sie sich hierher in die Sonne, damit ich die Haare trockenbürsten kann«, sagte Mandy.

Kit gehorchte und genoß mit geschlossenen Augen die rhythmischen Bürstenstriche. »Mandy?«

»Ja, Miß?«

»Ich sehe doch einfach furchtbar aus, nicht wahr?«

Mandy schnaubte. »Aber überhaupt nicht, Miß! Auf Ihre Art sind Sie sogar recht hübsch.«

»Ist das Ihre ehrliche Meinung?«

»Aber ja, Miß! Sie sind zwar nicht der Pfirsichtyp, den manche Männer so schätzen, aber ich habe in meinem langen Leben die Erfahrung gemacht, daß sich der Geschmack der Männer nicht unbedingt an Moden orientiert. Wir sind alle verschieden, aber es gibt trotzdem immer jemandem, dem man besonders gut gefällt.«

»Und weshalb machen sich die Männer dann so lächerlich, indem sie immer nur den Weibchen nachrennen, die sich in Positur setzen und mit den Augenlidern klimpern? Mich behandeln alle immer nur wie eine Schwester – und erkundigen sich nach meinem Vermögen.«

Im kleinen Spiegel über dem Frisiertisch bemerkte Mandy Kits bekümmerten Gesichtsausdruck. »Wahrscheinlich behandeln Sie die Männer auch, als ob diese Ihre Brüder wären! Selbst die schönste Blume bleibt ungepflückt, wenn sie nur von Stacheln umgeben ist!«

Kit zog eine Grimasse. »Weshalb mache ich mir eigentlich solche Gedanken? Bisher habe ich nämlich noch keinen Mann getroffen, der diese Mühe wert gewesen wäre!«

Mandy lächelte, während sie mit ihrer Arbeit fortfuhr. »Da mögen Sie recht haben – jedenfalls, was diese jämmerlich kleine Insel angeht!« Mit geübten Griffen faßte sie Kits Mähne zusammen und drehte sie im Nacken zu einem Knoten.

»Können wir nicht einmal etwas anderes ausprobieren, vielleicht etwas Weiblicheres?«

Überrascht zog Mandy eine Braue hoch. »Was ist denn plötzlich los? Sind Sie etwa verliebt?«

»Na hören Sie!« protestierte Kit und errötete gleichzeitig.

»Und wo, sagten Sie, haben Sie die vergangenen vier Tage verbracht?«

»Auf einem Schiff, in Gesellschaft von lauter Piraten! Da findet man mit Sicherheit keinen Gentleman.«

»Na hoffentlich.« Mißtrauisch betrachtete Mandy Kits verlegenes Gesicht. Irgend etwas ging in diesem Mädchen vor, und Mandy gefiel es ganz und gar nicht, daß sie sich keinen Reim darauf machen konnte.

Nach dem Frühstück wartete bereits Simon Brownlow in Kits Arbeitszimmer. Obwohl er ihre Rückkehr mit höflichen Sätzen begrüßte, wurde Kit den Verdacht nicht los, daß dieser Mann eine Menge tun würde, wenn er sie ungestraft loswerden könnte. Sekundenlang schoß ihr ein Verdacht durch den Kopf, doch gleich darauf verwarf sie ihn wieder. Brownlow hatte von ihrem Besuch in Bridgetown nichts gewußt.

»Leider muß ich Ihnen melden, daß in der vergangenen Nacht fünf Schwarze davongelaufen sind«, eröffnete er den geschäftlichen Teil.

Kit war überrascht, denn bisher waren außer Logan Steele und seinen Kumpanen noch keine Leute aus Greenhaven davongelaufen. Alle wußten nämlich, daß es ihnen dort weit besser erging als sonst irgendwo auf der Insel. »Haben Sie sie erwischt?« wollte sie wissen.

Brownlow schnaubte wütend. »Nein«, räumte er schließlich ein. »Sie müssen sich irgendwie in Luft aufgelöst haben! Die Hunde haben zwar ihre Spur verfolgt, doch ganz plötzlich war sie zu Ende. Als ob sie davongeflogen wären!«

»Und wohin führt die Spur?« Ein vager Verdacht formte sich in Kits Kopf.

Brownlow runzelte die Stirn und kratzte seinen Schädel. »Das ist ja gerade das Ungewöhnliche an der Sache: Die Spur führt zum Strand!«

Sofort erinnerte sich Kit wieder an die Schwarzen, die in der ersten Nacht auf Logans Schiff geklettert waren. Vermutlich waren auch ihre fünf Sklaven diesen Weg gegangen. Doch, was um alles in der Welt, tat Logan mit diesen Leuten? Lockte er sie mit Freiheitsversprechungen an Bord, um sie woanders wieder zu verkaufen? Das war entschieden die wahrscheinlichste Lösung. Und ausgerechnet dieser Gauner besaß die Frechheit, sie wegen Sklavenhandels anzuprangern!

»Suchen Sie weiter!« befahl Kit. »Sobald Sie sie finden, möchte ich mich mit Ihnen unterhalten. Und ich will keine Striemen sehen, verstanden?«

»Ja, Miß«, brummte Brownlow, bevor er sich verabschiedete.

Zwei Tage darauf kehrte Oliver zurück und begrüßte seine Schwester mit einem Freudenschrei und einer so herzlichen Umarmung, daß Kit sich unwillkürlich fragte, weshalb sie immer so abscheuliche Gedanken gegen ihn hegte. Schließlich war er doch trotz seines noch nicht ganz verheilten Arms aufgebrochen, um sie zu suchen.

»Kit!« Er hielt sie mit ausgestreckten Armen von sich ab und betrachtete sie von oben bis unten. »Ich kann gar nicht glauben, daß du hier bist, und noch dazu ganz unversehrt! Du kannst dir nicht vorstellen, wie sehr ich mich aufgeregt habe!«

Er sah tatsächlich mitgenommen aus, stellte seine Schwester voller Mitleid fest, doch gleichzeitig freute sie sich, daß er sich Sorgen um sie gemacht hatte. »Mir geht es sehr gut.«

»Das sehe ich, Kleines. Wahrscheinlich geht es dir besser als mir.« Er schüttelte den Kopf. »Du kannst dir vorstellen, wie aufgeregt wir nach Mandys Schreckensmeldung waren! Wir haben sofort die Straße und den Strand abgesucht, aber lediglich diesen toten Gauner gefunden. O Gott! Es war ein Alptraum!« Wieder umarmte er sie, doch diesmal etwas sanfter. »Ich konnte nur vermuten, daß man dich von der Insel weggebracht hatte, und habe noch in der Nacht Segel gesetzt. Aber ich konnte keine Spur entdecken und wußte nicht einmal genau, wonach ich eigentlich suchte! Wo bist du gewesen, und was ist geschehen?«

Kit zog ihren Bruder am Arm in einen kleinen Salon, wo sie sich in Ruhe unterhalten konnten. »Es ist eine überaus verwirrende Geschichte«, begann sie, nachdem sie auf einem Sofa Platz genommen hatten. »Ich fürchte, ich habe immer noch nicht alles verstanden.«

»Hast du einen deiner Entführer erkannt? Sollte ich sie erwischen, werden Köpfe rollen! Darauf kannst du dich verlassen.«

»Es war bereits dunkel«, erklärte Kit. »Gesichter konnte ich nicht erkennen, aber die Leute, mit denen ich danach zusammen war... Die haben mich ja gar nicht angegriffen, sondern mir, im Gegenteil, das Leben gerettet!« Ihre Abmachung mit Logan Steele fiel ihr wieder ein, doch da sie seit drei Tagen nichts von ihm gehört hatte, hielt sie die Sache für erledigt.

»Was soll das heißen?«

Kit lächelte, weil Oliver nichts mehr begriff. »Sie haben mich aus den Händen der Banditen befreit und mich auf ihr Schiff in Sicherheit gebracht.«

»Auf welches Schiff?« fragte Oliver mit gerunzelten Brauen.

»Ich ... Ich weiß es nicht«, log Kit. »Ich war auch viel zu verwirrt, um danach zu fragen! Sie hatten – etwas Wichtiges vor, sonst hätten sie mich selbstverständlich früher zurückgebracht.« Wenn sie seine Seelenruhe nicht nachhaltig stören wollte, konnte sie ihrem Bruder doch nicht gut erzählen, daß sie Piraten in die Hände gefallen war. »Im Grunde war alles halb so schlimm. Nur ...«

»Nur was?«

»Wir haben unterwegs ein völlig zerstörtes Schiff treiben sehen, das der Schakal heimgesucht hatte.«

Oliver blickte zusehends finsterer drein. »Und wer hat gesagt, daß es der Schakal gewesen sein muß?«

»Der Captain. Er hat behauptet, daß kein anderer Pirat so brutal vorgeht.«

Da Oliver nachdenklich vor sich hin starrte, fragte sich Kit unwillkürlich, ob er das Schiff ebenfalls gesehen hatte, denn er war zur selben Zeit unterwegs gewesen wie sie. »Es war einfach entsetzlich, Oliver! Und wenn ich mir vorstelle, daß du dieses Monster jeden Tag auf See treffen kannst ...«

Oliver lachte kurz auf. »Um mich mußt du dir keine Gedanken machen, Kleines! Ich kann schon auf mich aufpassen. Aber dieser Narr von Captain hätte dich niemals einem solchen Anblick aussetzen dürfen!« Seufzend rieb er sich die Stirn. »Ich hoffe nur, daß er nicht obendrein auch noch eine Belohnung verlangt. Seine Absichten waren bestimmt redlich, aber im Grunde hat er die Sache nur schlimmer gemacht!«

»Was soll das heißen?« fragte Kit mißtrauisch. Wenn Oliver so dreinsah, dann war gewöhnlich etwas im Busch.

»Also gut. Da die Wahrheit ohnehin ans Licht kommen wird, erzähle ich dir am besten gleich alles.« Wieder seufzte er. »Bei dem Überfall bist du niemals wirklich in Gefahr gewesen. Du wärst schon wenige Minuten später gerettet worden.«

»Ach ja? Das mußt du mir aber erklären!«

Oliver erhob sich und ging unruhig hin und her. »Du wirst wütend werden, kleine Schwester. Aber ich habe es allein für dich getan, für dein zukünftiges Glück!«

»Was hast du getan?«

»Ich... Ich habe diesen Burschen engagiert. Nun sieh mich doch nicht so an! Alles war sorgfältig geplant: Sie sollten dich zum Strand schleppen, wo Nick dich dann ›retten‹ wollte. Doch leider sind ihm diese Dummköpfe zuvorgekommen!«

Also hatte sie sich nicht getäuscht! Demnach war es tatsächlich Nick Basey gewesen, der an diesem Abend am Strand gestanden und laut gebrüllt hatte.

»Ich habe es doch allein für dich getan«, bemerkte Oliver und hob abwehrend die Hände, als seine Schwester mit Riesenschritten auf ihn zukam.

»Für mich?« Kit explodierte förmlich. »Diese Kerle haben mich gefesselt und einer hat mir zweimal fast den Schädel eingeschlagen! Mandy und ich hätten umkommen können! Ganz zu schweigen von dem armen Adam! Er hat sich noch immer nicht richtig erholt!«

»Aber Kit...«

»Willst du mir nicht wenigstens erklären, was dich auf diese Schnapsidee gebracht hat?«

Oliver zuckte lediglich die Achseln und wich vor ihr zurück. »Es sollte ein romantisches... Nun, es sollte so eine Art Abenteuer daraus werden. Nick sollte dich retten, damit du endlich begreifst, was für ein netter, tapferer Junge in ihm steckt!«

»O Gott! Wie dumm bist du eigentlich, Oliver? Ich will deine Entschuldigungen gar nicht hören, und ich will dich auch überhaupt nicht mehr sehen!« Sie ging mit geballter Faust auf ihren Bruder los, so daß dieser noch ein Stück zurückwich.

»Beruhige dich, Kit!«

Verachtungsvoll wandte Kit sich ab und trat heftig gegen das Sofa, um ein wenig Wut abzulassen. »Wenn du noch einmal ›Beruhige dich, Kit!‹ sagst, dann werde ich... O Gott, wie konntest du nur...«

»Verzeihen Sie bitte, Master St. John, Miß St. John...« Mit ungerührter Miene trat Raleigh ins Zimmer. »An der Tür wartet ein Bote für Miß St. John.«

Zornig funkelte Kit ihn an. »Jetzt nicht, Raleigh.«

»Führen Sie ihn nur herein«, widersprach Oliver, der um jede Unterbrechung froh war.

Der Bote entpuppte sich als halbwüchsiger Junge, mit Sommersprossen und einer wilden blonden Mähne. Kit erkannte ihn auf den ersten Blick und sah auch die fast verheilten Stellen auf seinem Gesicht. Es war Tom Trelawny, der früher auf der *Carrie Ann* gefahren war und jetzt als Bootsmann und Kabinenboy für Logan Steele arbeitete. Der junge Mann verbeugte sich höflich, als er Kit die Botschaft überreichte, als er zu Oliver hinübersah, erstarrte er förmlich. Sekundenlang schien er zu schwanken, und unter den Sommersprossen wurde seine Haut aschfahl.

Kit bemerkte nichts von alledem, weil sie ihre Aufmerksamkeit auf das Papier gerichtet hatte. Nachdem sie mit Lesen fertig war, ließ sie den Brief mit gleichmütigem Gesicht sinken und hoffte, daß Oliver ihre Aufregung nicht bemerkte. »Bestellen Sie Ihrer – Herrin, daß ich die Einladung liebend gern annehme!«

Wortlos verbeugte sich der Junge und lächelte Kit kurz zu, bevor er davonlief.

»Ganz schön keck, dieses Kerlchen!« bemerkte Oliver. »Kenne ich ihn?«

Kits Verstand arbeitete blitzschnell. »Er ist einer von Mavis Edmonds Dienern. Der Brief ist von ihr.«

»Und was will die Gute?«

»Sie und Lionel geben Ende nächster Woche einen großen Ball. Mavis hat mich eingeladen und vorgeschlagen, daß ich schon vorher zu ihnen kommen soll.« Während sie sprach, zerknüllte sie das Papier zwischen den Fingern. »Und nach dieser Diskussion fiel mir die Entscheidung nicht schwer. Ich muß erst einmal fort und mich beruhigen... Aber eines muß ich dir noch sagen...«

»Und das wäre?« fragte Oliver und verdrehte die Augen.

»Glaube nur nicht, daß ich deinem Nick Basey aus Dankbarkeit um den Hals gefallen wäre. Wie ich ihn kenne, hätte er bestimmt wieder einmal versucht mich zu küssen, und du kannst Gift darauf nehmen, daß ich ihn noch am Strand niedergeschlagen hätte!«

Darauf fiel Oliver nichts mehr ein, und er starrte seiner Schwester nur wortlos nach, als sie steif davonging.

Bisher war die Sache überaus einfach gewesen, dachte Kit, während sie in die Dunkelheit starrte. Doch wenn dieser Pirat jetzt nicht bald erschien, würde sie sich unweigerlich blamieren.

»Um wieviel Uhr wollte er hier sein?« Der Regen platschte so laut auf das Blätterdach der Palme, unter der sie Schutz gesucht hatten, daß Kit Mandys Geflüster kaum verstehen konnte.

»Um Mitternacht«, antwortete sie ebenso leise.

»Ich glaube nicht, daß er noch kommt. Wir sollten lieber zurückgehen.«

»Nein. Er kommt ganz bestimmt.«

Kit wußte nicht recht, weshalb sie flüsterten. Um diese späte Stunde und bei diesem Wetter war bestimmt niemand am Strand. »Sie können ja gehen«, schlug sie mit festerer Stimme vor. »Am besten hätte ich Sie gar nicht erst mitgenommen.«

Nachdem Kit Logans Nachricht in ihrem Zimmer noch einmal gelesen hatte, hatte sie Mandy vor lauter Aufregung ins Vertrauen gezogen. Doch diese hatte ihr gründlich den Kopf gewaschen.

»Wollen Sie sich wirklich darauf einlassen?« hatte sie gefragt und dabei kämpferisch die Hände in die Hüften gestützt und Kit mit blitzenden Augen angesehen. »Sie müssen verrückt geworden sein!«

Kit hatte wortreich versucht, ihr die Abmachung zu erklären, doch Mandy hatte das Wort Schuld nicht hören wollen. »Sie schulden dem Kerl überhaupt nichts! Sie haben doch gerade eben gesagt, daß Ihr Bruder diesen Überfall angezettelt hat. Weshalb sollten Sie jetzt diesem Piraten etwas schulden, wo man Ihnen doch ohnehin nichts getan hätte?«

»So darf man das doch nicht sehen!« hatte Kit sich entrüstet. »Außerdem ist die ganze Sache halb so wild. Dieser Mann ist auf seine Art gar nicht so schlimm...«

»Aber Sie haben doch keine Ahnung, worauf Sie sich da einlassen!« Voller Verzweiflung hatte Mandy den Kopf geschüttelt. »Das ist ein Spiel mit dem Feuer. Hören Sie auf mich, die in ihrem Leben schon viele Männer gekannt hat: Man schwimmt nicht in unbekannten Gewässern, wenn man nicht weiß, wohin einen die Strömung trägt!«

Solche und ähnliche Weisheiten hatte Mandy pausenlos von sich gegeben, bis sie endlich bei den Edmonds angekommen waren, doch Kit hatte nicht darauf gehört. Mavis war sehr erstaunt gewesen, als sie so plötzlich vor ihr gestanden hatten, doch nachdem Kit sie ins Vertrauen gezogen hatte, war sie ganz und gar auf der Seite ihrer Freundin gewesen. Die braunhaarige, zierliche Schönheit war schon von Kindertagen an Kits beste Freundin gewesen, und gemeinsam hatten sie so manches Abenteuer bestanden, das die zarte Mavis ohne ihre starke Freundin niemals erlebt hätte.

Der Strand lag weit und verlassen, der Regen rauschte in den Bäumen und aus etwas weiterer Entfernung drang das rhythmische Geräusch der schwachen Brandung an Kits Ohren. Wo blieb er nur?

»Wir können jederzeit umkehren«, erinnerte sie Mandy. »Und er könnte nichts dagegen tun.«

»Ich will aber nicht feige sein«, gab Kit mit fester Stimme zurück. »Ich halte mein Wort, und Sie werden schon sehen, daß alles gutgehen wird.«

Jedenfalls hoffte Kit, daß nichts schiefgehen würde. Mavis und Mandy hatten sich bereit erklärt, Kit zu dekken. Sie wollten so tun, als ob sie krank in ihrem Zimmer läge, und bis zum Ballabend wollte Kit wieder zurück sein. Mavis fand die ganze Sache ungeheuer aufregend und vermutete eine große Romanze, was Kit jedoch energisch bestritt.

»Ich glaube nicht, daß er noch kommt. Es ist schon viel zu spät!«

Kit seufzte. Mandy hatte darauf bestanden, sie zum Treffpunkt zu begleiten, weil sie den Mann persönlich in Augenschein nehmen wollte, doch inzwischen bereute Kit ihre Zusage. Sie war auch ohne Mandys dauerndes Genörgel nervös genug. Als sie wenig später schon resignieren wollte, hörte sie plötzlich ein schwaches Geräusch.

»Ich glaube, er kommt!« flüsterte sie.

Ihr Herz schlug zum Zerspringen, als sie schließlich das Beiboot der *Ice Maiden* als dunklen Schatten auf dem noch dunkleren Wasser auftauchen sah. Vier Männer hielten das Boot im Gleichgewicht, doch Sekunden später löste sich eine große Gestalt und sprang auf den Strand. Breitbeinig stand der Mann da und blickte wachsam und aufmerksam um sich, wobei seine Hand auf der Waffe lag.

Kit fühlte förmlich, wie Logans Blicke den Waldrand absuchten. War er größer, als sie ihn in Erinnerung hatte, oder wirkte er nur in der Dunkelheit so unheimlich und bedrohlich? Mit einer Geste bedeutete Kit ihrer Dienerin, in ihrem Versteck zu bleiben, und küßte sie dann impulsiv auf die Wange. Mit klopfendem Herzen nahm sie dann ihr Bündel auf und ging zum Strand hinunter.

Voller Mitleid sah Mandy ihr nach. Die Kleine hat Angst, dachte sie, als sie bemerkte, wie Kit die Schultern straffte. Sie kam ihr vor wie ein Lamm, das geradewegs in den Käfig des Löwen marschierte. Dann sah sie noch, wie der riesige Pirat Kit auf die Arme hob und durch das Wasser ins wartende Boot trug. Sekunden später hatte die Dunkelheit alles verschluckt. Verrücktes Mädchen! dachte Mandy. Wenn wir uns wiedersehen, wirst du dich verändert haben und nichts wird mehr so sein wie früher. Verrücktes Mädchen!

7. Kapitel

Die *Ice Maiden* näherte sich dem Hafen von Santo Domingo, als ob das das Selbstverständlichste auf der Welt wäre. Die spanische Flagge am Hauptmast flatterte in der leichten Morgenbrise, während das Schiff die schmale Einfahrt unterhalb der gewaltigen Festungsanlagen passierte. Die Kanonenmündungen auf den Mauern schienen dem kleinen Schiff wie Augen zu folgen, doch glücklicherweise schwiegen sie. Ob das allerdings bei der Ausfahrt der *Ice Maiden* noch genauso sein würde, stand in den Sternen.

Mit einem vernehmlichen Klicken ließ Van Halen das Fernglas zuschnappen. »Das war die erste Hürde«, stellte er fest und bot Logan das Glas an. »Möchten Sie auch einen Blick auf die Kanonen werfen?«

»Ich weiß, daß sie uns jederzeit in den Grund bohren können«, erwiderte Logan mit gequältem Lächeln. »Und mehr muß ich nicht wissen.«

Van Halen schüttelte den Kopf. »Im Augenblick fühle ich mich wie ein Hase, der freiwillig in einen Fuchsbau kriecht!«

»Keine Bange«, versicherte Logan, »der Plan wird gelingen! Sie müssen lediglich einen spanischen Eindruck machen. Lassen Sie ja niemanden Ihren niederländischen Akzent hören!«

Beide Männer trugen die prächtigen Uniformen der spanischen Marine. Zum Dienst an Deck waren außerdem ausschließlich die spanischen Besatzungsmitglieder der *Ice Maiden* eingeteilt, deren Zahl sich in den letzten Tagen auf zehn erhöht hatte. Im Laderaum hockten fünfzehn gefesselte englische Matrosen, während die anderen Order erhalten hatten, sich nicht auf Deck blicken zu lassen, außer wenn es zum Kampf käme. Dann wandte Logan sich an das Mädchen, das hochaufgerichtet neben ihm stand und die Reling so fest umklammerte, daß ihre Fingerknöchel weiß hervorstachen. »Alles klar?« fragte er.

»Ich denke schon«, erwiderte sie knapp, »aber trotzdem halte ich das gesamte Unternehmen für verrückt.«

»Gerade die verrücktesten Unternehmungen haben aber oft Erfolg.«

Aus seinem Grinsen schloß Kit, daß ihm diese Herausforderung Spaß machte. Seitdem er sie vor vier Tagen in der Kabine des Ersten Offiziers untergebracht hatte, hatte sie ihn kaum gesehen. Nur manchmal hatte sie gespürt, wie er sie von weitem beobachtet hatte, und die Intensität seines Blicks hatte sie augenblicklich an Mandys Warnungen erinnert. Vielleicht war es tatsächlich verrückt, einem Menschen wie Logan Steele zu vertrauen, der offensichtlich keine Hemmungen kannte.

»Für Sie kann ich nur hoffen, daß das stimmt, Captain Steele!« Sie grinste vielsagend. »Wir haben schließlich etwas abgemacht, und wenn die Spanier Sie aufknüpfen, habe ich einen Verehrer weniger.«

Logan lachte. »Denken Sie an Ihre Worte, wenn Sie mit Ihrem Onkel sprechen, Katarina!«

Nur wenig später warf die *Ice Maiden* in respektvollem Abstand vom Kai ihren Anker aus. Noch bevor alle Segel geborgen und vertäut waren, löste sich ein Boot von der Kaimauer, in dem es von spanischen Uniformen nur so wimmelte.

»Jetzt wird es ernst, kleine Katarina!«

Sanft preßte Logan ihren Arm, so daß es Kit heiß überlief und ihr fast der Atem versagte. Bestimmt war es nur die drohende Gefahr, die sie zittern ließ, tröstete sie sich.

»Die Rolle der empörten Engländerin dürfte Ihnen ja nicht schwerfallen«, meinte er in spaßigem Ton. »Spielen Sie sie ja gut, damit wir nicht unseren gefangenen Kameraden Gesellschaft leisten müssen!«

Kit entzog sich seinem Griff. »Ich werde mein Bestes tun«, versicherte sie kühl, »und ich hoffe, Sie ebenfalls!«

In arroganter Haltung betrat der hochgewachsene spanische Offizier das Deck und registrierte in kürzester Zeit mit seinen flinken schwarzen Augen jede Einzelheit, während hinter ihm seine Männer über die Bordwand kletterten. »Ich bin Colonel Esteban del Vargas«, stellte er sich dem Offizier vor, dessen feingeschnittene Gesichtszüge eindeutig auf adlige Abstammung hindeuteten, »und Kommandant der königlichen Truppen von Santo Domingo.«

Logan begegnete dem starren Blick der stechenden Augen mit vollkommener Ruhe und verbeugte sich formvollendet. »Don Hernando Delgado«, stellte er sich seinerseits vor, »und Zweiter Offizier an Bord der Königlichen Fregatte *Santa Clara.*« Dabei hoffte er inständig, daß ein Schiff dieses Namens nicht gerade erst hiergewesen war.

Der Spanier beäugte ihn mißtrauisch. »Und was führt Sie hierher, Lieutenant? Und noch dazu auf einem Schiff, das ohne Zweifel englischer Herkunft ist?«

Ein leichtes Lächeln spielte um Logans Lippen. »Dieses kleine Schiff haben wir vor drei Tagen in der Nähe von St. Kitts aufgebracht. Natürlich hat der Captain sich als Kaufmann ausgegeben, doch derartige Geschichten kennen wir ja, nicht wahr?«

»Weiter«, forderte der Spanier Logan ungerührt auf.

»Captain Enriquez hat mich nach Santo Domingo geschickt, weil einige Reparaturen durchgeführt werden müssen. Vielleicht ist ja Ihr Gouverneur so freundlich... Außerdem gibt es noch ein etwas delikateres Problem zu lösen. In etwa drei Wochen soll ich dann die *Santa Clara* in Vera Cruz wiedertreffen.«

So leicht war Colonel del Vargas nicht zu überzeugen. »Und worum handelt es sich bei dieser delikaten Angelegenheit?« Dabei musterten seine flinken Augen blitzschnell alle Matrosen, bevor sie sich mit erschreckender Intensität auf Kit konzentrierten. »Hat die Sache etwa mit dieser – Frau zu tun?«

Kit fand, daß Logan bewundernswert locker blieb, während er nun ebenfalls zu ihr herübersah. Seit dem Tod ihrer Mutter hatte sie nur sehr selten Spanisch gesprochen und konnte deshalb nur einzelne Sätze verstehen. Ihrer Meinung nach war der Spanier äußerst mißtrauisch, doch Logan ließ sich davon nicht im geringsten beeindrucken, sondern amüsierte sich eher noch. Der geborene Gauner!

»Sie sind ziemlich neugierig, Colonel.«

»Ist die Dame einflußreich?« Seine Blicke waren so abschätzend, daß Kit sich unbehaglich fühlte.

»Sie behauptet, die Nichte Ihres Gouverneurs zu sein.«

Darauf starrte der Spanier noch unverschämter zu ihr herüber und lachte schließlich bellend. »Das ist ja lächerlich, Don Hernando! Man sieht doch auf den ersten Blick, daß sie Engländerin ist.«

»Ein gutes Auge haben Sie«, räumte Logan ein. »Aber dennoch behauptet die Dame, die Tochter von Don Juan de Mendez Arguellos jüngster Schwester zu sein. Auf jeden Fall befinden Sie sich in einer schwierigen Lage, denn woher sollen Sie wissen, ob die Angaben der Dame nicht vielleicht doch auf Wahrheit beruhen?«

Der Spanier zögerte merklich.

»Vielleicht sollten wir dem Gouverneur die Frau persönlich vorstellen, indem ich um eine Audienz nachsuche«, schlug Logan vor. »Wenn Sie meine Bitte überbringen, können Sie dem Gouverneur außerdem bestellen, daß ihm Captain Enriquez als gewissen Ausgleich für alle Unannehmlichkeiten einige erbeutete Kostbarkeiten schickt.«

Zwei Stunden später wurden Kit und Logan von einem mit rotem Samt ausgeschlagenen Wagen abgeholt und zum Gouverneurspalast gebracht. Insgeheim fragte sich Kit, woher Logan diese Ruhe nahm. Schließlich konnte ihn doch der kleinste Fehler verraten und fatale Folgen für ihn haben! In diesem Augenblick lächelte ihr Logan aufmunternd zu, und schon wurde sie wieder von seinem Mut und seiner Spannung mitgerissen.

»Wo haben Sie so fließendes Spanisch gelernt?« fragte sie. »Sie überraschen mich immer wieder.«

Logan lachte leise. »Mein Vater hat darauf bestanden, daß seine Söhne Französisch, Spanisch und Holländisch lernen. Der alte Fuchs wußte, daß man das immer gebrauchen kann, ganz gleich ob man gegen einen Mann kämpft oder mit ihm Handel treibt.«

»Demnach war Ihr Vater ein Kaufmann?«

»Nein, ein so nützliches Mitglied der Gesellschaft war er nicht. Er war nur ein Mitglied des Oberhauses.«

Vor Staunen starrte Kit Logan mit offenem Mund an, doch zu einer Erwiderung kam sie nicht mehr, denn in diesem Augenblick öffnete ein Diener den Wagenschlag.

Als Don Juan Fernandino de Mendez Arguello Kit zwar überrascht, aber dennoch voller Herzlichkeit in die Arme schloß, war jeder Zweifel an ihren Angaben gegenstandslos. Mit erleichtertem Lächeln beobachtete Logan, wie Don Juan seine Nichte von sich schob und mit einem begeisterten Wortschwall in reinstem Kastilisch überschüttete. Lächelnd wehrte Kit ab.

»Oh, verzeih mir, meine kleine Katarina«, fuhr er in englischer Sprache fort. »Ich habe wieder einmal vergessen, daß dein Spanisch ja nicht besonders gepflegt worden ist! Willkommen in meinem Haus! Ihnen, Lieutenant, gilt mein herzlichster Dank, daß Sie meine Nicht hergebracht haben! Die näheren Einzelheiten höre ich mir später an. Zuerst wollen wir uns einmal setzen und einen Schluck Wein zur Begrüßung trinken. Danach gibt es Essen. Sie sind genau zur richtigen Zeit gekommen!«

Don Juan war ein ganzes Stück kleiner als seine Nichte, doch den Unterschied machte er mit seinem beträchtlichen Umfang wett. In seinen gold- und grüngestreiften Kniehosen und dem goldbestickten Wams ähnelte er einem unförmigen Clown, doch mit Sicherheit war man gut beraten, wenn man den kleinen Mann nicht unterschätzte.

Vor acht Jahren hatte Kit ihren Onkel zum letzten Mal gesehen, denn die andauernden Zwistigkeiten zwischen England und Spanien hatten immer wieder häufigere Begegnungen verhindert. Als die heißblütige Isabella mit Roger St. John davongelaufen war, hatte ihr Vater sie enterbt, doch ihr jüngster Bruder hatte seine große Liebe zu seiner Schwester niemals aufgegeben und sie sogar noch auf ihre kleine Tochter Katarina übertragen.

Zur Begrüßung bat Don Juan Kit und Logan, zusammen mit einigen spanischen Offizieren, in einen großen, sehr förmlich eingerichteten Empfangsraum. Während Wein serviert wurde, wiederholte Colonel del Vargas Logans Geschichte, worauf der Gouverneur liebevoll lächelnd Kits Hand drückte.

»Das sind ja wirklich keine angenehmen Begleitumstände für einen Besuch, meine liebe Nichte! Ich hoffe, daß unsere spanischen Offiziere dich wenigstens gut behandelt haben.«

Wenn Kit an den abschätzenden Blick von Colonel del Vargas dachte, fiel es ihr überhaupt nicht schwer, die Empörte zu spielen. »Das kann man wirklich nicht sagen, lieber Onkel! Sie haben ohne Skrupel ein friedliches englisches Handelsschiff überfallen und ehrenhafte Kaufleute ermordet, als ob sie Piraten wären! Einfach unerhört, denn schließlich befinden sich England und Spanien nicht im Kriegszustand!«

Don Juan seufzte. »Das stimmt, Katarina. Jedenfalls im Augenblick noch. Ich denke jedoch, daß die Anwesenheit der britischen Flotte in Barbados den Schluß nahelegt, daß dieser Zustand unter Umständen nicht mehr allzu lange andauern wird. Außerdem ist es leider so, daß die meisten englischen Schiffe in diesen Gewässern Piraten sind.«

»Dieses Schiff war aber wirklich ein Handelsschiff!« empörte sich Kit. »Ich befand mich auf der Überfahrt nach England und hätte mich doch niemals Piraten anvertraut!«

Ihren wütenden Seitenblick quittierte Logan mit ausgesuchter Höflichkeit, doch das anerkennende Grinsen in seinen Augenwinkeln hatte nur sie gesehen.

»Natürlich würdest du das nicht tun, mein Schatz, aber manchmal kann man die Guten nicht von den Bösen unterscheiden. Ein Marineoffizier hat da ganz andere Erfahrungen, nicht wahr, Don – Hernando?«

»Das ist richtig, Exzellenz, aber dennoch möchte ich mich ausdrücklich bei Doña Katarina für das schreckliche Erlebnis entschuldigen.«

Dem konnte Don Juan nur zustimmen. »Es tut mir leid, daß ausgerechnet dir so etwas widerfahren mußte, Katarina. Glücklicherweise bist du unverletzt geblieben, und unter meinem Dach bist du in Sicherheit. Captain Enriquez und Don Hernando gilt mein besonderer Dank.« Dann wandte er sich an Logan. »Für die Dauer Ihres Aufenthalts in Santo Domingo möchte ich Ihnen die Gastfreundschaft meines Hauses anbieten.«

Logan lächelte bedauernd. »Das ist wirklich sehr liebenswürdig, doch ich muß unbedingt die *Santa Clara* in Vera Cruz einholen, sobald einige Reparaturen ausgeführt worden sind. Nur zu gern hätte ich Ihre Gastfreundschaft und die Gesellschaft Ihrer reizenden Nichte genossen...«

»Ja«, brummte Don Juan, dessen Interesse merklich abgeflaut war.

Doch Logan fuhr unbeirrt fort. »Allerdings habe ich ein Problem. Die Überlebenden der englischen – der Piraten sitzen gefesselt im Frachtraum. Es ist mir nicht ganz wohl bei dem Gedanken, daß sie so lange an Bord bleiben, und ich wollte fragen, ob ich sie vorübergehend in Ihrem Gefängnis unterbringen könnte.«

»Aber selbstverständlich«, erwiderte der Gouverneur. »Ich werde sofort eine Abordnung zu Ihrem Schiff schikken und sie abholen lassen.«

Katarina flirtete inzwischen mit einigen der Offiziere und tat so, als ob die Unterhaltung zwischen ihrem Onkel und Logan sie überhaupt nicht interessierte.

»Darum brauchen Sie sich wirklich nicht zu kümmern«, wehrte Logan ab. »Meine Matrosen werden schon mit ihnen fertig. Mit Ihrer Erlaubnis werde ich mich jetzt zu meinem Schiff begeben.«

Vor Spannung hielt Kit beinahe den Atem an und fragte sich, ob ihr Onkel nicht plötzlich anders dreinsah als bisher, doch als er fast gelangweilt über die Ablehnung hinwegging, fühlte sie sich wie erlöst.

»Das hat noch Zeit, Lieutenant. Ich bestehe darauf, daß Sie mit uns speisen. Alles andere kann warten.«

»Sie sind wirklich überaus großzügig«, entgegnete Logan mit vollendeter Höflichkeit, doch Kit war sein leicht gequältes Lächeln nicht entgangen.

Während des Essens vergaß Kit jedoch alle Ängste, daß Logan sich möglicherweise mit dem nächsten Wort verraten könnte, denn bei Tisch leistete ihnen Don Juans junge Frau Gesellschaft. Kit war völlig überrascht, daß ihr Onkel wieder verheiratet war, denn bei ihrer letzten Begegnung war er noch Witwer gewesen. Je länger sie sich jedoch mit der rothaarigen Frau unterhielt, desto deutlicher fühlte sie, wie glücklich die beiden miteinander waren.

Während der Suppe kam der Gouverneur wieder auf Katarinas Reise zu sprechen und erkundigte sich eingehend nach ihren Gründen. »Kannst du mir verraten, weshalb du ausgerechnet zur scheußlichsten Jahreszeit nach Kent reisen wolltest? Ich nehme doch an, daß du die Kusine deines Vaters besuchen wolltest, oder etwa nicht?«

Sekundenlang überlegte Kit, ob ihr Onkel aus Mißtrauen oder tatsächlich aus ehrlichem Interesse fragte. »Doch, doch. Kusine Alice ist mittlerweile Witwe, und ich wollte sie besuchen, weil ich es zu Hause nicht mehr aushielt. Oliver ist seit Wochen auf Greenhaven und versucht unablässig, mich mit seinen seltsamen Freunden zu verheiraten. Er ist mir so auf die Nerven gegangen, daß ich einfach fort mußte. Ansonsten hätte ich ihn eines Tages samt dem Zuckerrohr in die Mühle gesteckt! Wir hatten eine kleine Auseinandersetzung, und deshalb wollte ich auch nicht auf einem unserer Schiffe fahren. Ich hatte nämlich Angst, daß Oliver mich noch in letzter Minute daran hindern könnte.«

Don Juan lachte leise vor sich hin. »Ach ja, dein Bruder! Ich kann dich gut verstehen, mein Kind.« Er hatte Kits älteren Bruder nie sonderlich geschätzt, was ihr jetzt zugute kam. Während als nächster Gang ein wunderbarer Fisch in Kräutersauce serviert wurde, sprach er weiter. »Und wie geht es deiner Plantage?«

»Recht gut, Onkel. Danke.« Kit entspannte sich zusehends, und ihr Spaß an der aufregenden Situation wuchs. »Und das, obwohl Oliver uns kürzlich einige Sträflinge gekauft hat, die Lord Cromwell als Sklaven auf die Insel geschickt hat.« Das kleine niederträchtige Leuchten in ihren Augen war allein für Logan bestimmt, obwohl sie nur ihren Onkel anstrahlte. »Mir ist nicht ganz klar, was der Lord Protector sich bei dieser Maßnahme gedacht hat, denn mit diesen aufsässigen Sträflingen können wir rein gar nichts anfangen. Für die Feldarbeit sind sie zu schwach und für die anderen Arbeiten viel zu faul.«

Voller Eifer stimmte Colonel del Vargas ihr zu. »Die Engländer haben ihre Verbrecher schon immer viel zu sanft angefaßt!« Er lachte. »Aber vermutlich erklärt sich das daraus, daß sie ein Volk von Dieben und Gaunern sind, Anwesende natürlich ausgenommen!« Damit hob er sein Glas und prostete Kit zu.

Ekelhafter Kerl, dachte Kit, und es überlief sie kalt, als sie bemerkte, mit welch eiskaltem Blick Logan den Spanier fixierte. Als er zwischendurch einen Blick von Kit auffing, lächelte er ihr zu. Und dieses Lächeln versprach Rache für ihre frechen Bemerkungen, doch gleichzeitig hatte es eine beruhigende Wirkung auf Kits flatternde Angst.

Je länger die Mahlzeit dauerte, desto ruhiger wurde Kit, denn alles lief besser als erwartet. Wie ein gebildeter spanischer Aristokrat konnte Logan bei jedem Thema mithalten und fand immer die richtigen Worte, ganz gleich, ob sich die Unterhaltung um Politik oder seemännische Taktik handelte. Die Namen der spanischen Admiralität kamen ihm flüssig über die Lippen, wenn er mit den Offizieren über Militärgeschichte plauderte, und gleichzeitig machte er seiner bezaubernden Gastgeberin auf angenehmste Weise den Hof. Kit wunderte sich in einem fort über die verschiedenen Facetten seines Charakters, und je mehr sie über ihn erfuhr, desto weniger paßte er in das Bild eines Meuterers oder Piraten. Als er sich nach dem Dessert verabschiedete, spürte Kit eine gewisse Leere, die nur zu rasch wieder von nagender Furcht ausgefüllt wurde.

Santo Domingo war nicht nur der Sitz des Gouverneurs, sondern ebenfalls das Handelszentrum der Insel Hispaniola. Gleichzeitig war die Stadt Mittelpunkt der spanischen Besitzungen in der östlichen Karibik. In den Straßen herrschte lebhaftes Treiben, als Logan, Peter und die spanischen Besatzungsmitglieder von der *Ice Maiden* die Gruppe der Gefangenen zur Festung hinaufführten. Der Gouverneur hatte darauf bestanden, Logan noch vier seiner Palastwachen mitzugeben, was dieser nur zu gern abgelehnt hätte. Weil er jedoch mit dem Gouverneur nicht handeln mochte, mußten seine Männer eben noch mit vier weiteren Spaniern fertig werden. Kein Problem für echte Piraten!

Die Sonne brannte vom Himmel, doch Logan schwitzte nicht nur wegen der Hitze. Sie befanden sich so nahe vor dem Ziel – so nahe! Wenn jetzt noch irgend etwas dazwischenkommen würde... Manchmal meinte er, bereits die Schlinge um seinen Hals zu fühlen!

Genau in diesem Augenblick entstand ein Tumult, weil einer der Palastgardisten mit seinem Kameraden über den kleinen Michael Carmody gespottet und gelacht hatte. Unglücklicherweise verstand der jähzornige Ire Spanisch und zögerte keine Sekunde, sich auf den Schuldigen zu stürzen und ihm das Gewehr zu entreißen. Bevor der andere sich recht versah, hatte Carmody ihm bereits seine Handfesseln um den Hals geschlungen und würgte ihn.

In der nächsten Sekunde fuhr Logan dazwischen. Mit

Gewalt zerrte er Carmody von seinem röchelnden Opfer herunter und versetzte ihm einen Schlag, der schlimmer aussah, als er in Wirklichkeit war. Doch er war immerhin kräftig genug, um den kleinen Kerl im hohen Bogen auf die Straße zu schleudern.

»Irischer Hund!« schimpfte er in verachtungsvollem Ton. »Schlimmer als die Engländer sind nur noch die Iren!«

Als Carmody wie wild hochfahren wollte, setzte Logan ihm lediglich den Fuß auf die Brust und funkelte ihn so lange mit seinen durchdringenden blauen Augen an, bis der kleine Mann die Warnung begriffen hatte und auf den Boden der Wirklichkeit zurückgekehrt war. Widerstandslos ließ er sich anschließend von zwei Wächtern in die Reihe zurückschieben. Die sichersten Zellen des Gefängnisses von Santo Domingo befanden sich unterhalb des Erdbodens. Ein Gewirr von Gängen führte durch die gesamte Anlage, bis man schließlich einen von brennenden Fackeln erleuchteten Vorraum erreichte. Dort vertrieben sich die Wachen mit Würfelspielen die Zeit, während ihre Gefangenen zwischen Ungeziefer in ihren Zellen hockten und litten. Noch nie war es jemandem gelungen, aus diesen Verliesen zu entkommen, und selbst wenn es ein Gefangener irgendwann einmal schaffen sollte, die ganze Wachmannschaft auszuschalten, würde er sich unweigerlich im Gewirr der Gänge verlaufen, die den Felsen wie einen wurmstichigen Apfel durchzogen. Im langweiligen Ablauf der Tage war die Ankunft neuer Gefangener geradezu eine Sensation, weil die Verhöre und Folterungen eine gewisse Abwechslung versprachen.

Einer der Gardisten hämmerte an die Tür zum Wachraum. »Mach auf, Diego! Wir wollen hier nicht den ganzen Tag verbringen!«

»Die Engländer möchten endlich ihre Zellen sehen!« höhnte ein zweiter Mann.

»Schon gut, schon gut!« Nachdem Diego aufgeschlossen hatte, erschien sein fettes Gesicht im Türspalt. »Wen bringt ihr denn da? Wir erwarten doch keine Gefangenen.«

»Das sind einige Piraten. Vorübergehende Gäste, wenn du so willst!«

So rasch es ihm möglich war, räumte Diego seinen fetten Wanst aus dem Weg und öffnete die Tür. Die anderen Wachen blickten neugierig auf, als die fünfzehn Gefangenen in den Raum gedrängt wurden.

»Vorübergehende Gäste hast du gesagt, nicht wahr?« Diego lachte leise. »Die anderen sind das im Grunde auch, denn seit Don Esteban mit ihnen fertig ist, sind ihre Tage gezählt! Gut, wenn wir sie bald loswerden, denn inzwischen stinkt es hier schon nach Engländern!«

»Diese bleiben nicht lang«, versicherte der Gardist und drehte sich dann zu Logan um. »Wie lang werden Sie hierbleiben, Lieutenant? Eine Woche? Oder zwei?«

»Höchstens zwei.« Während Logan das sagte, trat er endgültig über die Schwelle und ließ seine Augen abschätzend über den Raum gleiten. Zehn Wachen und vier Palastgardisten gegen seine zehn spanischen Matrosen und fünfzehn Piraten! Die Spanier konnten einem schon fast leid tun – aber nur fast! Er wandte sich um und verriegelte sorgfältig die Tür.

»Diese Vorsicht ist absolut unnötig, Lieutenant«, lachte Diego. »Die laufen uns schon nicht weg!« Einen jammervolleren Haufen hatte die Welt noch nicht gesehen, dachte Diego, während er die fünfzehn kraftlosen Vogelscheuchen musterte. Als ihn einer der Männer angrinste, wurde Diego für Sekunden stutzig, doch als er bemerkte, daß dieser Mann auch keine Handschellen mehr trug, wurde er bereits von hinten niedergeschlagen.

Als Diego so unerwartet zu Boden krachte, erstarrten die anderen Wächter zu Salzsäulen und mußten entsetzt mit ansehen, wie die vermeintlichen Sträflinge sich einfach ihrer Fesseln entledigten. Doch dann besannen sie sich. Tapfer stellten sie sich den Männern entgegen, denn sie hofften, daß die Matrosen der *Ice Maiden* schon für Ordnung sorgen würden. Mit Säbeln drangen sie auf die Engländer ein, die kurz darauf erwartungsgemäß feige bis an die Wand zurückwichen.

Als sich Logans Spanier jedoch nicht auf die Feinde, sondern auf den Waffenschrank stürzten, wunderten sich die Wächter, doch als sie begriffen, daß die Dolche und Säbel den wiedererstarkten Gefangenen zugeworfen wurden, war es längst zu spät. Sekunden später waren sie von einem Wall aus blitzendem Metall umgeben, so daß sie klugerweise sofort die Waffen streckten.

»Eine kluge Entscheidung, Freunde«, bemerkte Logan grinsend, während er vortrat und Peter bedeutete, die Waffen beiseite zu räumen. »Haben Sie bitte die Güte, sich zu entkleiden, Gentlemen!«

Ein lautes Protestgeschrei war die Antwort.

»Seien Sie unbesorgt«, grinste Logan, »aber wir sind keineswegs an Ihrem männlichen Charme interessiert, sondern lediglich an Ihren Uniformen!« Um die Sache ein wenig zu beschleunigen, setzte er einem Gardisten die Säbelspitze auf die Brust. »Sie ebenfalls, mein Freund, und ein bißchen fix, wenn ich bitten darf!«

Genüßlich sah er zu, wie immer mehr Hosen, Hemden und Jacken den Boden bedeckten. »Ihr Leben werden wir Ihnen lassen und die Unterwäsche ebenfalls!«

Während die Engländer hastig in möglichst passende Uniformen schlüpften, trat Logan neben den immer noch bewußtlosen Diego und holte ihn unsanft in die Wirklichkeit zurück, indem er eine Karaffe mit Wasser über seinem Kopf ausleerte. Spuckend und prustend wollte sich der Mann aufsetzen, doch Logans Säbelspitze hinderte ihn daran.

»Na, haben Sie gut geschlafen?« erkundigte sich Logan maliziös.

Diego ließ die Klinge, die drohend über seiner Nase schwebte, keine Sekunde aus den Augen und schnappte nur entsetzt nach Luft, wobei sein Doppelkinn heftig erzitterte.

Logan kniete neben ihm nieder und hielt ihm den Schlüsselbund vors Gesicht. »Blitzartig verraten Sie mir jetzt, welcher Schlüssel der richtige ist!« Dabei lächelte er ganz freundlich. »Natürlich könnte ich sie alle ausprobieren, doch eine solche Zeitverschwendung ärgert mich. Und diesen Ärger könnte ich sehr wohl an Ihnen auslassen.« Die Säbelspitze senkte sich noch ein Stück weiter. »Kapiert?«

Ohne auch nur eine Sekunde zu zögern, deutete Diego auf einen der Schlüssel, den Logan sofort an Peter weiterreichte. »Sehen Sie nach, ob es stimmt!« Dabei fixierten seine durchdringenden Augen sein Opfer. »Beten Sie, mein Freund!«

Diego wimmerte nur, während ihm der Schweiß auf die Stirn trat. Als der Holländer jedoch kurz darauf mit acht zerlumpten, gebrochenen Gestalten erschien, atmete er erleichtert auf.

»Es fehlen fünf«, stellte Logan fest.

»Sie sind tot«, antwortete Peter. »Drei wurden beim Gefecht getötet, und zwar Harrison, Miller und Daugherty. Dugan und Lovell haben die Folterungen nicht überlebt.«

Als Logans Gesichtszüge erstarrten und die Säbelspitze zitterte, schrie Diego laut auf, doch Logan sah nur verächtlich auf ihn hinunter. »Führen Sie sich doch nicht so auf! Ich glaube nicht, daß Ihr Tod uns die Kameraden zurückbringt!«

Die englischen Matrosen waren inzwischen umgezogen und bewunderten einander in ihren spanischen Uniformen, die allerdings nicht so recht passen wollten. Sofort trug Logan Carmody auf, sich noch nach weiteren Uniformen umzusehen, und befahl den anderen, die Gardisten in die freie Zelle zu sperren. »Und vergeßt nicht, ihnen Handschellen anzulegen!«

Aufatmend schob Peter seinen Säbel in die Scheide zurück. »Wir haben es geschafft!« verkündete er grinsend. »Ich habe es nicht für möglich gehalten, aber wir haben es tatsächlich geschafft!«

Logan konnte die Begeisterung nicht so ganz teilen. »Bis hierher haben wir es geschafft, Van Halen, doch der Rückzug steht uns noch bevor!« Er grinste vielsagend. »Außerdem müssen wir noch unsere kleine Verbündete aus den Fängen ihres Onkels befreien!«

8. Kapitel

»Auf meine kleine Nichte, die mir ein gütiges Schicksal ins Haus geschickt hat!« Mit diesen Worten hob Don Juan sein Glas und prostete Katarina zu, worauf sich alle anderen seinem Trinkspruch anschlossen.

Kit lächelte ein wenig unsicher. Immer wieder wanderten ihre Augen unruhig zur Tür, durch die Logan vor mehr als zwei Stunden verschwunden war. Es mußte einfach etwas passiert sein, oder plante der Schuft etwa, sie hier zurückzulassen? Sie hatten wieder und wieder besprochen, wie sie in die Festung hineinkommen wollten, doch über den Rückweg wußte sie so gut wie gar nichts.

Kit war viel zu satt und träge, um sich an der Diskussion über Cromwells karibische Politik zu beteiligen, und folgte dem Gespräch zwischen ihrem Onkel und den anderen Offizieren nur mit einem Ohr. Ihr fiel auf, daß del Vargas ebenso unaufmerksam war wie sie, und daß seine unruhigen schwarzen Augen sie unablässig beobachteten. Ob er vielleicht Logans Geschichte insgeheim anzweifelte?

Nach einiger Zeit unterbrach Doña Anita die Diskussion. »Ich fürchte, die arme Katarina langweilt sich ein wenig. Sie hat doch mit Cromwells Sünden herzlich wenig zu tun.«

Sofort wandte sich Don Juan an seine Nichte. »Wie konnten wir uns nur so vergessen! Liebe Katarina, du siehst wirklich ein bißchen blaß aus. Vielleicht möchtest du dich für einige Zeit zurückziehen und ein wenig schlafen?«

»O nein! Vielen Dank, Onkel, aber ich habe dich doch so lange nicht mehr gesehen!« Und wer weiß, wann wir uns wiedersehen werden, wenn du erst alles weißt! Verdammt, wo blieb Logan nur? Der Nachmittag war schon fast vorbei!

»Aha!« rief der Gouverneur in diesem Augenblick. »Hier kommt Don Herando aus der Festung zurück!«

Kit hielt gespannt den Atem an, als sie Logan so entspannt und lässig unter der Tür stehen sah, als ob er gerade von einem Spaziergang durch den Garten zurückgekommen wäre.

»Ist alles gutgegangen, Lieutenant?«

»Bestens, Exzellenz! Genau, wie ich es erwartet habe.«

»Ausgezeichnet!« Der Gouverneur gab einem Diener ein Zeichen, Logan ebenfalls ein Glas Brandy einzugießen. »Ihre Gefangenen werden dort sicher sein, ganz gleich wie lange Sie bleiben, Don Hernando. Von dort ist noch keiner entflohen. Wenn man über die Schwelle tritt, ist das endgültiger, als wenn man in die Hölle käme! Darauf ist Colonel del Vargas besonders stolz.«

Logan verzog die Lippen zu einem Lächeln. »Sind Sie persönlich für die Festung verantwortlich, Colonel?«

»Gewiß, Lieutenant. Eine ehrenvolle Aufgabe.«

»Dann muß ich Sie audrücklich für Ihre Tüchtigkeit loben!« Nachdenklich blickte er in die goldene Flüssigkeit, die er in seinem Glas kreisen ließ. »Haben Sie auch die Methoden bestimmt, mit denen die armen Seelen, die ich dort gesehen habe, verhört worden sind?«

Kit zuckte unmerklich zusammen, denn Logans Ton war merklich schärfer geworden. Dieser verrückte Kerl brachte sich noch in Teufels Küche!

»Darum kümmere ich mich höchstpersönlich!« antwortete del Vargas nicht ohne Stolz. »Ich bin der Überzeugung, daß man jeden zum Reden bringen kann, wenn man nur die richtigen Methoden anwendet.«

»Das kann ich mir vorstellen.« Logan lächelte zwar immer noch, doch seine Augen glitzerten eiskalt. »Ganz offensichtlich haben Sie die richtigen Methoden!«

Der Colonel lachte leise. »Piraten sind mir ganz besonders verhaßt. Dazu gehören meiner Meinung nach auch alle englischen Seefahrer, denn in ihrem innersten Herzen sind sie alle Piraten.«

»Jetzt ist es aber genug!« unterbrach Doña Anita die Unterhaltung, denn sie fühlte, daß Streit in der Luft lag. »Solche Unterhaltung führt man nicht in Gegenwart von Damen! Ich kann mir nicht vorstellen, daß Katarina nach ihren Erlebnissen solche Reden hören mag. Schauen Sie nur, wie blaß sie geworden ist! Schämen Sie sich!«

Logan lächelte entschuldigend. »Ich kann mir vorstellen, daß Doña Katarina fürs erste genug von Piraten hat!«

Kit warf ihm einen warnenden Blick zu und wandte sich dann an ihren Onkel. »Und zwar von Piraten aller Nationalitäten! Einer ist so schlimm wie der andere. Wenn ich mir vorstelle, daß so viele im Gefängnis...«

»Mach dir um diese Gauner keine Gedanken!« tröstete sie ihr Onkel. »Die bekommen nur, was sie verdienen!«

»Genau«, bestätigte Logan und zwinkerte so unmerklich, daß nur Kit es sah und erleichtert aufatmen konnte. So arrogant und selbstzufrieden würde er nicht dreinschauen, wenn alles schiefgegangen wäre.

In diesem Augenblick erschien ein Diener unter der Tür. »Verzeihen Sie, Exzellenz, aber die Eskorte, die Sie befohlen haben, wartet draußen.«

Don Juan runzelte die Stirn. »Welche Eskorte?«

Wie zufällig erhob sich Logan und ging zu Katarina hinüber, deren Herz in diesem Augenblick vor Aufregung beinahe zersprang. »Doch, Exzellenz, Sie haben eine Eskorte bestellt, um Doña Katarina und mich sicher zum Schiff zurückzubegleiten.«

»Zurück zu Ihrem Schiff?« Der Gouverneur war restlos verwirrt.

Als sich Logans Hand auf Kits Schulter legte, durchfuhren sie heiße Schauer.

»Ich fürchte, ich muß etwas klarstellen«, begann Logan wie ein reuiger Sünder. »Ich heiße nicht Herando Delgado, sondern ich bin Captain Logan Steele und Kommandeur der armseligen Kerle, die hier im Gefängnis geschmort haben. Ich fürchte allerdings, daß Ihr Rekord gebrochen wurde, Colonel del Vargas. Es gibt jetzt acht Männer, die Ihrem stinkenden Loch entflohen sind!«

Sekundenlang herrschte atemlose Stille, und alle standen wie erstarrt, bis del Vargas endlich aufsprang und nach seinem Schwert griff. »Sie Hund! Sie werden mir nicht entkommen!« Sofort folgten zwei weitere Offiziere seinem Beispiel.

»Das würde ich nicht tun«, sagte Logan lächelnd. Eine Hand lag auf dem Griff seiner Waffe, während er mit der anderen fast zart den Hals des Mädchens umfaßte. »Dieses schlanke Hälschen ist doch viel zu schön, um einfach umgedreht zu werden, nicht wahr?« fuhr er fast im Plauderton fort. »Sie zweifeln, daß ich das mit einer Hand schaffe, während ich mit der anderen Ihre Leute abwehre?« Er zog seine Waffe.

Don Juan sah Logan geradewegs in die Augen. »Ich kenne die Brutalität der Piraten. Sie sind sicher zu allem fähig!« Mit einer Geste winkte er die Offiziere zurück.

Doch Logans Hand blieb, wo sie war. Kit wurde heiß und kalt, obwohl sie immer noch glaubte, daß Logan nur bluffte und sie gar nicht ernsthaft verletzen wollte. Irgendwie hatte sie das Gefühl, daß sie durch dieses Unternehmen Kameraden geworden waren, wenn nicht sogar Freunde.

»Stehen Sie auf, Katarina!«

Die eiskalte Stimme nahm Kit jede Hoffnung. Wortlos gehorchte sie und erhob sich steif. Dabei nahm sie aus dem Augenwinkel wahr, wie Logans Waffe auf del Vargas zuschoß.

»Vertrauen Sie nur nicht auf Ihre Überzahl, Gentlemen, denn die Nichte des Gouverneurs wird bestimmt nicht mehr an Ihrer Siegesfeier teilnehmen können!«

»Katarina!« jammerte der Gouverneur. »Ich verstehe nicht, weshalb...«

»Machen Sie das mit mir ab!« unterbrach ihn Logan. »Ich habe Ihre Nichte nur zu dem einen Zweck aus Barbados entführt, um mir Zutritt zu dieser Festung zu verschaffen! Dieses Mädchen ist eine wunderbare Schauspielerin, wenn es um ihr Leben geht, nicht wahr?«

»Onkel...«

»Genug der Vorstellung!«

Ein sanfter Druck gegen ihre Kehle brachte sie augenblicklich zum Schweigen. Gern hätte sie ihrem Onkel erklärt, daß ihr in Wirklichkeit keine Gefahr drohte, doch gleichzeitig fragte sie sich, ob sie da so sicher sein konnte.

»Schicken Sie einen Mann in die Festung, Exzellenz.« Logans Stimme war kalt wie der Tod, »und geben Sie Befehl, daß uns niemand folgen darf und unser Schiff ungehindert den Hafen verlassen kann! Außerdem brauchen wir einen Wagen, der Katarinas Rang gerecht wird, und ermahnen Sie bitte Ihre Männer zur Zurückhaltung!« Dabei streichelten seine Finger fast zärtlich über Kits Kehle. »Das Leben einer Frau ist ein so kostbares und empfindliches Ding!«

Kit hoffte inständig, daß alles nur Theater war. Nur Lügen, genau wie die Geschichte ihrer Entführung! Aber solange sie seine Gefangene war, wollte sie lieber nicht ausprobieren, wie weit er tatsächlich gehen würde.

»Ich bin mit allem einverstanden!« erklärte der Gouverneur hastig und winkte einen Diener herbei, dem er rasch die nötigen Befehle erteilte. Sekundenlang sah der Mann ängstlich zu Logan hinüber, bevor er rasch den Raum verließ.

»Der Wagen wird in Kürze hier sein«, versicherte Don Juan. »Niemand wird Ihren Weg blockieren oder Ihr Schiff aufhalten. Darauf gebe ich Ihnen mein Ehrenwort! Aber lassen Sie mir bitte Katarina.«

Leise lachend schüttelte Logan den Kopf. »Es tut mir leid, Exzellenz, aber ein solcher Dummkopf bin ich nicht. Ihre Nichte befindet sich bei mir in Sicherheit, außer Sie und Ihre Offiziere können sich nicht beherrschen!«

»Bitte, haben Sie doch Mitleid!« bat Doña Anita mit bewegter Stimme.

»Es tut mir außerordentlich leid, aber Mitleid gehört zu den Tugenden, die sich Piraten nicht leisten können.«

Sekundenlang verharrten alle in gespanntem Schweigen. Mit den Händen auf ihren Waffen, mußten del Vargas und seine Offiziere den Ereignissen tatenlos zusehen, während der Gouverneur verzweifelt die Hände rang und seine Frau leise weinte. Es schien eine halbe Ewigkeit zu dauern, bis endlich der Diener wieder auf der Bildfläche erschien und unter Keuchen ankündigte, daß der Wagen wartete.

Kit fühlte, wie Logan erleichtert ausatmete, und hätte nichts lieber getan, als ihm ins Gesicht zu sehen. Sie mußte einfach wissen, ob er die Drohung ernst meinte! Diese Ungewißheit war unerträglich!

»Dann werden wir uns jetzt verabschieden. Exzellenz, es hat mich sehr gefreut!« Nachdem er sich verbeugt hatte, deutete Logan mit dem Säbel auf del Vargas. »Und Sie, Colonel, werden uns noch ein Stück begleiten!«

Augenblicklich zog del Vargas seinen Säbel. »Ich werde Sie in die Hölle schicken!«

»Schon möglich«, entgegnete Logan, während sich seine Hand fest um Kits Hals schloß. »Aber wollen Sie wirklich schon heute dorthin?«

»Gehorchen Sie, um Himmels willen!« rief der Gouverneur. »Dies ist nicht der Augenblick für Heldentaten!«

Del Vargas' schwarze Augen sprühten förmlich Funken, doch Logan hielt ungerührt die Waffe auf ihn gerichtet. »Stecken Sie Ihren Säbel wieder zurück und machen Sie ein freundliches Gesicht! Wir wollen doch keinen Verdacht erwecken, nicht wahr?«

Als sie zusammen den Raum verließen, sah Kit mit zittrigem Lächeln zu ihrem Onkel zurück. Seine Hilflosigkeit und seine Angst schnitten ihr in die Seele, und sie hätte ihm am liebsten zugerufen, daß alles nur ein Täuschungsmanöver war. Dabei war sie sich dessen nicht einmal sicher.

Auf den ersten Blick sah Kit, daß die Eskorte ausschließlich aus englischen Piraten bestand, die sich recht und schlecht als spanische Soldaten zurechtgemacht hatten. Ohne Zweifel mußte das jedem Einwohner dieser Stadt auffallen, doch da die Leute, sobald sie den Wagen des Gouverneurs erkannten, aus Angst vor der Obrigkeit einen weiten Bogen um das Gefährt machten, fiel niemandem etwas auf, und sie erreichten ohne Zwischenfall den Hafen.

Peter und Logans spanische Matrosen erwarteten sie bereits am Kai. Die acht armseligen Gestalten neben ihnen waren noch jämmerlicher verkleidet und von Kopf bis Fuß schmutzverkrustet. Ihre Haare waren völlig verfilzt und strömten einen beißenden, unerträglichen Geruch aus. Die meisten konnten nicht einmal aufrecht stehen und benutzten ihren Nebenmann als Stütze.

»Das kann doch unmöglich mein Onkel getan haben!« stieß Kit voll Entsetzen hervor.

»Gefängnisse sind überall gleich«, entgegnete Logan. »Höchstwahrscheinlich hat Ihr Onkel die Einzelheiten unserem Freund hier überlassen!«

Entsetzt starrte Kit zu del Vargas hinüber, der ihren Blick jedoch mit größter Feindseligkeit erwiderte.

»Captain!« Einer von Logans Matrosen hatte mit einem Bootsbesitzer verhandelt und wandte sich nun an Logan. »Dieser Hund will uns nicht übersetzen!« Ungeduldig zog er seinen Dolch aus dem Gürtel. »Soll ich ihm die Kehle durchschneiden!«

»Das können wir einfacher haben.« Mit einem teuflischen Grinsen wandte sich Logan an del Vargas. »Besorgen Sie uns zwei Boote, Colonel!«

Während der spanische Schiffer unsicher von einem zum anderen blickte und wartete, starrte del Vargas nur verbissen geradeaus und schwieg.

»Sie können uns natürlich unnötige Schwierigkeiten machen, Colonel, doch Sie werden keine Sekunde lang ihre Freude daran haben!« Diesmal sprach Logan englisch, und seine Augen blickten eiskalt.

Kit erschrak und wich unwillkürlich zurück, als Peter ihren Arm berührte.

»*Buenos dias, señorita!*« war alles, was er auf spanisch sagen konnte, und dazu strahlte er sie aufmunternd an. »Schauen Sie nicht so ängstlich drein, Miß St. John! Logan wird es schon schaffen, uns hier herauszubringen.«

Die Sekunden verstrichen in beklemmendem Schweigen, doch schließlich gab del Vargas nach. Ein einziges Wort von seinen Lippen genügte, und schon standen zwei Boote zur Verfügung. Während der Überfahrt blickte del Vargas finster zur Festung zurück, und Kit dachte nur, daß er sich wahrscheinlich mit Vergnügen hätte in Stücke reißen lassen, wenn er nur den Schießbefehl hätte erteilen können. So mußte er tatenlos mitansehen, wie sie den engen Kanal passierten und der Wind sie rasch außer Reichweite der gewaltigen Kanonen trug.

Ungefähr zwei Stunden später kletterte ein völlig erschöpfter Colonel Esteban del Vargas unterhalb seiner gewaltigen Festung über die Felsen an Land. Seine Stiefel hatten ihn die Piraten abgenommen, bevor sie ihn über Bord geworfen hatten, und von seinem Hemd und seiner Haut war nach der Landung auf den Klippen nicht mehr allzu viel übrig. Während er noch nach Luft rang, kniff er unter wilden Flüchen die Augen zusammen und konnte gerade noch erkennen, wie weit draußen die Segel der *Ice Maiden* hinter dem Horizont verschwanden.

An Bord der *Ice Maiden* wurde währenddessen die erfolgreiche Rettung der Seeleute mit einem ausgelassenen Fest gefeiert. Rum und Bier flossen reichlich, man schwelgte in Erzählungen und dichtete spontan Lieder über das Ereignis. Von den toten Kameraden hatte man nicht allzu viel Aufhebens gemacht, denn Piraten lebten ausschließlich für den Augenblick. Vergangenheit und Zukunft interessierten sie nicht. Der Tod begleitete sie auf Schritt und Tritt, so daß sie ihn nicht weiter ernst nahmen.

Kit war völlig überrascht, daß die Piraten, die sie bisher so feindselig und mißtrauisch beäugt hatten, sie nun plötzlich als eine der ihren akzeptierten und fast als Heldin verehrten. Sobald Kit einen Schluck getrunken hatte, wurde nachgeschenkt, und irgendwann sangen einige der angetrunkenen Männer Spottlieder, die Kit erröten ließen. Lange Zeit ließ Logan den Männern ihren Spaß, doch bevor er zu schlimm wurde, fuhr er dazwischen, allerdings strahlte er dabei über das ganze Gesicht.

Für Kit, die bisher im Vergleich zu ihren Freundinnen immer eine Einzelgängerin gewesen war, war diese Situation völlig neu. Sie fühlte sich unter den rauhbeinigen Gesellen mehr als nur wohl und genoß es über alle Maßen, hofiert und akzeptiert zu werden. Als Folge der gelösten Stimmung trank sie natürlich viel zuviel. Sie hatte ihre Vernunft abgeschaltet und genoß die Feier aus vollen Zügen, indem sie sich nur einfach treiben ließ. Irgendwann war sie so müde, daß sie gar nicht merkte, wie der Lärm um sie herum allmählich verstummte, und als jemand eine Decke über sie breitete und die Lampe ausblies, öffnete sie nicht einmal mehr die Augen, sondern versank in traumlosem Schlaf.

Als sie einige Zeit später die Augen aufschlug, brannte nur noch eine Lampe auf dem Schreibtisch, wo Logan Einträge ins Logbuch machte. Kit lag angezogen auf dem Bett und fühlte sich ein wenig benommen und außerdem verschwitzt und ungewaschen. Obendrein hatte sie einen entsetzlichen Geschmack im Mund.

Als sie leise stöhnte, wandte Logan sich augenblicklich zu ihr um. »Na, wie ich sehe, sind Sie noch am Leben!« begrüßte er sie spöttisch.

Kit zog eine Grimasse. »Ich fühle mich fürchterlich!«

»Es ist eben unmöglich, einen Piraten unter den Tisch zu trinken! Das schafft niemand.«

Wieder stöhnte sie. »Habe ich das denn getan?«

»Zumindest haben Sie es versucht.« Er deutete auf den Waschtisch. »Hier können Sie sich ein wenig waschen. Ich werde Sie allein lassen und Ihnen in der Zwischenzeit neue Kleider holen. Aber beeilen Sie sich, denn ich möchte auch irgendwann schlafen gehen.«

Nach einer ausgiebigen Wäsche fühlte Kit sich unvergleichlich besser. Die Anspannung des Tages war verflogen, und sie fühlte sich wie neugeboren. Irgendwie hatte an diesem Tag ein neues Leben begonnen, und es war eine völlig neue Kit St. John, die übermütig den Schrank öffnete und nach einem Kleidungsstück suchte, daß ihr passen könnte. Schließlich wählte sie eines von Logans Leinenhemden. Es ging ihr zwar bis zu den Knien, aber dafür war der Ausschnitt reichlich groß. Als sie sich gerade mit Logans Bürste durch die Locken fuhr, trat er so unvermittelt in den Raum, daß sie erschreckt die Bürste fallenließ und in Panik ihren Ausschnitt zusammenraffte.

»Oh...« Heiße Röte überflutete ihr Gesicht und ihren Hals, und sie fragte sich, weshalb sie nicht vernünftigerweise wieder ihr Kleid angezogen hatte.

Logan war ehrlich überrascht und ließ seine Blicke über ihre schlanke Gestalt und die nackten Füße und Beine gleiten.

»Ich hoffe, das ist nicht schlimm...« stotterte sie, weil sie sich so unbehaglich fühlte. »Ich konnte doch mein schmutziges Kleid nicht wieder anziehen!«

»Nein, natürlich nicht!« stöhnte er. »Weshalb sollte das denn schlimm sein?«

Er schloß die Tür so heftig, daß Kit herumfuhr. Eigentlich hatte sie angenommen, daß er wieder hinausgehen würde, doch statt dessen trat er an einen kleinen Schrank und goß sich ein Glas Wein ein.

»Sie haben Ihre Sache gut gemacht«, sagte er, ohne sie anzusehen. »Die meisten Frauen hätten durch dumme Ängstlichkeit alles gefährdet. Sie dagegen nicht!«

Kit genoß sein Lob und hätte um ein Haar vergessen, wer ihr das gesagt hatte. Wenn sie doch wenigstens ein anständiges Kleid angehabt hätte! »Ihre Vorstellung war ebenfalls wunderbar!« bemerkte sie und lächelte ihn bewundernd an.

»Ich danke Ihnen!«

Seine Blicke ließen sie nicht los, so daß Kit unwillkürlich Herzklopfen bekam. In seinen Augen spigelten sich Bewunderung und Verlangen, und das so machtvoll und stark, daß sie sich einerseits fürchtete, andererseits aber auch zitternde Sehnsucht empfand.

»Es war nur Theater, nicht wahr?« fragte sie schüchtern.

»Wovon reden Sie?«

Die unglaublich blauen Augen hielten sie so sehr in ihrem Bann, daß Kit sich kaum auf die Unterhaltung konzentrieren konnte. »Hätten Sie mir wirklich – das Genick gebrochen?«

Logan lachte und trank einen großen Schluck Wein. »Haben Sie das geglaubt?«

»Nun – ich weiß nicht recht. Sie überraschen mich ja immer wieder.«

Er stellte sein Glas auf dem Schreibtisch ab und näherte sich ihr rasch mit wenigen Schritten. Alle Unsicherheit war plötzlich aus diesen blauen Augen gewichen und hatte der Zärtlichkeit Platz gemacht. Mit einer sanften Bewegung legte Logan ihr die Hand auf die Schulter und streichelte unglaublich zart über ihren Nacken. »Kleine Katarina, du bist ein närrisches Mädchen!« Seine Stimme war ein einziges Streicheln, und seine Finger brannten förmlich auf ihrer Haut. »Selbst wenn ich gewollt hätte, hätte ich das nicht geschafft! Aber ich hätte es auch gar nicht versucht! Du mußt doch gewußt haben, daß alles nur Theater war!«

»Das stimmt«, hauchte sie und kam sich ziemlich dumm vor.

»Ich wollte dich wirklich nicht erschrecken.« Sanft löste er ihre Finger, die immer noch den Stoff des Hemdes umklammert hielten. Willenlos gaben ihre Finger nach und ließen es geschehen.

»Ich könnte dir doch niemals weh tun«, hauchte er mit zärtlichem Lächeln und legte ihre Hände auf seine Schultern. Dann umfaßte er Kits Taille und zog sie an sich. Für Sekunden sahen sie einander im dämmrigen Licht in die Augen. »Du bist wirklich eine ganz besondere Frau, Katarina St. John!«

Als sein Mund ihre Lippen berührte, setzte Kits Herzschlag aus, und die Welt begann sich zu drehen. Plötzlich fühlte sie, daß sie genau am Rand einer Klippe stand und nur noch ihre Flügel ausbreiten und fliegen mußte.

Logans Kuß war sanft, fast vorsichtig, zuerst nur ein seidenweicher Hauch, der sich immer mehr steigerte. Irgendwann lösten sich seine Hände von ihrer Taille und preßten ihre Hüften gegen seinen Körper. Sein ganz offensichtlicher Verlangen ängstigte Kit, doch gleichzeitig lockte es sie. Erschauernd öffnete sie ihre Lippen und umschlang Logans Nacken. Vergessen war seine Vergangenheit, vergessen war auch die Zukunft, denn in diesen Sekunden bestand die ganze Welt nur aus ihnen beiden.

»Katarina«, hauchte Logan.

Kits Antwort war ein strahlendes Lächeln, und sie fragte sich, wie sie ihn nur jemals hatte hassen können – diesen unbeschreiblich aufregenden, außergewöhnlichen Mann. Sie erblühte unter seinen bewundernden Blicken und hätte sich am liebsten gestreckt und vor Wohlbehagen vernehmlich geschnurrt. Ein unerträgliches Verlangen hatte sie gepackt, doch sie wußte nicht genau wonach.

»Katarina du solltest jetzt besser in deine Kabine gehen.«

Kit fühlte, wie ihre Flügel plötzlich schwach wurden und sie nicht länger trugen. »In meine Kabine?« fragte sie zögernd. »Und weshalb?« Enttäuschung kroch an ihr hoch, und sie fror.

»Wenn du jetzt nicht gehst, Katarina...« Er sprach sehr

leise, als ob er sich zu jedem Wort zwingen müßte. »Wenn du jetzt nicht gehst... dann werde ich dich dort hinüber ins Bett tragen und mir nehmen, was du mir vielleicht nicht geben möchtest.«

In der Stille, die darauf folgte, dröhnte Kit ihr eigener Herzschlag förmlich in den Ohren. Er ließ ihr die Wahl, die sie gar nicht wollte, und öffnete ihr die Tür in die Welt des Anstands und der Vernunft. »Ich sollte vielleicht wirklich gehen.« Gewaltsam machte sie sich von Logans unheimlicher Anziehungskraft frei, indem sie sich daran erinnerte, daß er ein Pirat, ein verräterischer Meuterer war.

»Es ist bestimmt besser so.« Logans Gesicht war wie versteinert.

Kit senkte die Augen, weil sie seinen intensiven Blick nicht ertragen konnte. Sie hatte zwar die Wahl, doch sie wußte nicht, wie sie seiner männlichen Anziehungskraft widerstehen sollte. So legte sie ihm schließlich ganz einfach wieder die Hände auf die Schultern. »Ich möchte bleiben«, hauchte sie, so daß sie es kaum selbst verstehen konnte.

Logan hob ihr Kinn empor und zwang sie, ihm in die Augen zu sehen, in denen sein ganzes Verlangen brannte. »Bist du sicher?« fragte er voller Zweifel.

Kit lächelte hinreißend. »Nein, aber ich bleibe trotzdem.«

»Also gut.« Nur Bruchteile von Sekunden später hatte er sie auf seine Arme gehoben und zu seinem breiten Bett hinübergetragen. »Jetzt gibt es kein Zurück mehr!« warnte er sie und grinste auf sie hinunter.

»Ich bin nicht wankelmütig. Ich pflege meine Versprechungen zu halten.«

»Ich ebenfalls.« Sanft legte er sie aufs Bett und sank neben ihr nieder. »Mach nicht ein so ängstliches Gesicht! Ich habe doch gesagt, daß ich dir niemals weh tun könnte.«

Eigentlich hatte Kit keine Angst, doch sie zitterte, weil Logan ihr so nahe war, so zärtlich ihre Wange streichelte und ungeniert seine Hüften gegen ihre Schenkel preßte. Das Leinenhemd entpuppte sich als jämmerlicher Schutzwall, denn es war schneller aufgeknöpft und abgestreift, als Kit protestieren konnte. Sie machte noch einen halbherzigen Versuch, ihre Brüste mit den Armen zu bedekken, aber als Logan nur den Kopf schüttelte, ließ sie sich aufs Bett zurücksinken.

Für Sekunden fühlte sie sich unsicher. »Ich – ich mag das Licht nicht.«

»Aber ich möchte dich sehen«, widersprach Logan sanft. »Ich möchte deinen Körper bewundern!« Langsam wanderten seine Augen über sie hin, über die kleinen Brüste, die schmale Taille, die sanft gerundeten Hüften und die langen, wunderschön geformten Beine. Kit zuckte heftig zusammen, als er auf einmal die Hand ausstreckte und ganz zart eine Brust umfaßte und mit dem Daumen ihre Warze liebkoste.

»Bleib ganz ruhig«, flüsterte er heiser. »Ich habe doch gesagt, daß ich dir nicht weh tun werde. Vertraue mir!« Langsam streckte er sich neben ihr aus und ließ seine Hand bis zu ihrer Hüfte gleiten.

Kit schloß die Augen und fühlte seinen warmen Atem in ihrem Haar und seine Lippen auf ihrer Wange und an ihrem Hals. Ihr Herz hämmerte zum Zerspringen, und gleichzeitig durchströmte sie ein heißes, sehnsuchtsvolles Gefühl.

»Du bist wunderschön«, murmelte er. »So wunderschön!«

»Unsinn!« Kit schubste ihn energisch, denn sie konnte es nicht leiden, wenn man sich über sie lustig machte.

Doch Logan lachte nur. »Eine Dame weist derartige Komplimente aber nicht zurück...«

Da mußte auch Kit lachen. »Dann müssen es aber auch

Komplimente sein, die man glauben kann. Ich mag es schon, wenn man mir sagt, daß ich klug, mutig und gescheit bin...«

»Das bist du außerdem«, entgegnete Logan, »aber ganz nebenbei bist du eben auch schön. Wie eine exotische Orchidee, zwar mit Stacheln, aber dennoch wunderschön!«

»Lügner!« Sie lächelte, aber ein ganz klein wenig glaubte sie ihm schon.

Unter seinen begehrlichen Blicken wurde ihr ganz heiß. Sie mochte es, wie seine Augen über sie hinglitten und wie seine Hände sich mit allen Einzelheiten ihres Körpers vertraut machten. Sie gab sich seinen zärtlich streichelnden Lippen hin, seiner Zunge und spürte nur mit halbem Bewußtsein, wie seine harten Barthaare über ihre seidenweiche Wange kratzten.

Als Logan irgendwann aufstand, tastete Kit zuerst hinter ihm her und öffnete schließlich nur widerstrebend die Augen. »Geh nicht weg«, flüsterte sie. Im Dämmerlicht der Schreibtischlampe sah sie, daß er sich auszog.

»Weggehen?« Er lachte leise, und dabei klang seine Stimme so kehlig, daß Kit innerlich vibrierte. »Bestimmt nicht, mein Liebes.«

Kit hatte noch nie zuvor einen völlig nackten Mann gesehen und riß nun erstaunt die Augen auf. Unbekleidet schien Logan noch größer und gewaltiger zu sein. Von der Vogelscheuche war nichts mehr übrig. Ganz im Gegenteil. Seine geschmeidigen Bewegungen erinnerten sie an ein wildes Tier, und atemlos bewunderte sie seine kräftigen Muskeln. Nur zögernd folgten ihre Augen schließlich der dünnen Haarlinie, die vom Nabel hinunter zu seinem erregten Glied führten, und ganz plötzlich fühlte sie sich unsicher.

Vorsichtig rutschte sie ein Stück zur Seite, doch im selben Augenblick löschte Logan das Licht, und gleich darauf ächzte die Matratze unter seinem Gewicht. Warme

Hände faßten Kit um die Taille und drückten ihren Körper an seine nackte Haut. »Bleib hier, mein Liebes«, murmelten seine Lippen an ihrer Kehle.

Diesmal blieb Kit stumm. Sie erstarrte ein wenig, als sein Schenkel sich zwischen ihre Beine drängte und sanft ihre Schamhaare berührte. Während sein Knie noch ihre Schenkel auseinanderdrängte, fühlte sie, wie sein Finger vorsichtig in sie eindrang. Erschreckt zuckte sie zusammen und stieß einen kleinen Schrei aus.

»Nicht«, keuchte er und unterdrückte ein Stöhnen. »Ich habe gesagt, daß ich dir nicht weh tun werde, aber ich kann es beim besten Willen nicht länger aushalten!«

Und er hielt Wort. Er zog seinen Finger zurück und vergrub statt dessen ganz langsam sein angeschwollenes, pulsierendes Glied in ihrem weichen Fleisch. Kit verspürte nicht den geringsten Schmerz, sondern fühlte sich nur herrlich ausgefüllt, als ob sie füreinander bestimmt wären.

Die ganze Zeit über hatten seine Lippen ihre Augen, ihre Brauen und schließlich ihre Lippen geküßt. »Habe ich dir weh getan?« hauchte er, nachdem er ganz in sie eingedrungen war.

»Nein«, keuchte sie, atemlos vor Erregung.

Da begann er zuerst ganz vorsichtig, sich in ihr zu bewegen, bis Kit sich ihm irgendwann entgegendrängte, ihn näher zog und für immer in sich aufnehmen wollte. In unschuldiger Gier wand sie ihre langen Beine um seine Hüften und zog ihn bei jedem Stoß tiefer und tiefer in sich hinein. Je mehr sie stöhnte, desto heftiger wurden Logans Bewegungen, doch Kit folgte ihm. Sie klebten regelrecht aneinander, verschmolzen in einen Körper und steigerten sich zur Ekstase, in der Logan Kits einziger Halt in einem Meer aus lustvollen Freuden und ungehemmten Begehren war.

Irgendwann später zog sich Logan langsam, fast widerstrebend aus Kits Körper zurück. »Wie geht es dir?« hauchte er voller Zärtlichkeit.

Träge öffnete Kit die Augen und blickte ihren Liebhaber an, der sich über sie beugte. Nichts war anders als vorhin, aber trotzdem war alles anderes geworden. »Mir geht es gut«, gab sie zur Antwort. »Ich fühlte mich herrlich!« Sie wußte, daß er lächelte, obwohl sie sein Gesicht nicht genau sehen konnte.

»Ich sollte dem Schiff wirklich einen passenderen Namen geben, findest du nicht auch?«

Kit kuschelte sich ganz nah an Logans nackten Körper. Sie wollte nicht reden, sondern nur ganz still und möglichst nah neben ihm liegen. Am nächsten Morgen mußte sie ohnehin wieder der Realität ins Auge sehen. Ihr Leben würde wieder in getrennten Bahnen verlaufen, doch für den Rest der Nacht wollte sie nicht darüber nachdenken. Morgen war noch Zeit genug, um den Preis für ihre Verrücktheit zu bezahlen.

Logan beobachtete, wie ihr die Augen zufielen, und bewunderte ihr entspanntes, ruhiges Gesicht, während sie schlief. Wie ein Narr hatte er sich benommen! Wie ein Schuljunge, der nicht abwarten kann, bis er endlich von den Süßigkeiten naschen darf. Er hatte sich große Mühe gegeben Kits bezaubernde Unberührtheit zu schonen – und er hatte jämmerlich versagt. Seit vielen, vielen Jahren war sie die erste wundervolle Begegnung in seinem Leben gewesen. Mußte er da wirklich gleich ihrem Mut, ihrer Unschuld und ihrer verführerischen, unwiderstehlichen Anziehungskraft erliegen?

Was hatte er damit ihr und auch sich selbst angetan? Er hatte eine Aufgabe übernommen bei der eine Liebe zwischen Logan Steele und Katarina St. John nur Schwierigkeiten für sie beide bedeuten konnte. Er ließ sich auf das Kissen zurücksinken und starrte nachdenklich in die Dunkelheit. Diesen Fehler hatte er schon öfter gemacht. Nie hatte er das Unabänderliche akzeptieren können, sondern immer nur das Unmögliche gewollt. Offenbar hatte sich nichts geändert, denn er wußte, daß weder Vernunft noch gesunder Menschenverstand Katarina jemals aus seinem Herzen vertreiben konnten.

9. Kapitel

Mit schöner Regelmäßigkeit veranstalteten Mavis Edmond und ihr Ehemann Lionel Jahr für Jahr den beliebtesten Ball der Insel, mit wunderbarer Musik, herrlichen Speisen und ausgesuchten Gästen. Selbst Kit, die normalerweise um derartige Veranstaltungen gern einen großen Bogen machte, mochte dieses Fest, weil sie sich doch ausgiebig mit ihrer Freundin Mavis und deren Ehemann Lionel unterhalten konnte. Das entschädigte immer wieder für die schrecklichen Strapazen von Schnürkorsett und Festtagskleidern, von den schwitzenden Händen der Mitgiftjäger gar nicht zu reden.

In dieser Märznacht war jedoch manches anders als sonst. Kit mochte sich nicht einmal mit ihren Gastgebern unterhalten, sondern hatte sich auf eine überdachte Terrasse zurückgezogen, von der aus sie den wunderschönen Garten überblicken konnte. Durch die offenstehenden Terrassentüren drangen Musik, leises Lachen und Gesprächsfetzen bis zu ihr hinaus, doch sie genoß ihre Einsamkeit inmitten von Blütendüften und einem zauberhaften Blick über die mondbeschienene Landschaft bis hinaus aufs glitzernde Wasser.

Irgendwo dort draußen bewunderte Logan vielleicht gerade denselben Mond, und vielleicht dachte er sogar an sie, doch irgendwie mochte sie nicht daran glauben. Vor drei Tagen hatte er sie an derselben Stelle abgesetzt, wo sie sich vor elf Tagen verabredet hatten, und bestimmt war die Sache für ihn damit abgeschlossen.

Die Rückfahrt von Hispaniola war wie im Flug vergangen. Kit hatte sich ihrer neuen Leidenschaft mit Haut und Haaren ergeben und alle Gedanken für diese Zeit ausgeschaltet. Die meiste Zeit hatte sie in Logans Armen verbracht, mit ihm geschlafen, mit ihm geredet oder auch nur Unsinn getrieben und sehr viel gelacht. Von Vergangenheit oder Zukunft war niemals die Rede gewesen. Sie hatten allein dem Augenblick gelebt und sich ausschließlich miteinander beschäftigt.

Sobald Kit an Deck aufgetaucht war, hatten sich Doc, Gabriel Potter, Judd Smythe und der junge Tom Trelawny geradezu um ihre Gegenwart gerissen. Mit Freuden hatten sie ihr das Schiff in allen Einzelheiten erklärt, ihr die wildesten Seeräubergeschichten erzählt und sich in ihrer Gegenwart seltsamerweise wie lammfromme Kinder benommen. Während der ganzen Zeit hatte Kit kein einziges Mal das Zaubermittel gegen Seekrankheit benötigt, denn sie hatte sich überaus glücklich gefühlt.

Wenn es nach Kit gegangen wäre, hätte diese Reise endlos lange dauern können. Die meiste Zeit war das Wetter traumhaft schön gewesen, und häufig hatten fliegende Fische und Delphine das Schiff begleitet. Je länger Kit das Schauspiel des wechselnden Lichts auf dem Wasser beobachtet hatte, desto tiefer hatte es sie beeindruckt. Logan hatte ihre Gefühl sehr genau erspürt und ihr eines Tages das Ruder überlassen. Es war ein Genuß gewesen, das große Rad und damit das ganze Schiff in der Hand zu halten. Dicht hinter sich hatte sie Logans muskulösen Körper gespürt, die Seeluft hatte ihr Haar gezaust, und gleichzeitig hatte sich der Geruch nach Salz, warmem Holz und Segeltuch unauslöschlich mit dem Duft dieses männlichen Körpers verbunden. Herrlich frei hatte sie sich gefühlt und irgendwie mächtig, eins mit dem Meer, dem Schiff und dem Mann, der ihr Geliebter war. Am liebsten wäre sie immer so weitergesegelt.

Aber natürlich war die Reise zu Ende gegangen, doch die Erinnerungen ließen sich nicht so einfach beenden. Die Zeit mit Logan hatte Kits Leben verändert, und eine neue Kit St. John war nach Greenhaven zurückgekehrt. Sie war zwar ebenso einsam wie die alte, führte ihre Plantage und sah zu, wie ihr Wohlstand sich vermehrte – doch mit dem Unterschied, daß sie nun wußte, was ihr fehlte.

Anfangs hatte sie geglaubt, daß sie nur einfach aus dem einen Leben in das andere treten mußte und Hispaniola und Logan Steele eines Tages wie von selbst zu schönen Erinnerungen werden würden, doch genau das Gegenteil war der Fall. Logan war zwar wieder fort, aber Kit dachte unablässig an ihn, und nachts verfolgte er sie bis in ihre Träume. Bestimmt würde die Zeit ihre Wunden heilen, tröstete sich Kit, und ihr vielleicht in einigen Wochen die alte Zufriedenheit zurückbringen.

»Was machst du denn so allein hier draußen?« Mavis Edmonds Stimme riß Kit aus ihren Gedanken. »Denkst du etwa an deinen schönen Piraten?«

»Selbstverständlich nicht!« entrüstete sich Kit. »Ich wollte nur ein bißchen frische Luft schnappen.«

»Starrst du deshalb wie ein mondsüchtiger Schwan in die Finsternis?« Ihre grauen Augen funkelten spöttisch, und ein wissendes Lächeln spielte um ihre Lippen. »Er sieht gut aus, nicht wahr? Wenn nicht, wäre dieses ganze Abenteuer ja nur halb so aufregend gewesen!«

»Er ist nicht *mein* Pirat!« berichtigte Kit mit entschiedener Stimme. »Ja, er sieht gut aus, aber auf seine Art, falls du die etwas vulgären Muskelmänner magst!« Sie hatte ihrer Freundin ihr Abenteuer in Hispaniola in groben Zügen geschildert, doch das Verhältnis zwischen ihr und Logan hatte sie mit keinem Wort erwähnt. War sie denn so leicht zu durchschauen? Ein entsetzlicher Gedanke!

»Du könntest dieser Geschichte wenigstens ein bißchen nachtrauern«, schmollte Mavis. »Ich würde so gern etwas Abenteuerliches erleben, doch ich habe zwei Kinder und einen Ehemann! Du weißt gar nicht, wie gut du es hast, meine liebe Kit!«

Kit lachte. »Und du, meine liebe Mavis, hast viel zuviel Fantasie. Du solltest dich über deinen Lionel und die bezaubernden Kinder freuen, denn das Leben der Piraten ist längst nicht so romantisch, wie du denkst! Das kannst du mir glauben!«

»Weshalb bist du dann den ganzen Tag über so nachdenklich gewesen, daß ich mir schon Sorgen mache? Komm mit hinein und amüsiere dich mit deinen Mitgiftjägern!« Sie lächelte Kit aufmunternd zu. »Außerdem will dein Bruder schon den ganzen Abend über mit dir reden... Irgendwie habe ich das Gefühl, daß er uns die Geschichte von deiner Krankheit nicht so ganz abnimmt.«

»Vielleicht will er sich ja auch für seine Dummheiten entschuldigen«, vermutete Kit voller Hoffnung.

»Das glaube ich weniger, mein Schatz. Seine schlechte Laune wird mir noch das ganze Fest verderben. Tu mir den Gefallen und besänftigte ihn.« Dann senkte sie die Stimme und sah Kit verschwörerisch. »Außerdem muß ich dir einen Gentleman vorstellen. Absolut atemberaubend, wenn du mich fragst. Colonel Modyford hat ihn mitgebracht. Wenn ich nicht verheiratet wäre, hätte ich mich auf der Stelle an ihn herangemacht!«

Wie Mavis ganz richtig vermutet hatte, wollte Oliver sich keineswegs entschuldigen. Kühl erkundigte er sich, ob seine Schwester sich nicht allmählich besinnen und nach Greenhaven zurückkehren wollte. Natürlich wollte sie das, beruhigte sie ihn, doch Nick Basey solle sich nicht mehr bei ihr blicken lassen, falls er nicht aus dem Fenster geworfen werden wolle. Und ihn würde sie vor den Gouverneur schleppen, sollte er sich noch einmal etwas Ähnliches einfallen lassen! Oliver beschwerte sich über ihren Ton, doch er konnte seiner Schwester dabei nicht in die Augen sehen. Befriedigt stellte sie fest, daß Nick Basey sich am Rand der Tanzfläche herumdrückte und einer Begegnung offensichtlich aus dem Weg ging.

Während sich Kit mit ihrem Bruder unterhalten hatte, hatte sich Mavis mit einem Glas Punsch gestärkt. »Komm jetzt, Kit!« forderte sie die Freundin auf. »Ich möchte dich endlich mit dem Traummann aller Matronen mit heiratswilligen Töchtern bekanntmachen.«

Sie traten zu einer dichtgedrängten Gruppe, die am Rand der Tanzfläche den Weg versperrte. Wie hungrige Hunde einen Knochen fixieren, so starrten aller Augen auf einen einzigen Mann. Als Mavis ihn ansprach und er sich zu ihr umdrehte, stockte Kit mitten im Schritt. Vor Überraschung sperrte sie den Mund auf und errötete schließlich heftig. Ein leises Grinsen auf Logans Gesicht zeigte ihr deutlich, wie sehr er ihr Verlegenheit genoß.

Mavis schien von alledem nichts zu bemerken. »Mr. Pettijohn, ich möchte Ihnen eine liebe Freundin von mir vorstellen. Miß Katarina St. John aus Greenhaven.«

Die Worte drangen wie durch Watte an Kits Ohren, und sie sah ausschließlich die blauen Augen und das spöttische Lächeln in seinen Mundwinkeln.

»Es freut mich außerordentlich, Miß St. John!« Elegant führte er ihre kraftlose Hand an seine Lippen, die sich wie ein Brandmal auf Kits Haut einprägten.

»Kit, dies ist Mr. Edward Pettijohn. Er plant die Eröffnung einer Reederei in Bridgetown. Da ihr ebenfalls im Schiffahrtsgeschäft tätig seid, habt ihr bestimmt eine Menge Gesprächsstoff.«

Verwirrt starrte Kit von einem zum anderen.

Modyford grinste ungeniert. »Ich gratuliere, mein Lieber! Sie scheinen eine Eroberung gemacht zu haben.

Noch nie habe ich es erlebt, daß diese junge Dame um eine Antwort verlegen ist!«

Kit errötete nur noch mehr.

»Vielleicht fürchtet sie sich vor der Konkurrenz?« mutmaßte Modyford genüßlich.

»Aber... Nein!« widersprach Kit, nachdem sie sich endlich wieder gefaßt hatte. »Ich freue mich, Ihre Bekanntschaft zu machen, Mr. – Pettijohn!«

Mavis war über Kits Reaktion entzückt. Wenn irgend jemand sie von diesem Piratenkapitän ablenken konnte, so war es dieser Mann! Mit ihrem Fächer klopfte sie Sir Thomas auf den Arm. »Colonel, im Musikzimmer wartet jemand darauf, Ihre Bekanntschaft zu machen.« Während sie das sagte, warf sie der Freundin einen bedeutungsvollen Blick zu. »Die beiden können sich sicher besser unterhalten, wenn wir nicht länger stören.«

Nachdem sie endlich allein waren, fiel Kit sofort mit der Tür ins Haus. »Was, um alles in der Welt, machst du denn hier?«

Logan spielte den Beleidigten. »Begrüßt man so die neuen Freunde? Keine Höflichkeiten wie...«

»Quatsch!« unterbrach ihn Kit. »Ich wüßte viel lieber, was ein Pirat und Erpresser in diesem Haus zu suchen hat.«

»Ich dachte, dieses Stadium hätten wir bereits hinter uns.« Logan grinste spöttisch.

Entschlossen faßte ihn Kit am Arm und führte ihn in den Garten hinaus. Dabei störte es sie nicht im geringsten, daß ihr die Meute nachsah, der sie den Knochen entführte.

»Du sollst nicht ablenken, sondern lieber meine Frage beantworten!« begann Kit, nachdem sie endlich ungestört waren. »Hast du irgend etwas vor? Diese Menschen sind meine Freunde, und ich werde nicht zulassen, daß ihnen irgend etwas geschieht!«

»Hast du tatsächlich ein so schlechtes Gedächtnis?« Logan zog fragend die Brauen hoch. »Wir haben doch etwas abgemacht, oder etwa nicht? Hast du angenommen, daß ich mich nicht daran halte?«

Die Abmachung! Ihr nächtlicher Einfall! »Nein– eigentlich... So überraschend... Du bist schnell!«

»Das war ich schon immer.« Er verbeugte sich in seiner gut geschneiderten, modischen Aufmachung, die ihn eindeutig als wohlhabenden Gentleman auswies. Selbst Kit mußte insgeheim eingestehen, daß er eine vollendete Figur machte. »Ich hoffe, ich bin ein annehmbarer Verehrer, der deinem Bruder gefallen wird.«

»Hast du diesen Vorschlag tatsächlich ernstgenommen?« fragte Kit überrascht.

»Selbstverständlich! Was hast du gedacht!« Er grinste über das ganze Gesicht. »Darf ich bitten, meine Liebe?«

Bevor Kit noch protestieren konnte, hatte er sie bereits in die Arme gezogen und tanzte mit ihr zur Musik, die aus dem Ballsaal bis in den Garten drang. Diese plötzliche Nähe machte Kit zu schaffen und ließ ihr Blut heftig durch die Adern pulsieren.

»Du mußt nicht ein solches Theater machen!« rief sie plötzlich und entzog sich ihm. »Weshalb hast du dir ausgerechnet Sir Thomas Modyford ausgesucht?«

»Das erschien mir völlig logisch!«

»Ausgerechnet den gerissensten Mann, den du finden konntest? Macht dir dieses Versteckspiel Spaß?«

Geduldig hakte Logan sie unter und führte sie zu einem kleinen Springbrunnen. »Mach dir keine Sorgen! Wie du weißt, verfüge ich doch über ein beträchtliches schauspielerisches Talent!« Dabei lachte er leise.

»Das stimmt allerdings. Allmählich glaube ich, daß du weit gefährlicher bist, als es den Anschein hat!«

»Nur für meine Feinde. Doch nicht für dich, mein Liebes!«

Sie setzten sich auf eine Bank, und Kit war froh, daß sie ihr glühendes Gesicht hinter ihrem aufgeschlagenen Fächer verstecken konnte. Logans Nähe brachte sie völlig durcheinander, und sie versuchte, sich zu fassen, und ihren hämmernden Herzschlag zu beruhigen, indem sie dem Spiel der Wassertropfen im Mondschein zusah. Ihr Traum hatte sie im wirklichen Leben eingeholt, und plötzlich zweifelte sie daran, daß sie jemals wieder so wie früher werden könnte.

Als Logans Lippen federleicht ihre Stirn berührten, fuhr sie hoch. »Was machst du da?«

Doch er ließ sich nicht stören. Beharrlich wanderten seine Lippen über ihr Ohr zu ihrem Hals und hinterließen eine brennende Spur. »Ich werbe um dich, wie du es dir gewünscht hast«, flüsterte er an ihrer Kehle.

»Verdammt! Kann mein Bruder uns etwa sehen?« Kit versuchte, sich loszumachen, doch Logan hielt sie einfach fest.

»Höchstwahrscheinlich nicht.« Während seine Lippen über ihre Wange glitten, spürte sie, daß er lächelte. »Schließlich müssen wir üben, oder etwa nicht?«

»Hör auf...« Noch im Keim wurde ihr Protest von einem heißen Kuß erstickt, und als dann auch noch Logans Hände über ihre Brüste glitten, wurde Kit wieder von wilder Sehnsucht gepackt. Und wieder dachte sie an die vielen Male, als sie einander in der Achterkabine der *Ice Maiden* geliebt hatten. Nein, es durfte nicht sein! Unter gar keinen Umständen durfte es sein! Sie mußte all ihre Kraft zusammennehmen, um ihre Sehnsucht zu überwinden und ihn zurückzudrängen. Hastig strich sie ihr Kleid glatt.

Fragend blickte Logan sie an. »Warum tust du das, Katarina?«

Mit allergrößter Mühe rang sie um Fassung. »Logan...« keuchte sie.

Er wartete geduldig und zog lediglich eine Augenbraue hoch.

»Edward – oder wer auch immer!« Mit verzweifeltem Blick sah sie ihn an. »Ich bereue keine Sekunde.«

»Na, wunderbar! Mir geht es genauso.« Sein Lächeln sollte sie eigentlich aufmuntern, doch Kit zerschnitt es das Herz.

»Du verstehst überhaupt nichts!«

»Was verstehe ich nicht?«

»Für dich war alles ein angenehmer Zeitvertreib, aber für mich – warst du – meine ganze Welt. Ich gehöre nicht zu den Frauen, die das – nur aus Vergnügen machen. Ein Teil von dir wird mich für den Rest meines Lebens begleiten.«

»Katarina...«

Kit legte ihm rasch die Finger auf die Lippen, denn sie meinte, einen fast ängstlichen Unterton in seiner Stimme gehört zu haben. Dachte er etwa, daß sie ihm ewige Liebe schwören und ihn für immer an sich fesseln wollte? »Logan...« Sie machte sich Mut, indem sie an die gewaltige Kluft dachte, die ihrer beider Leben voneinander trennte. »Du hast mich fliegen gelehrt, aber jetzt sind meine Füße wieder auf dem Boden. Ich habe ein eigenes Leben, mit dem ich zurechtkommen muß, und du bist ein Pirat, ein davongelaufener Sklave und, wer weiß, was noch alles. Was auch immer ich für dich empfinde, muß ich vergessen. Und das kann ich nicht, wenn ich dir – das gestatte.«

Logan entgegnete kein Wort, und seine Miene war undurchsichtig. Wenn er doch wenigstens etwas gesagt, sie vielleicht auch ausgelacht oder nur geflucht hätte!

»Wir hatten abgemacht, daß du meinen Bruder mit deinen Werbungskünsten beeindrucken solltest«, fuhr Kit mit zitternder Stimme fort, »aber doch nicht mich!«

»Dir habe ich damit offenbar nur angst gemacht«, erwiderte Logan ernst. »Ich hätte allerdings nicht gedacht, daß du halbherzige Dinge tust und gewissermaßen vor dem Leben davonläufst. Habe ich mich tatsächlich so geirrt, Katarina?«

Sie sprang so heftig auf, daß sie beinahe das Gleichgewicht verlor. »Ich laufe nicht vor dem Leben davon!«

Die blauen Augen schienen direkt in ihre Seele zu blikken, die so verletzlich war und seinen Spott fürchtete.

»Du bist nicht mein Leben!« fauchte sie. »Es war nur – eine wunderschöne Woche. Doch die ist jetzt vorbei, und ich will nicht mehr daran denken! Wenn du deinen Teil der Abmachung erfüllen willst, dann benimm dich wie ein Gentleman! Falls du das kannst!«

Mit diesen Worten riß sie gewaltsam ihre Blicke von ihm los und lief hastig davon. Nur der Duft ihres Parfums leistete Logan Gesellschaft, als er noch eine ganze Zeit lang regungslos verharrte und nachdenklich dem Spiel des Mondlichts auf dem Wasser zusah.

»Wie kann er nur behaupten, daß ich vor dem Leben davonlaufe! Dieser ungehobelte Kerl!«

Schwungvoll warf sich Kit aufs Bett, riß sich die Schuhe von den Füßen und warf sie voller Wut quer durch das Zimmer. Befriedigt stellte sie fest, daß sie ausgerechnet auf der Hose und dem Hemd gelandet waren, die sie auf der *Ice Maiden* getragen hatte und wegwerfen wollte.

»Tanzschuhe! Pfui!« schimpfte Kit. »Genau da gehören sie hin! Zum Abfall!«

Und sie selbst gehörte nach Greenhaven und nicht hierher, wo ihr dieser verdammte Pirat den Hof machte! Sie wäre am liebsten auf der Stelle nach Hause gefahren, doch das konnte sie ihrer Freundin nicht antun. Wem zuliebe hatte sie sich nur in dieses Ballkleid gezwängt und diese lächerlichen Schuhe angezogen? Sie wollte das alles nicht, und erst recht nicht mit den Augenlidern klimpern, wie man das offensichtlich von Frauen erwartete! Sie wollte nur endlich wieder sie selbst sein – die selbständige und unabhängige Kit St. John, die keinen Mann brauchte.

Wie hatte sie nur so gänzlich vergessen können, wer sie war! Als eisige Jungfrau hatte man sie immer verspottet – und damit gar nicht so unrecht gehabt. Dank ihres Leichtsinns und dieses verführerischen Mannes war sie nun keine Jungfrau mehr, aber eisig war und blieb sie. Und es gefiel ihr so. Logan Steele konnte von ihr aus seine blauen Augen und sein Grinsen einpacken und sich ein neues Blümchen suchen!

Ein leises Klopfen an der Tür ließ Kit hochschrecken. Besaß er etwa auch noch die Frechheit, ihr zu folgen? »Wer ist da?« fragte sie und verdrängte rasch die winzige Enttäuschung, als sie Mandy Carpenters Stimme hörte.

»Wen haben Sie denn erwartet?« Neugierig blickte sich Mandy im Zimmer um. »Sie sind ja noch oben gerannt, als ob der Leibhaftige hinter ihnen her wäre! Ist irgend etwas geschehen?«

»Nein – ja... Nicht wirklich.«

Mandy spitzte die Lippen. »Wie ich diese klaren Aussagen liebe!«

Kit lief wortlos zum Schrank und zerrte ihre Kleider heraus.

»Was ist denn jetzt los? Das ist doch meine Aufgabe! Verreisen wir?«

»Wir fahren gleich morgen früh nach Greenhaven zurück.«

»Dann reicht es doch, wenn ich morgen packe.«

»Ich möchte es aber jetzt erledigen.«

Mandy seufzte. »Weshalb sagen Sie mir nicht, was los ist?«

»Nichts ist los!«

»Ich habe gesehen, daß Sie sich mit dem gutaussehenden Gentleman unterhalten haben, der mit Colonel Modyford gekommen ist. Ja, ich habe meine Augen überall, obwohl wir Dienstboten auch ein kleines Fest gefeiert haben. Er scheint ja sehr umschwärmt zu sein. Hat er Sie etwa abfahren lassen und sich eine andere ausgesucht? Ist das der Grund?«

»Mich abfahren lassen! Das ist ja lächerlich! Außerdem, was sollte mir das ausmachen...?«

»Als ich nach oben gelaufen bin, hat er gerade mit Elizabeth Rogers getanzt.«

»Mit Elizabeth Rogers! Ausgerechnet – die...« Kit fand keine Worte für ihre Empörung. Ihr erzählte dieser Mensch etwas von einer exotischen Orchidee, und dann amüsierte er sich mit dieser verblühenden Engländerin! »Er soll *mir* den Hof machen, dieser Mistkerl, und nicht diesem blonden Porzellanpüppchen!«

Kurzerhand sammelte Kit ihre Schuhe ein und zog sie wieder an. Noch eine Sekunde vorher hätten sie keine zehn Pferde in den Ballsaal zurückgebracht, doch nun hätten dieselben zehn Pferde sie nicht zurückhalten können.

Eigentlich war Elizabeth Rogers ein hübsches Ding, dachte Logan. Genau solche Frauen hatte er früher bevorzugt. Blaßblaue Augen, mit langen goldenen Wimpern, und ein ebenmäßiges Porzellangesichtchen, das von honigblonden Haaren umrahmt wurde, und dazu ein scheues und zugleich einladendes Lächeln. Der großzügige Ausschnitt ließ ahnen, mit welchen Vorzügen sie die Natur unter all diesen Spitzen und der raschelnden Seide freigebig ausgestattet hatte, und die Seitenblicke, die sie Logan während des Tanzes zuwarf, hätten bestimmt auch den hartgesottensten Mann beeindruckt. Ohne Zweifel war sie bereit, sich verführen zu lassen, und mit Sicherheit tat sie das nicht zum ersten Mal.

Noch vor einem Monat hätte Logan sich in dieser Situation nicht zweimal bitten lassen, denn er liebte die verführerischen Frauen, die bereits Erfahrung besaßen. Doch an diesem Abend konnte ihn nichts reizen. Genauso gut hätte Miß Rogers ihr Lächeln und ihre strahlenden Blicke an eine Granitsäule verschwenden können!

»Sie sind so schweigsam«, schmollte Elizabeth, als der Tanz zu Ende ging.

»Sie müssen mir verzeihen«, entgegnete Logan, »aber ich habe im Augenblick an meine Geschäfte gedacht.«

Sie nahm seinen Arm und ließ sich von der Tanzfläche führen. »Aber, Mr. Pettijohn! Solche Gedanken an einem Abend wie diesem! Auf einem Ball sollte man sich doch – amüsieren.« Der sanfte Druck ihrer Brust an seinem Ellenbogen ließ ihn wissen, daß sie nur zu gern zu seinem Vergnügen beitragen würde.

Kein schlechtes Angebot, mußte Logan anerkennend zugeben, doch ganz offensichtlich hatte sich sein Geschmack in der letzten Zeit erheblich verändert.

»Guten Abend, Elizabeth!« säuselte plötzlich Kits Stimme in ihrem Rücken, worauf sie sich umwandten.

Elizabeth runzelte ärgerlich die Stirn, während Logan nur lächelte. Nach der kräftigen Abfuhr, die ihm die kleine Hexe gerade erst erteilt hatte, wunderte er sich schon ein wenig über dieses plötzliche Erscheinen. Außerdem fragte er sich, weshalb ihre Augen so kämpferisch blitzten.

Elizabeth hatte inzwischen eine gelangweilte Miene aufgesetzt. »Guten Abend, Kit. Kennst du Mr. Pettijohn schon?«

»Aber ja«, erwiderte diese und lächelte Logan mit Unschuldsmiene an. »Mr. Pettijohn und ich haben uns vorhin über – seine Schulden unterhalten.«

»Dann hast du ihn also ans Geschäft erinnert! Der arme Edward!« Sie lächelte zuckersüß. »Mir ist es gerade gelungen, ihn ein wenig aufzuheitern.«

»Das freut mich«, entgegnete Kit spitz und wandte sich dann an Logan, der sich angesichts dieser Giftigkeiten nur verlegen räusperte. »Wenn ich mich nicht irre, dann haben Sie mir diesen Tanz versprochen, nicht wahr, Mr. Pettijohn?«

»Ach, ja?«

Kit runzelte drohend die Brauen. »Aber natürlich haben Sie das getan!«

»Dann will ich mich auch nicht länger sträuben!« Kit kannte dieses Grinsen nur allzu gut. »Ich pflege nämlich, meine Versprechungen zu halten. Ganz besonders den Damen gegenüber.« Mit diesen Worten nahm er ihre Hand. »Entschuldigen Sie uns bitte, Miß Rogers! Es war mir eine Freude, Ihre Bekanntschaft zu machen.«

»Mich hat es ebenfalls gefreut«, entgegnete Elizabeth zuckersüß, während sie dem Paar vernichtende Blicke nachschickte.

»Vor Elizabeth mußt du dich in acht nehmen«, warnte Kit, als sie endlich miteinander tanzten. »Sie interessiert sich nur für Geld und die entsprechende gesellschaftliche Stellung. Ihr Interesse an dir ist nur – nur...«

»Körperlicher Art?« vollendete Logan.

»Ja, genau«, bestätigte sie mit kühler Stimme, doch unter seinem Blick wurde ihr augenblicklich heiß.

»Fürchtest du um meine Tugend?« fragte er grinsend.

»Wohl kaum«, entgegnete Kit. »Aber für mich ist es nicht gut, wenn man dich mit ihr in Verbindung bringt und dein Ruf dadurch leidet. Ganz nebenbei hat sie hübsche Krallen!«

Logan lachte leise. »Im Vergleich zu deinen, liebe Katarina, sind sie geradezu harmlos! Du bist eine wahre Tigerin! Noch einmal möchte ich mich nicht mit ihnen – anlegen.«

Sie funkelte ihn an. »Behalte diesen Satz nur ja gut in Erinnerung!«

»Lächle!« forderte er sie urplötzlich auf und zog sie enger in seine Arme. »Dein famoser Bruder schaut uns zu!«

Kit lächelte und gab sich alle Mühe, schrecklich verliebt zu wirken, obwohl sie Logan am liebsten gegen das Schienbein oder sonst wohin getreten hätte, als sie sah, welchen Spaß er daran hatte. Hoffentlich war Oliver auch gehörig beeindruckt. Nach allem, was sie auf sich genommen hatte, hatte sie sich nun ein wenig Ruhe redlich verdient.

»Du wirkst bestimmt nicht überzeugend«, beklagte sie sich.

Logans Grinsen verstärkte sich noch. »Ich würde gern noch überzeugender sein, doch ich fürchte, daß sich einige dieser Leute beleidigt fühlen könnten, wenn ich dich gleich hier auf dem Parkett in meine Arme nehmen und lieben würde!«

»Du bist ein Mistkerl!« zischte Kit zwischen zusammengebissenen Zähnen hervor, wobei sie Logan unverändert anstrahlte.

»Das ist einer meiner charmantesten Charakterzüge!«

Wie lange dauert dieser Tanz noch, fragte sich Kit verzweifelt. Gab es denn kein Thema, über das man sich unterhalten konnte, ohne sofort an die Tage und Nächte in der Achterkabine der *Ice Maiden* erinnert zu werden?

»Wohnst du bei Sir Thomas?« fragte sie, um die Unterhaltung in Fluß zu halten und den Eindruck nicht zu verderben.

»Nein. Ich habe mir nördlich der Stadt ein Haus gemietet. Es ist wirklich hübsch und wird dir bestimmt gefallen.«

»Ich habe nicht vor, es mir anzusehen.«

Er seufzte. »Das wird ja eine hübsch langweilige Werbung werden!«

»Du hörst dich an, als ob du dich hier für länger niederlassen wolltest. Oliver wird höchstens noch vier Wochen in Greenhaven sein, und du solltest dich wirklich keinen Tag länger unnötigen Risiken aussetzen!«

»Bist du etwa um mich besorgt?« Spöttisch zog er eine Augenbraue in die Höhe. »Das hätte ich nie erwartet!«

Sie runzelte die Stirn. »Ich möchte nicht schuld daran sein, wenn man dich eines Tages aufhängt.«

»Du kannst ganz beruhigt sein. Oder hast du tatsächlich angenommen, daß ich mich nur wegen dir in die Höhle des Löwen gewagt hätte? Nur wegen dieser lächerlichen Abmachung?« Dabei erschien ein geheimnisvolles Lächeln auf seinem Gesicht. »Ich habe auf dieser Insel auch noch andere Dinge vor.«

Kit fühlte sich abgewiesen und war seltsamerweise verstimmt. »Ach, ja?« fragte sie skeptisch. »Und welche, wenn ich fragen darf?«

»Das geht dich nichts an. Falls ich tatsächlich eines Tages aufgeknüpft werden sollte, brauchst du also kein schlechtes Gewissen zu haben. Ich bin nicht so dumm, mein Leben für eine Frau zu riskieren, und erst recht nicht für ein Kind, das sich nicht einmal im eigenen Herzen auskennt!«

Logan hatte Glück, daß der Tanz in diesem Augenblick zu Ende war, denn die Tigerin wollte sich gerade mit ihren Krallen auf ihn stürzen. »Dein Bruder sieht uns zu!« warnte er Kit mit dem unschuldigsten Lächeln.

»Der Teufel soll ihn holen!«

»Du sprichst mir aus der Seele.«

Als Kit feststellte, daß Oliver tatsächlich zu ihnen herübersah, besann sie sich eines Besseren. So leicht sollte ihr Logan nicht davonkommen! Sie hatte mittlerweile den Verdacht, daß er sich mit Absicht so scheußlich benahm, um sich leichter aus ihrer Verabredung davonstehlen zu können. Doch das sollte ihm nicht gelingen. Sie strahlte ihn an und sprach unversehens so laut, daß alle Umstehenden, und besonders Elizabeth Rogers, jedes Wort deutlich verstehen konnten.

»Aber natürlich dürfen Sie mich besuchen, Mr. Pettijohn! Reizend von Ihnen!« Sie spannte ihren Fächer auf und kokettierte über seinen Rand hinweg mit ihrem Gegenüber. »Morgen um ein Uhr paßt mir ausgezeichnet!«

Damit wandte sie sich zum Gehen und lächelte noch einmal freundlich über ihre Schulter zurück, doch nur Logan bemerkte ihre blitzenden Augen. Bewundernd sah er ihr nach. Eine so ausgezeichnete Vorstellung hatte er ihr wirklich nicht zugetraut, und wieder einmal fragte er sich, weshalb er dieser kleinen Hexe gestattet hatte, sich in seinem Herzen einzunisten. Feuer und Eis waren in ihrem Charakter vereint, und an beidem konnte man sich gehörig die Finger verbrennen!

10. Kapitel

Das normale Leben ist ein tödliches Einerlei, dachte Kit. Wenn das alles war, konnte sie genauso gut gleich ins Grab steigen. Sie lehnte an der Balkonbrüstung vor ihrem Schlafzimmer und starrte deprimiert in die dunkle, mondlose Finsternis hinaus. Erst vor kurzem hatte es aufgehört zu regnen. Die Luft war mit Feuchtigkeit gesättigt, so daß sich alles, Kleider, Laken, Haut, Haare und sogar das Holz unter ihren Händen feucht anfühlte.

Aus der Ferne drang der Singsang der Sklaven bis zum Haus herüber, und Kit sah sie bildlich vor sich, wie sie um ein Feuer saßen und ihre alten Geschichten von Dämonen, Kriegen, Helden, Gaunern und Liebhabern zum besten gaben. Im Grunde hatte sie es Logan Steeles Ermahnungen und Anklagen zu verdanken, daß ihr die kindliche Freude an diesen Festen abhanden gekommen war. Außerdem waren ihr selbst nach diesem kurzen Ausflug in die Welt der Abenteuer und der großen Gefühle die kleinen Freuden von Greenhaven verleidet oder zumindest langweilig und farblos geworden. Aufgaben, die sie früher voller Stolz ausgeführt hatte, waren ihr jetzt eine Last.

»Sind Sie noch auf?« fragte ganz plötzlich eine Stimme aus ihrem Schlafzimmer und riß Kit aus ihren Gedanken. »Ich habe Licht gesehen. Brauchen Sie noch etwas?«

»Nein danke, Mandy«, antwortete Kit. »Ich kann nur noch nicht schlafen. Sie können gern zu Bett gehen.«

Im nächsten Moment trat Mandy neben Kit auf den Balkon hinaus. Sie war bereits im Nachthemd. »Kein Wunder, daß Sie nicht einschlafen können! Dieser Gesang zur Nachtzeit macht einen ja völlig verrückt! Ich wünschte, diese Leute würden wie anständige Menschen in der Nacht schlafen!«

Kit konnte nicht begreifen, daß Mandy offenbar kein Ohr für die Schönheit dieses Singsangs hatte. Kit hatten diese Töne von Kindheit an begleitet, und sie würde sie als lebendigste Erinnerung überallhin mitnehmen, falls sie einmal von hier fortgehen müßte.

»Es sind eben ihre Bräuche«, versuchte Kit zu erklären. »Vielleicht dauert das Fest diesmal die ganze Nacht. Sie sollten lieber zu Bett gehen und den Kopf unter das Kissen stecken!«

Mit gerunzelter Stirn trat Mandy den Rückweg an. »Ich möchte wetten, daß sie heidnische Feste veranstalten!« Dann wandte sie sich noch einmal um und warf Kit einen warnenden Blick zu. »Reiten Sie morgen früh nicht aus, Miß! Sie haben Mr. Pettijohn einen Ausflug in seinem Wagen versprochen. Für die Frisur brauchen wir ein wenig Zeit.«

Kit seufzte. »Nein, ich werde es bestimmt nicht vergessen!«

Nachdem Mandy gegangen war, löschte Kit die Lampe und stieg zögernd ins Bett zurück. Dieser Ausflug, ein Picknick, das gerade zwei Tage zurücklag, und außerdem einige hochoffizielle Besuche ... Logan ging die Sache methodisch an, was Kit im Grunde viel zu langweilig war, doch der Erfolg gab ihm recht. In der Woche nach dem Ball hatte Oliver seine Schwester kein einziges Mal mehr mit Nicholas Basey oder einem anderen seiner Favoriten belästigt. Statt dessen beobachtete er sehr genau, was zwischen Kit und Logan vorging. Mit Kommentaren hatte er sich bisher zurückgehalten und sogar Logans scharfen Witz und sein manchmal etwas herausforderndes Benehmen schweigend hingenommen. Als Kit Logan einige Male zurechtgewiesen hatte, hatte dieser nur gelacht und erklärt, daß er schließlich ihr den Hof machen würde und nicht ihrem Bruder.

Trotz der weitgeöffneten Balkontür war die Luft im Raum entsetzlich stickig. Unruhig warf Kit sich in ihrem Bett hin und her und verfing sich dabei immer wieder im Moskitonetz. Schließlich hielt sie es nicht länger aus und stand auf. Rasch vertauschte sie ihr Nachthemd mit einer Baumwollhose und einem locker fallenden Musselinhemd, das ihr Doc damals auf der *Ice Maiden* besorgt hatte. Eigentlich hatte sie die Sachen wegwerfen wollen, doch dann hatte sie es nicht gekonnt.

Was sie jetzt brauchte, um ihren Kopf gründlich durchzulüften, war ein schöner langer Spaziergang. Vielleicht würde es ihrem Seelenfrieden guttun, einmal wieder am Feuer zu sitzen und den alten Weisen ihrer Kindheit zu lauschen. Rasch drehte sie ihr dichtes schwarzes Haar zu einem Knoten und band sich noch zusätzlich ein Tuch um den Kopf, um die kleinen widerspenstigen Löckchen darunter zu verstecken. Dann kletterte sie über die Balkonbrüstung und von dort aus auf den Ast der Tamariske, die ihr schon seit Kindertagen als Leiter in die Freiheit diente. Oliver wäre zutiefst entsetzt, wenn er von ihrem Ausflug in die Siedlung erführe, und da er häufig nachts noch in der Bibliothek las, konnte Kit unmöglich die Treppe benutzen.

Kit war schon beinahe am Ziel, als sie unvermittelt innehielt. Irgendwie klangen die Melodien heute so anders, daß ihr fast ein wenig unheimlich wurde. Und als sie dann auch noch an Logans Vorwürfe dachte und an die seltsame Unruhe, die in der letzten Zeit unter den Schwarzen geherrscht hatte, bekam sie plötzlich Zweifel an ihrem Vorhaben und ging statt dessen in die entgegengesetzte Richtung, zum Strand hinunter.

In der stillen Luft war die Brandung beinahe eingeschlafen, und die Wellen flüsterten nur noch ganz leise. Kit setzte sich in den Sand, lehnte ihren Kopf gegen ein Stück Treibholz und genoß die etwas kühlere Luft, die vom Wasser her über sie hinstrich. Am liebsten hätte sie die ganze Nacht hier geschlafen, doch wenn sie an die Aufregung dachte, die das mit sich bringen würde...

Ein kleines Geräusch riß Kit unvermittelt aus ihrem träumerischen Zustand. Augenblicklich hob sie den Kopf und starrte alarmiert zum dichten Baumgestrüpp hinter dem Strand hinüber. Hatte ein Zweig geknackt? Sekundenlang meinte sie, Geflüster gehört zu haben, doch je länger sie starrte und lauschte, desto lauter dröhnte die Stille um sie her. Sie blieb regungslos sitzen und hoffte inständig, daß man sie nicht als Silhouette vor dem dunkleren Wasser ausmachen konnte.

Als jedoch plötzlich ein geisterhaft grünliches Licht über dem Wasser aufschimmerte, geriet Kit in Panik. Sie duckte sich und schlich in gebückter Haltung möglichst rasch zum Waldrand hinüber. Sie konnte nur hoffen, daß niemand sie beobachtet hatte, denn gewiß hatte jemand, der sich nachts hier herumtrieb, keine guten Absichten und konnte keine Zeugen gebrauchen.

Sobald sich die Blätter hinter ihr geschlossen hatten, blieb Kit mucksmäuschenstill stehen und lauschte wieder in die Dunkelheit. Minuten vergingen in atemloser Stille, doch außer der plätschernden Bewegung war absolut nichts zu hören. Schließlich bewegte sie sich vorsichtig Schritt für Schritt nach vorn, wobei sie sorgfältig die Zweige aus dem Weg bog. Nach einer Weile hielt sie erneut inne und lauschte wieder. Fast gleichzeitig wurde der Baum neben ihr lebendig und streckte alptraumartig die Arme nach ihr aus. Eine Hand preßte sich auf ihren Mund, und die andere umfaßte sie und preßte sie nicht gegen einen hölzernen Stamm, sondern einen muskulösen männlichen Körper.

»Was soll ich nur mit dir machen, Katarina?« flüsterte Logan. »In einem fort steckst du deine Nase in Dinge, die dich nichts angehen!«

Kit seufzte erleichtert, doch Logans Griff lockerte sich kein bißchen.

»Kann ich mich darauf verlassen, daß du still sein wirst?«

Noch während sie nickte, löste sich die Hand von ihren Lippen, doch ihre Taille hielt er immer noch umklammert. Kit drehte sich in dem engen Gefängnis herum, doch die Wirkung war verheerend. Fast augenblicklich erinnerte sie sich an ihre heißen Umarmungen, und schon raste ihr das Blut durch die Adern. Energisch versuchte sie, sich seinem Griff zu entwinden, doch er ließ es nicht zu.

»Was – machst du hier?« keuchte sie.

»Ruhig!« Wieder hielt er ihr den Mund zu. »Sprich leiser, wenn du mich nicht in Gefahr bringen willst!«

Heftig stieß sie die Hand beiseite. »Was machst du hier?« flüsterte sie, diesmal fast unhörbar. »Ich glaube, daß du Sklaven stiehlst, und womöglich sogar meine! Hast du denn überhaupt keine Skrupel?«

»Überhaupt keine, mein Schatz.«

Ein leiser Ruf ließ sie erstarren. Augenblicklich hatte sie den irischen Tonfall von Michael Carmody erkannt. »Alles in Ordnung, Captain?«

»Alles in Ordnung. Bringt unsere Passagiere zum Beiboot. Peter soll das Kommando übernehmen. Ich habe noch etwas zu erledigen.«

»Eure Passagiere!« zischte Kit. »Du bist ein verdammter Lügner! Du redest von menschlicher Würde und Freiheit, und gleichzeitig bereicherst du dich, indem du die armen Seelen verkaufst! Weshalb benimmst du dich nicht wie ein anständiger Pirat und plünderst spanische Goldschiffe aus? Denen macht das doch nichts aus!«

Logan lachte verhalten. »Von denen habe ich schon soviel bekommen, daß es mir für mein ganzes Leben reicht. Allerdings benötige ich noch einige guten Taten für mein Seelenheil!«

»Gute Taten!« höhnte Kit.

Im Gegensatz zu ihrem wütenden Schimpfen sprach er ganz ruhig. »Sei nicht so überheblich, Katarina! Ich bin nämlich keineswegs der schlechte Mensch, für den du mich hältst. Ich stehle alle Sklaven, die sich davonschleichen können, aber ich verkaufe sie nicht, sondern schenke ihnen die Freiheit.«

»Quatsch!« Wieder versuchte Kit, sich loszumachen, doch Logans Arme hielten sie wie eiserne Fesseln. »Das geht ja gar nicht! Sie können ja nirgendwohin!«

»Jetzt schon.« Vorsichtig lockerte er seinen Griff. »Komm mit! Ich werde es dir unterwegs erklären.«

»Unterwegs wohin?«

»Zurück zum Haus natürlich! Du solltest um diese Zeit wirklich nicht allein herumlaufen, denn du kannst nicht wissen, wer dir über den Weg läuft.«

»Möglicherweise ein Sklavenhändler, wie du einer bist!«

»Sei froh, daß ich den anderen zuvorgekommen bin! Ich muß ja zugeben, daß meine Männer dich mögen, aber einige schätzen es bestimmt nicht, wenn du deine Nase in ihre Angelegenheiten steckst! In dieser Beziehung sitzt ihnen das Messer oft recht locker!«

Mit diesen Worten faßte er sie am Arm und zog sie weiter. »Wir bringen die Schwarzen auf eine Insel, die ungefähr eine Tagesreise entfernt liegt. Sie ist gerade groß genug, daß man dort leben kann, aber immer noch klein genug, um nicht weiter wichtig zu sein und übersehen zu werden.«

Mißtrauisch runzelte Kit die Brauen. »Sind wir bei unserer ersten Fahrt dort gewesen?«

Logan grinste. »Mag schon sein.«

Zumindest dieses Rätsel war gelöst, dachte Kit. Wenn Logans Geschichte stimmte, dann hatte sie in jener Nacht einen solchen Transport erlebt. Andererseits war Logan aber auch ein ausgezeichneter Lügner.

»Diese Insel ist nur eine vorübergehende Station. Von dort aus bringen andere Piraten wie ich die Leute nach Hause, falls sie noch wissen, wo das ist. Einige haben sich auch auf der Insel niedergelassen und leben dort sehr zufrieden.«

Eine ganze Zeitlang ging Kit schweigend hinter Logan her. »Irgendwie kann ich es kaum glauben.«

»Und weshalb nicht?«

»Als Rache hättest du dir doch etwas Wirkungsvolleres ausdenken können. Auf diese Weise kannst du doch immer nur einigen wenigen Menschen helfen.«

Sein Auflachen klang zynisch. »Vielleicht genügen mir im Augenblick die Nadelstiche.«

Kit packte ihn am Arm und hielt ihn auf, denn sie waren am Weg zur Siedlung angekommen und konnten wieder den Singsang von dort hören. Ob es ein Abschiedsgesang für diejenigen war, die in dieser Nacht davongelaufen waren?

»Es klingt wunderschön, nicht wahr?«

Kit war überrascht, denn solche Empfindsamkeit hätte sie Logan gar nicht zugetraut. Wie gern hätte sie ihm seine Geschichte geglaubt, doch nach all den schlechten Erfahrungen riet ihr ihr Verstand zum Mißtrauen.

»Ich glaube keine Sekunde, daß du nicht in irgendeiner Form davon profitierst!« stieß sie heftig hervor. Um keinen Preis wollte sie weich werden.

»Mir ist gleichgültig, was du denkst.« Ungeduldig wandte er sich wieder zum Gehen und zerrte Kit mit sich. »Es ist auch völlig unerheblich.«

»Woher weißt du, daß ich nicht auf direktem Weg zum Gouverneur laufe und ihm davon berichte?«

»Du bist doch schließlich nicht dumm!«

»So?« japste sie, weil sie kaum mit ihm Schritt halten konnte.

»Natürlich nicht«, entgegnete er, »denn welchen Eindruck würde es wohl machen, wenn man deinen Verehrer am Galgen aufknüpft?«

»Manchmal wünschte ich wirklich, wir hätten diese Abmachung nie getroffen! Selbst Oliver ist leichter zu ertragen als du!«

»Ist das wahr?« fragte Logan unschuldig.

»Ja, es ist wahr! Wie wäre es denn, wenn wir unseren Handel jetzt auf der Stelle beenden würden?«

Logan grinste nur, so daß Kit fast wahnsinnig wurde. »Ich pflege meine Schulden zu bezahlen.«

»Soll das eine Drohung sein?«

»Wie du meinst.«

Schweigend trottete Kit weiter. So, wie sie jetzt aufeinander herumhackten und einander Rache schworen, konnte man kaum glauben, daß sie einmal ein Liebespaar gewesen waren.

Völlig unvermittelt blieb sie schließlich stehen. »Es tut mir leid«, erklärte sie, »aber ich benehme mich scheußlich. Vergiß einfach, was heute nacht geschehen ist! Wir wollen nicht mehr daran denken!«

»Ganz so einfach ist das nicht, Katarina.« Trotz der

Dunkelheit fühlte sie deutlich, wie seine Augen sie eindringlich ansahen. »Ich möchte nämlich gern, daß du – mir behilflich bist.«

»Was meinst du damit?« fragte sie besorgt.

»Untereinander haben die Sklaven ein zuverlässiges Nachrichtensystem aufgebaut. Alles, was ich noch brauche, ist eine Person, die über jeden Verdacht erhaben ist und Zeit und Ort des Treffens weitergibt. Das ist nicht weiter schwer.«

Dieser Mann war nicht nur unglaublich arrogant, sondern schlichtweg verrückt!

»Und weshalb sollte ich so etwas tun wollen? Das ist doch eher dein Gebiet!«

Im selben Augenblick setzte wieder heftiger Regen ein, und während Kit von Sekunde zu Sekunde mehr durchweichte, fragte sie sich, weshalb sie, um alles in der Welt, nicht einfach im Bett geblieben war!

»Vielleicht möchtest du ja etwas gegen dein schlechtes Gewissen tun«, bemerkte Logan.

»Schlechtes Gewissen! Meine Sklaven werden gut behandelt und sind glücklich!«

»Bist du sicher?«

»Ja, aber jetzt will ich nicht mehr davon reden!« Sie riß sich das Tuch vom Kopf und wrang es aus. »Außerdem bin ich mittlerweile schon völlig durchweicht. Sieh mich doch nicht so an! Ich muß mich doch nicht vor dir rechtfertigen – ausgerechnet vor einem Dieb und Piraten, der mir die Unschuld genommen hat!«

»Der dir deine Illusionen genommen hat, ist vielleicht richtiger.«

Wütend stapfte Kit den aufgeweichten Pfad entlang. »Du hast doch hier die Illusionen!«

»Das mag sein«, räumte Logan friedfertig ein. »Denke trotzdem über meinen Vorschlag nach, Katarina! Und falls du zufällig auf die Plantage der Elliots kommen und vielleicht sogar mit der Köchin Clarissa sprechen solltest, dann kannst du ja erwähnen, daß sie ihre Leute in der Nacht zum Fünfundzwanzigsten zum Strand bei Kendal's Point bringen soll.«

»Von mir wird sie das nicht erfahren!« brummte Kit dickköpfig.

»Ich denke, daß ich dich in dieser Beziehung besser kenne!« erklärte Logan lächelnd.

Am liebsten hätte Kit auf ihn eingeprügelt, doch sie wußte ebenso gut, daß es sinnlos war. Logan würde sich nur wieder elegant aus der Affäre ziehen und darauf lauern, es ihr zu gegebener Zeit heimzuzahlen.

Stocksteif blieb sie plötzlich stehen. »Du mußt mich nicht weiter begleiten. Wir sind fast da. Oliver bleibt oft lange auf und könnte uns erwischen. Ich möchte jedenfalls verhindern, daß diese Farce womöglich noch mit einer Hochzeit endet! Das würde uns nicht gefallen, nicht wahr?«

»Das wäre geradezu entsetzlich!« Logan lachte leise. »Gut, dann lasse ich dich jetzt gehen. Aber denke daran – Clarissa bei den Elliots.«

Mit diesen Worten verschwand er in der Dunkelheit, und angesichts des lässigen Tons fragte Kit sich wieder einmal, ob dieser Mensch eigentlich irgendwann irgend etwas ernst meinte.

Wie versprochen, erschien der elegante Edward Pettijohn am nächsten Morgen um elf Uhr in Greenhaven. Vom Fenster der Bibliothek aus sah Kit, wie er Oliver stolz seinen neuen Wagen samt Gespann vorführte. Als sie wenig später auf die Veranda hinaustrat, um ihn zu begrüßen, war er immer noch beim selben Thema, was Oliver sichtlich langweilte.

Mit einem strahlenden, aber dennoch maßvollen Lächeln begrüßte er Kit. Seine Aufmachung war überaus modisch, doch gleichzeitig solide und zurückhaltend, wie es sich für einen Geschäftsmann gehörte. Harmlos sah er aus und hoffnungslos langweilig – keine Spur mehr von dem Piraten, der Kit in der vergangenen Nacht gewagte Vorschläge gemacht hatte! Logan Steele hätte wirklich Schauspieler werden sollen, dachte Kit bewundernd.

»Ah, meine liebe Katarina! Sie sehen heute morgen hinreißend aus. Können wir gleich aufbrechen?«

»Aber selbstverständlich«, entgegnete Kit kühl. Er sollte nur nicht glauben, daß sie irgendwie beeindruckt war. »Ich bin fertig.«

Oliver sah zu, wie Pettijohn Kit höflich in den Wagen half. Er konnte kaum glauben, daß dieses elegante Wesen mit frischen Locken und einem raschelnden Seidenkleid seine Schwester sein sollte. Irgend etwas mißfiel ihm, aber er hätte nicht sagen können, was es war, und so starrte er dem gutaussehenden Paar immer noch nach, als der Wagen bereits die Auffahrt hinunterfuhr.

Gerne hätte Kit mit Logan noch einmal über die Ereignisse der vergangenen Nacht gesprochen, doch während sie die hübsche Küstenstraße nach Bridgetown entlangfuhren, war lediglich vom Schiffahrtsgeschäft, vom Zukkerpreis, von Cromwells Politik und von der bevorstehenden Expedition von Venables und Penn nach Hispaniola die Rede. Mit jedem anderen hätte Kit freudig über alle diese Themen diskutiert, doch mit Logan gab es Wichtigeres zu besprechen.

»Du lebst auf ziemlich großem Fuß, nicht wahr?« fragte sie, als er einmal eine Pause in seinem Monolog einlegte. »Dieser Wagen muß eine ganze Menge gekostet haben!«

»Das stimmt, aber die Spanier waren in der letzten Zeit recht freigebig.«

Kit zog eine Braue in die Höhe. »Ich wüßte gern, was die Bürger von Barbados sagen würden, wenn sie wüßten, woher dein Vermögen stammt! Die hast du alle mit deiner charmanten Verkleidung eingewickelt! Es ist eine Schande, daß sie nicht wissen, was ich weiß.«

»Bist du denn so sicher, daß du weißt, wer ich bin?«

Sein kristallblauer Blick verwirrte Kit so sehr, daß sie die Augen niederschlagen mußte. »Ich denke schon«, erwiderte sie leise, doch plötzlich war sie sich ihrer Sache gar nicht mehr so sicher.

Nach einer längeren Fahrt hielt der Wagen schließlich vor dem elegantesten Hotel von Bridgetown, wo sie den Tee einnehmen wollten. Der Speisesaal war gut besetzt, und Kit begrüßte einige Bekannte mit freundlichem Kopfnicken.

Während sie zu ihrem Tisch gingen, wurden sie von einem Milizsoldaten aufgehalten. »Ah, Mr. Pettijohn! Hallo, Miß St. John! Haben Sie schon die gute Nachricht vernommen?«

»Welche denn, Colonel?« erkundigte sich Logan.

»Bisher sind es nur Gerüchte«, räumte der Mann ein, »doch falls sie sich bewahrheiten sollten... Man erzählt sich, daß der Schakal von den Spaniern gehängt worden sein soll! Möglich wäre es, denn er ist schon seit Monaten nicht mehr gesehen worden. Ein guter Grund zum Feiern, Mr. Pettijohn, und für Ihren Bruder ebenfalls, Miß St. John. Jeder, der in diesen Gewässern unterwegs ist, wird jubeln!«

»Das stimmt.« Logan nickte nachdenklich. »Falls es nicht nur ein Gerücht ist.«

»Es muß einfach wahr sein, denn wo soll der Kerl denn stecken?«

Logan schüttelte den Kopf. »Wo sich diese Piraten herumtreiben, kann man nie wissen!«

»Wie wahr!« Kit lächelte Logan vielsagend an, während sie sich von dem Colonel verabschiedeten und an ihrem Tisch Platz nahmen. »Man kann wirklich nicht wissen, was diese Piraten so alles machen!«

»Genau«, bestätigte er ohne jede Reue und grinste.

Kit wurde jedoch augenblicklich ernst. Sie mußte daran denken, daß man in etwa einer Woche die *Carrie Ann* in London vermissen würde. Dann würden die Gerüchte natürlich wieder aufflammen. Es war schon seltsam, daß während der vergangenen Monate niemand eine Spur von diesem Piraten entdeckt hatte und allein der Besatzung der *Ice Maiden* das Schicksal der *Carrie Ann* bekannt war.

»Weißt du irgend etwas darüber?« fragte sie Logan im Flüsterton. »Du bist doch auch unterwegs gewesen und hättest eine Spur der grauen Brigg entdecken müssen!«

»Nein, ich habe absolut nichts gesehen!«

»Glaubst du, daß er tot ist?«

»Nein«, antwortete Logan ruhig.

»Und woher willst du das wissen?«

»Das werde ich dir später beantworten, aber zuerst einmal wüßte ich gern, ob dieser junge Gentleman dort drüben, und der andere, der auf der anderen Seite sitzt, zu den Wunschkandidaten deines Bruders gehören. Sie sind nämlich geradezu zusammengezuckt, als sie dich gesehen haben.«

Erst jetzt bemerkte Kit Charles Potter, der mit Sherman Prestons kichernder Tochter am Nebentisch saß. Ein Stück weiter war Shelton Wheeler mit einem älteren Mann in ein Gespräch vertieft. Während der vergangenen Jahre hatten beide ihr und ihrem Vermögen den Hof gemacht, und beäugten nun Logan mit großem Mißfallen.

»Sie gehören nicht zu seinen Favoriten«, bemerkte Kit, während sie den beiden kokette Blicke zuwarf.

»Du bist ein herzloses Wesen!« raunte Logan ihr zu, doch im Grunde amüsierte er sich köstlich.

»Du hast keine Ahnung«, gab sie mit sanfter Stimme zurück. »Erkläre mir lieber, weshalb du mit allen Frauen unter fünfzig flirtest! Dort drüben sitzt übrigens Elizabeth

Rogers und langweilt sich ganz augenscheinlich. Was hast du übrigens seit deiner Ankunft in der Stadt getan...? Etwa nur den Damen schöne Augen gemacht?«

Logan lachte vor sich hin. »Sieh an, wer ist denn hier eifersüchtig? Seit ich meinen Fesseln entronnen bin, habe ich nur eine einzige Frau begehrt, und ich fürchte, daß sie meinen Geschmack doch ziemlich beeinflußt hat!«

Kit kämpfte mit aller Macht gegen das Erröten, denn sie wollte sich keinesfalls in aller Öffentlichkeit blamieren. »Ich bin nicht eifersüchtig«, widersprach sie leise. »Ich sorge mich nur um den Ruf, den du in Bridgetown genießt. Davon hängt schließlich unsere Vereinbarung ab.«

Mit einer herzlichen Geste der Zuneigung nahm er ihre Hand in die seine, was sofort von einigen Matronen mit einer gewissen Genugtuung registriert wurde. Ganz offensichtlich hatte sich die kleine St. John endlich für den richtigen Weg entschieden. Es wurde ja auch allmählich Zeit!

»Handelt es sich etwa um dieselbe Vereinbarung, die du in der vergangenen Nacht am liebsten aufgekündigt hättest?«

»Wenn du tatsächlich deinen Verpflichtungen nachkommen willst«, zischte Kit, wobei sie ihm in reizend schüchterner Manier lächelnd die Hand entzog, »kannst du es ebenso gut auch richtig machen.«

»Ich bin froh, daß du das sagst«, erklärte Logan gleich viel fröhlicher. »Trink jetzt deinen Tee aus und iß deinen Kuchen! Wir müssen noch eine Besorgung machen.«

Erst als Logans Wagen vor der feinsten Schneiderei von Bridgetown anhielt, begriff Kit, was Logan gemeint hatte. Sie runzelte die Stirn. »Das gehört sich aber gar nicht! Die Leute werden einen völlig falschen Eindruck von unserem Verhältnis gewinnen!«

»Ja, willst du das denn nicht erreichen?« fragte Logan

ganz unschuldig. »Wenn du weiterhin in so altmodischen Sachen herumläufst, glaubt ohnehin niemand, daß du verliebt bist! Eine verliebte Frau macht sich doch hübsch!«

»Das ist mein bestes Tageskleid.«

»Dann muß ich dir eben ein bißchen auf die Sprünge helfen.«

Kits Miene wurde immer finsterer. »Willst du etwa behaupten, daß du dich mit Damenmode auskennst?«

»Lächle, mein Liebes!« Schmunzelnd half er ihr aus dem Wagen. »Die Leute beobachten uns, und du möchtest doch bestimmt auch, daß man deinem Bruder nur die schönsten Geschichten hinterbringt, oder nicht?«

Mühsam brachte Kit ein Lächeln zustande. »Der verdammte Oliver!« flüsterte sie, während sie sich auf Logans Arm stützte und ausstieg. »Dabei weiß ich nicht einmal, wer von euch mich mehr aufregt! Irgendwie seid ihr beide aus demselben Klotz geschnitzt!«

Logan lachte leise. »Wahrscheinlich bist du damit der Wahrheit näher, als du weißt«, brummte er, doch der zynische Unterton war nicht zu überhören.

Die Schneiderin nannte sich zwar Madame Roget, doch ihr ›französischer‹ Akzent schien eher aus Cornwall als aus Paris zu stammen. Allerdings tat das ihrer Schaffenskraft keinerlei Abbruch.

»Ah! *Bon! Magnifique, Mademoiselle!*« Sie schnalzte mit der Zunge, während sie Kits Maße nahm.

Wahrscheinlich verfällt die Gute bei jeder ihrer Kundinnen in ähnliche Verzückung, dachte Kit, aber sie lächelte höflich.

»Ich habe einige Modelle, die geradezu für Sie geschaffen scheinen! Einen Augenblick, ich werde sie holen!« Damit war sie auch schon fort.

Beschämt sah Kit zu Logan hinüber. »Es ist einfach lächerlich! Und außerdem gehört es sich nicht!«

»Aber was redest du da, mein Schatz! Zumindest

schulde ich dir ein Kleid als Ersatz für das, was bei unserer kleinen Siegesfeier so schrecklich ruiniert wurde. Und nur ein einziges zu kaufen, wäre für Madame Roget fast eine Beleidigung!«

»Trotzdem gefällt mir die Sache nicht.«

Logan schüttelte den Kopf. »Du bist wirklich eine höchst ungewöhnliche Frau. Die meisten anderen können von Kleidern, Hüten und all dem Zeugs gar nicht genug bekommen!«

»Nun, ich bin eben nicht wie die anderen!«

»Das ist wahr!« grinste Logan. »Das habe ich auch niemals angenommen.«

Trotz Kits heftiger Proteste erstand Logan schließlich vier Kleider, zwei Hüte und einen Schal, bevor es Kit gelang, ihn endgültig aus dem Laden zu zerren.

»Du mußt doch zugeben, daß die Sachen dir ausgezeichnet stehen«, versuchte er es noch einmal, als der Wagen bereits aus der Stadt rollte.

»Was ich besitze, ist doch schön genug«, entgegnete Kit aufsässig.

»Aber trotzdem wirst du sie tragen, denn sie sind einfach farbiger, fröhlicher und außerdem viel modischer als die einfachen Kleider, in denen du dich regelrecht versteckst!«

»Ich trage, was zu meiner Figur paßt, und das ist eben nicht immer das Modernste!« widersprach sie heftig.

»Da ich deine Figur recht gut kenne, meine liebe Katarina, weiß ich, daß diese Kleider dir zauberhaft stehen werden! Du solltest dich nicht immer so klein machen, mein Liebes, denn du bist wirklich eine ganz hinreißende Frau!«

»Unsinn! Ich mache mich nicht klein! Merke dir das endlich!«

Er lachte. »Keine Angst, mein Schatz, aber was dich angeht, kann ich ohnehin kaum etwas vergessen!«

Katarina bezweifelte, daß Logan diesen Satz als Kompliment gemeint hatte, und blieb während der restlichen Fahrt ziemlich einsilbig. Als sie sich später vor dem Spiegel betrachtete, sah sie sich plötzlich mit etwas anderen Augen. Die Locken waren längst nicht mehr so frisch wie am Morgen, und auch der breitrandige Hut hatte unter der Feuchtigkeit gelitten. Und das Kleid... Vielleicht hatte Logan ja tatsächlich recht. Taubengrau schien wirklich nicht so gut zu ihr zu passen. Er hatte nur leuchtende Farben ausgesucht, die sie wesentlich jünger und lebendiger aussehen ließen.

Jünger und lebendiger... Im selben Atemzug dachte sie an die wunderschönen Stunden an Bord der *Ice Maiden*, als sie sich so herrlich lebendig und jung gefühlt hatte. Und das, obwohl sie doch nur die abgelegte Kleidung eines Matrosen getragen hatte! Unter Logans Blicken war sie regelrecht aufgeblüht, und wenn er sie in der Nacht in den Armen gehalten und geliebt hatte, hatte ihre Seele vor Glück gejubelt.

Entsprechend schmerzlich war die Rückkehr aus diesem Traumzustand in die Wirklichkeit gewesen. Mit Absicht hatte sie die zärtliche Vertrautheit, die zwischen ihnen bestanden hatte, in jener Nacht bei Mavis mit schrecklichen Bemerkungen zerstört. Sie hatte Logan klargemacht, daß ein Gauner wie er für die reizende Kit St. John nicht gut genug war, doch eigentlich hatte sie es nicht so ausdrücken wollen, wie es sich letzten Endes aus ihrem Mund angehört hatte! Sie hatte zwar tapfer jeder Versuchung widerstanden, aber sich damit auch ihrem eigenen Glück in den Weg gestellt und ihre wunderbare, so sorglose Leidenschaft in kleinliches Gezänk verwandelt.

Rasch wandte sich Kit von ihrem Spiegelbild ab. Die Erinnerung an das verliebte Mädchen, das sie eine Woche lang gewesen war, war ihr wesentlich lieber. Seit diesen Tagen trug sie Logan Steele in ihrem Herzen, ganz gleich was sie auch sagte und tat. Was würde sie dafür geben, noch einmal eine Nacht lang in seinen Armen zu liegen. Oder noch lieber – das ganze Leben lang.

Dummes Mädchen! dachte Kit. In Wahrheit bist du also auch nicht anders als die hirnlosen Mädchen, die sich von gutaussehenden Männern einwickeln lassen. Stirnrunzelnd zog sie sich die Nadeln aus der Frisur und entkleidete sich. Dabei wanderten ihre Augen immer wieder zum Spiegel, und sie erinnerte sich an die Bemerkungen, die Logan während ihrer intimen Stunden gemacht hatte. Wenn sie sich mit seinen Augen sah, konnte sie tatsächlich den einen oder anderen Pluspunkt an sich entdecken.

Allerdings hatte er auch in den intimsten Augenblicken niemals von Liebe gesprochen. Doch was wollte sie eigentlich? Sollte er sich in sie verlieben? Liebte sie ihn? Im Augenblick wußte Kit darauf noch keine Antwort, aber sie wußte, daß sie Logan Steele so lange nicht aus ihrer Seele verbannen konnte, bis sie sich Klarheit verschafft hatte. Mit den Kleidern, die er für sie ausgesucht hatte, wollte sie den Anfang machen. Sie mußte lächeln. Vielleicht würde sie ja unwiderstehlich darin aussehen. Dann hätte sich Logan in seiner eigenen Falle gefangen, denn er selbst hatte ihr ja die Waffen in die Hand gegeben!

11. Kapitel

»Schmeckt Ihnen das Essen heute abend nicht, Miß?«

Kit schob ihren kaum berührten Teller von sich. »Es schmeckt sogar ausgezeichnet, Raleigh. Bitte richten Sie das der Köchin aus!«

»Aber selbstverständlich, Miß.« Trotzdem beäugte er ihren Teller mit mißfallenden Blicken, bevor er den Raum verließ.

»Was ist los mit dir, Kit?« begann nun auch Oliver im selben Tonfall. »Du hast ja kaum etwas gegessen! Bist du krank?«

»Nein, ich bin nicht krank, höchstens ein wenig müde. Ich werde heute abend früh zu Bett gehen, falls du mich entschuldigst.«

»Du siehst tatsächlich ein wenig spitz aus! Schlafen ist da bestimmt die beste Medizin.«

In solchen Augenblicken war Kit froh, eine Frau zu sein. Denn wenn man sich über gewisse Unpäßlichkeiten beklagte, hatten die meisten Männer es plötzlich sehr eilig, das Thema zu wechseln. Natürlich war sie nicht krank, sondern gesund wie immer. Allerdings plagte sie eine gewisse Unruhe, denn heute war der fünfundzwanzigste März, an dem sich die Sklaven der Elliots mit Logan treffen wollten. Vor zwei Tagen hatte Kit Mrs. Elliot und ihre Töchterschar besucht und dabei die Meldung übergeben. Es war nicht ganz leicht gewesen, einige Augenblicke ungestört mit Clarissa sprechen zu könne, doch Kit war es geglückt, und sie war dementsprechend stolz. Gern hätte sie sich von Logan für ihre kluge Taktik loben lassen, aber seit dem Ausflug nach Bridgetown hatte er sich nicht wieder blicken lassen.

Mit einiger Überraschung stellte sie fest, daß sie diesen Gauner regelrecht vermißte... Sie vermißte sein Lächeln, das sich so urplötzlich in ein schalkhaftes Grinsen verwandeln konnte, vermißte seine blitzenden Augen und seine verdammte respektlose Unverfrorenheit. Hatte sie sich etwa tatsächlich in ihn verliebt? Konnte sich die überaus vernünftige Kit St. John überhaupt in einen charmanten, durchtriebenen und unzuverlässigen Gauner wie Logan Steele verlieben? Natürlich nicht! Zumindest war das sehr unwahrscheinlich. Aber dennoch...

Kits Gedanken drehten sich im Kreis, aber sie kamen immer wieder zum selben Schluß: In einen Gauner mit einer solchen Vergangenheit durfte man sich als moralisch denkende, aufrechte Person nicht verlieben. Es war einfach nicht denkbar – außer dieser Mensch wäre ein völlig anderer als angenommen.

Seit Kit dieser Gedanke zum ersten Mal durch den Kopf geschossen war, hatte er sie nicht mehr losgelassen. Unablässig hatte sie sich andere Existenzen für Logan ausgedacht. Von einem Offizier mit Geheimauftrag bis zu einem verarmten Adligen, den seine Verwandten um alles gebracht hatten, war so ziemlich alles vertreten. Für einen gewöhnlichen Verbrecher war Logan viel zu gebildet, zu redegewandt und zu gut erzogen. Eigentlich hätte ihr das auf den ersten Blick auffallen müssen, doch anfangs hatten ihr ihre Vorurteile und später ihre Leidenschaft den klaren Blick verstellt. Sie hatte sich vorgenommen, Logan bei ihrem nächsten Treffen notfalls mit List die Wahrheit zu entlocken, aber seitdem war er nicht mehr aufgetaucht. Und heute war bereits der fünfundzwanzigste März!

Unruhig wanderte sie in ihrem Zimmer auf und ab und blieb immer wieder am Fenster stehen. Die Mondsichel war im Lauf des Abends hinter dem Horizont verschwunden, und die Nacht war stockdunkel. Je näher die Zeiger auf Mitternacht rückten, desto größer wurde Kits Angst um die Menschen, die sie möglicherweise ins Verderben gebracht hatte. Wenn Logan nicht erschien, konnten die Leute nicht mehr unbemerkt nach Hause zurückkehren. Als sie seinen Vorschlag so brüsk und dickköpfig zurückgewiesen hatte, hatte sie leider übersehen, daß etwas mehr auf dem Spiel stand als nur ihr eigener, so kostbarer Stolz.

»Ich muß es tun!« stieß sie urplötzlich hervor. »Wahrscheinlich werde ich es spätestens morgen früh bereuen.« Aber dennoch stand ihr Entschluß fest.

Fünf Minuten später war sie bereits wieder in Hemd und Hose geschlüpft und kletterte erneut den Baum hinunter. Rasch lief sie zum Stall hinüber, wo sie ihre Stute möglichst geräuschlos sattelte, um den schlafenden Adam nicht aufzuscheuchen. Kendal's Point lag ungefähr dreißig Minuten von Greenhaven entfernt, doch in dieser Nacht benötigten Kit und Windwalker weit weniger Zeit.

Mit jeder Sekunde, die verstrich, wuchs Kits Sorge, daß Logan ihre Weigerung tatsächlich ernst genommen hatte. Daß sie ihre Meinung inzwischen geändert hatte, hatte sie ihm ja nicht mehr mitteilen können. Verdammt, weshalb war er auch nicht mehr gekommen! Wo steckte er nur, dieser Geheimniskrämer?

Kurz vor dem Ziel trieb der Wind plötzlich dicke Wolken landeinwärts, aus denen so intensiver Nieselregen fiel, daß Kit in kürzester Zeit völlig durchnäßt war. Glücklicherweise kannte sie sich aus, sonst hätte sie die Bucht bei diesem Wetter nie gefunden. Die Sicht war zwar jämmerlich, doch außer einigen Tanghaufen an der Flutgrenze war die weite Sandfläche leer und verlassen. Wo waren die Leute? Waren sie schon wieder fort? Es mußte ungefähr Mitternacht sein, oder vielleicht sogar schon ein wenig später. War Logan bereits hiergewesen und hatte sie schon auf die *Ice Maiden* in Sicherheit gebracht?

Kit knotete die Zügel ihrer Stute an einen Ast und schlich lautlos am Rand des Buschwerks entlang, doch weit und breit war keine Menschenseele zu entdecken. Triefend vor Nässe und frierend, hielt sie schließlich inne und kam sich plötzlich ziemlich dumm vor. Und genau in diesem Augenblick hörte sie leises Geflüster.

Sofort folgte sie dem Geräusch landeinwärts, bis sich irgendwann eine kleine Lichtung vor ihr auftat. Im Schein einer Fackel erkannte sie drei aufrecht stehende Männer. Einer davon war unverkennbar Logan Steele, denn so groß und breitschultrig war sonst niemand. Er stand mit gekreuzten Armen in einer etwas ungeduldigen Haltung, die Kit so gut an ihm kannte, vor einer Gruppen Sklaven, die am Boden kauerten oder knieten. Die Anzahl konnte Kit nur schätzen, möglicherweise waren es sechs oder sieben. Offensichtlich war einer verletzt, denn aus ihrer Mitte drang vernehmliches Stöhnen bis zu Kit herüber.

Kit spürte, daß etwas nicht in Ordnung war, doch das war nicht ihre Sorge. Sie war vielmehr überrascht und froh, daß Logan gekommen war. Ganz offensichtlich hatte er damit gerechnet, daß sie sich besinnen und seine Botschaft weitergeben würde. Ob er sie tatsächlich besser kannte als sie sich selbst... Ein etwas erschreckender Gedanke! Im Augenblick konnte sie jedenfalls nichts anderes tun, als nach Hause zu reiten und auf Logans nächsten Besuch zu warten. Bestimmt würde er sich dann bei ihr bedanken und ihr auch die arrogante Zurückweisung verzeihen. Kein schlechter Ausgangspunkt, um sein Herz endgültig einzufangen.

Langsam und vorsichtig wandte sich Kit um, doch sie war nicht vorsichtig genug. Plötzlich hallte das Knacken eines Zweigs wie ein Pistolenschuß durch die Stille. Die Gestalten auf der Lichtung erstarrten, und Logan riß blitzartig die Pistole aus dem Gürtel.

»Stehenbleiben!« rief er, während er den Hahn spannte und mit der Pistole im Anschlag schnurstracks auf Kits Versteck zueilte.

Sekundenlang war sie unentschlossen. Wenn sie davonlief und eingeholt wurde, stand sie als heimlicher Lauscher da. Doch stehenzubleiben, bedeutete, noch tiefer in diese Sache hineingezogen zu werden. In jedem Fall war sie die Blamierte, und das mußte sie verhindern! In wilder Panik rannte sie davon, so daß ihr die nassen Blätter ins Gesicht klatschten. Irgendwann verfing sich ihr Fuß in Schlinggewächsen, und sie meinte, bereits die Kugel in ihrem Rücken zu spüren. Abrupt blieb sie stehen, denn lieber wollte sie Logans Wutausbruch über sich ergehen lassen, als hinterrücks erschossen zu werden. Als sie sich gerade umwandte, prallte Logan mit voller Wucht gegen sie und fiel mit ihr gemeinsam zu Boden. Zusammen rutschten sie noch ein ganzes Stück über die nassen Blätter, bis ein Baumstumpf endgültig ihren Sturz bremste.

»Verdammt, Logan! Du erdrückst mich!«

Sekundenlang herrschte absolute Stille. In der Dunkelheit konnte Kit sein Gesicht zwar nicht erkennen, doch sie hätte wetten mögen, daß sich langsam das wohlbekannte teuflische Grinsen darauf ausbreitete.

»Ob du noch irgendwann vernünftig wirst?« Logan sank auf ihr zusammen, so daß sie seinen Herzschlag spüren konnte. »Wann wirst du lernen, deinen Verstand zu gebrauchen?«

»Du verstehst...« setzte Kit an, doch Logan unterbrach sie augenblicklich.

»Ich hätte dich fast erschossen! Wenn ich geübter wäre, hätte ich dieses Ding benutzt! Was, zum Teufel, tust du hier?«

»Laß mich doch erklären...«

»Verdammt, dafür ist jetzt keine Zeit!« Doch trotz der erklärten Eile blieb er regungslos liegen. Kit konnte nur seinen Hals sehen und stellte sich die Ader vor, die dort heftig pochte. Sein breiter Brustkorb drückte ihre Brüste flach und eines seiner Beine war zwischen ihre Schenkel gerutscht. Und plötzlich fühlte Kit ganz deutlich, wie Logans Erregung langsam aber stetig zunahm.

»Genau das, was ich im Augenblick brauche!« flüsterte Logan, während er seine Stirn aufs feuchte Laub sinken ließ. »Du hast Glück, Katarina, daß die Pflicht ruft. Ansonsten würden wir gleich hier liegenbleiben!«

Sekundenlang sah es so aus, als ob seine Lust über sein Pflichtbewußtsein siegen würde, und prompt erwachte auch Kits Körper unter dem Druck seiner Muskeln. Als Logan sich schießlich seufzend erhob, durchzuckte Kit die Enttäuschung wie ein Stich.

»Du kannst mir später erklären, wie du hierher gekommen bist, aber da du nun einmal da bist, kannst du mir auch helfen.« Er packte ihre Hand und zog sie auf die Füße.

»Ich denke nicht daran!« widersprach Kit und entzog ihm ihre Hand. »Ich wollte gerade nach Hause gehen.«

Stahlhart umschlossen seine Finger ihren Oberarm. »Du wirst nirgendwohin gehen!«

Als sie die Lichtung betraten, sah Kit auf den ersten Blick wozu ihre Hilfe benötigt wurde. Doc kniete neben einer stöhnenden jungen Frau, bei der ganz offensichtlich die Wehen eingesetzt hatten. Mit einem kurzen Blick streifte er Kit, doch er sagte nichts, sondern blickte nur fragend zu Logan auf.

»Weiß sie, wie man Kinder auf die Welt bringt?«

»Wenn nicht«, antwortete Logan, »dann wird sie es eben heute lernen!«

»Sie sind doch der Arzt und wissen, was zu tun ist!« fuhr Kit den alten Mann wütend an, nachdem sie vergeblich an Logans Griff gezerrt hatte.

»Dieses Mädchen schreit, wenn ich nur in ihre Nähe komme! Sie meint, daß das Frauensache sei!«

»Schauen Sie mich doch nicht so an! Ich durfte ja nicht einmal unseren Stuten beim Fohlen zusehen!«

»Ich fürchte, ich kann dich nicht zwingen.« Mit diesen Worten ließ Logan Kits Arm los und sah sie nur an, als ob ihre Feigheit ihn ekelte.

»Also gut! Verdammt!« schimpfte Kit, weil sie den erwartungsvoll aufgerissenen Augen der Schwarzen nicht widerstehen konnte.

Rasch trat sie in den Kreis und kniete neben dem Mädchen nieder. Vorsichtig strich sie ihr die feuchten Haare aus dem aschfahlen Gesicht. Es war eines der Küchenmädchen, ein schüchternes Ding und zum Kinderkriegen entschieden zu jung. Für einige Sekunden lächelte die

Kleine tapfer, doch als eine weitere Wehe sie überkam, verkrampfte sich ihr Gesicht und sie schloß erschöpft die Augen.

»Ist ihr Mann hier?« fragte Kit.

»Becky hat keinen«, antwortete eine Stimme aus der Runde.

Mit vorwurfsvollem Blick sah Kit um sich. »Ganz offensichtlich hat sie aber einen gehabt!«

»Das stimmt«, sagte Logan, »doch ich glaube nicht, daß er schwarz war. Das Mädchen wurde mißbraucht. Schwarze tun das nicht, denn sie bekommen die Peitsche, wenn sie den Besitz ihres Herrn antasten...«

»Soll das heißen...«

»Genau das. Höchstwahrscheinlich war es entweder Mr. Elliot oder einer der Aufseher. Die Flucht war Beckys einzige Chance. Wenn Mrs. Elliot die Farbe des Kindes gesehen hätte, hätte sie die Kleine zur Arbeit aufs Feld geschickt. Und das hätte sie nicht lange ausgehalten.«

»Ich kann das nicht glauben!« widersprach Kit hitzig. »Mr. Elliot würde doch so etwas niemals tun!«

»Dafür, daß du dein ganzes Leben auf einer Plantage verbracht hast, bis du erstaunlich ahnungslos!« bemerkte Logan kopfschüttelnd. »Doch jetzt los! Wir müssen fort. Kümmere du dich um das Mädchen!«

»Du kannst sie doch nicht transportieren! Verdammt, Logan, hab doch ein Herz. Sie bekommt doch ein Baby!«

Logan seufzte und verdrehte ungeduldig die Augen. »Und was schlägst du vor, Katarina? Sollen wir sie hier zurücklassen, damit die Hunde sie am Morgen aufspüren? Dann wird sie erst recht sterben!« Er bedeutete den sechs Männern, die um die Kleine herum auf dem Boden saßen, wie sie ihre Arme verschränken mußten, um das Mädchen zu tragen. »Bringt sie zum Boot! Und du, Katarina, tröstest sie, so gut es geht!«

»Aber ich kann doch nicht mitkommen! Mein Pferd...«

»Es wird schon noch da sein, wenn ich dich später an Land rudere. Überlege nicht lange! Becky braucht dich!«

Während der Überfahrt hatte die Kleine ihren Kopf vertrauensvoll in Kits Schoß gelegt und stöhnte mit den rudernden Männern um die Wette. Kit dagegen betete nur stumm, daß ihnen noch genug Zeit blieb, um wenigstens das Schiff zu erreichen.

Ihre Gebete wurden nicht nur erhört, sondern es dauerte sogar noch einige Stunden, bis es endlich so weit war. Als das kleine glitschige Wesen Kit in die Hände rutschte, war sie mindestens ebenso stolz und erschöpft wie Becky. Wie Logan vorausgesagt hatte, war die Haut des kleinen Jungen milchkaffeebraun und seine Löckchen waren eindeutig braun statt schwarz. Seufzend betrachtete Kit den kleinen Kerl und überlegte, welches Schicksal ihn wohl erwartete. Diese traurigen Aspekte des Plantagenlebens hatte ihr Vater immer sorgfältig vor ihr verborgen. Mit einem Mal fühlte sie sich plötzlich viel älter und erwachsener.

Als Logan Kit am Strand von Kendal's Point absetzte, zeigten sich bereits die ersten hellen Streifen am Horizont. Die ganze Fahrt über hatte er geschwiegen, doch Kit war viel zu erschöpft gewesen, um sich daran zu stören. Sie hatte gerade ihre letzte Energie und ihre letzten Illusionen auf der *Ice Maiden* verloren, und hätte sich gern bei ihm angelehnt. Doch statt ihr für ihren Einsatz zu danken, starrte er sie nur wie ein ungezogenes Kind an. In diesem Augenblick hatte Kit genug von allen Männern und wußte nicht einmal mehr, ob sie diesen tatsächlich liebte. Wollte sie überhaupt noch einen Mann lieben?

Bevor sie auf ihr Pferd stieg, küßte Logan sie, wie man eine Schwester küßte. Jetzt ist mit Sicherheit nicht der richtige Augenblick, um mit ihm zu reden, dachte Kit, denn zynischen Spott oder Gelächter hätte sie im Moment nicht ertragen. Die Gedanken hatten sich in ihrem Kopf zu einem hoffnungslosen Wirrwarr verwickelt, und sie hätte nicht einmal gewußt, an welchem Ende sie mit dem Aufknoten beginnen sollte.

Kit erwachte erst gegen Mittag. Ihr Kopf fühlte sich an, als ob man ihn mit Watte ausgestopft hätte, ihr Hals schmerzte, und ihre Glieder waren bleischwer.

Doch Mandy zeigte keinerlei Mitgefühl. »Ich will gar nicht wissen, was Sie in der vergangenen Nacht gemacht haben, Miß! Als ich nach Mitternacht nach Ihnen sehen wollte, waren Sie jedenfalls nicht da!«

»Ich war bei Captain Steele. Er benötigte – meine Hilfe«, brachte sie krächzend hervor.

»Ich kann mir schon denken, welche Art von Hilfe das war!«

»Oh, Mandy, was denken Sie nur! Ich habe ein Kind auf die Welt gebracht, aber doch keines hergestellt!«

»Sehen Sie sich nur an! Ich kenne diesen Ausdruck in Ihren Augen. Seit Wochen sehe ich ihn nun. Dieser Kerl hat sich in Ihr Herz geschlichen und wird Ihnen nichts als Kummer bereiten! Halten Sie sich doch lieber an den netten Mr. Pettijohn! Er sieht gut aus und hat außerdem Manieren. Wirklich, Sie hätten es schlimmer treffen können!«

Am liebsten hätte Kit gelacht, aber dazu fühlte sie sich viel zu elend. »Ich hätte gern eine Tasse Tee, Mandy, aber bitte keine Strafpredigten mehr!«

»Es geschieht Ihnen recht, wenn es Ihnen schlecht geht! Man treibt sich ja auch in einer regnerischen Nacht nicht draußen herum, und erst recht nicht mit einem Piratenkapitän!« brummte Mandy, während sie das Zimmer verließ.

Den restlichen Tag verbrachte Kit gezwungenermaßen im Bett und verfluchte Logan Steele im Geiste. Dieser Mistkerl hatte es nicht einmal für nötig befunden, sich für ihre Hilfe zu bedanken, und auch die Botschaft an Clarissa hatte er mit keinem einzigen Wort erwähnt! In dem Maß, in dem sich ihre Erkältung im Lauf des Tages verschlimmerte, wurde Kit immer wütender, und als die Sonne unterging, hatte sie ihre Strafpredigt für Logan endgültig fertig.

Als Oliver abends bei ihr anklopfte, konnte sie ihn nur krächzend hereinbitten. Rasch zog er einen Stuhl neben ihr Bett und betrachtete sie mit besorgter Miene. »Du lieber Himmel! Mandy hat mir schon gesagt, daß du dich scheußlich fühlst, aber ich hatte ja keine Ahnung, daß du richtig krank bist!« Er zog eine Grimasse und wandte sich ab, als Kit einige Male niesen mußte. »Soll ich einen Arzt rufen?«

»Nein, danke.«

»Nun, dann kann ich nur hoffen, daß meine Mitteilung dich freuen wird. Da mein Arm mittlerweile tadellos verheilt ist, werde ich morgen nach Portsmouth aufbrechen. Es wird Zeit, daß ich mich wieder ums Geschäft kümmere und ein wenig Geld verdiene. Ich möchte endlich wieder das Ruder selbst in die Hand nehmen. Und du wirst vermutlich heilfroh sein, mich endlich loszuwerden.«

Kit nickte nur und bemühte sich um ein Lächeln.

»Aber vorher möchte ich noch etwas mit dir besprechen.«

»Und was?«

»Ich möchte nicht, daß du während meiner Abwesenheit diesen Pettijohn allzu oft siehst. Ja, ja, ich weiß!« Dabei hob er die Hand, als ob er Kits Stirnrunzeln wegwischen wollte. »Ich habe kein Recht, mich einmischen. Ich habe meine Lektion gelernt.«

Kit war sich dessen nicht so sicher, doch sie unterbrach ihn nicht, weil sie viel zu müde war.

»Ich habe mich ein wenig über ihn erkundigt, aber keiner aus Sussex kennt eine Familie dieses Namens. Nicht einmal der alte Thomas Hathaway, der erst vor fünf Jahren hierher gekommen ist, hat den Namen Pettijohn vorher schon gehört! Modyford ist demnach die einzige Referenz, die dieser Knabe hat, und die ist in meinen Augen nicht die beste.«

Kit rümpfte die Nase. »Und ich habe gedacht, du wärst froh, daß ich einen Verehrer habe!«

»Ich bin froh, daß du endlich aus deinem Schneckenhaus herauskommst, aber trotzdem fände ich es besser, du suchtest dir einen anderen – vielleicht einen etwas angeseheneren Mann.«

Seufzend ließ sich Kit in die Kissen sinken und lächelte. Wenn er nur wüßte! »Ich kann dir nichts versprechen.«

Unwillig schüttelte Oliver den Kopf. »Ich habe nichts anderes erwartet! Aber heirate diesen Kerl wenigstens nicht! Falls er dir nur den Hof macht, weil er es auf deine Vermögenshälfte abgesehen hat, bekommt er es mit mir zu tun!«

Kit lachte leise. Nein, in dieser Beziehung bestand keine Gefahr, nachdem Logan sie zuletzt wie ein dummes, ungezogenes Kind behandelt hatte, und sie nicht einmal wußte, ob sie überhaupt noch einmal mit ihm sprechen wollte! »Nein. Ich glaube, in der Beziehung besteht keinerlei Gefahr!«

Zwei Tage später erschien Logan in Greenhaven. Mit strahlendem Grinsen betrat er den etwas muffigen Wohnraum. »Ich habe gehört, du seist krank gewesen«, sagte er, während er neben das Sofa trat, auf dem sie lag. »Geschieht dir völlig recht!«

Kit zog eine Grimasse. Keine Spur von Dankbarkeit oder gar Mitgefühl. Ging ihn das Ganze denn wirklich gar nichts an? »Du bist immer noch ärgerlich!« stellte sie seufzend fest.

»Und dazu habe ich auch allen Grund.« Er sprach leiser, bis es fast nur noch ein Zischen war. »Was hast du dir nur dabei gedacht? Du hättest erschossen werden können!«

Kit schmollte und blickte sich dann um, ob auch niemand lauschte. »Du hast mich doch um Hilfe gebeten und mich damit in alles hineingezogen!«

»Ich habe dich lediglich gebeten, eine Botschaft zu überbringen, Dummchen! Dich in Gefahr zu bringen, habe ich nicht verlangt.«

Wenn er sie ehrlich mochte, würde er sich nicht so über ihre Erkrankung lustig machen und wenigstens einmal anerkennen, daß sie sich in Gefahr gebracht hatte, nur um ihm zu helfen. »Erst beleidigst du mich, dann ziehst du mich in deine Machenschaften hinein und schließlich zerrst du mich auch noch durch den kalten Regen, bis ich fast eine Lungenentzündung bekomme...« Sie hustete, um ihm ihr Leiden eindringlich zu demonstrieren. »Und dann hast du auch noch die Frechheit, hierher zu kommen und mich zu beschimpfen, statt mir einmal dafür zu danken, daß ich deine Botschaft überbracht und dir geholfen habe, Becky zu retten – statt dich einfach an Gouverneur Searle und seine Miliz zu verraten! Demnach waren die schönen Sätze auf der Rückfahrt von Hispaniola und danach im Garten von Mavis Edmond – nur Sprüche!«

Als Kit eine Pause einlegte, um wieder zu Atem zu kommen, sah sie, wie Logans Augen sich verengten und seine Hand sich zur Faust ballte. Ein Rest von Vernunft warnte sie zwar, doch da sie einmal in Fahrt war, konnte sie nicht aufhören. »Du hast mich nur benutzt, um deine kostbare Mannschaft aus Santo Domingo zu befreien, und jetzt benutzt du mich, um die Sklaven zu entführen! Wie es mir dabei geht, interessiert dich nicht. Ich war nur ein kleines Abenteuer für dich, doch leider war ich so naiv, an deine Liebe zu glauben! Auf dem Rückweg von

Hispaniola hast du dich bestimmt köstlich über die dumme Maus amüsiert!«

»Halt jetzt augenblicklich den Mund, du kleine Hexe!« Logan beendete ihren Monolog, indem er sie vom Sofa hochzog und ihr ganz aus der Nähe in die Augen sah. »Glaubst du wirklich, daß mir nichts an dir liegt?« Mit einer Hand umfaßte er ihr Kinn, damit sie den Kopf nicht abwenden konnte. »Antworte mir, verdammt!«

Erschreckt wollte Kit etwas stammeln, doch noch in derselben Sekunde verschlossen seine Lippen ihr den Mund, mit einem wütenden, fast schmerzhaften, leidenschaftlichen Kuß.

»Natürlich liegt mir etwas an dir!« keuchte er, nachdem er sich von ihr gelöst hatte. »Merke dir das gefälligst. Außerdem ist noch die Frage, wer wen während der vergangenen Wochen ausgenutzt hat!«

Kit überhörte den letzten Satz geflissentlich und wunderte sich nur, wie rasch ihr Zorn verflog. Logan Steele machte sich etwas aus ihr! Im Vergleich dazu war alles andere unwichtig. Als sein Mund sich wieder auf ihre Lippen senkte, durchflutete sie heiße Leidenschaft, und unwillkürlich umschlang sie seine starken Schultern. Logan Steele liebte sie, und sie liebte ihn, und als er sich einige Zeit später von ihr löste, brannte in seinen Augen dieselbe Leidenschaft wie in ihren eigenen. Die Welt war wieder im Gleichgewicht.

»Logan, ich liebe dich. Es hat eine Weile gedauert, bis ich begriffen habe, daß nicht alles so ist, wie es scheint, daß du nicht der bist, für den dich alle halten. Mir scheint, daß du nur vortäuscht, ein Gauner zu sein.«

Das ist genau der richtige Augenblick, um sich mir anzuvertrauen, dachte Kit, und mir zu erklären, weshalb er dieses Theater spielt. Sie sah schon bildlich vor sich, wie er nach seinem Geständnis die Tür abschloß und sie dann hier, auf dem Sofa, liebte und ihr seine Leidenschaft wie ein Zeichen für immer einbrannte.

Sein Lachen riß sie unsanft aus ihren Träumen. »Ich fürchte, da ist nicht allzu viel dran, mein Liebes.« Mit dem Handrücken fuhr er ihr sanft über die Wange. Sekundenlang schien ein leichtes Bedauern seinen Blick zu verdunkeln.

Kit schüttelte energisch den Kopf. »Du mußt mir nichts vorspielen, Logan. Oliver und Brownlow haben unrecht. Du bist einfach kein Meuterer, und den Piratenkapitän nehme ich dir auch nicht ganz ab. Ich liebe dich. Du bist gut und sanft – kümmerst dich um ein armes schwangeres Mädchen und setzt dein Leben aufs Spiel, um deine Kameraden vor Folter und Tod zu bewahren! Du kannst mir vertrauen, Logan, denn ich werde schweigen wie das Grab.«

Seufzend, aber bestimmt, schob Logan sie von sich. »Ich denke, du hast dir den falschen Mann ausgesucht.«

Sie runzelte die Stirn. »Was soll das heißen?«

»Ich denke, daß du dir eine Vorstellung gemacht hast, in die ich nun unter allen Umständen hineinpassen soll.«

»Aber, nein...«

»Doch. Du bist noch lange nicht erwachsen!«

»Was soll das...«

»Ich werde es dir sagen: Ich bin keine Fantasiegestalt, sondern nur ein Mann und möglicherweise auch ein Gauner und Verbrecher, wie du so oft behauptet hast.«

»Aber...«

Logan drückte sie in die Kissen zurück. »Hör mir jetzt gut zu und merke dir, was ich sage! Ich liebe dich, obwohl du wahrlich ein verzogenes, dickköpfiges und manchmal ziemlich unvernünftiges Mädchen bist! Aber du liebst – nun, ich bin keineswegs ein verkleideter Held, sondern genau der Mann, den du vor dir siehst!«

»Nein, das glaube ich nicht!« behauptete Kit dickköpfig.

»Solltest du aber!« entgegnete Logan und stupste ihr mit dem Finger auf die Nase. »Ich war acht Jahre lang Offizier in der Marine, doch dann habe ich die größte Sünde begangen, die man sich vorstellen kann: Ich habe versucht, meinem Captain das Kommando abzunehmen. Da kennt die britische Marine keine Gnade! Da spielt es auch nicht die geringste Rolle, ob dieser Mann ein Verrückter gewesen ist oder nicht!« Mit gequältem Gesicht wandte er sich ab. »Obwohl ich die Folgen kenne, würde ich heute wieder genau dasselbe tun! Möglicherweise bin ich dem Gesetz nach ein Verbrecher, doch in meinen Augen bin ich lediglich ein Mann, der seinem Gewissen folgt. Wenn du das nicht verstehst, dann liebst du mich auch nicht.«

Verwundert sah Kit ihn an. Wo war nur der Logan Steele geblieben, den sie liebte? Dieser Mann war nur wütend und sah sie voller Bitterkeit an. »Ich kann es nicht glauben«, wiederholte sie. »Du willst mir nur nicht die Wahrheit sagen und meine Liebe auf die Probe stellen. Das ist unfair!«

»Und du benimmst dich wie ein dummes jungfräuliches Schulmädchen. Für dich gibt es nur Schwarz und Weiß, aber so sieht die Wirklichkeit nicht aus, Katarina!«

Sein herablassender Ton machte sie nur noch wütender. »Gerade du müßtest es eigentlich besser wissen, als mich so zu bezeichnen!« Ihre Stimme klang scharf und bitter, als ihre Träume wie Seifenblasen zerplatzten.

»Du hast recht«, erwiderte er mit spöttisch hochgezogener Augenbraue. »Manchmal verläßt du deinen Sockel, und noch dazu auf eine höchst aufregende Weise! Glaub nur nicht, daß ich das vergessen habe!«

Diesmal ballte Kit die Fäuste. Wie konnte er nur! Wie konnte er ihr zartes Vertrauen in ihn nur so gegen sie verwenden! Er war wirklich mies!

»Mit einem Mann ins Bett zu gehen, macht dich nicht automatisch zur Frau, Katarina!«

Dieser Satz brachte das Faß zum Überlaufen. Augenblicklich verließ Kit jede Vernunft. Hastig sprang sie auf und schlug Logan mitten in sein zynisches, aufreizendes Grinsen. Doch er zuckte nicht einmal, sondern betrachtete sie nur mit kühler Gleichgültigkeit. Allein seine Augen verrieten, wie wütend er war.

»Ich werde dir beweisen, daß ich eine erwachsene Frau bin, du Hornochse! Ich bin erwachsen genug, um ohne dich und die zweifelhaften Freuden deiner Gesellschaft auszukommen! Geh und suche dir ein anderes Spielzeug und laß mich in Frieden!«

Noch bevor Kit mit ihrem Wutausbruch fertig war, hatte Logan den Raum verlassen und das ganze Leben mitgenommen.

12. Kapitel

Tom Trelawny schüttelte bedenklich den Kopf. »Da haben Sie sich ja etwas Schönes eingebrockt! Captain Steele wird nicht gerade begeistert sein, denn er hat ohnehin schon seit Tagen schlechte Laune!«

Kit tat unbeeindruckt. »Keine Angst, das schaffe ich schon! Sie werde ich mit keinem Wort erwähnen.« Sie warf einen zweifelnden Blick in das Versteck. »Bin ich hier wirklich sicher?«

Tom zuckte die Achseln. »Alle Vorbereitungen für das Auslaufen sind getroffen. Ich wüßte nicht, was noch passieren sollte.«

Seufzend straffte Kit die Schultern und stieg in den kleinen Verschlag im Frachtraum der *Ice Maiden*. Dann wandte sie sich um und strich Tom liebevoll über die Wange. »Ich danke Ihnen für alles!«

Tom errötete und blickte verlegen beiseite. »Schon

gut. Ich hoffe nur, daß der Captain nichts davon erfährt!«

»Von mir jedenfalls nicht!«

Kit lächelte ihm aufmunternd zu, bis sich die Tür endgültig geschlossen hatte. Doch als sich seine Schritte entfernten, wurde sie von plötzlicher Angst gepackt, und es dauerte eine ganze Weile, bis sie sich beruhigt hatte und es sich in ihrem engen, wandschrankartigen Gefängnis bequem machen konnte.

Es war gerade drei Tage her, seit sie Logan aus ihrem Leben fortgeschickt hatte. Wenn sie an diesen Nachmittag zurückdachte, schämte sie sich ihrer Dummheit. Nachdem sie zur Besinnung gekommen war, war es jedoch für Reue und Selbstvorwürfe zu spät gewesen. Gleich darauf hatte sie ihm einen Brief geschrieben, aber keine Antwort erhalten. Als sie schließlich persönlich in seinem Haus vorgesprochen hatte, hatte sie nur einen Matrosen der *Ice Maiden* namens John Bonny angetroffen, der offenbar als Diener bei Logan arbeitete. Von ihm hatte sie erfahren, daß Logan Steele alias Edward Pettijohn sich selbst, sein Schiff und die Mannschaft Admiral Penn als Verstärkung für die Flotte angeboten hatte. Am ersten April sollte das Unternehmen beginnen.

Als Lady Searle dann auch noch zufällig bei einer Unterhaltung erwähnte, daß einige Frauen ihre Männer auf der Seereise begleiteten, war in Kit blitzartig ein Plan gereift. Was die anderen konnten, das konnte sie schon lange! Mandy war entsetzt gewesen, und der neue Aufseher hatte besorgt den Kopf geschüttelt, als sie ihm ihre Pläne dargelegt hatte. Doch nichts und niemand hatte Kit umstimmen können. Sie war fest entschlossen gewesen, Logan nicht ohne Abschied ziehen zu lassen. Jedenfalls nicht nach dieser Auseinandersetzung.

Damals war ihr der Plan nicht weiter schwierig erschienen, doch nachdem sie ihn nun in die Tat umgesetzt hatte, hätte sie es sich gern noch einmal überlegt. In ihrem stickigen Gefängnis roch es nach Teer und Terpentin, außerdem war es heiß und so stockfinster, daß sie den Tag nicht von der Nacht unterscheiden konnte. Alles, was sie mit der Außenwelt verband, war das regelmäßige Heben und Senken des Schiffsrumpfes auf den Wellen. Die Stunden vergingen quälend langsam, und je mehr sich Kits Zweifel steigerten, desto heftiger reagierte auch ihr empfindlicher Magen. Da sich ihr Gefängnis jedoch in kürzester Zeit in ein stinkendes Loch verwandeln würde, stellte sie sich unentwegt vor, sie stünde an Deck, und schon konnte sie die frische Luft förmlich riechen. Daß sie ihre Neigung zur Seekrankheit bei der Planung nicht bedacht hatte, ließ sie in Logans Augen bestimmt nicht klüger erscheinen!

Als sie der Verzweiflung nahe war, erschien glücklicherweise ihr Verschwörer und befreite sie aus ihrem Gefängnis. »Sie sehen ja ganz grün aus!«

»Genauso fühle ich mich auch! Ich komme mir vor, als ob ich seit Stunden eingesperrt gewesen wäre!«

»Waren Sie auch.« Der junge Mann zuckte die Achseln. »Leider hat es ein wenig länger gedauert, bis wir weit genug draußen waren. Der Wind hat uns ganz schön zugesetzt. Es ging wirklich nicht schneller.« Tom grinste aufmunternd. »Schauen Sie doch nicht so ängstlich drein! Es wird schon nicht allzu schlimm werden. Schlimmstensfalls wird er Sie kielholen lassen.«

So weit kam es glücklicherweise nicht, obwohl Logan einige Augenblicke daran gedacht hatte. Nachdem Tom ihm den blinden Passagier präsentiert hatte, den er angeblich in einem Verschlag im Frachtraum gefunden hatte, packte Logan Kit wutentbrannt und schüttelte sie, bis ihr ganz schwindlig war. Verschreckt verschränkte sie die Hände auf dem Rücken und versuchte, möglichst reuig auszusehen, doch darin hatte sie leider sehr wenig Übung. Sie war nur froh, daß noch andere Personen Zeugen der Szene wurden, denn Logan blickte so finster und drohend, daß sie es mit der Angst bekam. Im Geiste sah sie sich schon in Stücke geschnitten und den Fischen zum Fraß vorgeworfen...

Irgendwann fand sie den Mut, ihre lang geübte Entschuldigung zu stammeln. »Ich...«

»Schweig!« schnitt Logan ihr das Wort ab. Er wirkte so furchteinflößend und bedrohlich, daß ihr Vorhaben ihr plötzlich längst nicht mehr so erfolgversprechend erschien. »Du hast Glück, daß ich ein Gentleman bin!« zischte er ganz nah vor ihrem Gesicht. »Am liebsten würde ich dich übers Knie legen und deine Rückseite blau und grün hauen... und zwar hier, vor allen Leuten!«

»Das würdest du nicht wagen!«

»Führe mich nicht in Versuchung!« Unsanft packte er sie am Arm und zerrte sie zum Niedergang hinüber.

Aus den Augenwinkeln bemerkte Kit, wie Peter Doc einen bedeutungsvollen Blick zuwarf und Doc in gespielter Verzweiflung den Kopf schüttelte. Ganz offensichtlich mochten die Männer sie, aber trotzdem waren alle im Augenblick froh, daß sie nicht an ihrer Stelle waren. Gerne hätte sie mit ihnen getauscht, doch statt dessen wurde sie in die Achterkabine gezerrt und dort eingeschlossen. Nun ja, nicht gerade ein guter Ausgangspunkt für die Versöhnung, wie sie eigentlich beabsichtigt hatte!

Seufzend ließ sie sich aufs Bett sinken, und schon überfiel sie die Erinnerung an ihre heißen Nächte, ihre Liebesspiele, die gegenseitigen Entdeckungen und den Spaß, den sie miteinander gehabt hatten. Wie hatte sie nur so dumm sein können, das alles aufzugeben? Logan mußte inzwischen reiche Beute gemacht haben, dachte sie dann, als sie sich in der Kabine umblickte. Die etwas schäbige Einrichtung war durch wunderschön gearbeitete Möbel aus kostbaren Hölzern ersetzt worden, die rohen Planken waren unter einem dicken Orientteppich verschwunden und in eine der Türen hatte man sogar einen kleinen, goldgefaßten Spiegel eingesetzt.

Als sie aufstand, um die Bücher auf dem Schreibpult näher in Augenschein zu nehmen, fiel ihr Blick auf die Stelle, an der damals die Zeichnung eines Herrenhauses mit vielen Giebeln gehangen hatte. In einer Ecke hatte der Name Somerset gestanden. Kit erinnerte sich deshalb so gut, weil Logan ihr in einer schwachen Stunde anvertraut hatte, daß er das Blatt gezeichnet hatte. Allerdings hatte er ihr nicht verraten, was ihn mit diesem Haus verband, doch nach der Sorgfalt der Arbeit konnte man darauf schließen, daß es ihm zumindest wichtig war.

Inzwischen war die Zeichnung allerdings durch das liebevoll und sorgfältig gezeichnete Porträt einer jungen Frau ersetzt worden, in der Kit erst auf den zweiten Blick sich selbst erkannte. Sah Logan sie tatsächlich so? Ein etwas exotisches Gesicht, halb Engel, halb Kobold, dazu dunkle, geheimnisvoll schimmernde Augen, in denen sich Schalkhaftigkeit und Empfindsamkeit die Waage hielten, fein geformte Lippen, die zugleich einladend und herausfordernd lächelten. War das die wahre Kit St. John oder war das Logans Traumvorstellung von ihr, so wie sie ihn sich als Helden geträumt hatte?

Stunde um Stunde verging, doch Logan ließ sich nicht blicken. Unruhig und rastlos lief Kit auf und ab und verfolgte, wie der Tag langsam verging und die Nacht hereinbrach. Irgendwann zündete sie die Lampe an und aß, was Tom ihr brachte, aber sonst geschah nichts. Ob sie Logan völlig gleichgültig war? Dann wäre er aber vorhin bestimmt nicht so wutentbrannt hinausgestürmt. Nachdenklich betrachtete sie sich im kleinen Spiegel und fragte sich, ob der Bissen diesmal vielleicht zu groß geraten war. Gut behandelt hatte sie Logan wirklich nicht. Vielleicht mußte man sich auch nicht wegen allem bei der Frau entschuldigen, die einen angeblich liebte. Und trotzdem hätte er sagen können, daß ihre Liebe einen neuen Menschen aus ihm gemacht hatte, und er von nun an ehrlich werden wollte. Jeder Mann mit Anstand hätte das getan, doch genau genommen hatte er gar keine Gelegenheit dazu gehabt, weil sie ihn vor lauter Empörung in einem fort beschimpft hatte.

Während Kit noch grübelte, trat Logan ganz plötzlich ein und ließ die Tür hinter sich ins Schloß fallen. Mitten im Raum blieb er stehen und verschränkte die Arme vor der Brust. Schweigend starrte er sie aus zusammengekniffenen Augen an, begann erst nach einer Weile zu sprechen. »Kannst du mir verraten, liebe Katarina, welchem grausamen Schicksal ich deine Anwesenheit auf diesem Schiff zu verdanken habe?«

»Ich...«

»Laß mich raten! Nachdem du bei unserem letzten Treffen so überaus liebenswürdig zu mir warst, ist dir sicher noch etwas eingefallen.«

»Falls du dich erinnerst, hatten wir eine Abmachung getroffen!« fauchte Kit wütend. »Dachtest du, ich würde dich einfach ohne Abschied gehen lassen? Ich habe etwas zu verlieren, Sir!«

»Damit ist jetzt Schluß«, erklärte er und grinste. »Dein Bruder ist vor fünf Tagen mit unbekanntem Ziel abgereist. Damit ist unsere Vereinbarung erfüllt. Meine Schuld ist beglichen.«

»Nach Portsmouth«, korrigierte ihn Kit mit ebenso zynischem Lächeln. »Nicht ›mit unbekanntem Ziel‹! Ich dachte, du wüßtest immer alles, Logan Steele?«

»Na gut, dann eben nach Portsmouth. Jedenfalls ist er weg, und wir beide sind fertig miteinander. Du hast bekommen, was du verlangt hast.«

»So, meinst du?« Das war ja nicht zu fassen! »Wir hatten aber nicht vereinbart, daß du dich vor aller Augen verdrückst und mich gewissermaßen sitzen läßt!«

»Du hast mich doch selbst weggeschickt!«

Kit zog eine Braue hoch. »Ich habe meine Meinung geändert.«

»Du lieber Himmel! Das darf doch nicht wahr sein!« Sekundenlang sah es so aus, als ob Logan sie erwürgen wollte, doch dann schüttelte er sich plötzlich vor Lachen. »Sie ändert einfach ihre Meinung! Bist du mir nachgelaufen, nur um mir das zu sagen?«

Kit reckte ihr Kinn in die Höhe und starrte Logan voller Empörung an. »Ich bin dir nicht nachgelaufen!«

»Wie würdest du es denn dann bezeichnen?«

Kit suchte nach Worten, die Logans unerschütterliches Selbstbewußtsein nicht auch noch bestärken würden. »Ich... Ich bin...«

»Eine riesengroße Närrin bist du! Und erst recht, wenn du meinst, daß uns nur diese lächerliche Abmachung verbindet!«

Kit fragte sich, weshalb sie überhaupt noch nach Ausflüchten suchte. Logan durchschaute sie bis in den letzten Winkel, wie er das schon vom ersten Augenblick ihrer Bekanntschaft an getan hatte.

»Also gut, ich gebe es zu. Ich bin dir nachgelaufen. Ich konnte dich doch nicht einfach in dem Glauben lassen...«

»Daß du mich nicht liebst...« Logan war nicht gewillt, ihr auch nur einen einzigen Schritt entgegenzukommen.

»Ich habe schreckliche Dinge gesagt...« Die schmerzvolle Grimasse zeigte, wie schwer es war, eine Niederlage einzugestehen, wenn der andere im Gefühl des sicheren Sieges bereits hämisch grinste. »Nun... Mein Temperament ist mit mir durchgegangen.«

»Auf diesen Gedanken wäre ich nie gekommen!«

Auf Kits Gesicht spiegelte sich Unsicherheit, während Logan ungeniert triumphierte. Und als er sich dann völlig unvermittelt wie ein hungriges Raubtier auf sie stürzte, stockte ihr der Atem. Sie wich erschrocken einige Schritte zurück, bis sie an die Wand stieß. Und schon war sie von seinen Armen eingekesselt.

»Du kleines Dummchen«, brummte Logan, »hast du wirklich geglaubt, ich würde so einfach fortgehen? So leicht hätte ich es dir nicht gemacht. Ich wäre schon zurückgekommen und dir mit Wonne auf die Nerven gegangen!«

Kit kam nicht mehr dazu, etwas zu sagen, denn als seine Lippen ihren Mund berührten, konzentrierte sich ihr ganzes Sein auf diese eine Stelle. Mit geschlossenen Augen fühlte sie die Liebkosungen seiner Zunge auf ihren Lippen, an ihren Zähnen und schließlich antwortete sie zaghaft auf dieselbe Art. Als er sich irgendwann von ihr löste, schien er ihre Seele mitzunehmen.

»Oh, Himmel«, stöhnte Logan an ihrem Mund, »ich bin verrückt vor Liebe nach dir!«

Träumerisch schloß Kit die Augen. »Sag es noch einmal!« bat sie.

»Ich bin verrückt.«

»Doch nicht das, du Gauner!« lachte sie und schob ihn ein Stück weit von sich.

»Ich liebe dich«, ließ er sich erweichen.

»Und ich liebe dich, Logan Steele.« Mit dem Finger zeichnete sie die Linie seines Kinns nach. »Ich glaube, ich habe dich schon vom ersten Augenblick an geliebt, obwohl du damals schrecklich dünn und außerdem ein aufsässiger Dummkopf gewesen bist.«

»Ich weiß.« Er grinste. »Es hat eine ganze Weile gedauert, bis dir das endlich klargeworden ist. Sag, liebe Katarina, wirst du jetzt endlich aufhören, dich so kindisch und unvernünftig zu benehmen?«

»Wahrscheinlich nicht«, entgegnete sie mit schelmischem Lächeln. »Wirst du denn in Zukunft nicht mehr dickköpfig und uneinsichtig sein?«

»Mit Sicherheit nicht!« Damit zog er sie in seine Arme,

bis ihr Kopf an seiner Brust lag und sie seinen Herzschlag hörte. »Gott weiß, was aus uns beiden noch werden wird.« Seufzend dachte er an alle Unwägbarkeiten. »Ich kann dir nur versprechen, daß es bestimmt nicht einfach werden wird.«

Und mit diesem Satz sollte er recht behalten.

Mit gekreuzten Beinen saß Kit auf dem Deck und hantierte mit einem Seil, das sich wie eine Schlange auf ihrem Schoß ringelte.

»Nein!« unterbrach Tom sie nun schon zum fünften Mal. »So herum!« Er nahm ihr das Seil aus der Hand und zeigte ihr noch einmal, wie sie es schlingen mußte.

Kit seufzte abgrundtief, denn sie versuchte sich nun schon seit zwei Tagen an diesen tückischen Seemannsknoten. Wenn Tom es erklärte, sah es so kinderleicht aus, doch wenn sie das Seil selbst in der Hand hatte, hatte sie plötzlich nur noch fünf Daumen. »Für heute habe ich eigentlich genug.«

»Das ist mir sehr recht.« Tom war zwar sehr geduldig, doch allmählich hatte selbst er es satt. »Ich habe auch noch etwas anderes zu tun.«

Langsam schlenderte Kit zur Reling hinüber und blickte gedankenverloren über die weite Wasserfläche. Seit Tom sie versteckt hatte, waren gerade erst zwei Tage vergangen, aber schon fühlte sie sich auf dem Schiff zu Hause. Logan hatte darauf bestanden, daß auch sie für ihren Unterhalt aufkommen mußte, und ihr deshalb lauter kleine Pflichten übertragen. Zwischendurch erhielt sie dafür Unterricht in allem, was ein richtiger Matrose können mußte. In den Grundzügen lernte sie, wie man Segel setzte und den Kurs steuerte. Tom hatte sogar zeitweise versucht, ihr das Fechten beizubringen, doch Kits mangelnde Begabung hatte ihn rasch entmutigt. Mit Blick auf die finsteren Gesellen, die Cromwell zur Eroberung der spanischen Kolonien geschickt hatte und die auf dem Vorschiff übten, hatte Tom jedoch darauf bestanden, ihr wenigstens einige unfaire Tricks beizubringen, so daß sie sich notfalls ihrer Haut wehren konnte.

Nach den arbeitsreichen Tagen fand sie auch nachts kaum Ruhe. Es war ganz natürlich gewesen, daß sie Logans Kabine teilte, doch mehr mit ihm zu teilen, hatte sie abgelehnt.

»Du verstehst überhaupt nichts«, hatte sie nach längerer Diskussion gesagt und Logan dabei über das große Bett hinweg angesehen.

»Da hast du ganz recht!« hatte er bestätigt. »Ich verstehe überhaupt nichts mehr. Ich soll also tatsächlich allein in diesem großen Bett schlafen, während die Frau, die ich liebe, auf der Sitzbank am Fenster übernachtet? Du scheinst eine Vorliebe für gewisse Foltermethoden zu haben!«

»Dafür ist wahrscheinlich mein spanisches Blut verantwortlich«, scherzte sie, um die Unmutsfalten auf seinem Gesicht zu glätten.

Doch Logan wollte nicht aufgeheitert werden. »Du bist offenbar launenhaft!«

»Das bin ich nicht!« Voller Verzweiflung hatte sie sich aufs Bitten verlegt. »Versprich mir, daß du nach der Rückkehr von dieser Fahrt dein Leben ändern wirst. Du kannst in die holländischen oder französischen Kolonien gehen und dort ganz normal und ehrlich leben. Wenn du mir das versprichst, werde ich dir gehören.«

Logan runzelte die Brauen. »Ich glaube, du bist diejenige, die nichts versteht! Du gehörst mir doch schon längst, und diese Nacht ist auch nicht anderes als alle vorherigen.«

»Doch, alles ist anders«, beharrte Kit. »Damals war ich noch dumm. Ich wußte noch nicht, daß Liebe mehr ist als nur ein – körperlicher Akt. Ich wußte noch nicht von den

Bindungen, die dabei entstehen, und hatte keine Ahnung, wie sehr sie die Menschen aneinander fesseln.«

»Das geschieht nur, wenn du wirklich liebst, Katarina.« Ganz ruhig hatte er das gesagt und dabei die Hand nach ihr ausgestreckt, doch sie hatte sich mit aller Macht gezwungen, dieser fast unmenschlichen Versuchung zu widerstehen.

»Nein«, hatte sie ganz ruhig erklärt, »ich gebe mich keinem Mann hin, den ich nicht ganz allein für mich haben kann. Einen gewissenlosen Gauner brauche ich nicht.«

Logans Auflachen hatte bitter geklungen. »So! Ich bin also ein gewissenloser Gauner! Eigentlich sollte ich meinen Mund halten und dich lieber aufs Bett werfen und dich lieben, bis du nicht mehr kannst!«

»Das würdest du niemals tun!«

»Nein? Ein gewissenloser Gauner hätte ganz bestimmt keine Bedenken!« Er lächelte, als er ihr ängstliches Gesicht sah. »Schau doch nicht so jämmerlich drein! Ich würde schon dafür sorgen, daß du deinen Spaß hast!«

Voller Herzklopfen hatte sie sich danach gesehnt, daß er seine Drohung wahr machte, aber gleichzeitig hatte sie sich für diese Schwäche geschämt. Sie hatte ihn nur stumm, mit weitaufgerissenen Augen angesehen und ganz deutlich die Spannung gefühlt, die in ihren Körpern vibrierte.

Irgendwann hatte Logan den Bann gebrochen, indem er sich abgewandt hatte. »Du kannst beruhigt im Bett schlafen«, hatte er in herablassendem Ton verkündet, »denn noch ist es nicht so weit, daß ich zum Erreichen meiner Ziele zur Vergewaltigung Zuflucht nehmen muß.«

Weiter hatte er nichts gesagt, und seitdem stand dieser Satz wie eine Drohung zwischen ihnen. Während Kit auf die blaue Wasserfläche starrte, erschauerte sie leicht, denn in Logans Stimme hatte sehr viel Zuversicht mitgeschwungen.

Erst als sie in der Nähe von Point Nizao vor Hispaniola Anker geworfen hatten, nahm Logan das Problem erneut in Angriff. Die Nacht war wie geschaffen für eine solche Auseinandersetzung, denn die Luft war weich und mild und das Meer völlig ruhig. Venables Soldaten hatten sich im vorderen Teil des Schiffes versammelt, um die letzten Vorbereitungen für die morgige Landung zu treffen und einander Mut zuzusprechen. Auf allen Schiffen der Flotte wurde um den Sieg gebetet oder von den Reichtümern geträumt, die man in Santo Domingo zu erbeuten hoffte.

Logan dagegen stand der Sinn nach ganz anderen Dingen, denn der einzige Sieg, an dem ihm lag, und alle Reichtümer, auf die er hoffte, lagen ahnungslos schlafend neben ihm. Zwei Nächte lang hatte er sich wie ein Gentleman benommen und seine Sehnsucht im Zaum gehalten, doch jetzt war damit Schluß! Er war kein Gentleman und würde auch nie einer werden, und außerdem war er verliebt. Vergewaltigung lehnte er ab, doch er war wild entschlossen, alle seine Verführungskünste aufzubieten.

Kit seufzte im Schlaf, als er sich neben ihr niederließ. »Katarina«, hauchte er in ihren Nacken, worauf sie unwillig brummelte. »Willst du mich tatsächlich ohne Abschiedskuß fortschicken?«

Sie blinzelte mit einem Auge. »Wohin gehst du denn?«

Logans weiße Zähne leuchteten in der Dunkelheit, als er lächelte. »Ich werde deinen fetten Onkel aus Santo Domingo verjagen!«

Jetzt öffnete sich auch das zweite Auge, und Kit zog die Brauen zusammen. »Du hast doch gesagt, daß kein Besatzungsmitglied der *Ice Maiden* an den Kämpfen teilnehmen wird!«

»Aber ich werde es tun.«

Sein Arm umschlang ihre Taille, und dabei fühlte sie die Wärme seiner Haut durch den dünnen Musselin ihres Nachthemds. »Und warum?«

Er lachte ein wenig. »Vielleicht habe ich Lust, mich auch ein wenig zu bereichern.«

»So ein Unsinn! Du hast doch längst genug.« Mit beiden Händen schob sie seinen Arm energisch zurück. »Ich weiß, worauf du Lust hast, Logan Steele, aber das bekommst du erst, wenn du ein anständiger, aufrechter Mann geworden bist.« Mit diesen Worten drehte sie sich um und wandte ihm den Rücken zu.

»Ich bin bereits ein sehr aufrechter Mann.« Dabei drückte er sich gegen sie, um seine Worte wirkungsvoll zu unterstreichen. »Und außerdem liebe ich dich.«

Die Hitze seiner Haut erregte Kit bis zum Wahnsinn. In den Nächten davor hatte sie sich gezwungen, ihn zu ignorieren, doch heute war das unmöglich. Dazu war ihr sein heißer, angespannter Körper viel zu nahe und ließ ihre Haut prickeln. »Geh nicht mit«, bat sie, ohne sich umzudrehen. »Wenn mein Onkel dich erwischt, wird er dich am Spieß rösten.«

»Ich muß aber.«

Er hatte das so ruhig gesagt, daß Kit keinen Widerspruch mehr wagte. Und plötzlich bekam sie Angst. Sie sah Logan schon erschlagen auf dem Boden liegen oder unter der grausamen Folter von Esteban del Vargas leiden. Schrecklich! Es wollte ihr nicht gelingen, die Bilder wieder zu verdrängen, und so drehte sie sich schließlich zu ihm um.

»Du wirst mir nicht sagen, weshalb du gehst, nicht wahr?«

»Nein.«

Als sie einander in die Augen sahen, schien die Zeit stillzustehen. Ganz langsam wanderten seine Blicke über die vertrauten Züge. Ob sie ihn tatsächlich ohne ein liebevolles Wort gehen lassen würde?

»Es tut mir leid, daß ich manchmal so scheußlich bin, Logan. Aber ich liebe dich wirklich. Glaub mir!«

»Ich glaube es dir ja.« Dabei beugte er sich so dicht über sie, daß seine Männlichkeit sie fast erdrückte und ihr der Atem stockte.

»Vielleicht ein kleiner Kuß zum Abschied«, hauchte Kit fast unhörbar. Damit hatte sie sich ihm ausgeliefert, denn sie wußten beide, daß nur ein kleiner Kuß zwischen ihnen ein Ding der Unmöglichkeit war.

Er küßte sie zuerst ganz sanft und dann immer fordernder, bis sie sich ihm hingab, sich seiner drängenden Zunge öffnete und sich stöhnend vor Verlangen seinem Körper entgegenbog.

»O Katarina, mein Liebes, wie habe ich dich vermißt!«

Mit zitternden Fingern öffnete sie selbst die vielen kleinen Knöpfe ihres Nachthemds, und schon reizte seine Zunge ihre Brustwarzen, bis sie sich aufrichteten und vor Sehnsucht schmerzten. Nachdem sie endlich das Nachthemd abgestreift hatte, schmiegte sich ihre glühend heiße Haut an die seine, und sie umklammerten einander wie Ertrinkende.

»Geh morgen nicht mit!« Es hatte flehentlich geklungen, obwohl sie das nicht beabsichtigt hatte.

»Es gibt kein Morgen, Katarina.« Seine tiefe Stimme, die vor unterdrückter Leidenschaft vibrierte, erregte Kit zutiefst. »Es gibt nur diese Nacht«, flüsterte er. »Und immer, wenn du daran denkst, wirst du wissen, daß du mir gehörst und ich dir.«

Und dann zeigte er ihr, was es bedeutete, ganz zu ihm zu gehören. Starke, schwielige Hände strichen über ihren Körper, vergruben sich in jeder Vertiefung und zogen brennend heiße Spuren über ihre Haut, denen gleich darauf die Lippen folgten. Sie nagten und saugten und vervielfältigen Kits Sehnsüchte bis zur Unerträglichkeit.

Kit überließ sich diesen Zärtlichkeiten ohne jedes Nachdenken und setzte sich über alle Grenzen der Konventionen und des Anstandes hinweg. Ganz ungeniert gingen ihre Hände auf Entdeckungsreise, betasteten seinen Körper, fühlten, wie sich die Muskeln unter ihren Berührungen spannten, und entdeckten, daß sich auch männliche Brustwarzen bei der geringsten Liebkosung ihrer Zunge versteiften. Kit kostete ihre Verführungskünste geradezu aus und steigerte sich in stöhnender Ekstase, während ihre Hand über Logans muskulösen Bauch glitt. Neugierig folgte sie der schmalen Linie aus widerspenstigen Haaren, bis sie schließlich sanft sein erregtes Glied umkreiste.

»Weißt du, was du da tust?« Mit unterdrücktem Stöhnen vergrub Logan sein Gesicht zwischen Kits geschwollenen Brüsten.

Kit wußte sehr genau, was sie tat, als sie ihre Finger über sein heißes, geschwollenes Glied gleiten ließ und es mit zärtlichen, spielerischen Bewegungen reizte. Und der Erfolg ließ auch nicht lange auf sich warten.

Mit sanfter Gewalt zog Logan Kit unter sich und drängte mit dem Knie ihre Beine auseinander. Dann streichelten seine Hände ihre Scham so zärtlich und aufreizend, bis ihre Beine weit gespreizt waren und sie sein erregtes Glied erwartungsvoll an ihrem Schenkel pochen fühlte.

»Bitte!« stöhnte sie. »Bitte komm zu mir, Logan!«

Sekunden später waren sie so nahtlos vereinigt wie zwei Hälften einer Frucht. Kit schlang in ihrer Erregung die Beine um ihn und drängte ihn zu immer tieferen, immer schnelleren Stößen. Irgendwann hielt Logan inne und spannte Kit durch leises Zucken so lange auf die Folter, bis sie die Qual nicht länger ertrug. Erst als sie um Gnade flehte, erlöste er sie und durchbrach mit ihr die Grenze, hinter der beider Körper, Geist und Seele zu einem einzigen Ganzen verschmolzen.

13. Kapitel

Als Kit am nächsten Morgen endlich die Augen aufschlug, malte das Sonnenlicht bereits helle Rippen und Wellen an die Decke, die sich im Rhythmus der Dünung bewegten. Sie fühlte sich unendlich friedlich und gelöst, doch als sie neben sich tastete, fühlte sie nur ins Leere. Lediglich ein schwacher Duft erinnerte sie noch an ihre heißen Umarmungen und die Liebesspiele der vergangenen Nacht.

Seufzend schloß sie die Augen. Logan war fort. Weshalb hatte er sie denn nicht geweckt? So gern hätte sie ihm noch gesagt, daß für sie von diesem Tag an weder Realität noch Vernunft zählten. Sie wußte jetzt, daß sie für immer zu ihm gehörte, selbst wenn er sein bisheriges Leben fortsetzte. Er war jetzt ihre Realität geworden, und mehr gab es dazu nicht zu sagen. Wie gern hätte sie ihn noch einmal geküßt und sich seiner Liebe versichert, bevor er ins Ungewisse ging!

Dieser Gedanke ließ Kit hochfahren. Entschlossen setzte sie sich auf. Nein, sie wollte diesen Gedanken nicht nachgeben! Natürlich würde Logan zurückkehren, denn er war viel zu lebendig, zu stark, zu überlegen, um eine solche Auseinandersetzung nicht zu bestehen. Rasch fuhr sie in Hemd und Hose, erfrischte ihr Gesicht mit Wasser und trat dann vor den Spiegel, um ihre Haare zu bürsten. Als sie ihre pechschwarze Mähne zu einem einfachen Knoten schlang, entdeckte sie im Spiegel ein Stück Papier, das über der Bleistiftzeichnung auf den Nagel gespießt war. Überrascht und ängstlich zögernd trat sie näher, um den Zettel zu lesen.

Katarina,
ich kann Dir nur eines versprechen ... Ich werde Dich mein Leben lang lieben. Ich brauche Dich wie die Luft

zum Atmen. Du bist der wichtigste und beste Teil meines Lebens. Passe auf Dich auf und denke immer daran, daß wir einander gehören!

Vorsichtig nahm Katarina den Zettel ab, faltete ihn und steckte ihn als größten Schatz in die Brusttasche direkt über ihrem Herzen. Logan liebte sie! Sie war nicht nur ein Spielzeug für ihn, sondern er hatte versprochen, sie bis ans Ende seines Lebens zu lieben. Am liebsten hätte sie laut gesungen, auch wenn die Mannschaft sie vermutlich für verrückt gehalten hätte. Logan Steele liebte sie! Aus der unscheinbaren grauen Maus war eine strahlende Prinzessin geworden. Es hielt sie nicht länger in der Kabine. Sie mußte hinaus an die frische Luft und ihre Freude der ganzen Welt mitteilen! Als ihre Hand bereits auf der Klinke lag, entdeckte sie einen weiteren Zettel.

Außerdem verspreche ich Dir noch etwas: Solltest Du Dich mit den uns folgenden Truppen übersetzen lassen, wirst Du garantiert einen Monat lang nicht sitzen können! Beherrsche Dich, Katarina! In einer Woche bin ich wieder da!

Verflixt! Wie hatte er erraten, daß sie beim Morgengrauen kurz mit diesem Gedanken geliebäugelt hatte? Allerdings war sie von ganz allein vernünftig genug gewesen, davon abzusehen. Hielt Logan sie wirklich für einen solchen Dummkopf? Lächelnd mußte sie eingestehen, daß dem so war und daß er damit nicht einmal so ganz unrecht hatte.

Als sie an Deck trat, brannte die Sonne bereits heiß, doch die Luft war noch kühl. Messerscharf zeichneten sich die Masten der neununddreißig Kriegsschiffe vor dem intensiv blauen Himmel ab und boten ein so großartiges Bild, daß Kit unwillkürlich den Atem anhielt.

»Hallo!« begrüßte sie Tom.

»Hallo!« entgegnete Kit und strahlte wie eine kleine Katze, die verbotenerweise Sahne geschleckt hatte.

»Ein wunderschöner Tag, nicht wahr?« brummte der junge Mann, während seine Blicke sehnsuchtsvoll zur Küste hinüberschweiften. »Ich wünschte, ich wäre dort drüben! Der Captain wollte mich aber nicht mitnehmen. Überhaupt behandelt er mich wie ein kleines Kind!«

»Er sorgt sich nur um ihre Sicherheit«, entgegnete Kit in mütterlichem Ton. »Falls es zum Kampf kommt, wird es bestimmt Verwundete geben.«

Mit einem Schlag war Kit wieder auf dem Boden der Wirklichkeit. Es würde Kämpfe geben, und möglicherweise würde Logan gefangengenommen... Nein, sie wollte gar nicht erst daran denken! Sie hatte ihren Onkel von ihrer Rückkehr nach Barbados informiert und darauf einen bitterbösen Antwortbrief erhalten. In flammendem Zorn hatte ihr Onkel geschworen, daß der ›verdammte Pirat‹ den Tag noch bereuen würde, an dem er mit Don Juan Fernandino de Mendez Arguello ein solches Spiel getrieben hatte.

»Ich fürchte mich nicht vor dem Kampf!« erklärte Tom mitten in Kits Gedanken hinein. »Ich gehe davon aus, daß wir gewinnen werden, denn den Captain kann ohnehin niemand schlagen!«

»Ja, ich denke auch, daß wir es schaffen werden.« Der zweifelnde Unterton in ihrer Stimme zeugte allerdings eher vom Gegenteil. Sie erinnerte sich gut an Logans Meinung. Heftig hatte er den Idioten verflucht, der Admiral Penn und General Venables gleichberechtigt den Oberbefehl für diese Mission übertragen hatte. Die Truppen waren schlecht ausgerüstet und ihre Kampfmoral bescheiden, weil die beiden Oberbefehlshaber nichts weiter taten, als miteinander zu streiten. Eine solche Kritik an Lord Cromwell war im Grund Hochverrat, doch bei Logans Sündenkonto kam es darauf längst nicht mehr an.

»Von der Besatzung ist aber kaum jemand mitgegangen«, bemerkte Kit.

»Sie sind ja auch Piraten und keine Soldaten.« Tom verzog sein sommersprossiges Gesicht zu einer Grimasse. »Ein Schiff aufzubringen, ist ganz etwas anderes, als gegen Spanier zu kämpfen, die sich hier bestens auskennen.«

»Und trotzdem wären Sie gern dabei?«

»Ich will nicht mein ganzes Leben lang Pirat bleiben, sondern möchte gar zu gern Soldat werden.«

»So«, bemerkte Kit und sah sich suchend um. »Ich kann Peter nirgends entdecken. Ist er mitgegangen?«

»Ja. Er wollte den Captain nicht allein gehen lassen«, brummte Tom. »Die beiden hätten mich wirklich auch noch mitnehmen können!«

Kit legte den Arm um die Schultern des jungen Mannes, worauf dieser leicht errötete. »Sehen Sie, Tom, ich kann Sie zwar verstehen, aber ich bin trotzdem froh, daß Sie hier, bei mir sind!«

Die folgenden zehn Tage vergingen in quälendem Gleichmaß. Kit konnte nichts anderes tun, als unentwegt zu den grünen Hügeln hinüberzustarren und zu hoffen, daß Logan gesund und siegreich zurückkehren möge. Am elften Tag war es dann endlich soweit.

Doch es war ein trauriger Haufen, der aus Santo Domingo zurückkehrte. Verletzt, blutig und am Ende ihrer Kräfte, kletterten die Soldaten aus den Beibooten an Bord ihrer Schiffe. Manche schafften es allein, andere mußten in Schlingen nach oben gehievt werden. Von den fünftausend Mann, die vor elf Tagen losgezogen waren, kehrten rund eintausend nicht zurück. Der Captain der *Ice Maiden* und sein erster Offizier gehörten zu den Glücklichen, die das Abenteuer fast unversehrt überstanden hatten.

Kit wartete voller Ungeduld auf dem Achterdeck und musterte alle, die an Bord kamen. Als sie Peter erkannte, war sie wie erlöst, doch als nur Sekunden später auch Logan über die Bordwand kletterte, waren ihr die bedeutungsvollen Blicke der Mannschaft völlig gleichgültig. Sie rannte zu ihm hinüber und warf sich ihm mit einem Aufschrei in die Arme.

»O Lord!« rief sie, als sie den roten Fleck auf seinem Hemd entdeckte. »Du bist ja verletzt!«

»Nur ein Kratzer. Kein Grund zur Sorge!« Mit ungläubigem Staunen berührte er ihr Gesicht.

Gemeinsam mit Peter brachte Kit den erschöpft und blaß aussehenden Logan unter Deck in seine Kabine, um seine Wunde zu säubern. »Ich weiß gar nicht, weshalb ich mir überhaupt Sorgen um dich gemacht habe«, schimpfte sie, wobei ihr die Erleichterung deutlich anzumerken war. »Du bist wahrscheinlich sogar zum Sterben zu dickköpfig. Bestimmt bist du nicht einmal dem Teufel willkommen!«

Logan brachte sogar ein Lächeln zustande. »Dafür bin ich äußerst dankbar!«

Peter sah zu, wie Kit Logan aus dem blutbefleckten Wams und dem Hemd schälte. »Wenn Sie sich nicht geduckt hätten, mein Freund, dann hätte dieser Schuß Sie überhaupt nicht getroffen. Diese Spanier treffen nur äußerst selten ihr Ziel.«

Logan zog eine Grimasse, als Kit den Schmutz aus seiner Schulterwunde entfernte. »Ich hätte mich nicht einmal ducken, sondern lieber gleich davonlaufen sollen, wie die anderen es vernünftigerweise getan haben! O Himmel, welch ein Unternehmen!«

»Was ist geschehen!« fragte Kit, obwohl sie es eigentlich lieber nicht hören wollte.

Peter schüttelte den Kopf. »Sie haben uns auf dem falschen Fuß erwischt, als wir noch gar nicht darauf gefaßt waren. Oh, Gott, haben die uns verprügelt!«

»Und dann?«

»Wir waren so unklug, trotzdem noch nach Santo Domingo zu marschieren. Jedenfalls alle, die noch marschieren konnten und nicht verwundet oder krank waren. Die meisten mußten sich ohnehin alle drei Minuten in die Büsche hocken! Ein schreckliches Fiasko!«

»Also haben in Santo Domingo die Spanier gesiegt?«

»Gesiegt? Du lieber Himmel, sie haben nicht nur gesiegt, sondern uns regelrecht verprügelt!« stöhnte Peter.

»Und mein Onkel?« fragte Kit besorgt.

»Der hat die ganze Zeit über sicher in seinem Palast gesessen«, mischte sich Logan mit heiserer Stimme in ihre Unterhaltung. »Du hast doch nicht im Ernst erwartet, daß er kämpfen würde?«

Kit lachte unsicher. »Das hätte er bestimmt getan, wenn er gewußt hätte, daß du auch dort warst.«

Logans einziger Kommentar war ein vernehmliches Brummen, denn in diesem Augenblick entfernte Kit den allerletzten Schmutz. »Soll Doc sich die Wunde noch ansehen?« fragte sie.

»Ich glaube, der wird im Augenblick im Lazarett dringender gebraucht. Außerdem wirkt deine Berührung wahre Wunder.« Logan lachte mit zittriger Stimme. »Ich kann mich durchaus an eine schmerzvollere Behandlung erinnern.«

Kit zog die Brauen hoch. »Das hattest du nur deinem Widerspruchsgeist zu verdanken! Ich mache das nämlich eigentlich sehr gut.«

»Wie anderes auch!« Er grinste.

Peter räusperte sich verlegen. »Wissen Sie, wie es weitergehen soll?« erkundigte er sich bei Logan.

»Ja, wir folgen der Flotte auch weiterhin«, antwortete Logan mit leichtem Bedauern. »Ich habe mein Wort gegeben.«

Peter schnaubte verächtlich. »Ich habe mein eigenes Kommando aufgegeben und bei Ihnen angeheuert, weil ich geglaubt habe, daß Sie klüger sind als die meisten dieser Piraten, doch jetzt...«

»In dieser Beziehung hatten sie völlig recht.« Logan grinste. »Ich bin ja auch klüger.«

»Ein törichtes Versprechen!«

»Sie haben schon wieder recht, aber Sie kennen die näheren Umstände nicht.«

»Der Besatzung wird das ganz und gar nicht gefallen!«

Logans Auflachen klang zynisch. »Ich habe sie alle reich gemacht, so daß sie sich bedenkenlos zur Ruhe setzen können. Dafür müssen sie mich nur noch ein wenig länger ertragen.«

Peter schüttelte nur den Kopf. »Für einen so intelligenten Mann benehmen Sie sich ziemlich verrückt.«

»Ein Versprechen ist ein Versprechen.«

Heiße Freude durchfuhr Kit, als sie Logans flüchtigen Seitenblick bemerkte. Ganz offensichtlich war dieses Versprechen nicht das einzige, das er zu halten gedachte – ganz gleich, was es auch war.

Nur kurze Zeit später hißte die *Ice Maiden* zusammen mit den anderen Schiffen der Flotte die Anker und nahm Kurs auf die spanische Insel Jamaica.

»Und weshalb kann ich dich nicht begleiten?« Ärgerlich drehte Kit Logan den Rücken zu und betrachtete die sanftgrüne Küstenlinie von Jamaica durch das Fenster der Achterkabine.

»Es ist ganz und gar unmöglich«, erklärte Logan entschieden.

»Das ist es nicht!«

»Doch!« Er legte Kit die Hand auf die Schulter und drehte sie zu sich herum. »Du kannst zwar eine ganze Menge, mein Schatz« –, dabei umspielte ein leichtes Lächeln seine Lippen –, »aber an einem Eroberungszug teilzunehmen, ist etwas ganz anderes! Es ist viel zu gefährlich, und ich kann mich unmöglich allein darauf konzentrieren, dich zu beschützen!«

Kit schmollte. »Du weißt genau, daß Tom mir schon eine ganze Menge beigebracht hat! Erst gestern hätte ich ihn überwältigt, wenn es ernst gewesen wäre.«

Logan lachte. »So, so, aber am Tag davor hättest du dich beinahe selbst verletzt! Nein, du bist einfach zu ungeübt und unerfahren! Das mußt du einsehen. Mit einer Pistole würdest du höchstwahrscheinlich unsere eigenen Leute erschießen und dem Feind auch noch helfen!«

Die Diskussion zog sich über einen ganzen Zeitraum hin, während die dezimierte Armee die letzten Vorbereitungen für die bevorstehende Landung auf einem einsamen Strandstreifen traf. Kit war fest entschlossen, sich diesmal nicht wieder abweisen zu lassen, und suchte nach jedem nur möglichen Argument. Als sie auch Logans Verwundung ins Feld führte, die nach den vier Tagen noch nicht ausgeheilt war und die sie pflegen mußte, lachte er nur und bewegte als Gegenbeweis seine Schulter. In den vergangenen Nächten hatte er sich jedenfalls nicht als Invalide erwiesen, wie er sie mit genüßlichem Grinsen erinnerte.

Als sie in der letzten Nacht vor der Landung im Bett lagen, kam Kit noch einmal auf das Thema zurück, denn so leicht gab sie sich nicht geschlagen. »Du selbst hast gesagt, es würde diesmal ein Spaziergang werden. Also, weshalb ist es dann plötzlich zu gefährlich? Du widersprichst dir selbst.«

Normalerweise war Logan ein ruhiger, beherrschter Mensch, doch diese Katarina St. John konnte selbst den friedlichsten zum Wahnsinn treiben! »Du hast keine Ahnung, was Krieg bedeutet! Dein Vorschlag ist der helle Wahnsinn!«

»Bitte, laß mich trotzdem nicht zurück, Logan. Du kannst dir ja nicht vorstellen, wie schrecklich dieses Warten ist!« Eine dicke Träne rollte über ihre Wange. »Ich liebe dich doch so sehr und ich habe große Angst um dich!«

Angesichts dieser hinreißenden Szene legte sich Logans Ärger augenblicklich, und er amüsierte sich insgeheim köstlich. Er kannte derartige Praktiken zur Genüge, um nicht mehr darauf hereinzufallen, doch Kit wirkte in ihrer Unerfahrenheit zu bezaubernd, daß er beschloß, noch ein Weilchen mitzuspielen.

Sacht wischte er ihr die Träne von der Wange und hauchte mit seinen Lippen über ihren Mund. »Ich habe durchaus die Absicht, heil und gesund zurückzukehren, mein Liebes. Du mußt keine Angst haben! Höchstwahrscheinlich wird sich die Insel ergeben, ohne daß ein einziger Schuß abgefeuert wurde.«

Kit spitzte die Lippen, wie sie es bei Mavis Edmond abgeschaut hatte. »Und weshalb kann ich dann nicht mitkommen?«

»Ebenso gut könnte ich mich gleich erschießen!«

Blitzartig war die hübsche Schnute verschwunden, und Kit biß wieder bockig die Lippen aufeinander. »Verdammt, Logan, du bist und bleibst ein dickköpfiger, mistiger Kerl!«

»Was? So schnell gibst du auf?« Blitzartig hatte er sie gepackt, und schon drängte sich sein Knie zwischen ihre Schenkel. »Hast du kein besseres Angebot zu machen?«

Kit seufzte, denn schon fühlte sie, wie ihr Widerstand dahinschmolz. Sie konnte ihm einfach nicht böse sein und bot ihm freiwillig ihre Lippen zum Kuß. »Ich laufe dir ohnehin nach«, machte sie noch einen letzten Versuch. »Da ich alle Männer auf diesem Schiff um den Finger wickeln kann, werde ich schon einen finden, der mich an Land rudert!«

»Dann versohle ich dir den Hintern, bis er schwarz und blau ist«, murmelte er dicht an ihren Brüsten.

»Darauf lasse ich es ankommen!« Sie grinste zu ihm empor, weil er sich aufgestützt hatte. »Du mußt doch zugeben, daß ich in Begleitung der Soldaten sicherer bin als allein, nicht wahr?«

In gespielter Verzweiflung schloß Logan die Augen und sackte auf Kit zusammen. Augenblicklich kitzelte ihn ihr bezaubernder Duft in der Nase, und ihr heißer Atem streifte über seine Schulter. »Bei Gott, du bist wahrlich eine Hexe!«

Kit wußte, daß sie gewonnen hatte, und lächelte, als ihre Lippen einander fanden.

Jamaica war völlig anders als in Kits Vorstellungen. Im Vergleich zu dem wilden, ungezähmten Urwald, den es hier gab, waren die Wälder von Barbados die reinsten Gartenanlagen. Eine unbeschreibliche Hitze legte sich augenblicklich wie eine heiße, erstickende Decke über alles und jeden, so daß Kit der Schweiß aus allen Poren rann. Sie war der Nachhut zugeteilt, die wegen der vielen Verletzten und Kranken nur langsam vorankam. Pausenlos klatschten ihr feuchte Blätter ins Gesicht, und Lianen und Schlinggewächse bildeten überall heimtückische Fußfallen. Am aller ekelhaftesten waren jedoch die unzähligen Käfer und Insekten, die überall krochen und flogen und unendlich viele Beine zu besitzen schienen. Als eines dieser vielbeinigen Wesen von einem Palmblatt rutschte und mit einem merklichen Plumps auf Kits Schulter landete, schrie sie gellend auf und erntete nur vernichtende Blicke.

»Ruhe!« zischte der Offizier. »Oder soll die ganze Welt erfahren, wo wir stecken?«

Kit vollführte einen wilden Tanz, bis sie das Krabbeltier endlich heruntergeschleudert hatte. »Lieber Himmel«, brummte sie. »Wen interessiert denn das? Weshalb wollen wir diese scheußliche Insel überhaupt haben?«

Mit einer Grimasse strich sie sich die feuchten Locken aus dem Gesicht und musterte die elenden Gestalten, von denen sich einige kaum auf den Beinen halten konnten. Alle paar Stunden erschien ein Abgesandter der Vorhut und mahnte sie zu einer schnelleren Gangart, doch das war ziemlich sinnlos. Die Dummköpfe, die Cromwell zur Eroberung ausgeschickt hatte, hatten sich die Wartezeit in Barbados mit dem Genuß exotischer Früchte versüßt und zahlten jetzt einen bitteren Preis.

Die Nächte sind am schlimmsten, dachte Kit, als sie sich müde und zerschlagen auf die feuchte Decke sinken ließ, die ihr als Nachtlager diente. In ihrer grenzenlosen Naivität hatte sie tatsächlich gehofft, sich nachts mit Logan davonschleichen zu können. Wunderbar hatte sie sich die Liebesstunden auf einem Lager aus Blättern im Mondlicht ausgemalt, doch die Wirklichkeit war weit weniger romantisch. Während sie ihr dürftiges Abendessen aus gepökeltem Schweinefleisch und Schiffszwieback verspeisten, hatte Logan kurz vorbeigeschaut und ihr einen flüchtigen Kuß auf die Stirn gehaucht. Mehr hatte sie nicht von ihm zu Gesicht bekommen, weil es wichtigere Dinge zu erledigen gab.

In Kits romantischen Träumen hatte es keine feuchten Decken gegeben, auf denen man sich schlaflos herumwälzte, auch keine Schweißausbrüche und keinen Gestank ungewaschener Körper. Auch keine Riesenkrabben, die nachts unheimlich mit ihren Scheren klapperten, und erst recht nicht diese würgenden, stöhnenden Geräusche, mit denen sich die armen Kranken im Busch Erleichterung verschafften.

Am darauffolgenden Morgen war alles noch schlimmer geworden. Kit erwachte davon, daß ihr warme Regentropfen über das Gesicht liefen. Alles war völlig durchweicht. Ihre Kleidung klebte förmlich an ihr, und ihre Stiefel saugten sich bei jedem Schritt im Morast fest. Zum Frühstück gab es aufgeweichten Zwieback, und dann ging es in noch schleppenderem Tempo weiter. Angesichts der bleichen Gesichter und der jammervollen Gestalten war Kit froh, daß sie die Nachhut bildeten und somit höchstwahrscheinlich erst nach dem Abflauen möglicher Kämpfe am Ort des Geschehens eintreffen würden. Nicht einmal ein Hund würde sich vor diesen Soldaten fürchten!

Nur Sekunden später sollten sich Kits Gedanken auf grausige Art bestätigen. Urplötzlich teilte sich der grüne Vorhang, und eine Horde siegessicherer Spanier stürzte sich auf den verlorenen Haufen. Für Sekunden schien die Welt stillzustehen, und schon war die kleine Gruppe von ihren Feinden eingekreist. Die meisten der entkräfteten Männer starrten nur verständnislos auf die Soldaten, doch als ein besonders tapferer die Waffe zog, brach das Chaos los.

Hilflos mußte Kit mitansehen, wie in kürzester Zeit alle Männer niedergemetzelt wurden. Todesschreie hallten in ihren Ohren, und irgendwann verschloß sie die Augen vor den entsetzlichen Grausamkeiten. Keiner der Spanier vergriff sich an ihr, aber blutige Hände schubsten sie herum, bis sie schließlich als einzige Überlebende noch aufrecht stand. Alles in ihr protestierte. Entschlossen schluckte sie Schluchzer und Tränen hinunter und entriß einem der Toten seinen blutigen Säbel. Die spanischen Hunde würden schon noch einige Überraschungen erleben, bevor Kit St. John auf der matschigen Erde von Jamaica verblutete!

Genau in diesem Augenblick entdeckte sie ein vertrautes Gesicht, und Esteban des Vargas erkannte sie in derselben Sekunde. Vor Ungeduld fluchend, schubste er die Soldaten beiseite, die Kit umringt hatten, und trat mit gezücktem Säbel auf sie zu.

»Zurück! Diese britische Hure gehört mir!«

Widerstrebend gehorchten die Männer und traten beiseite. Atemlose Stille breitete sich aus.

»*Señorita* St. John, welche Überraschung!«

Wieder mußte Kit an eine Schlange denken, als sie die stechenden schwarzen Augen sah. Völlig verwirrt schüttelte sie den Kopf. Ein Alptraum! Des Vargas gehörte doch nach Hispaniola!

»Was machen Sie denn hier?« stieß sie hervor. Dabei hielt sie unentwegt den Säbel auf ihn gerichtet, wie Tom es ihr beigebracht hatte.

»Was ich hier mache? Wahrlich, eine gute Frage!« Offensichtlich hatte die Schlange keine Eile und weidete sich an der Angst ihres Opfers. »Diese Frage habe ich mir während der vergangenen Wochen mehr als nur einmal gestellt!« Er legte eine kleine Pause ein, während er Kit mit spöttischem Lächeln betrachtete. »Wird Ihnen das Ding nicht allmählich zu schwer, *Señorita?* Ihr Schicksal wird sich nicht ändern, ganz gleich was Sie tun!«

»Fahren Sie doch zur Hölle!«

»Dort befinde ich mich bereits, und das habe ich allein Ihnen und Ihrem Piraten zu verdanken. Nur schade, daß er nicht hier ist, um Sie zu verteidigen!«

»Er ist glücklicherweise weit weg!« log Kit.

»Wie schade! Ihr Onkel hat sich für Captain Steeles Eskapade gerächt, indem er mich auf diese gottverlassenen Posten verdammt hat!« Ein abscheuliches Grinsen entblößte seine Zähne. »Aber Gott ist gerecht und hat mir wenigstens Sie beschert! Ich werde meine Rache genießen, das verspreche ich Ihnen!«

»Zuerst einmal müssen Sie mich haben, Sie Teufel!«

»Das dürfte das kleinste Problem sein.«

Überraschend stieß seine Waffe zu, doch Kit gelang es, den Stoß zu parieren. Allerdings mußte das komisch ausgesehen haben, denn die Soldaten amüsierten sich königlich und wollten sich gar nicht mehr beruhigen, als Kit bei der nächsten Attacke über den Leichnam eines Soldaten stolperte. Als sie auf dem matschigen Boden landete, schoß ihr Toms Rat, niemals fair zu kämpfen, durch den Kopf und schon schleuderte sie del Vargas eine Handvoll schwarzer Erde mitten ins Gesicht.

Während der Spanier noch spuckte und sich den Dreck aus den Augen wischte, rappelte Kit sich hoch und rannte mit gezücktem Säbel davon. Die Umstehenden waren so überrascht, daß sie nicht mehr reagieren konnten, sondern sich lediglich vor ihrer wild fuchtelnden Waffe in Sicherheit brachten. Bevor Kit in den Urwald eintauchte, schleuderte sie die Waffe beiseite, doch nach wenigen Schritten war ihre Flucht bereits wieder zu Ende.

Ein brennendheißer Schmerz traf sie und ließ sie bewußtlos zu Boden sinken. Immer wieder einmal tauchte sie für Augenblicke zur Oberfläche empor, doch genauso oft versank sie wieder hilflos in der schwarzen Finsternis. Geräusche drangen an ihr Ohr, die sie nicht auseinanderhalten konnte, aber eine haßerfüllte Stimme quälte sie so lange, bis sie irgendwann endgültig erwachte.

»Ich bin überaus glücklich, daß meine Kugel Sie nicht getötet hat, *Señorita* St. John!« höhnte del Vargas, während er haßerfüllt auf sie hinuntersah. »Erst wenn wir miteinander fertig sind, dürfen Sie sterben.«

Kit wollte sich aufsetzen, doch ein stechender Schmerz durchfuhr sie, und als sie ängstlich auf ihre Schulter blickte, entdeckte sie zu ihrem Entsetzen verkrustetes Blut und einen langsam größer werdenden Flecken.

»Kein Grund zur Sorge! Das ist nur eine Kleinigkeit im Vergleich zu dem, was noch kommt!« Er grinste obszön. »Wenn ich mich mit Ihnen vergnügt habe, werde ich Ihnen zeigen, wie geschickt ich mit dem Messer umgehen kann. Hier werde ich ansetzen.« Während er das sagte, war er niedergekniet und preßte eine Hand auf ihre Scham. »Ich werde Ihnen ein Muster in die Haut ritzen, das jeden Kenner begeistern wird!« Dabei zeichnete sein

Finger imaginäre Muster auf ihren Bauch und ihre Brüste. »Scharlachrot auf bronzener Haut. Wunderbar!«

Kits Gedanken überschlugen sich voller Panik. Von Entsetzen gepackt, überlegte sie fieberhaft, womit sie del Vargas so weit reizen könnte, daß er sie umbrachte, bevor er seine Drohung wahrmachen konnte. Doch der Spanier war bereits aufgestanden und riß den Verschluß seiner Hose auf, unter der sich sein gieriges Glied deutlich abzeichnete. Während er seine Hose ganz langsam sinken ließ, ließ er Kits bleiches Gesicht mit den schreckgeweiteten Augen keine Sekunde aus den Augen.

Als del Vargas die Hose gerade um die Knie hing, brachen plötzlich Logans Männer mit knallenden Pistolen und schwingenden Säbeln aus dem Urwald hervor. Instinktiv griff der Spanier nach seiner Waffe, doch als er merkte, daß er nackt war, riß er fluchend seine Hose hoch und schrie, daß man ihm seinen Säbel bringen sollte. Verwirrt stolperten seine Soldaten umher, denn angesichts des vielversprechenden Schauspiels, das ihr Anführer ihnen geboten hatte, hatten sie den Krieg völlig vergessen. Sie waren eine leichte Beute für Logans Männer, und als del Vargas schließlich soweit war, um in den Kampf einzugreifen, schleuderten gerade die letzten ihre Waffen von sich und ergaben sich mit erhobenen Händen.

Genau in dieser Sekunde erkannten Logan und Vargas einander. »Sie!« stießen beide gleichzeitig hervor, und schon stürzte sich der Spanier mit wütendem Grinsen auf seinen ärgsten Feind, ohne sich auch nur im geringsten um seine hingemetzelten Männer zu kümmern.

Vor Überraschung hätte sich Logan beinahe überrumpeln lassen. Nicht in seinen kühnsten Träumen hätte er Esteban des Vargas im Dschungel von Jamaica vermutet! Beim Anblick des schmalen aristokratischen Gesichts überfiel ihn augenblicklich heiße Wut, denn dieser Bestie waren zwei seiner Männer zum Opfer gefallen!

»In kleine Stücke werde ich sie zerhacken und Ihnen auch den letzten Blutstropfen aus dem Körper pressen!« Um diese Worte zu unterstreichen, ließ des Vargas seine Klinge durch die Luft wirbeln, und schon erschien ein Blutfleck auf Logans Hemdsärmel, der langsam größer wurde.

»Ihr Spanier wart schon immer Angeber. Wenn ich mich recht erinnere, haben Sie doch auch behauptet, daß niemand aus ihrem stinkigen Gefängnis entkommen könnte?«

»Meiner Klinge werden Sie jedenfalls nicht entkommen! Und wenn ich mit Ihnen abgerechnet habe, werde ich mir ihr Dämchen vornehmen.«

Logan warf einen kurzen Blick zu Kit hinüber, die sich mühsam aufgerichtet hatte und ihrer Auseinandersetzung mit Grauen folgte. Und plötzlich war er ganz ruhig. Nur seine Oberlippe zuckte ein wenig, als er plötzlich machtvoll auf seinen Gegner eindrang. Del Vargas war zwar ein geübter Fechter, doch diesem kühlen, kalkulierten Angriff hatte er nichts entgegenzusetzen. Der Engländer trieb ihn weiter und weiter nach rückwärts und durchbrach seine Verteidigung immer wieder mit unglaublicher Leichtigkeit. Wie ein Wolf seine Beute bis zur Erschöpfung hetzte, trieb Logan den Spanier mit gekonnten Attacken quer über die Lichtung. Als des Vargas schließlich mit dem Rücken gegen einen Baumstamm stieß und nicht weiter ausweichen konnte, gab er auf.

»Soll ich jetzt nach Ihrer Methode verfahren, Esteban?« fragte Logan zynisch. »Viele Ihrer Opfer würden ruhiger schlafen, wenn sie einmal Ihr Geschrei hören könnten!«

Del Vargas erbleichte, als Logans Säbel aufblitzte und dabei einen scharlachroten Streifen quer über seinen Brustkorb zog. Noch einmal blitzte die Klinge auf und hinterließ einen weiteren Streifen. Panik erfaßte des Vargas, als er sah, wie sich Logans Blicke auf seine stolze Männlichkeit hefteten, die er gerade noch so herausfordernd zur Schau gestellt hatte.

»Ich sollte ihn abschneiden, nicht wahr? Ihre Opfer würden sich freuen.«

»Nein!«

Bleich vor Entsetzen, stürzte sich des Vargas auf Logan, doch dieser parierte den Stoß, wobei die Klingen aneinander abrutschten. Für Sekunden schien der Spanier wieder Mut zu fassen und zog geschickt einen Dolch aus seinem Gürtel.

Während er noch auf Logans Rippen zielte, wurde sein Handgelenk unsanft gepackt. Die Nackenmuskeln der beiden Männer spannten sich wie Seile, während sie sich gegenseitig in das Messer zu drücken versuchten. Keine Sekunde wich das eiskalte Lächeln von Logans Gesicht, und langsam, ganz langsam wandte sich die tödliche Klinge in die andere Richtung. Das Gesicht des Spaniers verzerrte sich zu einer unmenschlichen Grimasse, als sich der Stahl in sein Herz bohrte. Sekunden später fiel er Logan schlaff vor die Füße.

»Seien Sie dankbar, Sie mieser Wurm, daß ich ein friedlicher Mann bin und Sie nicht länger gequält habe!«

Unwillkürlich wich Kit zurück, als Logan über die Lichtung auf sie zukam. In seinen Augen brannte noch die Wut, und Brust und Arm waren mit Blut bespritzt. »So sieht die Wirklichkeit aus, Katarina! Hast du das erwartet, als du mich so unbedingt begleiten wolltest?«

Kit konnte keine Worte finden. Sie starrte nur wortlos in Logans eiskalte Augen und konnte nicht fassen, in welches Ungeheuer sich ihr Liebhaber in den letzten Minuten verwandelt hatte.

Erst jetzt bemerkte Logan die Wunde an ihrer Schulter, und augenblicklich war alles andere vergessen. »Du bist verletzt!« rief er besorgt und kniete neben ihr nieder.

Bei seiner Berührung zuckte sie zusammen, denn über

diesen schrecklichen Ereignissen hatte sie ihre Wunde längst vergessen.

»Halt still! Laß mich...«

»Nein! Faß mich nicht an!« Sie kroch ein Stück davon und barg ihr Gesicht in den Händen. »Es tut mir leid. Ich wollte... Ich...«

»Es ist ja gut!« flüsterte Logan mit sanfter Stimme.

»Ich muß mich waschen!« stieß Kit plötzlich hervor. »Ich muß mich unbedingt waschen!« Rasch stolperte sie in die Richtung davon, aus der das Gemurmel eines Bachs ertönte.

Logan folgte ihr ganz langsam und sah zu, wie sie sich mit allen Kleidern in das flache Wasser fallen ließ und der Bach alle Erde und allen Schmutz von ihrem Körper wusch. Doch gegen den Schmerz in ihrer Seele half gar nichts.

Nach einer ganzen Zeit watete Logan zu ihr hinüber. »Laß mich jetzt nach deiner Schulter sehen«, bat er und riß dann einen Streifen von seinem Hemd ab, mit dem er die Wunde verband. »Es ist nur eine Fleischwunde. In ein paar Tagen ist alles vergessen.«

Nein, dachte Kit bitter, nichts ist in ein paar Tagen vergessen! Mit einem Mann zu schlafen, nahm einem Mädchen nicht die Unschuld. Die verlor man erst, wenn man die Grausamkeit und Schlechtigkeit der Welt erkannte. Als Logan sanft ihr Gesicht streichelte, hätte sie sich ihm am liebsten in die Arme geworfen, doch sie konnte es nicht. Im Augenblick empfand sie seine Männlichkeit geradezu als abstoßend, und fragte sich voller Bitterkeit, ob die Liebe in einer zu blutrünstigen, ekelhaften Welt überhaupt eine Überlebenschance besaß.

14. Kapitel

Zwei müde Gestalten lehnten auf den feinen Ledersitzen von Edward Pettijohns elegantem Wagen und fuhren über die Küstenstraße nach Greenhaven. Logan hielt die Zügel, während Kit neben ihm saß und sich an dem gepflegten Grün von Barbados gar nicht sattsehen konnte. Nach dem Elend, das sie auf Jamaica erlebt hatte, erschien ihr schon allein der Gedanke an ein erfrischendes Bad und an ihr weiches Bett wie der reinste Luxus.

»Wir sind gleich da«, strahlte sie. »Ich freue mich schon auf die kühlen Getränke! Mandy wird uns fürstlich verwöhnen.«

Seufzend schloß sie die Augen, um die schrecklichen Bilder loszuwerden, die sich ihr immer wieder aufdrängten. Nach sieben Tagen hatte sich Jamaica den Engländern ergeben, doch für die geschwächten Soldaten war es eine schwere Zeit gewesen. Viele waren krank gewesen, Nahrungsmittel und sauberes Wasser hatten praktisch überhaupt nicht existiert, und zusätzlich hatten die spanischen Soldaten, die in die Berge geflohen waren, den Engländern immer wieder heftig zugesetzt.

Nach dem spanischen Überfall war Kit anfangs sehr verschlossen gewesen und hatte ständig ihren Gedanken nachgehangen. Obwohl Logan sich in dieser Zeit sehr fürsorglich und liebevoll um sie gekümmert hatte, war die Bitterkeit nicht von ihrer Seele gewichen. Ihr Leben hatte sich von Grund auf verändert, und nichts würde in Zukunft wieder so strahlend, klar und schön sein, wie es früher einmal gewesen war.

Nach der Rückkehr auf ihre Insel sah die Welt allerdings gleich viel freundlicher aus, und allmählich wuchs in Kit die Hoffnung, daß die traurigen Erinnerungen angesichts des strahlend blauen Himmels vom Barbados bald verblassen würden. Auf dem letzten Hügel, von dem aus sie den gesamten Besitz überblicken konnten, zügelte Logan die Pferde, und lächelnd umfaßten Kits Blicke das Herrenhaus, den gepflegten Garten, die Stallungen, die Sklavensiedlung, die Mühle und die weiten Felder.

»Seit Tagen habe ich dieses Lächeln vermißt«, bemerkte Logan.

»Mir war wirklich nicht danach.«

Zart tupfte er mit dem Finger an ihre Wange und sah Kit voller Liebe an. »Ich werde nie mehr zulassen, daß dir jemand weh tut!«

Einige Sekunden lang hallte der Satz noch nach, bis Kit schließlich leise lachte. »Und wirst du mich auch vor mir selbst beschützen?«

Er lächelte. »Zumindest werde ich es versuchen.« Dann schnalzte er mit der Zunge, worauf sich die Pferde wieder in Bewegung setzten.

In Kits Erleichterung, alles unverändert vorgefunden zu haben, mischte sich plötzlich ein ungutes Gefühl, denn als der Wagen vor der Veranda anhielt, erwartete sie ein finster dreinschauener Oliver auf der obersten Stufe. Er hatte die Arme über der Brust verschränkt und wippte ungeduldig mit dem Fuß.

»Ich denke, du bist in Portsmouth«, entfuhr es Kit, als er die Treppe herunterstieg. »Wo kommst du so plötzlich her?«

»Ich habe meine Pläne geändert und war nur kurz in den Kolonien im Norden«, antwortete er mit eisiger Stimme. »Ganz offensichtlich hast du mich nicht erwartet.« Er streckte die Hand aus, um Kit aus dem Wagen zu helfen. »Und wo hast du während der vergangenen Wochen gesteckt? Die Dienstboten konnten meine Frage nicht beantworten. Ich habe lediglich erfahren, daß du Brownlow entlassen hast. Der neue Aufseher gefällt mir übrigens nicht, und ich finde es unverantwortlich, daß du ihm Greenhaven anvertraust hast, ohne ein Wort über deine Rückkehr zu verlieren!«

Kit kam gar nicht auf den Gedanken, daß eine Lüge ihr manches erspart hätte. »Ich war mit General Venables und Admiral Penn in Hispaniola und Jamaica. Nun, genauer gesagt, mit Mr. – oh – Pettijohn!«

Olivers Miene wurde immer finsterer. »Wie bitte?« fragte er ungläubig und entdeckte im selben Augenblick den Verband an ihrer Schulter. »Hast du dir etwa auch ein Andenken von dieser Reise mitgebracht?«

»Nun – eigentlich...«

»Für so unvernünftig und dumm hätte ich dich wirklich nicht gehalten! Außerdem – gehört sich das nicht!«

»Jetzt ist aber Schluß, Oliver! Ich bin kein Kind mehr, das du auszanken kannst! Ich bin eine selbständige Frau, und...«

»Ein Dummkopf bist du!« Dann konzentrierte sich sein Blick auf Logan, der diese Auseinandersetzung amüsiert beobachtet hatte. »Nun zu Ihnen, Sir! Wie konnten Sie es wagen, meine Schwester in ein solch schmutziges Abenteuer zu verwickeln? Nur ein gewissenloser Gauner setzt das Leben eines jungen Mädchens auf diese Weise aufs Spiel!«

»Oliver, hör auf! Es war ganz allein meine Idee!«

Doch Oliver beachtete sie nicht. »Ich appelliere an die Reste von Ehrgefühl, die Sie vielleicht noch besitzen! Nennen Sie mir Zeit, Ort und die Waffen Ihrer Wahl!«

»Himmel, nein!« rief Kit und zerrte ihren Bruder ungeduldig am Arm. »Ich verbiete derartigen Unsinn!«

Logan musterte Oliver mit dem eiskalten Lächeln, mit dem er del Vargas auf der Lichtung angesehen hatte, so daß Kit erschauerte. »Nur schade, daß ich mich nicht schlage«, entgegnete er schließlich mit verachtungsvollem Blick. »Leider muß ich Ihren Vorschlag ablehnen.«

Vor Wut war Oliver feuerrot angelaufen, und seine Augen glühten förmlich. So wütend hatte Kit ihn noch nie erlebt. »Sie sind nicht nur ein Narr, sondern auch ein Feigling! Doch niemand beschmutzt ungestraft die Ehre der St. Johns!«

»Ich versichere Ihnen, daß Ihre Schwester ihre Ehre sehr gut selbst verteidigen kann!« Als sich Oliver wütend auf ihn stürzen wollte, hob Logan nur das Bein und ließ seinen Gegner gegen seinen Stiefel rennen. »Na, na!« ermahnte er ihn mit spöttischem Lächeln. »Sie werden sich doch nicht an einem unbewaffneten Mann vergreifen, mein Freund!«

Oliver durchbohrte Logan mit seinen Blicken, während er abwesend an dem schwarzen Stiefelabdruck auf seiner Hemdbrust rieb. »Bei unserem nächsten Zusammentreffen sollten Sie Ihre Waffe nicht vergessen, Pettijohn. Wir sind noch nicht fertig!«

»Ich glaube, Sie gehen jetzt besser«, wandte sich Kit bittend an Logan, während sie ihren Bruder am Ärmel zurückzerrte. Sie gab einem der Dienstboten, die sich inzwischen versammelt hatten, Anweisung, ihre Tasche aus dem Wagen zu nehmen und trat dann lächelnd nahe an Logan heran.

»Gib nicht allzu viel auf sein Gerede!« flüsterte sie ihm zu. »Er bellt zwar laut, aber ich habe ihn noch nicht beißen sehen! Wenn er sich beruhigt hat, werde ich ihm die ganze Sache erklären.«

Logans Blick war beinahe mitleidig. »Paß auf dich auf!« erwiderte er leise. »Wir müssen unbedingt bald miteinander sprechen.«

»Ja«, stimmte sie zu und stand dann noch lange vor dem Haus und sah dem davonfahrenden Wagen nach. Hoffnung keimte in ihr, die auch Olivers finsterer Gesichtsausdruck nicht beeinträchtigen konnte. Ja, sie mußten miteinander reden, und zwar je eher, desto besser. Die Realität hatte sie wieder einmal mit Macht eingeholt, doch diesmal war sie wild entschlossen, einen Platz für Logan darin zu finden.

Die nächsten drei Tage vergingen, ohne daß sich Olivers Stimmung im geringsten besserte. Er beschimpfte Kit immer wieder wegen ihres Leichtsinns und stieß wütende Drohungen gegen den feigen Pettijohn aus. Außerdem rügte er in einem fort, daß Kit den verdienten Brownlow entlassen und durch einen Typen ersetzt hätte, der nicht einmal richtig mit der Peitsche umgehen konnte.

Anfangs versuchte es Kit mit Erklärungen, doch als die nichts fruchteten, beharrte sie dickköpfig darauf, daß das ganze ihre eigene Sache sei und Oliver nichts anginge. Sie war erwachsen, und wenn es ihr gefiel, daß Edward Pettijohn ihr den Hof machte, so konnte niemand etwas dagegen unternehmen. Falls er um ihre Hand anhalten sollte, würde sie zusagen. Sie konnte Oliver nur empfehlen, sich endlich aus ihren Angelegenheiten herauszuhalten.

»Er behandelt mich wie ein zehnjähriges Kind!« beklagte sie sich eines Nachmittags bei Mandy, als diese ihr gerade ein neues Kleid vor dem Spiegel anprobierte.

»Na ja«, murmelte Mandy um die vielen Stecknadeln herum, die sie zwischen den Lippen hielt, »Sie müssen zumindest zugeben, daß Sie sich nicht gerade wie eine Lady betragen haben. In Gesellschaft von lauter rauhen Gesellen in den Krieg zu ziehen... Na, ich weiß nicht...«

»So ein Unsinn! Es waren doch auch andere Frauen an Bord.«

Schwungvoll stieß Mandy eine Nadel durch den Stoff, so daß Kit leise aufschrie. »Ja, anständige Ehefrauen, aber doch keine waghalsigen jungen Dinger, die sich voller Wonne in Gefahr bringen!«

»Vielleicht werde ich ja auch bald eine anständige Ehefrau sein.«

Überrascht zog Mandy die Brauen hoch. »Werden Sie Mr. Pettijohn heiraten?«

Kit lächelte träumerisch vor sich hin. »Vielleicht.«

»Das wäre nach diesem Vorfall zumindest nicht dumm«, erklärte Mandy scharfsinnig. »Allerdings kann ich nicht behaupten, daß er viel besser ist als der Pirat, mit dem Sie zuletzt unterwegs waren.« Während sie das sagte, drehte sie Kit langsam um sich selbst, um zu sehen, ob der Saum überall richtig fiel. »Ihr Bruder wird höchstwahrscheinlich nicht damit einverstanden sein, denn er haßt diesen Mr. Pettijohn.« Sie schüttelte den Kopf. »Hat er Sie denn schon gefragt.«

»Nicht direkt.« Tatsächlich hatte Logan auch während ihrer schönsten, intimsten Augenblicke niemals von Heirat gesprochen, sondern nur versprochen, sie für immer zu lieben. »Aber ich bin sicher, daß er mich heiraten möchte.«

Mandy schien nicht ganz so überzeugt zu sein. »Diese Überzeugung ist schon manchen Mädchen zum Verhängnis geworden.«

Natürlich wird Logan mich heiraten, dachte Kit. Schließlich liebte er sie und konnte sie doch auch nicht länger dieser Situation aussetzen. »Aber er wird mich heiraten!« erklärte sie voller Überzeugung. »Und wenn Oliver glaubt, das Lo... – Mr. Pettijohn meinem Ruf schadet, dann müßte ihn eine Heirat ja geradezu glücklich machen!«

Mandy schüttelte den Kopf. »Das haben Sie sich fein zurechtgelegt, nicht wahr?« Mit diesen Worten stach sie die letzte Nadel in den Stoff und trat einige Schritte zurück, um ihr Werk zu bewundern.

Kit ärgerte sich über Mandys Ton. »Ich dachte immer, Sie ständen auf meiner Seite!«

»Das tue ich auch, aber unterschätzen Sie Ihren Bruder nicht! Im Gegensatz zu Ihnen kühlt sein Temperament nicht so leicht wieder ab. In ihm brodeln solche Gefühle weiter wie unter der äußeren Hülle eines Vulkans.«

Kit lachte. »Er wird sich schon beruhigen! Sie werden ja sehen, daß alles gut ausgehen wird.«

Er mußte sich einfach beruhigen, dachte Kit. Logan war zwar geduldig, doch immer ließ er sich bestimmt nicht so behandeln. Sie durfte sich gar nicht vorstellen, daß die beiden womöglich aneinandergerieten und einer den anderen verletzte... Logan war ihre Liebe, ihr Leben, aber gleichzeitig war Oliver ihr Bruder. Auch wenn er sie immer wieder entsetzte und in Wut brachte, war er doch die einzige Familie, die sie besaß. Bestimmt hatte sich Logan nur ihr zuliebe zurückgehalten, denn eigentlich hatte er Grund genug, Oliver zu hassen. Und gegen einen Mann wie Logan hatte selbst ihr Bruder keine Chance.

Allmählich wurde Kit ungeduldig. »Wie lange muß ich denn noch als Nadelkissen herhalten?«

»Lassen Sie Ihre schlechte Laune nur ja nicht an mir aus, Miß!« brummte Mandy. »Mich trifft keinerlei Schuld.«

Am Vormittag des darauffolgenden Tages näherte sich Logan dem Haus auf einem graugescheckten Pferd, das Kit noch nie gesehen hatte. Rasch lief sie ihm auf die Veranda entgegen und hatte alle Mühe, die Schmetterlinge in ihrem Magen zu beruhigen, die beim Anblick von Logans Gestalt völlig außer Rand und Band geraten waren. Rasch strich sie ihr Seidenkleid glatt und befühlte nervös ihre rabenschwarzen Löckchen, die Mandy so kunstvoll frisiert hatte. Doch ihre Gedanken waren einzig und allein bei dem angekündigten Gespräch. Diesmal durfte einfach nichts dazwischenkommen!

»Gefällt er dir?« fragte Logan, nachdem er einem Reitknecht die Zügel übergeben hatte und zu Kit hinaufgestiegen war. »Ich habe ihn von Sir Thomas Modyford gekauft. Der Mann besitzt einen beachtlichen Reitstall!«

»Ein wunderschönes Tier«, antwortete Kit. »Mir scheint, du willst dich hier für längere Zeit niederlassen. Zuerst hast du das Haus gekauft, dann einen Wagen samt Pferden und nun auch noch diesen Hengst. Wenn ich es nicht besser wüßte, würde ich daraus schließen, daß du hierbleiben willst.«

Er grinste. »Hast du angenommen, daß ich gleich wieder verschwinde?«

»Ich weiß nicht mehr, was ich noch denken soll.« Plötzlich war der spöttische Unterton aus ihrer Stimme verschwunden. »Um meinetwillen mußt du dieses Theater nicht fortsetzen. Unsere Abmachung ist zu Ende, auch wenn Oliver zurückgekommen ist.«

»Denkst du immer noch an diese dumme Abmachung?« Er umfaßte ihr Kinn und drehte ihr Gesicht so, daß sie ihn ansehen mußte. »Glaubst du wirklich, daß ich während der vergangenen Monate ausschließlich Theater gespielt habe?«

»Liebst du mich wirklich, Logan?« fragte sie statt einer Antwort. »Obwohl ich so kindisch, selbstsüchtig und dickköpfig bin?«

»Zweifelst du daran?«

»Ein wenig.«

»Dann werde ich deine Zweifel beseitigen.«

Sekundenlang durchfuhr Kit eine wilde Hoffnung. »Dann wirst du also hierbleiben?«

»Jedenfalls noch eine ganze Zeit.« Er lehnte sich gegen das Geländer der Veranda und war plötzlich ganz ernst. »In Bridgetown geht das Gerücht um, daß der Schakal östlich von Barbados gesehen worden sein soll. Ich nehme an, daß deshalb die meisten spanischen Kaufleute nur im Schutz der Flotte segeln werden. Damit sind sie sowohl für ihn als auch für mich außer Reichweite.«

Für Sekunden ruhte sein prüfender Blick auf Kit, als ob er ihre Reaktion testen wollte, doch sie sah nur den harten Glanz in seinen Augen und war verwirrt.

»Demnach ist er nicht tot?«

»Nein.« Als ob er mit ihrem Gesichtsausdruck zufrieden gewesen wäre, lächelte Logan plötzlich. »Wir werden also noch eine Weile vor der Küste kreuzen. Zeit genug, um dir beweisen, daß es gar nicht so schlimm ist, von einem Gauner wie mir geliebt zu werden.«

Kit senkte ihre Stimme. »Nahe vor der Küste? Falls du deine alten Aktivitäten wieder aufnehmen willst, kann ich dich nur warnen. Laß meine Sklaven in Ruhe, denn ich kann keinen einzigen entbehren!«

Logan quittierte ihre spöttische Entrüstung mit einem aufsässigen Grinsen.

»Ja, wen haben wir denn da!« Völlig überraschend und beinahe lautlos war Oliver St. John auf seinem braunen Wallach um die Hausecke gebogen und schlug ungeduldig mit seiner Reitgerte gegen die Stiefel. »Wenn ich mich nicht irre, Sir, habe ich Sie aufgefordert, bei unserer nächsten Begegnung eine Waffe zu tragen, nicht wahr? Darf ich annehmen, daß Sie Ihre sogenannte Ehre jetzt endlich verteidigen wollen?«

Kit richtete sich kerzengerade auf. »Hör auf, Oliver! Mr. Pettijohn ist mein Gast. Ich dulde nicht, daß du ihn beleidigst.«

»Ich werde noch ganz andere Dinge tun, wenn er nicht augenblicklich meinen Besitz verläßt!«

Einen Moment lang war Kit unsicher, ob er damit Greenhaven meinte oder sie selbst. Langsam rutschte Logan vom Geländer herunter. Kit konnte fast körperlich spüren, wie die Spannung zwischen den beiden Männern wuchs, und legte irgendwann Logan die Hand auf den Arm, als ob sie damit sein Temperament besänftigen könnte.

»Mr. Pettijohn kann so oft nach Greenhaven kommen, wie ich das möchte«, belehrte sie ihren Bruder in kühlem Ton. »Du bist nicht mein Vormund und kannst mir nicht vorschreiben, wen ich einladen darf. Bitte erinnere dich in Zukunft daran!«

»Kann Mr. Pettijohn nicht für sich selbst sprechen?«

Der verächtliche Ton, in dem Oliver diesen Namen ausgesprochen hatte, ließ Kit hellhörig werden. Angst schoß ihr in alle Glieder. Ob er etwas vermutete? Nein, das war unmöglich!

»Was ich zu sagen hätte«, bemerkte Logan mit drohendem Unterton, »würde Ihnen mit Sicherheit nicht gefallen, mein Freund!« Dabei fixierte er sein Gegenüber wie ein widerwärtiges Insekt, das er am liebsten unter seinem Stiefel zertreten hätte.

»Wir hatten gerade beschlossen, ein wenig auszureiten«, erklärte Kit hastig, um die explosive Spannung zwischen ihrem Halbbruder und ihrem Liebhaber zu entladen. »Kommen Sie endlich, Edward.« Sie zog ihn am Ärmel mit sich fort, ohne sich im geringsten um Olivers starren Blick zu scheren. »Wir wollen Ihrem neuen Hengst ein wenig auf den Zahn fühlen.«

»Feigling!« zischte Oliver St. John zwischen den Zähnen hervor, als Logan sich von Kit mitziehen ließ. »Sie werden sich nicht ewig hinter dem Rücken meiner Schwester verstecken können!«

»Weshalb haßt er dich nur so?« fragte Kit, während sie ihre Knie umfaßte und bis an die Brust zog. »Er kann doch unmöglich seinen alten Sklaven erkannt haben! Niemand käme auf diesen Gedanken!«

Logan gab keine Antwort, sondern ließ seine Blicke nur über den kleinen See schweifen, wo damals die erste heftige Auseinandersetzung zwischen ihm und Kit stattgefunden hatte. Er erinnerte sich noch gut an ihre stolze, kühle Haltung. Der Kuß, den er sich damals gestohlen hatte, war der Zündfunke gewesen, der sich mittlerweile zu einem heftigen Waldbrand ausgeweitet hatte.

»Ich habe ihm mehr als einmal erklärt, daß ich mich ganz allein zu diesem Ausflug entschlossen habe, und ich denke auch, daß er mir das mittlerweile glaubt, denn er weiß doch, wie impulsiv ich sein kann. Allerdings will mir nicht in den Kopf, weshalb er dich trotzdem noch so sehr haßt.« Mit einem tiefempfundenen Seufzer ließ sie ihr Kinn auf die Knie sinken.

»Denk nicht mehr daran!« riet Logan.

»Versprich mir, daß du nicht mit ihm kämpfen wirst!«

Logans Gesicht blieb starr.

»Ich weiß, daß er sich scheußlich benommen und dich beleidigt hat, aber er ist mein Bruder, Logan. Wenn ihm etwas geschähe... Er ist doch meine einzige Familie!«

»Ich weiß.«

»Er wird bestimmt nicht mehr lange hier sein! Normalerweise ist er doch immer auf See und dann...« Einige Augenblicke lang starrte sie nur mutlos auf den moosigen Boden, auf dem sie saßen, doch dann hob sie ihr Gesicht und suchte Logans Blick. »Logan, liebst du mich genug, um mich zu heiraten?«

Rasch erhellte sich Logans finstere Miene, und er mußte lächeln. »Ist das etwa ein Antrag, Miß St. John?«

Kit errötete heftig. »Ich...«

Logan unterbrach sie, indem er ihr einen Finger auf die Lippen legte. »Ich werde dir zeigen, wie sehr ich dich liebe!« murmelte er dicht vor ihren Lippen, während er sie sanft auf den weichen Boden niederdrückte.

»Hier?«

»Weshalb denn nicht?« Sein vielsagendes Lächeln entzündete ein Begehren, daß sich ganz langsam durch Kits gesamten Körper ausbreitete. »Ich glaube, den Pferden macht es nichts aus!« Zart strich er mit den Fingern über ihre Lippen und dann hinunter über ihre Kehle bis in ihren Ausschnitt, in das dunkle, geheimnisvolle Dreieck zwischen ihren Brüsten. »Wenn ich mich recht erinnere, sind wir bei unserem letzten Versuch an dieser Stelle sehr unsanft unterbrochen worden.«

Lächelnd wand Kit eine Locke seines Haars um ihren Finger. »Wenn Oliver uns nicht gestört hätte, hättest du mich damals haben können.«

»Ich weiß.«

Ein dunkler Schatten huschte über sein Gesicht. »Wenn Oliver nicht gekommen wäre ...« Wieder übermannte ihn dieselbe heftige Sehnsucht, die an diesem Tag zu Qual und Erniedrigung geführt hatte.

Kit erschrak ein wenig, als sie den dunklen Schatten in seinen Augen bemerkte, doch gleichzeitig konnte sie dem lockenden Gefühl ihrer Sehnsucht nicht widerstehen. Mit gierigen, zitternden Händen entkleideten sie einander, ohne sich auch nur eine Sekunde voneinander zu lösen. Voller Erregung tasteten Kits Hände schließlich über Logans Muskeln und die vertrauten Narben auf seinem Rükken und spürten, wie er vor innerer Spannung erzitterte. Sekunden später gab es kein Zurück mehr, als sich Logans Knie zwischen ihre Schenkel drängte und Kit, von innerer Gier getrieben, wie selbstverständlich die Beine für ihn öffnete.

Nach wenigen, fast gewalttätigen Stößen war alles vorbei. Schweißgebadet und glitschig klammerten sich ihre Körper aneinander, und weder Kit noch Logan konnten so richtig begreifen, welch heftiges Verlangen und welche Verzweiflung sie überkommen hatten.

Nachdem sich Logans Herzschlag wieder normalisiert hatte, stöhnte er leise. »Ich glaube, wir können ein Bad gebrauchen.«

Kit lachte unsicher, als er sie auf die Arme hob und zum Wasser trug. »Was hast du vor, du Lümmel?«

»Wir gehen schwimmen, und zwar zusammen! Seit ich diesen Platz entdeckt habe, habe ich mir das gewünscht. Du kannst doch schwimmen, oder?«

»Aber natürlich. Doch...«

Für Proteste war es längst zu spät, denn im selben Augenblick flog sie im hohen Bogen ins Wasser. Als sie prustend und spuckend wieder auftauchte, klebten ihre schwarzen Haare an Schultern und Brüsten, doch noch bevor sie richtig Luft holen konnte, klatschte Logans gewaltiger Körper direkt neben ihr ins Wasser und ließ die Wellen wieder über ihr zusammenschlagen.

»Oh! Das ist ja allerhand!« Sie rächte sich, indem sie ihm einen Schwall Wasser in sein zufrieden grinsendes Gesicht schleuderte, als er neben ihr auftauchte.

Wie auf Kommando verschwand er augenblicklich wieder und wirbelte die Wasseroberfläche auf.

»Wo bist du? Oh, nicht schon wieder!«

Als ihr die Beine weggezogen wurden, versank sie hilflos in der grünen Tiefe. Sofort umschlangen sie starke Arme, und hinter den aufsteigenden Luftblasen erkannte sie für Augenblicke Logans durchtriebenes Grinsen. Ihre langen Haare umgaben sie beide wie ein Netz, während sie gemeinsam durch die zauberhafte Wasserwelt glitten. Mit zwei starken Stößen trieb Logan sie wieder in flachere Zonen, und Kit schnappte nach Luft, als sie endlich die Oberfläche erreichten.

»Schau, was du angerichtet hast!« Lachend wrang sie ihre Haare aus. »Die werden in Stunden noch nicht trocken sein! Sag mir, wie ich das meinem Bruder erklären soll!«

»Zum Teufel mit deinem Bruder! Sag ihm einfach, daß du im See geschwommen bist und dich wie eine Wassernymphe vergnügt hast.«

»Mit dir?«

»Aber natürlich!« Mit heiserer Stimme fügte er hinzu: »Bestimmt mit keinem anderen!«

»Du bist wirklich ein unmöglicher Kerl!« Mit zwei kurzen Stößen schwamm sie zu ihm hinüber.

»Und du bist meine Nymphe.« Dabei packte er sie und hob sie ein Stück weit aus dem Wasser.

Sekundenlang fühlte sie nur die kratzige Haut seiner Wange, doch dann durchfuhr sie heiße Sehnsucht, als er plötzlich an ihrer Brustwarze saugte. »Liebe mich noch einmal!« stöhnte sie.

Er grinste zufrieden. »Ich dachte schon, ich würde das nie von dir hören!«

Als sie zum Ufer schwimmen wollte, zog er sie in seine Arme und hob sie hoch, daß sich ihre Beine um seine Hüften schlingen konnten. Kit schnappte nach Luft, als sie plötzlich fühlte, wie sich sein erregtes, heißes Glied ganz langsam in ihr vergrub.

»Oh, das ist schön!« flüsterte sie. »Geht das denn so?«

»Hab nur Geduld. Du wirst schon sehen.«

Ganz instinktiv bewegte Kit ihre Hüften und entdeckte, welchen Genuß es ihr bereitete, wenn sie die Bewegungen bestimmen konnte. Sie schloß die Augen und überließ sich ganz ihren Gefühlen und dem Rhythmus, in dem das Wasser zwischen ihren umschlungenen Körpern schwappte.

Logan stöhnte laut, und plötzlich umfaßten seine Hände krampfartig Kits Hüften. Mit zwei langen Schritten war er am Ufer, wo er Kit sanft in den Sand gleiten ließ, ohne die lustvolle Verbindung zwischen ihren Körpern zu lösen. Während seine Hände und sein Mund ihre Haut liebkosten, stieß er mit heftigen Bewegungen in ihr seidenweiches Fleisch. Erst als ihr Körper unter ihm vibrierte und er ihren ekstatischen Schrei mit seinen Lippen erstickte, überließ er sich endlich der verdienten Erlösung.

Nur wenige Minuten später war Kit in Logans Armen eingeschlafen. Kleine Wassertropfen zitterten noch an ihren Lidern, ihre Lippen waren von seinen Liebkosungen geschwollen, und das Sonnenlicht, das durch die Bäume fiel, malte goldene Muster auf ihre olivfarbene Haut. Zart streichelte Logan ihre Wange, worauf Kit nur leise stöhnte und sich im Schlaf noch enger an seinen großen Körper schmiegte.

Logan seufzte zufrieden, obwohl er wußte, daß das Schlimmste noch bevorstand. Als er nach Greenhaven gekommen war, hatte er keine Zukunft gehabt, sondern nur an die Aufgabe gedacht, die er übernommen hatte. Damals hatten ihn die möglichen Folgen nicht interessiert, doch nun gab es Katarina. Wie hätte er bei der Auktion ahnen können, daß das arrogante, hochmütige Wesen einige Monate später in seinen Armen liegen und nach der Zukunft fragen würde? Er hatte etwas gewonnen, das sein gesamtes Leben verändert hatte, und er mußte darüber nachdenken, wie er es behalten konnte.

Seufzend ließ er sich auf den Sand zurücksinken und dachte dabei an alles, was noch zu tun war, bevor er sich seines Sieges rühmen könnte. Oliver St. John war schon immer ein Problem gewesen, doch nun war die Situation ungleich schwieriger geworden. Er mußte sich gut überlegen, wie er weiter vorgehen wollte.

In diesem Augenblick bewegte sich Kit neben ihm im Schlaf, und rasch stützte er sich auf und strich ihr einige schwarze Strähnen aus der Stirn. Ich darf sie keinesfalls verlieren, dachte er, während seine Blicke ihr Gesicht umfaßten. »Ich liebe dich, Katarina St. John«, flüsterte er fast unhörbar, »und nichts und niemand wird mich davon abhalten, dich zu bekommen! Nichts, hörst du, und niemand!« Dabei spielte ein spöttisches Lächeln um seinen Mund, denn er wußte genau, daß er schlauer sein mußte als die meisten Menschen, wenn er diesen Schwur halten wollte.

15. Kapitel

Viele Stunden später, als Kit längst zu Bett gegangen und schon fast eingeschlafen war, schoß ihr plötzlich durch den Kopf, daß Logan ihrer Frage nach der Heirat ausgewichen war. Blitzartig verflüchtigte sich die rosarote Wolke, auf der sie gerade noch geschwebt hatte, und sie landete ein wenig unsanft auf dem Boden der Tatsachen. Der Gedanke, daß sie möglicherweise auf ein absichtliches Ablenkungsmanöver hereingefallen war, ließ sie augenblicklich hellwach werden.

»Verdammt!« rief sie und schlug wütend auf ihr Kissen ein. »Weshalb ist er immer so ausweichend? Er liebt mich. Das weiß ich doch ganz genau!«

Er hatte es nicht nur gesagt, sondern sie sah es immer wieder in seinen Augen und spürte es in seinen Berührungen. Doch weshalb schreckte ihn der Gedanke an Heirat dann so? Bei seinem Sinn für Humor müßte es ihm ja geradezu Spaß machen, dort Herr sein zu können, wo er einst als Sklave gelitten hatte.

Natürlich gab es gewisse Schwierigkeiten. Das konnte selbst Kit nicht leugnen. Logan wollte bestimmt nicht sein Leben lang einen falschen Namen tragen. Aber das muß er auch nicht, dachte sie und lächelte spitzbübisch. Schließlich war er lediglich zu zehn Jahren Zwangsarbeit verurteilt worden. Vielleicht konnte sie sogar beantragen, daß er seine restliche Strafe als ihr Ehemann ableisten konnte. Die Sklaven mußten nach ihren Fähigkeiten eingesetzt werden, und wozu eignete sich Logan Steele besser, als zu ihrem Liebhaber? Wenn Oliver allerdings erführe, wer Logan in Wirklichkeit war, würde es bestimmt gewaltigen Ärger geben.

Unruhig wandte sich Kit um und glättete zum wiederholten Mal ihr Moskitonetz. In der letzten Zeit war ihr Leben sehr kompliziert geworden. Früher war die Plantage ihre einzige Sorge gewesen, und sie hatte sich höchstens über Olivers ewige Heiratspläne geärgert. Doch jetzt hatte sie sich selbst in ein Netz aus Lügen und Täuschungen verstrickt, dessen ganze Ausmaße sie bis heute nicht überblickte. Die Liebe konnte einen wahrlich in Schwierigkeiten bringen!

Während der darauffolgenden zwei Wochen machte die mit Heftigkeit einsetzende Regenzeit jede weitere Annäherung zwischen Logan und Kit zunichte. Die Arbeit auf den Zuckerrohrfeldern war beendet, und das Leben auf der Plantage verlief in ruhigen Bahnen. Oliver unternahm eine kurze Reise nach St. Kitts und kurz darauf eine längere nach Nordamerika. Augenblicklich herrschte ein gewisser Waffenstillstand zwischen den Geschwistern, doch beide wußten, daß sich das beim Erscheinen eines gewissen blauäugigen Mannes blitzschnell ändern würde.

Während des Tages vertrieb sich Kit die Zeit mit Lesen oder sie besprach mit ihrem neuen Verwalter, Reginald Bartlett, was für die neue Pflanzsaison bereits getan werden konnte. Doch nachts kreisten ihre Gedanken ausschließlich um Logan. Sie sehnte sich nach seinen eisblauen Augen, die vor Leidenschaft ganz dunkel werden konnten, und meinte manchmal, seine heißen, begehrlichen Hände auf ihrer Haut zu fühlen. Beim Aufwachen war regelmäßig eine gewisse Leere in ihr. Logan Steele fehlte ihr, und sie schwor sich, das zu ändern, selbst wenn sie dazu als seine Geliebte sein Piratenleben teilen müßte!

Als die Sonne zum erstenmal durch die dichte Wolkendecke brach, erschien auch gleich der erste Besucher. Ein schlammbedeckter Reiter näherte sich dem Haus. Aus der Entfernung konnte Kit ihn nicht erkennen, aber trotzdem schlug ihr das Herz im Hals. Rasch eilte sie hinunter und öffnete an Raleighs Stelle die Tür. Doch es war nicht Logan, sondern Peter, der vor ihr stand.

»Hallo, Peter, welche Überraschung! Kommen Sie doch herein!«

»Ich muß mich für mein Aussehen entschuldigen. Das erinnert mich doch glatt an...« Fast hätte er Jamaica gesagt, doch er besann sich noch rechtzeitig, um keine schlimmen Erinnerungen zu wecken.

»Das ist doch nicht so wichtig«, entgegnete Kit. »Was führt sie denn hierher?«

»Ich... Oh...«

Als sie den Wohnraum betraten, sah Peter sich unsicher um und fühlte sich sichtlich nicht in seinem Element.

»Darf ich Ihnen Tee anbieten oder vielleicht auch einen Rum Punch?«

Diesmal war seine Reaktion schon vertrauter. »Das Wörtchen Rum klingt sehr verlockend...«

Lächelnd gab Kit den Wunsch an ein Hausmädchen weiter.

»Ich nehme an, daß unser gemeinsamer Freund Ihnen keine Erholungspause gegönnt hat«, sagte sie, während das Mädchen das Gewünschte servierte und wieder hinausging. »Vor zwei Nächten sind drei meiner Sklaven verschwunden. Allerdings wundert es mich, daß Logan sich bei diesem Wetter überhaupt hinaustraut.«

»Es stimmt, wir hatten mächtig zu tun. Von so ein bißchen Wind und Regen läßt sich doch ein Mann wie der Captain nicht abhalten! In der kommenden Nacht haben wir übrigens wieder ein Rendezvous.« Mit zerfurchter Stirn sah er zu Boden. »Über die Flucht der Sklaven wollte ich mit Ihnen reden.«

Sofort beschlich Kit ein ungutes Gefühl.

»Über Ihre Sklaven«, ergänzte Peter.

Kit hob kritisch eine Braue. »Es fällt ihm ja reichlich früh ein, sich dafür zu entschuldigen!«

Doch Peter sprach weiter, als ob sie nichts gesagt hätte. »Ein Mädchen war auch dabei.«

»Das muß Lottie sein«, erklärte Kit, die den Bericht ihres Aufsehers noch im Ohr hatte.

»Sie ist brutal geschlagen worden, und Doc befürchtet, daß sie die Flucht nicht überstehen wird. Er möchte sie am liebsten hierher zurückbringen, falls Sie damit einverstanden sind und – sie beschützen.«

»Wovor soll ich sie beschützen?« Ihr Stimme klang erregt. »Und wer hat sie so behandelt?«

»Ich nehme an, daß Ihr Bruder sie vergewaltigt und dann verprügelt hat, bis ihr die Flucht als der einzig mögliche Ausweg erschien. Jedenfalls hat sie das gesagt. Doc befürchtet, daß eine Rippe gebrochen wurde und sich in die Lunge gebohrt hat.«

Mit finsterem Blick starrte Kit ihren Besucher wütend an. »Das ist ganz und gar unmöglich! Lottie ist gerade erst vierzehn Jahre alt, außerdem gibt sich Oliver nicht mit meinen Leuten ab... Jedenfalls nicht ohne meine Erlaubnis.«

»In diesem Fall hat er es aber sehr wohl getan! Das Mädchen hat es und selbst erzählt.«

»Dann hat sie gelogen.«

»Niemand lügt, wenn er dem Tod so nahe ist wie diese arme Seele! Vielleicht ist es ja schon zu spät!«

Unvermittelt erhob sich Kit und ging einige Male unruhig auf und ab. »Und weshalb sagt Logan mir das nicht selbst?«

»Solange Ihr Bruder noch hier ist, läßt er sich wohl besser nicht blicken! Logan kocht vor Zorn und würde Ihren Bruder vermutlich erwürgen.«

Kit preßte die Lippen aufeinander. »Logan will doch glauben, daß Oliver etwas damit zu tun hat!«

Peter verzog das Gesicht und wünschte, er hätte diesen Auftrag nicht übernommen. »Dieser Mann liebt Sie über alles, Kit. Vielleicht sollte ich das ja nicht sagen, aber so verstehen Sie bestimmt eher, daß er nichts gegen Ihren Bruder unternehmen will, womit Sie nicht einverstanden sind. Er ist bestimmt ein geduldiger Mensch, aber man darf den Bogen nicht überspannen.«

Sprachlos starrte Kit ihn an. »Glauben Sie, daß ich mit ihm spiele?«

»Nein«, erwiderte Peter, ohne lange nachzudenken, »Sie nicht, aber Ihr Bruder!« Er zögerte. »Werden Sie die Kleine aufnehmen?«

»Ja, aber natürlich!« entgegnete sie in scharfem Ton.

Wortlos erhob sich Peter und ging zur Tür. »Es tut mir leid, daß ich keine besseren Nachrichten überbringen konnte.«

»Ist schon gut. Ich werde mich selbstverständlich um die Kleine kümmern, aber ich kann mir nach wie vor nicht vorstellen, daß mein Bruder so etwas getan haben soll! Ich werde den Schuldigen schon finden!«

Nachdem Peter gegangen war, stand sie noch eine ganze Weile regungslos am Fenster und dachte nach, doch dann stand ihr Entschluß fest. Mit raschen Schritten ging sie zu den Stallungen hinüber, wo sie der warme Duft nach Pferden, Heu und Leder umfing. Schräg fiel das Sonnenlicht durch die Fenster, und es herrschte eine schläfrige Atmosphäre, die nur gelegentlich von einem Schnauben oder dem Scharren eines Hufs im Stroh unterbrochen wurde.

»Oh, Miß St. John! Habe ich doch richtig gehört!« begrüßte sie der neue Stallknecht. Er war ziemlich groß und besaß einen dunklen Lockenkopf und braune Augen. Außerdem war er so knabenhaft schlank, daß man ihm sein Alter wirklich nicht ansah. »Kann ich etwas für Sie tun?«

»Wo ist Adam?« fragte Kit.

»Er trainiert gerade den neuen Hengst Ihres Bruders.

Teufel ist ein passender Name für dieses ungebührliche Biest! Ein eigensinniger Gaul, der kaum zu bändigen ist.«

»Rufen Sie Adam!« befahl Kit kurz angebunden. »Er soll mich in die Stadt fahren, damit wir vor Einbruch der Dunkelheit wieder zu Hause sind.«

»Ja, Miß.«

Während der Stallknecht sich auf den Weg machte, dachte Kit wieder an Peters Besuch. Sie war überzeugt, daß Oliver niemals eine Frau mißbrauchen würde, und eine Schwarze schon gar nicht. Nein, ihr Bruder tat so etwas nicht! Trotzdem wollte sie der Sache auf den Grund gehen und Captain Logan Steele einige Fragen stellen.

Logan hatte sein Pferd auf dem Hügel hinter dem Herrenhaus gezügelt und mit der Hand seine Augen beschattet, um besser sehen zu können. Als er Kit im Wagen davonfahren sah, war er grenzenlos erleichtert, denn er konnte Oliver St. John wesentlich freier gegenübertreten, wenn sie nicht im Haus war.

Während Logan sein Pferd langsam über den aufgeweichten Weg nach unten dirigierte, überdachte er seinen nächsten Schachzug noch einmal sorgfältig. Es war ein gefährlicher Zug in einem noch viel gefährlicheren Spiel, aber es gab nur diesen einen Weg der Vernunft, wenn Oliver St. John und er selbst nicht beide als Verlierer dastehen wollten. Sollte Oliver sich seinem Vorschlag anschließen, so konnten Logan und Kit irgendwohin verschwinden, wo niemand sie wegen gebrochener Versprechungen zur Verantwortung ziehen würde. Für Oliver wäre der Verlust von Greenhaven und der Schiffahrtsgesellschaft sicher schmerzlich, doch es bliebe ihm sein Leben, was eigentlich mehr war, als er augenblicklich erwarten durfte.

Vor den Stallungen kam Logan ein fremdes Gesicht entgegen. »Wo ist Adam?« erkundigte er sich daraufhin.

»Er fährt Miß St. John nach Bridgetown«, antwortete der Mann, während er Logans Hengst bewundernd taxierte. »Mein Name ist George Marshall. Ich bin der neue Stallknecht.«

»Ist Master St. John zu Hause?«

»Ich denke schon«, antwortete George. »Wie lange werden Sie bleiben? Soll ich Ihr Pferd abreiben?«

»Danke, aber das wird nicht nötig sein. Ich habe es nachher sicher eilig. Lassen Sie ihn nur ein wenig verschnaufen.«

»In Ordnung, Sir«, antwortete der Mann und blickte dem Besucher nach, wie er mit entschlossenen Schritten den Hof überquerte.

Raleighs Anerbieten, ihn seinem Herrn zu melden, kam Logan zuvor. »Das werde ich schon selbst tun.«

»Aber, Mr. Pettijohn, ich weiß nicht, ob das klug ist. Master St. John ist nicht in der besten Stimmung.« Und wenn es um die Verehrer seiner Schwester geht, erst recht nicht, dachte der Butler. Vor Aufregung außer sich, folgte er dem ungebührlichen Besucher, doch er konnte ihn nicht aufhalten und mußte erleben, wie ihm die Tür zum Arbeitszimmer vor der Nase zugeschlagen wurde.

Als die Tür ins Schloß flog, sah Oliver St. John unwillig auf, doch als er seinen Besucher erkannte, blickte er gleich noch ein ganzes Stück finsterer drein. »Sie!«

»In Person.«

»Wie können Sie es wagen, hier so einfach einzudringen?«

»Welch freundliche Begrüßung! Und das mir, wo ich Ihnen doch einen wichtigen Vorschlag machen möchte. Einen Vorschlag, der Ihnen die Gesundheit erhalten hilft, mein lieber Freund.«

Vor Empörung schnappte Oliver nach Luft. »Raus hier! Auf der Stelle raus! Was glauben Sie eigentlich, wer Sie sind...«

Logan unterbrach ihn barsch. »Ich denke, daß Sie sehr genau wissen, wer ich bin. Und zwar schon seit einer ganzen Weile. Umgekehrt ist es übrigens genauso.«

Verblüfft starrte Oliver sein Gegenüber an. »Sie sind nicht nur frech, sondern auch absolut verrückt. Was soll ich mit dieser lächerlichen Behauptung anfangen?«

Logan lächelte so eiskalt, daß Oliver tatsächlich beeindruckt war. »Sie ziehen es also vor, den Ignoranten zu spielen? Dann werde ich Ihnen jetzt einmal genau erklären, was ich meine.«

Raleigh hatte vorsichtshalber vor der Tür gewartet, denn so aufgeregt hatte er Mr. Pettijohn bisher noch nicht erlebt. Falls es Ärger geben sollte, wollte er zur Stelle sein. Und offenbar war es schon soweit. Er preßte sein Ohr noch näher an die Tür und hörte, wie Master Oliver lachte, aber dieses Lachen gefiel ihm ganz und gar nicht. Wenn doch nur Miß Kit zu Hause gewesen wäre! Sie hätte die beiden Streithähne trennen können. Der Butler konnte zwar nicht jedes Wort verstehen, doch der Ton der Auseinandersetzung sagte ihm genug.

»Aber, Mr. Raleigh! Was machen Sie denn da?«

Die Stimme der Haushälterin riß Raleigh aus seiner Konzentration, und er versuchte mühsam, seine Würde zu wahren. »Mrs. Calloway, ich habe nur – nur...«

»Gelauscht haben Sie! Sie sollten sich wirklich schämen, Sir!«

»Master John hat einen Besucher, der ihm offenbar Schwierigkeiten macht. Ich habe lediglich diskret gehorcht, ob man vielleicht meine Hilfe benötigt«, erklärte er, wobei er indigniert die Augenbrauen hochzog.

»Alles Ausflüchte! Unser Herr ist doch ein junger Mann! Wie sollten Sie ihm schon helfen können, Mr. Raleigh!«

»Ich muß doch sehr bitten, verehrte Mrs. Calloway...«

»Pst!« Die Laute, die aus dem Zimmer nach draußen

klangen, fesselten nun auch die Aufmerksamkeit der Haushälterin. »Die streiten tatsächlich, nicht wahr!«

»Das habe ich Ihnen doch gesagt...«

Ein energisches Zischen unterbrach ihn. »Wissen Sie, worum es eigentlich geht?«

»Ich habe nicht die leiseste Ahnung.«

»Wenn doch wenigstens Miß Kit hier wäre! Die würde den beiden schon die Ohren langziehen!«

»Sie sagen es!«

Plötzlich steigerten sich die Stimmen so sehr, daß Butler und Haushälterin gleichzeitig ohne jede Hemmung ihr Ohr gegen die Tür preßten.

»Sie sind doch dümmer, als ich angenommen habe!« höhnte Oliver in diesem Augenblick. »Sie haben keinerlei Beweise. Alles nur Vermutungen und wilde Schlußfolgerungen!«

»Bevor ich herkam, verhielt es sich tatsächlich so«, räumte Logan ein. »Bis heute hatte ich noch den Hauch eines Zweifels, doch der ist nun auch verschwunden.«

»Und wodurch?«

Logan grinste heimtückisch. »Woher sollten Sie die Einzelheiten über mein Leben als Pirat kennen, die Sie mir soeben zum Vorwurf gemacht haben, wenn Sie mich nicht auf See getroffen hätten? Von unserer damaligen, sehr unerfreulichen Begegnung her können Sie mich unmöglich so gut im Gedächtnis haben!«

»So ein Unsinn!«

»Tatsächlich? Darf ich Sie daran erinnern, daß Sie die Maske zu tragen pflegen, Master Schakal, und nicht ich. Als Modyford uns miteinander bekanntmachte, wußten Sie, daß ich ein Pirat war, der sich als ehrbarer Kaufmann verkleidet hat. Und deshalb haben Sie nichts unversucht gelassen, um Ihre Schwester gegen mich zu beeinflussen!«

Oliver runzelte die Stirn.

»Außerdem wurden sie von einem Ihrer Opfer erkannt, das ich gerettet habe. An diesem Tag hatten Sie Ihre Maske verloren, und dieser junge Mann hat Ihr Gesicht gesehen. Wie leichtsinnig, ihn nicht ebenfalls zu töten! Er hat Ihre Schwester erkannt, die Ihnen ja so täuschend ähnlich sieht. Und danach hat er dann auch Sie selbst identifiziert. Erinnern Sie sich an den Boten, der einige Tage nach der Rückkehr Ihrer Schwester einen Brief abgegeben hat?«

Oliver fuhr hoch. »Das nimmt Ihnen kein Gericht der Welt ab!«

»Wirklich nicht? Dieser junge Mann wird Sie nicht nur identifizieren, sondern bestimmt auch gern berichten, was Sie ihm und seinen Kameraden angetan haben.«

Für Sekunden versuchten sie, einander mit ihren Blikken zu bannen, bis Oliver schließlich die Mundwinkel hochzog wie ein Schakal und grinste. »Ich glaube nicht, daß Sie es wagen werden, diesen jungen Mann vor Gericht zu präsentieren. Denken Sie darüber nach, Captain Steele, nicht wahr? Damit belasten Sie sich nur selbst. Ein entlaufender Sklave, der zum Piraten wird, findet genauso wenig Gnade wie ein Gentleman, der denselben Weg geht.«

Logan lächelte kühl und beherrscht, doch seine Augen blitzten triumphierend. »Ich bin weder ein Sklave, mein lieber Freund, noch ein Pirat. Man hat mich bereits zum Tode verurteilt, und der Preis für meine Freiheit ist Ihr Leben. Ganz offensichtlich ist es Ihnen gelungen, einige mächtige Männer in London zu ärgern, St. John!«

Oliver starrte sein Gegenüber so gebannt an wie eine Schlange ihr Opfer, aber bevor er zustieß, sprach Logan bereits weiter. »Jedenfalls bin ich zu einem Handel bereit.«

Der Schakal lachte höhnisch. »Dachte ich es mir doch! Es läuft immer auf dieselbe Art, nicht wahr? Was wollen

Sie also, Captain Steele? Geld? Oder hat meine kleine Schwester Sie etwa so beeindruckt?«

»Ich persönlich würde es vorziehen, Sie in der Hölle schmoren zu sehen. Aber wie Sie schon ganz richtig bemerkt haben, hat Ihre Schwester mich sehr beeindruckt.«

»Ich habe doch geahnt, daß mir die kleine Pest eines Tages noch von Nutzen sein würde!«

»Dies sind meine Bedingungen, St. John: Sie geben das Piratenleben auf, nehmen Ihr Geld und ziehen sich irgendwohin zurück, wo Sie möglichst weit von Greenhaven, Ihrer Schwester und allen englischen Schiffen entfernt sind. Falls ich erfahren sollte, daß Sie Ihr Versprechen gebrochen haben und wieder in Ihr altes Leben zurückgekehrt sind, werde ich Sie hängen lassen! Oder ich werde Sie umbringen. Verlassen Sie sich darauf!«

»Mich hängen lassen? Was soll meine arme Schwester dazu sagen?«

»Um die werde ich mich schon kümmern. Ich nehme nur noch dieses eine Mal Rücksicht.« Logan sprach immer aufgeregter, denn allmählich war seine Geduld zu Ende. »Glauben Sie mir, St. John. Ich meine jedes Wort so, wie ich es sage!«

Der Blick, mit dem Oliver ihn ansah, erinnerte Logan an Kit, und er überlegte, wie zwei so verschiedene Menschen einander überhaupt so ähnlich sehen konnten.

»Ich denke«, begann Oliver, während er sich ganz langsam von seinem Schreibtischstuhl erhob, »daß es dann doch viel einfacher ist, wenn ich Sie jetzt gleich erledige!« Mit diesen Worten hob er seine Hand, die er bisher unter der Tischkante verborgen hatte. »So klug waren Sie nicht, oder? Das haben Sie nicht bedacht!«

Ganz ruhig zielte der Lauf der Waffe auf ihn, doch Logan registrierte das nur aus dem Augenwinkel, während er Oliver starr und durchdringend anblickte.

»Ich werde Sie umbringen, Captain Steele, doch es tut

mir in der Seele weh, daß ich es Ihnen so leicht machen muß. Viel lieber würde ich Sie genüßlich in einer längeren Prozedur vom Leben zum Tod befördern.«

»So leicht tötet man mich nicht, auch der Schakal nicht!«

Als Oliver den Hahn spannte, verharrte Logan nach wie vor regungslos und starrte ihm unverwandt in die Augen. Für den Bruchteil einer Sekunde war Oliver verunsichert und zögerte, und genau auf diesen Augenblick hatte Logan gewartet. Mit einem gewaltigen Schwung warf er seinen riesigen Körper quer über den Tisch, und im selben Augenblick krachte der Schuß.

Wie erstarrt saß Kit im Wohnraum und fühlte, wie um sie herum plötzlich die Welt aus den Fugen ging. Inständig hoffte sie, daß der Alptraum bald vorüber und alles wieder wie vor sechs Stunden sein würde, als sie nach Bridgetown aufgebrochen war. Doch der Alptraum hielt an.

»Es ist kein Zweifel möglich, Miß«, fuhr Raleigh fort. »Mrs. Calloway und ich waren gerade in der Halle beschäftigt, als wir laute Stimmen aus dem Arbeitszimmer hörten.«

Mavis Edmond saß neben Kit und tätschelte teilnehmend deren Hand, während ihr Mann aufgeregt auf und ab lief.

»Zwischen diesem Gentleman und Ihrem Bruder sind harte Worte gefallen, Miß. Wir haben gerade überlegt, ob wir nicht eingreifen sollten, als plötzlich der Schuß fiel.« Der Butler zuckte entschuldigend die Achseln. »Als ich schließlich den Mut fand, die Tür zu öffnen, war der Raum leer.«

»Wie bitte?« stieß Kit heftig hervor.

»Es war niemand da, Miß. Auf dem türkischen Teppich befanden sich zwar Blutspuren, doch es war niemand mehr da. Als erstes habe ich einen Boten zu Master

Edmond geschickt, weil ich nicht wußte, wie lange Sie dort bleiben wollten.«

»Also wissen sie nicht, wer auf wen geschossen hat?«

Jetzt mischte sich auch Lionel Edmond in die Unterhaltung. »Wenn Oliver geschossen hätte, hätte er nicht davonlaufen müssen, denn schließlich befand er sich in seinem eigenen Haus. Es wäre Notwehr gewesen, denn Pettijohn hatte sich ja gewissermaßen unerlaubt hereingedrängt. Ich fürchte, wir müssen mit dem Schlimmsten rechnen.«

»O Gott!« Kit schlug die zitternden Hände vors Gesicht. Das Schlimmste... War es schlimmer, wenn Oliver auf Logan geschossen hatte, oder umgekehrt? In jedem Fall war alles zu Ende. Wie konnte das nur passieren?

»Pettijohn mußte also ein Versteck finden, und zwar entweder für den entführten und verletzten Oliver oder für eine Leiche. Diese beiden Männer von der Miliz haben sich schon umgesehen und werden auch gleich weitermachen. Außerdem kommen noch weitere Männer aus Bridgetown.«

Ruckartig erhob sich Kit. »Ich möchte das Arbeitszimmer sehen.«

»Glaubst du, daß das klug ist?« Mavis war ehrlich besorgt. »Die arme Mrs. Calloway ist auf der Stelle ohnmächtig geworden, als sie das viele Blut gesehen hat.« Ein hilfesuchender Blick flog zu Mandy hinüber.

Diese reagierte augenblicklich. »Ich fände es besser, wenn Sie erst ein wenig zur Besinnung kämen. Mrs. Simpson kocht Ihnen einen wunderbaren Kamillentee, und dann ruhen Sie sich aus!«

»Ich bin doch kein kleines Kind mehr! Zuerst will ich das Arbeitszimmer sehen.«

Kit sah sich in dem Raum um, als ob sie überall nach einem Beweis für die Unrichtigkeit von Raleighs Angaben suchte, aber leider entsprach alles den Tatsachen. Der wunderschöne türkische Teppich, den Oliver so sehr geliebt hatte, war voller Blut, und eine dünne Spur schien sich bis zum Fenster hinzuziehen. Der Schreibtischstuhl war umgestürzt, direkt daneben hatte sich eine kleine Lache gebildet und in der Wandverkleidung neben der Tür steckte noch das Geschoß. Wie im Traum registrierte Kit alle diese Einzelheiten mit großen, fassungslosen Augen und ließ sich schließlich willig wieder in den Wohnraum zurück führen.

Dort wechselte ihr Zustand pausenlos zwischen starker Erregung und tiefer Apathie. Mavis Edmond und Mandy versuchten mit vereinten Kräften, Kit zum Hinlegen und Ausruhen zu bewegen, doch sie widersprach allen Vorschlägen, weil sie im Augenblick unmöglich die nötige Ruhe finden konnte. Eine Stunde lang quälte sie sich herum, doch dann hatte sie einen Entschluß gefaßt. Sie wollte an Logan schreiben, denn trotz Raleighs Aussage konnte sie einfach nicht an seine Schuld glauben. Sie traute ihm nicht zu, daß ihm ihr gemeinsames Leben so gleichgültig war, daß er es seinem Haß opferte. Sie wollte ihm schreiben, damit er kommen und seine Unschuld unter Beweis stellen konnte. Möglicherweise würde es ihnen ja auch mit seiner Hilfe gelingen, ihren Bruder lebendig und gesund wiederzufinden. Mit der Hoffnung der Verzweifelten setzte sie sich an ihren Schreibtisch und verfaßte den Brief, doch als der Bote gerade das Haus verlassen hatte, wurde gemeldet, daß man eine Leiche gefunden hatte.

16. Kapitel

Die Leiche hatte man an einem Strandabschnitt hinter dem Klippenvorsprung gefunden, der die Half Moon Bay im Süden abschloß. Kit kannte diese Gegend sehr gut, denn als sie und Oliver noch Kinder gewesen waren, hatte ihr Vater ihnen wieder und wieder eingeschärft, dort niemals auch nur einen Fuß ins Wasser zu hängen. Die Strömung entlang der Küste war an dieser Stelle besonders tückisch, und nirgends gab es mehr Haie als dort.

Als Kit ungefähr zehn Jahre alt gewesen war, hatte sie dort einmal zusammen mit Oliver Krabben gejagt und gefischt, als plötzlich nicht weit von ihnen ein entlaufener Sklave aus dem Uferdickicht hervorgekommen war. In entsetzlicher Panik war er vor Hunden und Reitern geflohen, die ihn verfolgt hatten, und hatte sich lieber ins Meer gestürzt als sich einfangen zu lassen. Nach einem wilden Aufschrei hatte er vergeblich versucht, wieder an Land zu kommen, und nach wenigen Minuten war etwas an Land gespült worden, das nicht mehr allzu viel Ähnlichkeit mit einem menschlichen Körper gehabt hatte.

Und genauso sah jetzt dieses Etwas aus, das die Männer der Miliz auf dem gepflegten Rasen von Greenhaven niedergelegt hatten, und das allem Anschein nach ihr Bruder gewesen sein sollte.

»Er ist es. Kein Zweifel«, bestätigte Lionel Edmond, nachdem man die Decke zurückgeschlagen hatte.

»Wir haben es vermutet«, sagte der Sergant. »Man kann ja wirklich nicht viel erkennen, so zerfleischt ist er! Aber die Körpergröße stimmt, und außerdem die dunklen Haare und die braunen Augen. Ein Irrtum ist eigentlich ausgeschlossen, nicht wahr?«

Obwohl Mavis sie abhalten wollte, nahm Kit ihren ganzen Mut zusammen und riskierte ebenfalls einen Blick.

Doch schon in der nächsten Sekunde bereute sie es, denn sie erblickte lediglich Überreste – die Karikatur eines Mannes, der einmal gelebt und geatmet hatte! Um ihr Entsetzen zu ersticken, preßte sie sich die Hand auf den Mund, aber gleichzeitig drehte sich alles um sie.

Fürsorgliche Arme streckten sich ihr entgegen und hüllten sie in ihre Wärme. »Jetzt ist es aber genug! Ich bringe Sie ins Haus.« Mandys Stimme war sehr weit entfernt, doch ihre Arme waren der Anker, an den Kit sich klammerte. Wie in Trance ließ sie sich von Mandy ins Haus führen und zu Bett bringen, aber selbst dann konnte sie nicht loslassen, um nicht ins Bodenlose zu fallen.

»Dieses Etwas war einmal mein Bruder!« stieß sie mit wildem Blick hervor. »O Gott! Wie konnte Logan das nur tun!« In ihrem Elend warf sie sich unruhig von einer Seite auf die andere. »Und ich dachte, daß er mich liebt! Aber sein Haß auf Oliver muß grenzenlos gewesen sein. Er hat ihn gehaßt, weil Oliver ihn gekauft hat, weil er ihn ausgepeitscht hat und auch weil er dieses Mädchen mißhandelt hat. Und jetzt hat er ihn umgebracht!« schluchzte sie unter Tränen. »Aber Oliver hat es ja vielleicht gar nicht getan. Es war nicht seine Art. Aber Logan hat ihn trotzdem getötet! Er hat ihn getötet... Er hat ihn getötet!«

Ihre Klage endete in einem wilden Aufschrei, in dem selbst Mandys Arme keinen Trost mehr bedeuteten. Erst nach einigen Minuten hatte sie sich wieder ein wenig in der Gewalt. »Ich möchte jetzt allein sein«, bat sie mit heiserer Stimme.

Zögernd erhob sich Mandy und wußte nicht recht, was sie tun sollte. Doch schließlich löschte sie die Lampe und murmelte noch einige tröstende Worte, bevor sie den Raum verließ. Blicklos starrte Kit zur Decke empor und hörte weder die Insekten, die durch die laue Nachtluft schwirrten, noch die fröhlichen Gesänge, die von der Sklavensiedlung herüberdrangen.

In Gedanken verweilte sie ausschließlich bei ihrem Bruder. Wie durch Zauberhand hatte der Tod alles Negative ausgelöscht – seine Sturheit, seinen Egoismus, seine Launen und die zahlreichen Unstimmigkeiten, die es immer wieder zwischen ihnen gegeben hatte. Nur die schönen Stunden waren noch wichtig: Die gemeinsamen Picknicks mit ihrem Vater am Strand, ihre gemeinsamen Ausritte auf der Plantage und das Schwimmen in dem kleinen See neben der Mühle. Wenn sich kein Verehrer gefunden hatte, hatte Oliver seine Schwester ausgeführt. Und einmal hatte er sogar einen ihrer Freunde beinahe bewußtlos geschlagen, weil dieser sie verspottet hatte. Nein! An einen rachsüchtigen, brutalen Oliver wollte sie sich in diesem Augenblick nicht erinnern.

Kit wälzte sich ruhelos im Bett, doch irgendwann hielt sie es einfach nicht mehr aus. Jede Muskelfaser schmerzte, ihre Augen brannten, und in ihrem Kopf hämmerte es. Aber das war alles gar nichts, im Vergleich zu dem Kummer, der ihr das Herz abdrückte und ihren Magen zusammenschnürte. Gerade eben war das Leben noch so wunderschön gewesen, doch schnell hatte sich dieser Traum als jämmerliche Komödie entpuppt! Kit fragte sich wirklich, wie man als Frau, die mit beiden Beinen auf dem Boden stand, darauf hereinfallen konnte.

Unruhig lief sie im Zimmer auf und ab. Sie mußte verrückt gewesen sein, Logan zu lieben. Er hatte ihr schließlich gesagt, wie er wirklich war! Mit eigenen Augen hatte sie sich in Jamaica davon überzeugen können, wie aggressiv und wütend er werden konnte. Aber all das hatte sie nicht davon abhalten können, ihm nachzulaufen. Sie hatte ihn umflattert wie eine Motte die Kerze und sich dabei die Flügel verbrannt! Und ihr armer, unschuldiger Bruder hatte mit seinem Leben dafür bezahlen müssen, daß seine Schwester starken Armen und eindrucksvollen blauen Augen nicht hatte widerstehen können. Logan hatte sie lediglich benutzt, um an den Mann heranzukommen, den er haßte, und er hatte ihr das letzte Stückchen Familie geraubt, das sie noch besessen hatte,

Hilflos schlug sie mit der Faust gegen die Wand. Wenn sie doch die Zeit zurückdrehen könnte! Sie mußte so schnell wie möglich mit Logan reden, bevor sie völlig verzweifelte. Zur Not wollte sie ihn zur Wahrheit zwingen. Und falls er tatsächlich ihren Bruder kaltblütig ermordet und seine Leiche den Haien zum Fraß vorgeworfen hatte, würde er das ein Leben lang bedauern! Entschlossen zog sie am Klingelzug, und bis Raleigh endlich klopfte, hatte sie sich bereits erfrischt und wieder etwas hergerichtet.

»Ja, Miß?« erkundigte sich Raleigh diensteifrig.

»Bitten Sie George Marshall, Windwalker zu satteln. Ich will in die Stadt reiten.«

»Verzeihen Sie, Miß«, begann Raleigh mit hochgezogener Braue, »aber ist es dafür nicht bereits ein wenig zu spät?«

Kit warf einen Blick aus dem Fenster und sah, daß es bereits dunkel geworden war. »Wie spät ist es denn?«

»Schon fast zehn Uhr.«

»Sie haben recht, Raleigh. Ich verschiebe die Sache auf morgen.« Aber dann konnte sich Logan Steele auf etwas gefaßt machen! »Sind irgendwelche Nachrichten oder Briefe eingetroffen?«

»Nein, Miß. Adam hat mich nur gebeten, Ihnen mitzuteilen, daß der neue Stallknecht verschwunden ist.«

»Verschwunden?«

»Ja, Miß. Seit dem frühen Nachmittag hat ihn niemand mehr gesehen.«

Bestimmt hatte sie das dem Sklavenbefreier Logan Steel zu verdanken, dachte Kit. Doch was machte ihr das jetzt noch aus? Sollte er doch alle ihre Leute mitnehmen! Seit Olivers Tod interessierte sie gar nichts mehr! »Gut, Raleigh, Sie können jetzt gehen.«

»Miß Carpenter läßt fragen, ob Sie ein wenig Suppe möchten. Sie macht sich Sorgen.«

»Das braucht sie nicht. Mir geht es gut.« Und nach einer Aussprache mit Logan würde es ihr noch weit besser gehen. »Raleigh?«

»Ja, Miß?«

»Bringen Sie mir eine Flasche Brandy!«

»Brandy, Miß?«

»Ja, Sie haben richtig gehört!«

»Sehr wohl, Miß.« Doch seine Stimme verriet, was er von diesem Wunsch hielt.

Am nächsten Tag erwachte Kit von einem vernehmlichen Klopfen an ihrer Tür. Verwirrt blinzelte sie in das helle Licht, doch sofort schloß sie wieder geblendet die Augen. Ihr Kopf drohte zu zerspringen, und gleichzeitig revoltierte ihr Magen.

Mavis steckte den Kopf durch die Tür. »Wie fühlst du dich?«

»Ich glaube, ich muß sterben. Wie spät ist es?«

»Beinahe drei Uhr. Gouverneur Searle und seine Frau sind gekommen. Soll ich ihnen sagen, daß du krank bist?«

»Nein.« Kit seufzte. »Weshalb hat Mandy mich denn so lange schlafen lassen? Gibt es irgendwelche Briefe?«

»Nein, bisher hat ja noch niemand etwas erfahren. Der Gouverneur ist höchstwahrscheinlich direkt von der Miliz informiert worden.«

Einer wußte davon, dachte Kit, und er hatte auf ihre Bitte um Erklärung nicht reagiert. Was blieb da anderes, als seine Schuld zumindest anzunehmen? Wahrscheinlich hatte er sich köstlich über ihre Naivität amüsiert. Am liebsten wäre sie gar nicht aufgestanden, denn was sollte das jetzt noch nützen?

»Also gut«, seufzte sie ein weiteres Mal. »Schicke mir Mandy herauf. Ich bin in Kürze fertig.« Während sie ein taubenblaues Kleid auswählte, beschloß sie, sich einige schwarze anfertigen zu lassen. In dieser Hitze war das zwar mörderisch, doch sie fühlte, daß sie das ihrem Bruder schuldete, nachdem sie unwissentlich zu seinem Tod beigetragen hatte.

»Es geschieht Ihnen recht!« kommentierte Mandy Kits traurige Verfassung. Dabei rümpfte sie die Nase, weil der Raum immer noch leicht nach Schnaps roch. »Schnaps löst keine Probleme. Das können Sie mir glauben.«

Kit hatte sich bisher nur einmal in ihrem Leben so schlecht gefühlt, doch in Logans Armen hatte sie ihr Elend rasch vergessen. Er war ein wunderbarer Liebhaber, dachte sie und schloß die Augen. Verdammt, sie konnte sich nicht einmal an schöne Zeiten erinnern, ohne daß es wehtat!

Wenig später begrüßten Gouverneur Searle und seine Frau Kit voller Teilnahme. »Meine liebe Miß St. John«, hauchte Lady Searle, als sie die junge Frau in die Arme schloß. »ich kann Ihnen gar nicht sagen, wie sehr wir mit Ihnen empfinden. Ein entsetzlicher Verlust! Kommen Sie, setzen Sie sich! Sie sind ja ganz grün im Gesicht.« Mit herrischer Geste winkte sie eines der Mädchen herbei. »Besorgen Sie Ihrer Herrin einen heißen Tee!«

»So blaß, wie sie ist, könnte ein bißchen Rum nicht schaden«, fügte der Gouverneur hinzu.

»Benimm dich, Daniel! Junge Damen brauchen so etwas nicht!«

So sicher wäre ich da nicht, dachte Kit.

»Wir müssen uns entschuldigen, daß wie Sie belästigen, meine Liebe, doch mein Mann benötigt dringend einige Informationen. Ich hielt es für klüger, Sie aufzusuchen statt Sie nach Bridgetown zu bestellen.«

Der Gouverneur räusperte sich. »Also... Die Angelegenheit ist offenbar sehr ernst, Miß St. John, und gleichzeitig leider auch sehr verwirrend. Von der Miliz haben wir gehört, daß Ihr Bruder in seinem Arbeitszimmer ermordet wurde, und daß aller Wahrscheinlichkeit Edward Pettijohn als Täter in Frage kommt.« Er legte eine kleine Pause ein, als ob er auf Widerspruch wartete, doch als Kit nur nickte, runzelte er die Stirn. »Unglaublich!« stieß er dann seufzend hervor. »Sir Thomas Modyford schätzt Mr. Pettijohn sehr, und auch Venables und Penn waren nach ihrem gemeinsamen Feldzug des Lobes voll. Wenn ich Sir Thomas richtig verstanden habe, so hat Pettijohn enge Beziehungen zu dem Earl of Wallingham in Kent. Eine einflußreiche Familie. Es fällt mir überaus schwer, einen solchen Mann derartiger Dinge zu beschuldigen. Sie verstehen sicher, daß ich zuerst mit ihnen darüber reden mußte.«

»Selbstverständlich.« Kit begriff, weshalb es der Gouverneur so eilig gehabt hatte. Ganz offensichtlich befürchtete er, den mächtigen Modyford durch die Anklage gegen seinen Freund Pettijohn zu beleidigen. Und sie selbst hatte dazu beigetragen, dieses Netz zu weben, in dem sie sich nun ebenfalls verfangen hatte! »Am besten sprechen Sie gleich mit meinem Butler, denn er hat persönlich mit Mr. Pettijohn gesprochen.«

Während die beiden Damen Tee tranken, kehrte der Gouverneur mit finsterer Miene von der Besichtigung des Tatorts zurück. »Nach allem, was ich gesehen und gehört habe«, begann er zögernd, »ist zumindest ein Verdacht nicht auszuschließen. Natürlich wissen wir nicht, was wirklich geschehen ist. Mr. Raleigh hat mir berichtet, daß die beiden Männer einander nicht ausstehen konnten. Angenommen, Ihr Bruder hätte seinen Besucher als erster attackiert, dann hätte Mr. Pettijohn sich lediglich verteidigt und keinen Grund gehabt, die Leiche zu beseitigen.«

»Mein lieber Daniel«, unterbrach ihn Lady Searle, »ich finde diese Unterhaltung in Gegenwart von Miß St. John nicht sehr taktvoll. Ich denke, wir haben sie jetzt lange genug belästigt.«

»Ich verstehe dich sehr gut, meine Liebe, aber wir müssen absolute Klarheit haben, bevor wir Mr. Pettijohn beschuldigen können.«

Kit begriff, daß der Gouverneur Mr. Pettijohn nach Möglichkeit schonen wollte. Unter Umständen kam dieser ehrenwerte Kaufmann tatsächlich ungestraft davon, während die geschundene Leiche ihres armen Bruders in ihrem Grab vermoderte! Wirklich, Logan mußte sich ins Fäustchen lachen.

»Natürlich dürfen wir in einem so schwerwiegenden Fall die Aussage eines Angestellten nicht überbewerten«, erklärte der Gouverneur weiter. »Wir brauchen noch weitere Beweise.«

Er hat mich ausgenutzt, dachte Kit, und jetzt triumphiert er auch noch über mich! Und womöglich kam er tatsächlich ungestraft davon. Wer scherte sich eigentlich um die armen Opfer der Männer? Wer hatte Becky gerächt und wer die Leiden der armen Lottie?

»Wir werden selbstverständlich eine sorgfältige Untersuchung durchführen, meine Liebe, doch möglicherweise ist uns in einem solch rätselhaften Fall kein Erfolg beschieden. Also, schrauben Sie Ihre Erwartungen nicht zu hoch!«

Unwillkürlich mußte Kit an Jamaica denken und fragte sich, ob Logan die Spanier nicht nur getötet hatte, weil sie seine Feinde waren. Was ging ihn denn an, ob diese Männer sie mißbraucht hatten? In gewisser Weise hatte er Kit ebenso mißhandelt, wie Oliver das möglicherweise mit der kleinen Lottie gemacht hatte. Jedenfalls hatte er sie anschließend mit der gleichen Kaltschnäuzigkeit weggeworfen. Wenn er allerdings glaubte, daß Kit St. John sich beugen und stillhalten würde, so hatte er sich gründlich getäuscht!

»Gouverneur Searle«, begann Kit mit kalter, fast schneidender Stimme, »nehmen Sie noch für einen Augenblick Platz! Ich muß Ihnen etwas erzählen, das Ihre Meinung über den einflußreichen Mr. Pettijohn vielleicht ändern wird.«

Kit stand auf der Veranda und blickte dem Wagen des Gouverneurs nach, bis er um die nächste Kurve verschwunden war. Einesteils machte sie sich Vorwürfe, daß sie so gehandelt hatte, doch andererseits empfand sie auch eine gewisse Befriedigung.

Anfangs hatte der Gouverneur nicht glauben wollen, daß der elegante, ehrbare Mr. Pettijohn in Wirklichkeit der Sklave Logan Steele war, der zu Beginn des Jahres von Greenhaven geflohen war. Auf Searles Fragen, weshalb sie ihren Verdacht denn nicht eher gemeldet hätte, hatte Kit in aller Unschuld geantwortet, daß sie anfangs unsicher gewesen wäre, weil sich der Mann so unglaublich verändert hatte. Später hätte sie dann Mitleid mit dem Mann gehabt, denn sie hatte sich genau wie alle anderen Leute in Barbados von seinem Charme und seiner Persönlichkeit täuschen lassen. Nach dieser Eröffnung hatte der Gouverneur hastig zum Aufbruch gedrängt und versprochen, alles zu unternehmen, um den Gauner zur Rechenschaft zu ziehen.

Wie leicht mir doch die Lügen von den Lippen gehen, dachte Kit, während sie die Tür schloß und sich gegen das kühle Holz lehnte. Ursprünglich hatte sie vorgehabt, alles zu verraten, doch sie hatte es nicht übers Herz gebracht. Sie hatte Logan ein Hintertürchen offengelassen, indem sie über sein Sklavendasein berichtet hatte, aber nicht über seine Tätigkeit als Pirat. Bestimmt war er schon fort, und seine Bande von Halsabschneidern ebenfalls. Zum Teufel mit ihnen! Wirklich vermissen würde sie ohnehin nur Peter, Doc und den jungen Tom Trelawny.

Irgendwie bereitete ihr der Gedanke Genugtuung, daß Logan nun, trotz all seiner Klugheit, nie mehr nach Barbados zurückkehren konnte. Das Piratennest auf Tortuga war in Zukunft seine einzige Heimat, und von heute an mußte er sich offen zu seinem neuen Leben bekennen.

Als im Herrenhaus endlich alle Lichter verlöscht waren, atmete Logan auf. Er hatte auf dem Hügel hinter dem Küchengebäude genau auf diesen Augenblick gewartet und reckte sich nun, um die bleierne Müdigkeit aus seinen Gliedern zu vertreiben. Zwei Tage und Nächte ohne Schlaf zehrten gewaltig an ihm, doch diese Sache duldete keinen Aufschub.

Als er am heutigen Abend vom letzten Sklaventransport zurückgekehrt war, hatten ihn einige seiner Männer, die in seinem Haus geblieben waren, mit der Nachricht empfangen, daß Oliver St. John ermordert worden sei und er als Täter verdächtigt würde. Der Gedanke an Kit und die Ängste und Zweifel, die sie vermutlich quälten, hatten ihn dazu bewogen, auf der Stelle nach Greenhaven zu reiten. Peter hatte ihm jedoch von solcher Eile abgeraten, wenn er nicht doch noch den Galgen riskieren wollte, und ihm empfohlen, wenigstens den Einbruch der Nacht abzuwarten.

Wie recht Peter gehabt hatte, hatte Logan gleich bei seinem Eintreffen in der Dämmerung gesehen. Unten in der Scheune hatte ein Milizsoldat Wachposten bezogen, während drei weitere in der Umgebung des Hauses patroullierten. Der Anblick versetzte Logan einen Stich, obwohl er insgeheim damit gerechnet hatte. Ganz offensichtlich befürchtete Kit das Schlimmste, und er stellte sich schon einmal darauf ein, daß er sie wahrscheinlich in den Schwitzkasten nehmen mußte, wenn er überhaupt zu Wort kommen wollte.

Langsam kletterte er vom Hügel herunter und hielt an

der Stelle inne, wo der Waldrand bis auf wenige Meter ans Haus heranreichte. Nachdem der Wachsoldat kehrtgemacht hatte, huschte Logan lautlos zum Tamariskenbaum hinüber, doch genau in dieser Sekunde war alles vorbei.

»Halt!« Der Soldat aus der Scheune rannte quer über den Hof, wobei das Mondlicht auf seiner gezückten Klinge schimmerte, und nur Sekunden später war Logan von drei weiteren Männern umringt.

»Geben Sie auf, Sir!« befahl eine junge Stimme. »Wir sind ohnehin in der Überzahl. Übergeben Sie uns Ihre Waffe!«

»Den Teufel werde ich tun!« Mit diesen Worten stürzte Logan überraschend nach vorn und verwundete einen der völlig überraschten Soldaten. Verzweifelt erwehrte er sich der Übermacht und versuchte, sich nicht durch die Gedanken an Kit ablenken zu lassen. Sein Überlegen hing jetzt einzig und allein von einem starken Arm und seiner Konzentration ab. Wenige Augenblicke später schaltete er noch einen weiteren Soldaten aus, doch dann forderte die Müdigkeit ihr Opfer. Ein heißer Schmerz fuhr durch seinen Arm, der kraftlos herabsank, und dann explodierte etwas an seinem Kopf und ließ es Nacht um ihn werden.

Erschreckt riß Kit die Augen auf. Noch ganz schläfrig starrte sie durch die offene Balkontür in die Mondnacht hinaus und fragte sich, welches Geräusch sie aufgeweckt hatte. Sekunden später war alles klar. Lautes Rufen und das Klirren von Stahlklingel drangen bis zu ihr hinauf.

Blitzschnell war sie völlig wach, schlüpfte eilig in ihren Morgenmantel und lief auf den Balkon hinaus. Doch trotz des hellen Mondscheins konnte sie unter dem dichten Geäst des Baumes nichts erkennen. Rasch stürzte sie durch ihr Zimmer, hinaus auf den Flur, und stieß am Fuß der Treppe auf Raleigh, der ebenfalls nur einen Morgenmantel übergeworfen hatte. Kurze Zeit später liefen auch Mandy und Lionel und Mavis Edmond herbei.

»Was ist denn los? Was ist das für ein Lärm?« fragte Kit.

»Ich weiß es nicht, Miß«, entgegnete Raleigh, den offenbar nichts aus seiner Ruhe bringen konnte.

Als es in diesem Moment an der Haustür klopfte, öffnete Raleigh in vollendeter Haltung und musterte den hochgewachsenen Lieutenant der Miliz mit größter Herablassung.

»Verzeihen Sie!« begann der Lieutenant und blickte um Raleigh herum in die Halle. »Miß St. John? Sie können jetzt beruhigt schlafen. Wir haben den Mörder Ihres Bruders gefangen genommen.«

»Was?« Blitzartig lief Kit auf die Veranda hinaus, um den Offizier zur Rede zu stellen. Als sie jedoch sah, wie zwei Milizsoldaten Logan mit vereinten Kräften herbeischleppten, stockte sie mitten im Schritt. Das Blut lief ihm aus den Haaren, über das Gesicht und die linke Körperseite. Offensichtlich war er benommen, denn sein Kopf wackelte bei jedem Schritt, und als seine Blicke Kits Gesicht streiften, erkannte er sie nicht.

»Der Gouverneur hat vermutet, daß der Kerl möglicherweise noch einmal herkommen würde. Während der vergangenen Monate hat er das ja öfter getan. Also hat er uns hergeschickt, und es ist uns tatsächlich gelungen, ihn zu fassen, bevor er in eines der Schlafzimmerfenster klettern konnte. Ich bin wirklich froh, daß der Gouverneur uns hergeschickt hat!«

Sekundenlang war Kit sprachlos. »Das ist eine Frechheit!« stieß sie schließlich wütend hervor.

»Ganz meine Meinung!« Der Lieutenant grinste, ohne zu begreifen, was Kit gemeint hatte. »Nicht einmal in seinem Bett ist man sicher. Über ihn brauchen Sie sich jedenfalls keine Gedanken mehr zu machen!«

»Weshalb haben Sie mich denn nicht gefragt, bevor Sie ...«

»Der Gouverneur wollte Sie nicht unnötig ängstigen, Miß! Außerdem war nicht auszuschließen, daß möglicherweise einer Ihrer Angestellten Mr. Pettijohn gewarnt hätte. Wir danken Ihnen ausdrücklich, denn ohne Ihre Mithilfe würde dieser Kerl noch frei herumlaufen. Sie können sicher sein, daß er seiner gerechten Strafe nicht entgehen wird.«

Mit schreckgeweiteten Augen starrte Kit Logan an, der langsam wieder in die Wirklichkeit zurückzukehren schien. Ein kaltes Feuer glomm plötzlich in seinen Augen, und dann erschien das grausame Grinsen auf seinem Gesicht, mit dem er schon del Vargas in Jamaica angesehen hatte. Dieses Grinsen sah Kit noch vor sich, nachdem die Soldaten ihren Gefangenen längst davongeschleift hatten.

17. Kapitel

»Guter Gott, was habe ich nur getan! Kann ich denn nichts tun, ohne immer alles nur noch schlimmer zu machen?« Mit zitternden Fingern raffte Kit ihren Hausmantel zusammen, während sie unruhig im Wohnraum auf und ab lief, als ob sie Wege in den dichten Teppich treten wollte.

»Du hast nur getan, was nötig war«, bemerkte Mavis, die nach dem ersten Schrecken auf eine Sitzbank niedergesunken war und Kits Wanderung mit besorgter Miene verfolgte. »Reg dich doch nicht so auf. In einer solchen Verfassung habe ich dich ja noch nie erlebt!«

»Du hast ja keine Ahnung!« stöhnte Kit. »Der Gouverneur hätte ihn niemals verhaftet, wenn ich ihm nicht... Verdammt, damit habe ich niemals gerechnet! Ich habe ihn für klüger gehalten. Dieser Narr! Weshalb ist er denn zurückgekommen?«

Diesmal seufzte Mavis. »Ich gebe zu, daß dieses Erlebnis bestimmt nicht erfreulich war. Aber Mr. Pettijohn hat doch ein entsetzliches Verbrechen begangen, und du solltest froh sein, daß er bestraft wird.«

»Du kannst mich nicht verstehen!«

Ich verstehe mich ja nicht einmal selbst, dachte Kit. Eigentlich sollte mir Logan Steeles Schicksal gleichgültig sein. Mit seinem Tod wäre Oliver gerächt und sie ebenfalls. Doch der Gedanke machte sie keineswegs glücklich.

»Nein, nein, nein!« schrie sie und trommelte mit den Fäusten gegen die Wand. »Ich werde es nicht zulassen!«

»Aber, Kit! Ich kann ja verstehen, daß du diesem Mr. Pettijohn Sympathie entgegengebracht hast, aber nach allem, was vorgefallen ist...«

Sympathie! Ha! Eine reizende Umschreibung für eine explosive Mischung aus Liebe, Haß, Leidenschaft, Verachtung und schrecklichem Verlangen...

»Ehrlich gesagt, kam mir dieser Mensch trotz seines guten Aussehens immer ein wenig langweilig vor... Bei unserem Ball fand ich ihn ja noch interessant, doch danach...«

»Hör doch auf, Mavis!« stöhnte Kit und ließ sich neben ihre Freundin auf das Polster sinken. »Ich muß es dir einfach sagen: Mr. Pettijohn ist nämlich nicht Mr. Pettijohn. Sein richtiger Name ist Logan Steele, und er ist ein entlaufener Sträfling.«

Mavis sah völlig verwirrt drein und begriff überhaupt nichts mehr.

»Du erinnerst dich doch an den Piraten, mit dem ich nach Hispaniola gefahren bin... Du fandest das damals äußerst romantisch!«

»Ja?« Mavis war ein wenig unsicher.

»Dieser Pirat war Logan Steele. Er kam dann nach Barbados, weil ich Verrückte als Gegenleistung für meinen Gefallen verlangt habe, daß er mir den Hof machen soll. Ich wollte, daß Oliver mich endlich in Ruhe läßt, aber dabei habe ich mich in diesen Gauner verliebt.« Sie seufzte. »Ich glaube, daß er mich auch geliebt hat, denn er hat ... O Himmel, ich weiß nicht mehr, was ich noch denken soll! Trotz all dieser entsetzlichen Vorfälle empfinde ich noch immer genauso. Dieses Gefühl ist regelrecht ein Teil von mir – und der Mann ebenfalls!«

»Oje!« rief Mavis und tätschelte gleichzeitig Kits Hand. »Da habe ich ihn wohl etwas falsch eingeschätzt, nicht wahr?«

»Weshalb ist er nur heute nacht zurückgekommen?« fragte sich Kit zum hundertsten Mal, während sie ihre Wanderung wieder aufnahm. »Vielleicht hat er Oliver ja gar nicht umgebracht und wollte mir die Sache erklären. Aber weshalb ist er dann nicht schon früher gekommen. Was soll ich nur tun?«

»Ich halte ihn trotzdem für schuldig, Kit, denn wer soll es sonst gewesen sein? Einem entflohenen Sklaven und Piraten ist so etwas auch zuzutrauen.«

»Und selbst wenn er es getan hat ... O Mavis, du hast ja keine Ahnung, wie Oliver ihn damals gequält hat! Ich hätte meinen Mund halten sollen, doch in diesem Augenblick war ich noch so fassungslos und von dem vielen Brandy richtig benommen ... Mein Gott, war ich dumm! Was soll ich jetzt nur machen?«

»Zuerst einmal wieder ins Bett gehen und noch ein wenig schlafen. Morgen sieht die Sache bestimmt anders aus.«

»Nein.« Mit nachdenklichem Gesicht blieb Kit stehen. »Nein. Geh du nur, Mavis. Ich muß noch ein wenig nachdenken.«

»Bist du sicher?« Mißtrauisch sah Mavis ihre Freundin an und gähnte.

»Ja. Aber behalte bitte für dich, daß Logan Steele ein Pirat ist! Ich habe dem Gouverneur nämlich nur verraten, daß er ein entflohener Sklave ist. Sonst nichts.«

»Ich sehe dir doch an der Nasenspitze an, daß du etwas vorhast!«

»Du Dummchen! Du kannst dich ganz beruhigt hinlegen«, erklärte Kit lachend. Dabei machte sie das unschuldigste Gesicht.

Mavis zögerte noch einen Augenblick, doch dann gab sie nach. »Also gut, aber denke daran, daß der Gouverneur kein Dummkopf ist! Ihn hält man nicht ungestraft zum Narren.«

Nachdem Mavis nach oben gegangen war, holte Kit ein Stück Papier hervor und sammelte ihre Gedanken. Sie mußte Logan aus den Händen der Miliz befreien, bevor einer zwei und zwei zusammenzählte, und er der Piraterie beschuldigt wurde. Möglicherweise erpreßten die Folterknechte gerade das Geständnis ihres hilflosen Gefangenen! Du lieber Himmel! Ob englische Foltermethoden genauso grausam waren wie die spanischen? Oh, Logan!

Mit einer ungeduldigen Geste knüllte Kit das Papier zusammen. Nein, ein Brief war nicht das geeignete Mittel. Sie wollte den Gouverneur lieber persönlich aufsuchen, denn für weiblichen Charme war er durchaus empfänglich. Sie wollte ihm eine Geschichte erzählen, die selbst Shakespeare nicht besser hätte erfinden können, und auf Gesetze, Ehre und Anständigkeit pfeifen. Wenn sie etwas zu sagen hätte, würde Logan mit Sicherheit nicht gehängt!

Die Uhr auf dem Kaminsims schlug gerade zwei, als Kit in das Arbeitszimmer des Gouverneurs geführt wurde.

Sie hatte fast den ganzen Vormittag damit verbracht, ein passendes Kleid auszusuchen, daß der Situation angemessen war und sie gleichzeitig unschuldig wirken ließ.

Höflich beugte sich der Gouverneur über ihre Hand. »Meine liebe Miß St. John, welch unerwartetes Vergnügen!« Dann führte er sie zu einem Sessel und setzte sich ebenfalls. »Ich hatte nicht erwartet, Sie so rasch nach diesem – diesem Verlust wiederzusehen. Ich hoffe, Sie sind erleichtert, daß wir den Mörder gefaßt haben.«

Kit schaffte es, verwirrt und verlegen zu wirken. »Genau deshalb bin ich ja gekommen. Ich fürchte, ich habe einen entsetzlichen Fehler gemacht.«

Der Gouverneur sprach von höflicher Anteilnahme. »Einen Fehler, meine Liebe?«

»Einen schrecklichen Fehler! Inzwischen hat sich nämlich herausgestellt, daß Logan Steele meinen Bruder gar nicht getötet haben kann.« Sie wunderte sich selbst über ihre Kaltblütigkeit und bat George Marshall insgeheim um Verzeihung. Doch der befand sich vermutlich inzwischen auf der *Ice Maiden* in Sicherheit, während Logan nur noch eine Haaresbreite vom Galgen trennte. »Ich glaube vielmehr, daß der Stallknecht der Mörder ist. Er heißt George Marshall, und ich habe erst vor einigen Wochen seine Papiere erworben.«

»Und wie kommen Sie darauf?«

»Einer meiner Sklaven war von der Köchin in den Garten geschickt worden.« Kit war keine sehr geübte Lügnerin und fummelte unentwegt an ihrem Rock herum. »Als er gerade am Haus entlangging, hörte er einen Schuß aus Olivers Arbeitszimmer und kurz darauf flog Mr. Pettijohn in hohem Bogen aus dem Fenster.« Beschämt senkte Kit die Augen. »Mein Bruder kann schrecklich jähzornig werden. Vermutlich hat man ihn entsprechend gereizt.«

»Und weiter?«

»Der Sklave half Mr. Steele auf die Füße und führte ihn

zum Stall. Dort half er ihm in den Sattel und kehrte dann zum Fenster zurück, wo es jedoch nichts mehr zu sehen gab. Ich denke, daß es eine klare Sache ist, denn gleichzeitig mit meinem Bruder ist auch George Marshall verschwunden.«

»Sehr interessant«, war alles, was der Gouverneur darauf sagte, und schon krampfte sich Kits Magen zusammen.

»Ich weiß nicht, weshalb ich nicht gleich darauf gekommen bin«, fuhr sie jedoch unerschrocken fort. »Am Tag zuvor hatte mein Bruder nämlich eine heftige Auseinandersetzung mit dem Mann. Er war Dienstboten gegenüber immer ziemlich ruppig.«

»Normalerweise wird die Aussage eines Sklaven nicht als Beweismittel angesehen.«

»Das ist mir klar. Mir geht es jedoch ausschließlich um die Gerechtigkeit.«

»Aber natürlich!«

»Es wäre doch nur gerecht, wenn Mr. Steele wieder nach Greenhaven zurückkehren und seine Strafe dort bis zum Ende ableisten müßte.« Innerlich bebte Kit heftig, doch bisher war alles gutgegangen.

Zweifelnd runzelte Searle die Brauen. »Wollen Sie diesen ungebärdigen Menschen tatsächlich wiederhaben?«

Kit zuckte gleichmütig die Achseln. »Mein Bruder hat ihn mit Greenhavens Geld gekauft, und ich verliere meine Investitionen nur ungern.«

Der Gouverneur räusperte sich verlegen. »Zumindest ist das sehr ungewöhnlich.«

»Das ist mir klar«, begann Kit und griff dann zu ihrer letzten Waffe, »aber auf diese Weise wird niemand auf der Insel erfahren, daß man uns hereingelegt hat. Edward Pettijohn verschwindet einfach. Sein Verwandter, der Earl of Wallingham hat ihn eben nach England zurückgerufen.«

»Nun – meine liebe Miß St. John«, stotterte der Gouverneur, während er Kit väterlich die Hand täschelte. »Natürlich war es richtig, daß Sie gleich zu mir gekommen sind, und wir werden uns auch selbstverständlich nach diesem Stallknecht umsehen.«

Er glaubte ihr! Das war ja nicht zu fassen!

»Ihr Vorschlag hat einiges für sich und würde tatsächlich nicht nur mir, sondern auch Sir Thomas eine Menge Unannehmlichkeiten ersparen. Doch leider haben wir inzwischen erfahren, daß dieser Steele sein Schiff zu ungesetzlichen Aktionen mißbraucht hat.«

»Nein!« Kits Verzweiflung war nun nicht mehr gespielt. Das Schlimmste war also längst eingetroffen!

»Fürchterlich, nicht wahr? Wir haben es also auch noch mit Piraterie zu tun.« Entschuldigend zuckte der Gouverneur die Achseln. »Ich fürchte, ein Zweifel ist ausgeschlossen. Die Takelage wurde geändert und der Anstrich ebenso. Ganz offensichtlich handelt es sich bei dem Schiff um die *Ice Maiden*, die Sir Thomas Anfang des Jahres gestohlen worden war. Wie es aussieht, sind Mr. Steele und eine ganze Bande von Sträflingen damit geflüchtet. Das allein rechtfertigt schon ein Todesurteil.«

»Ich verstehe.« Kit war leichenblaß geworden, und ihr Herz klopfte zum Zerspringen. Demnach waren nicht nur Logan, sondern auch Doc, Peter, Tom und die übrige Mannschaft zum Tode verurteilt. Wenn die Miliz das Schiff aufbrachte und die Mannschaft gefangensetzte, würden ihr auch George Marshall in die Hände fallen, den sie gerade so belastet hatte! Wieder einmal hatte sie im besten Glauben größtes Unheil angerichtet und mußte nun zusehen, wie das Schicksal seinen Lauf nahm.

Der Arzt arbeitete mit groben, unsanften Handgriffen und schien das Stöhnen seines Patienten geradezu zu genießen. »Sieht ja prächtig aus, mein Freund! Bald sind Sie wieder ganz in Ordnung.«

»Und wozu das Ganze?« fragte Logan zynisch. Wozu sollte er noch gesund werden, wenn er ohnehin aufgehängt wurde?

Nachdem der Arzt seine Utensilien zusammengepackt hatte und von der Wache hinausgeführt worden war, blickte Logan lange durch den schmalen Fensterschlitz über die Carlisle Bay hinaus. In seiner Zelle war es unerträglich heiß und stickig, das Stroh auf dem Boden wimmelte von Ungeziefer, und das Essen, das man ihm zweimal am Tag hereinschob, war eigentlich nur noch als Schweinefutter geeignet. Aber dennoch hätte er es schlimmer treffen können.

Er war bisher nicht gefoltert worden, und die einzige, wirklich brutale Behandlung hatte er bei seiner Festnahme erfahren. Doch er war den Soldaten deshalb nicht böse, denn wenn er sich richtig erinnerte, so hatte er ja auch zwei oder drei der Männer außer Gefecht gesetzt. Er schien eine Vorzugsbehandlung zu genießen. Wenn man das Urteil mit einem neuen Seil vollstrecken und seine Leiche auch noch abnehmen würde, bevor sich die Möven daran gütlich getan hätten, dann hatte er das diesem verdammten Modyford zu verdanken. Eine seltsame Art, seine Versprechen zu halten!

Als ob Modyford Logans Gedanken gelesen hätte, tauchte sein Gesicht plötzlich vor der vergitterten Öffnung in der Tür auf. Sekunden später schwang die Tür auf, und er betrat in die Zelle, wobei er sich ein Spitzentaschentuch auf Mund und Nase preßte.

»Sie können gehen, Corporal. Mr. Steele ist nicht so stark, daß ich es nicht allein mit ihm aufnehmen könnte.«

Dessen war Logan längst nicht so sicher, denn liebend gern hätte er in diesem Augenblick jemanden den Kragen umgedreht. Sir Thomas kam ihm da gerade recht.

Widerstrebend verließ der Gardist die Zelle. »Seien sie auf der Hut. Er ist gefährlicher als Sie denken!«

»Verlassen sie sich darauf.« Modyford wartete, bis der Soldat außer Hörweite war und wandte sich dann um. »Um Himmels willen!« stieß er hervor und spielte den Gekränkten. »Da haben Sie sich ja hübsch in Schwierigkeiten gebracht, mein Junge! Für so töricht hätte ich Sie wirklich nicht gehalten.«

Logan musterte ihn mit verachtungsvollem Blick.

»Es geht mir nicht darum, daß Sie ihn einfach umgebracht haben.« Seine Augen verengten sich zu Schlitzen. »Vorausgesetzt natürlich, daß Oliver St. John auch der Gesuchte war! Sie hätten wenigstens ein wenig mehr Diskretion walten lassen oder zumindest mich zuerst benachrichtigen können. Ich hätte sie unverzüglich in eine holländische oder französische Kolonie bringen können!«

Als Logan unverändert schwieg und immer feindseliger dreinsah, schüttelte Sir Thomas betrübt den Kopf. »Diese blödsinnige Rückkehr nach Greenhaven hatte doch sicher etwas mit St. Johns netter kleiner Schwester zu tun, oder etwa nicht? Das war das Dümmste, was Ihnen einfallen konnte. Solange nur das Wort eines Dieners gegen Sie stand, hätte der Gouverneur sicher mit sich reden lassen. Doch seit St. Johns Schwester ihm erzählt hat, daß Sie in Wirklichkeit ein entflohener Sträfling sind... Nun, das war gewissermaßen der krönende Abschluß! Allerdings frage ich mich, weshalb die Dame über Ihre Aktivitäten als Pirat kein Sterbenswörtchen verloren hat.«

»Das wollte sie sicher Ihnen überlassen«, bemerkte Logan in beißendem Ton.

»Was sollte ich denn tun? Man hätte das Schiff ohnehin konfisziert. Ich kann doch keine Beweismittel unterschlagen. Hätte ich dem Gouverneur etwa erzählen sollen, weshalb ich Ihnen und Ihren Kumpanen diese Fregatte praktisch auf dem Tablett serviert habe?«

»Es wäre zumindest eine der Möglichkeiten gewesen.« Logans Stimme war voll Bitterkeit. »Angeblich ist diese Aktion doch von Cromwell persönlich genehmigt worden.«

»Das stimmt schon, aber deswegen muß man es ja trotzdem nicht an die große Glocke hängen, nicht wahr? Außerdem halte ich Searle nicht für so vertrauenswürdig, wie ich mir das wünschen würde.«

»Lieber lassen sie mich hängen! Das war lediglich eine Feststellung.«

»Aber nein, aber nein!« Modyford lächelte. »Sie haben Ihre Aufgabe ja erfüllt, wenn auch ziemlich ungeschickt. Da kann ich Sie doch nicht einfach im Gefängnis schmoren lassen. Ein Versprechen ist schließlich ein Versprechen!«

»Sehr richtig, Sir Thomas!« zischte Logan mit drohendem Unterton. »Ein Versprechen ist ein Versprechen! Wenn ich meines erfüllen soll, lassen Sie mich schleunigst hier heraus und geben Sie mir mein Schiff und die Mannschaft zurück! Sollte der Schakal tatsächlich tot sein, habe ich nichts damit zu tun. Aber solange Sie nicht absolut sicher sind, sollten Sie mir die Verfolgung ermöglichen.«

Einige Augenblicke lang sah Modyford nachdenklich drein, doch dann zuckte er die Achseln. »Oliver St. John ist tot, Steele, auch wenn nicht feststeht, wer ihn umgebracht hat. Seine eigene Schwester hat die Leiche identifiziert. Falls der Schakal noch am Leben sein sollte, dann waren Ihre Nachforschungen wohl nicht sorgfältig genug.«

Logan strafte Modyfords Äußerungen nur mit Verachtung.

»Aber da ich Sie vielleicht ja doch noch brauchen kann, werde ich dem Gouverneur von unserem kleinen Geschäft berichten. Reißen Sie sich zusammen, mein

Freund, denn Sie werden bestimmt draußen sein, bevor man Ihnen die Schlinge um den Hals legen kann.«

Nachdem Sir Modyford sich verabschiedet hatte, starrte Logan wieder auf den kleinen Ausschnitt der Carlisle Bay. Er traute Modyford keine Sekunde. Wenn dieser vom Tod des Schakals überzeugt gewesen wäre, hätte er ihn sicher hier vermodern lassen. Logan konnte zwar verstehen, daß Modyford seine Praktiken nicht unbedingt jedermann unter die Nase reiben wollte, doch wenn er ihn jetzt nicht hier herausholte, dann wußte er sich keinen Rat mehr.

Den bekam er wenige Augenblicke später von völlig unerwarteter Seite. Er hörte Kits Stimme bereits, bevor ihr Gesicht in dem vergitterten Viereck auftauchte. Als die wunderschönen weichen Töne, die ihn einmal so begeistert hatten, an sein Ohr drangen, spannten sich alle Muskeln in seinem Körper.

Der Gouverneur hatte die Unterredung nur widerwillig gestattet, und so kurz vor dem Ziel kamen nun auch Kit Bedenken. Bestimmt glaubte Logan, daß sie ihn in die Falle gelockt hatte, und haßte sie dementsprechend. Auf dem schmutzigen Gang vor der Zelle hielt sie einen Augenblick lang inne, um wieder Mut zu fassen.

»Kommen Sie, Miß! Ich habe nicht den ganzen Tag Zeit.«

»Ich komme ja schon.« Sie erinnerte sich wieder daran, daß sie eigentlich noch viel mehr Grund hatte, diesen Mann zu hassen. Obwohl sie es vor dem Gouverneur abgestritten hatte, war sie dennoch überzeugt, daß er Oliver umgebracht hatte – jedenfalls ziemlich überzeugt. Sie mußte aber Gewißheit haben und wollte das Geständnis aus Logans eigenem Mund hören, bevor sie es endgültig glauben konnte. Starr vor lauter Entschlossenheit, nickte sie dem Posten zu und trat an die Zellentür.

»Sie haben Besuch, Steele!« brummte der Gardist.

»Das sehe ich«, schnarrte Logans Stimme, und dann erschien ein maskenhaftes Gesicht, das genauso gut einem Fremden hätte gehören können.

Kit wäre geradezu erlöst gewesen, wenn Logan zornig, wütend oder ärgerlich gewesen wäre. Statt dessen blickte sie nur in leblose kalte Augen.

»Wem verdanke ich denn diese Ehre?«

Verlegen biß sich Kit auf die Lippen. »Lassen Sie uns allein«, bat sie den Gardisten.

»Pardon, Miß, aber das geht nicht.«

»Diese Tür ist ja wohl stabil genug, außerdem hat der Gouverneur mir gestattet, allein mit diesem Mann zu sprechen. Ich habe ihm etwas sehr Persönliches mitzuteilen.«

»In Ordnung, Miß. Falls es Schwierigkeiten geben sollte, finden Sie mich gleich nebenan.«

»Das ist sehr beruhigend.« Als der Mann endlich verschwunden war, hob sie den Blick und sah Logan in die Augen.

»Etwas Persönliches? Ich wüßte nicht, was wir zu besprechen hätten.«

Ihr Herz zog sich schmerzhaft zusammen, als sie die Schwellung an seiner Schläfe entdeckte. »Schaut ein Arzt nach dir?« fragte sie unwillkürlich, und vergaß beinahe, weshalb sie gekommen war.

»Reizend, wie sehr du dich um die Gesundheit eines Todeskandidaten sorgst!«

Die bittere Zurückweisung, die in seiner Stimme lag, fachte ihre Wut wieder an. Wenn diese Wut doch nur endlich einmal größer wäre als der Schmerz in ihrer Seele! »Eigentlich sollte es mir gleichgültig sein, was aus dir wird. Falls es einen gerechten Gott gibt...«

»Bist du gekommen, um dich über mich lustig zu machen?« fragte Logan hämisch. »Du scheinst froh zu sein, daß du es geschafft hast.«

»Darf ich denn nicht froh sein, wenn der Mörder meines Bruders hinter Gittern sitzt und auf den Henker wartet?« giftete sie zurück.

Einige Zeit lang wechselten sie nur feindliche Blicke, bis Kit schließlich die Augen senkte. »Ich bin gekommen, um es aus deinem eigenen Mund zu hören, Logan«, sagte sie schließlich leise. »Was ist an diesem Tag im Arbeitszimmer vorgefallen? Weshalb hast du ihn umgebracht?«

Logan schnaubte verächtlich. »Habe ich es denn getan? Würdest du mir die Wahrheit überhaupt glauben? Deine Meinung steht doch längst fest!«

»Was soll ich denn denken?« Kit schluchzte beinahe. »Oliver ist tot! Man hat ihn in den Kopf geschossen und seine Leiche wie – wie ein Stück Abfall den Haien zum Fraß vorgeworfen! Alle haben dich kommen sehen, außerdem warst du schrecklich wütend, und dann ist ein Schuß gefallen. Kannst du mir sagen, was ich davon halten sollte?«

»Also hast du einfach die Miliz gerufen und mir diese Falle gestellt, ohne dir überhaupt anzuhören, was ich dazu zu sagen hatte. Dein Vertrauen ist wirklich riesig, mein Schatz!«

»Ich habe die Miliz nicht gerufen! Das hat der Gouverneur getan. Verdammt, Logan, sag endlich, was passiert ist! Ich muß es einfach wissen! Hast du ihn umgebracht, weil er dich mißhandelt hat? Oder wegen mir?«

»Glaubst du eigentlich, daß ich immer nur an dich denke?« Spöttische Blicke aus blauen Augen glitten über ihr Gesicht und ihren Körper. Er hatte mitten ins Ziel getroffen, und Kit zuckte zurück.

Logan lächelte bitter. Es war ja so einfach, jemanden zu verletzen, wenn man ihn gut kannte. Er haßte sich dafür, daß er sich auf so billige Art rächte, und er haßte Kit dafür, daß sie ihn dazu gebracht hatte. Ihr Verrat hatte seine innersten Gefühle so stark verletzt, daß er sich insgeheim an ihrer Qual ergötzte.

Irgendwann sammelte Kit die Überreste ihres Stolzes ein. Es war ein Fehler gewesen, Logan aufzusuchen. Sie hätte es wissen müssen, und sie fragte sich, wie oft sie sich noch die Finger verbrennen müßte, bevor sie dem Feuer endlich aus dem Weg ging. Eine Sache allerdings mußte sie noch erledigen. Danach konnte Logan Steele von ihr aus zur Hölle fahren.

»Ich will nicht, daß man dich hängt, Logan. Und mir ist gleich, was du denkst oder getan hast.«

»Dann sind wir ja schon zwei«, gab er zynisch zurück.

»Ich habe dem Gouverneur von deiner Flucht erzählt, aber ich hatte nicht damit gerechnet, daß du so dumm sein und der Miliz direkt in die Arme laufen würdest!«

»Hast du deshalb die nette kleine Falle aufgebaut, Katarina?« Seine Augen glitzerten boshaft. »Wenn du klug wärst, würdest du dich über meinen Tod freuen. Wenn ich schon deinen Bruder kaltherzig ermordet habe, werde ich doch mit einem verräterischen Weibstück nicht lange fackeln! Du könntest ruhiger schlafen, wenn es mich nicht mehr gäbe.«

Als er ihre ängstlichen Augen sah, haßte er sich, doch der dunkle erbarmungslose Teil seiner Seele behielt die Oberhand.

»Wenn das wirklich so ist«, erwiderte Kit mit erstarrter Stimme, »bin ich noch ein größerer Dummkopf als du!« Mit einer hastigen Bewegung griff sie in ihr Mieder und zog einen schmalen Dolch aus gehärtetem Stahl hervor, den sie ihm rasch durch das Gitter zusteckte. »Mehr konnte ich nicht hereinschmuggeln.«

Skeptisch betrachtete Logan die Klinge. »Und was soll ich damit tun?«

»Wenn ich keine Dame wäre, Mr. Steele, würde ich dir sagen, was du damit machen sollst. Doch so, wie die

Dinge liegen, schlage ich vor, daß du dein Gehirn benutzt und dir etwas einfallen läßt!« Ohne ein weiteres Wort drehte sie sich um und ging mit langen Schritten davon.

Drei Stunden später war die blinkende Klinge vom Schaben an den Gittern stumpf und schartig geworden. Eine ziemlich sinnlose Tätigkeit, dachte Logan verärgert. Wenigstens drei dieser Eisenstangen müßte er entfernen, um seine breiten Schultern hindurchzwängen zu können. Selbst wenn ihm das gelänge, wären seine Chancen immer noch gleich null. Aber zumindest lenkte dieser Zeitvertreib seine Gedanken vom Galgen und dem Henker ab.

Als Logan Geräusche aus dem Wachraum hörte, ließ er das Messer blitzartig verschwinden und vertuschte die Stellen, an denen er gefeilt hatte. Rasch trat er ans Fenster und sah am Stand der Sonne, daß der Wachwechsel bevorstand. Einige Minuten lang verharrte er in Gedanken und trat dann entschlossen zur Tür. An diesem Abend hatte Timothy Hawkins Dienst, der ein bißchen gesprächiger war als die anderen, doch trotzdem wollte Logan seinen Plan nicht aufgeben.

»Wie ich sehe, haben Sie unsere Küche wieder einmal überlebt«, scherzte der junge Mann durch das Gitter und grinste. »Alan hat mir erzählt, daß eine tolle Frau bei Ihnen war.« In diesem Augenblick bemerkte er einige Kratzer an den Stäben und trat einen Schritt näher, um das Gitter sorgfältiger zu betrachten.

Genau auf diesen Augenblick hatte Logan gewartet. Blitzartig packte er den jungen Mann durch das Gitter an den Haaren und schlug seinen Kopf einige Male kräftig gegen die Eisenstäbe, bis der Körper des Mannes willenlos gegen die Tür sackte. Während er den halb benommenen Timothy festhielt, umschlang Logan den Hals des jungen Mannes mit seinem Arm. Dann tastete er nach dem Messer, das zwar schartig und unansehnlich geworden war, doch zum Durchtrennen einer Kehle taugte es noch. Inständig hoffte Logan, daß er keinen Gebrauch davon machen mußte.

Wie wild zerrte der Gardist an Logans Arm, doch der hielt den Hals wie ein Schraubstock eisern fest, so daß das Gesicht des Mannes allmählich rot anlief. Als er schreien wollte, quoll nur noch ein leises Gurgeln aus seiner Kehle. Da griff er in Panik nach seinem Säbel.

»Wenn Sie die Waffe ziehen, sind Sie ein toter Mann«, warnte Logan und ließ ihn das Messer spüren. »Ich werde Ihnen nämlich den Hals durchschneiden.«

Der junge Mann krächzte und wand sich, doch er war absolut hilflos.

»Lösen Sie jetzt den Schlüsselbund vom Gürtel, aber spielen Sie nicht den Helden und schleudern ihn fort! Ob ich für einen oder zwei Morde aufgehängt werde, ist mir herzlich gleichgültig. Klar?«

Die Andeutung eines Nickens war die einzige Antwort.

»So ist es recht!« lobte Logan, als der junge Mann nach den Schlüsseln tastete. »Und nun stecken Sie den passenden ins Schloß!«

Timothy bäumte sich auf, doch schon drückte sich die Schneide des Messers an seinen Hals.

»Denken Sie nicht einmal daran, mein Sohn! Was wird denn Ihre arme Mutter sagen, wenn Sie heute abend nicht nach Hause kommen? So ist es recht.« Er hörte, wie der Schlüssel ins Schloß glitt. »Und jetzt drehen Sie ihn herum! Wunderbar!«

Logan drehte die Tür nach innen und zerrte den hilflosen Timothy mit sich. Der junge Mann war völlig erschöpft und leistete keinerlei Widerstand, als er in die Zelle gezogen und mit Stoffstücken seiner Uniform gefesselt und geknebelt wurde.

»Tut mir leid, daß es gerade Sie getroffen hat, Hawkins«, entschuldigte sich Logan, während er die Fesseln noch einmal überprüfte. »Aber Sie müssen mich verstehen. Ich liebe mein Leben viel zu sehr, um mich jetzt schon zu verabschieden!«

Die anderen beiden Wachsoldaten waren zwar älter als der junge Timothy Hawkins, aber deswegen auch nicht klüger. Sie wurden ebenfalls gefesselt und geknebelt und mußten entsetzt mitansehen, wie Logan sich am Waffenschrank mit einem kurzen Säbel und einem Paar Pistolen bediente. Ohne seine Opfer noch eines Blickes zu würdigen, steckte sich Logan die Pistolen in den Hosenbund, zückte den Säbel und schlich geräuschlos aus der Tür.

18. Kapitel

Lustlos stocherte Kit in ihrem Frühstück. Schinken und Ei waren längst kalt geworden, doch sie schien das nicht zu bemerken. Sie saß ganz allein am Tisch. Mavis und Lionel waren schon am Vortag wieder abgereist, und seitdem war das Haus unerträglich leer. Genauso leer wie die ganze Zukunft...

»Sie haben ja schon wieder nichts gegessen!« tadelte Mandy, nachdem sie hereingekommen und ihre mürrische Herrin wieder ganz in Gedanken vorgefunden hatte. »Die Trauerkleider, die Sie bestellt haben, sind geliefert worden. Allerdings nur zwei, denn die anderen benötigen noch eine Anprobe. Madame Roget läßt fragen, wann sie Sie erwarten darf.«

Kit schnitt eine Grimasse. »Im Augenblick ganz bestimmt nicht. Bringen Sie mir Papier und Tinte, damit ich ihr einen Brief schreiben kann.« Nach Bridgetown zog es sie im Augenblick überhaupt nicht, denn sie wollte nicht dabei sein, wenn man Logan...

Nachdem Mandy den Auftrag ausgeführt hatte, wartete sie mit verschränkten Armen.

»Setzen Sie sich doch und trinken Sie eine Tasse Tee, bis ich fertig bin«, forderte Kit sie schließlich auf.

Mandy protestierte beleidigt. »Es gehört sich nicht, daß ich mich zu Ihnen an den Tisch setze!«

»Unsinn!« schimpfte Kit, denn sie wußte genau, weshalb Mandy so reagierte. Sie hatte ihr nämlich erzählt, wer Edward Pettijohn in Wirklichkeit war, und seitdem war die Gute eifersüchtig, weil Kit sie nicht von Anfang an ins Vertrauen gezogen hatte. »Sie sind schließlich der einzige Mensch, der mir im Augenblick nicht aus dem Weg geht.«

»Das stimmt schon. In der letzten Zeit waren Sie nicht gerade guter Laune!«

»Das wären Sie vermutlich auch nicht, wenn Sie von dem Mann, den sie lieben und der Sie angeblich ebenfalls liebt, betrogen worden wären...«

Kit hatte den Satz noch nicht ganz zu Ende gesprochen, als ihr der doppelte Sinn der Worte aufging. Logan war ebenfalls verraten worden, doch er hatte wenigstens das Glück, daß er sie nicht liebte. Wenn er anders wäre, hätte er niemals seine Hand gegen ihren Bruder erhoben.

»Sie hätten sich nicht in diesen Piraten verlieben sollen!« brummte Mandy. »Ich habe es Ihnen ja gleich gesagt, aber das Problem wird sich ja nun von selbst lösen.«

In diesem Augenblick trat Raleigh ins Zimmer. »Dieser Brief ist soeben aus Bridgetown eingetroffen. Der Bote des Gouverneurs wartet auf Antwort.«

Wie gebannt starrte Kit sekundenlang auf das Siegel, bevor sie es erbrach. Ob Logan bereits... Nachdem sie die krakelige Schrift überflogen hatte, löste sich die Spannung in einem Lächeln. »Logan Steele ist entkommen«, verkündete sie.

Raleigh zuckte unmerklich zusammen, während Mandy nur verächtlich schnaubte. »Solchen Kerlen gelingt es doch immer wieder, der Gerechtigkeit zu entgehen!«

Beim Lesen gab Kit eine kurze Zusammenfassung. »Der Gouverneur will uns Milizsoldaten zum Schutz schicken. Die *Ice Maiden* ist beschlagnahmt worden und wird von Sir Thomas' Leuten bewacht. Wie es aussieht, hat Steele keine Möglichkeit, von der Insel zu fliehen.« Ob der Gouverneur wohl wußte, daß Logans Angestellte ausnahmslos Mitglieder seiner Mannschaft waren? Vielleicht gelang es ihnen ja, die *Ice Maiden* wieder in Besitz zu nehmen.

»Der Bote wartet auf Antwort, Miß«, erinnerte sie Raleigh.

Kit war unentschlossen. Hatte Logan ihr nicht in der Zelle gedroht, daß sie sich erst sicher fühlen könnte, wenn man ihn getötet hätte? Mußte sie seine Rache fürchten? Bei der Erinnerung an sein eiskaltes Lächeln spürte sie schon den kalten Stahl des Dolchs an ihrem Herzen... Entschlossen schob sie den Gedanken von sich.

»Danken Sie dem Gouverneur für seine Fürsorge, aber ich denke, wir können uns selbst schützen.« Noch einmal wollte sie Logan nicht an die Miliz verraten.

Raleigh schwieg mit versteinerter Miene, doch Mandy konnte nicht an sich halten. »Und wie?« fragte sie entsetzt.

»Falls er uns tatsächlich einen Besuch abstatten sollte, haben wir wohl genug Männer auf der Plantage, oder etwa nicht? Ich kann mir allerdings denken, daß er genug damit zu tun hat, seine eigene Haut zu retten.«

»Hoffentlich haben Sie recht, Miß!«

»Aber ganz bestimmt, Mandy. Dieses Kapitel dürfte damit abgeschlossen sein.« Während sie das sagte, fiel ihr Blick auf ihren Teller, und zum ersten Mal seit Tagen verspürte sie wieder so etwas wie Appetit. »Und seien Sie bitte so lieb und lassen mir ein frisches Frühstück bringen!«

Mit Mühe brachte Kit ihre Stute neben dem neuen Verwalter zum Stehen.

»Eine temperamentvolle Dame«, bemerkte Reginald Bartlett und tippte sich grüßend an die Mütze.

Kit lachte, wie sie es schon seit Wochen nicht mehr getan hatte. »Windy war viel zu lange im Stall und genießt ihre Freiheit in vollen Zügen. Ich muß sagen, die Arbeit macht gute Fortschritte!« Dabei schweiften ihre Blicke über die Felder, wo die Sklaven die verbrannten Überreste des Zuckerrohrs entfernten. Im Geist sah Kit bereits die neuen grünen Pflänzchen in regelmäßigen Reihen aus dem fruchtbaren Boden sprießen. »Bei diesen Arbeiten denke ich immer voll Hoffnung an das nächste Jahr«, erklärte sie.

Trotzdem fühlte sie sich eher unbehaglich, als sie die gebückt arbeitenden Gestalten beobachtete. Im Grunde war der Ausritt eine Flucht gewesen, um der bedrückenden Atmosphäre des Hauses zu entkommen. Offensichtlich hatte sich die Nachricht von Logans Flucht wie ein Lauffeuer unter den Dienstboten herumgesprochen, denn alle schlichen mit angstgeweiteten Augen umher.

»Ich muß außerdem etwas mit Ihnen besprechen, Mr. Bartlett.«

»Und was, Miß?«

»Ich möchte Sie bitten, einige unserer Aufseher als Wachen aufzustellen.«

»In Ordnung, Miß. Demnach ist dieser Steele also tatsächlich ausgebrochen.« Ein gewisses Grinsen spielte um seine Mundwinkel.

»Ich glaube zwar nicht, daß er uns noch einmal einen Besuch abstatten wird, aber ich möchte auf alle Fälle vorbereitet sein.« Worauf eigentlich? Wollte sich Logan wirklich an ihr rächen? Würde ihr Alptraum wahr werden?

»Sehr vernünftig, Miß«, stimmte Bartlett zu. Dann schob er seine Mütze in den Nacken und kratze sich verlegen am Kopf. »Ich will Sie ja nicht bevormunden, Miß, aber ich könnte mir denken, daß Sie das alles gern für eine Weile hinter sich lassen würden. Im Augenblick ist nicht so viel zu tun, daß wir es nicht auch allein bewältigen könnten. Eine kleine Reise wäre doch genau das Richtige...«

Und alle konnten sich sicherer fühlen, was nicht zuletzt auch für sie selbst zutraf. »Ich werde darüber nachdenken, Mr. Bartlett«, meinte Kit nachdenklich.

Den ganzen Nachmittag ließ sie der Gedanke nicht mehr los. Während sie über ihren Besitz ritt, krochen die Erinnerungen an Logan Steele aus jedem Winkel. Am kleinen See neben der Mühle war es am schlimmsten. Bittersüße Erinnerungen überfielen sie, während ihre Blicke über die ruhige grünliche Wasserfläche glitten – doch für Logan war das alles nur ein Spiel gewesen! Die Erinnerung an seine eiskalte Miene und die Rachedrohung zerstörte alles, woran Kit geglaubt hatte, und mit einem kummervollen Seufzer vergrub sie ihr Gesicht in Windwalkers Mähne. Hilflos umklammerte sie den Hals des Tieres und ließ ihren Tränen freien Lauf.

Eigentlich mußte sie sich bei Bartlett bedanken, denn er hatte ihr den richtigen Weg aus ihren Schwierigkeiten gezeigt. Sie wollte zur Kusine ihres Vaters nach Kent fahren und dort so lang bleiben, bis ihre Erinnerung an Logan Steele verblaßt war. Sie mußte sich selbst beweisen, daß Greenhaven ihr genügte und sie weder Oliver noch Logan, sondern höchstens sich selbst zum Leben brauchte.

Insekten schwirrten durch die stille Nachtluft, und der Mond stand bereits tief über den Hügeln an der Half Moon Bay. In seinem schwachen Licht konnten die drei Gestalten, die sich in den Schatten des Waldes duckten, gerade noch die Umrisse des Herrenhauses ausmachen.

Je mehr Zeit verging, desto schwächer wurden die Geräusche, die aus dem Anwesen nach oben drangen.

»Ich habe ein ungutes Gefühl«, flüsterte Peter. »Warum lassen wir die Kleine denn nicht einfach hier?«

Logan grinste. »Das ist allein meine Angelegenheit. Ich bin mit Katarina St. John noch nicht fertig.«

»Van Halen hat recht«, meldete sich nun auch Carmody zu Wort. »Wenn uns diese verdammten Aufseher erwischen, werden wir alle baumeln!«

»Sie können ja zu den anderen zurückgehen, wenn Sie zu nervös sind!« antwortete Logan barsch.

»Ist ja gut«, beschwichtigte ihn Carmody. »In unserer Lage sollten wir die Weiber Weiber sein lassen! Allerdings habe ich gehört, wie klug sie den Gouverneur hereingelegt hat. Für eine Engländerin nicht schlecht!«

»Aus Ihrem Mund ist das ein großes Lob, Carmody! Ihnen hat es die kleine Hexe offenbar angetan, oder?«

»Das ist noch keiner gelungen«, brummte Carmody.

Logan blickte zum Haus hinunter, wo seit einiger Zeit auch die letzten Geräusche in der Küche verstummt waren. »Ich denke, es ist Zeit für meinen Besuch bei der Dame des Hauses. Sie beide warten hier und sperren die Ohren auf, falls ich Hilfe brauche.«

Carmody schüttelte den Kopf, während Logan sich lautlos davonschlich. »Die Kleine umzubringen, wäre sicherer, statt sie mitzuschleppen!«

»Pst!« zischte Peter energisch. »Brutalen Typen wie Ihnen verdankt die Piraterie ihren schlechten Ruf!«

Ohne jedes Geräusch schlüpfte Logan durch den Kücheneingang ins Haus und durch das dunkle Speisezimmer, bis in den großen Wohnraum. Aus einem kleineren Zimmer, das an der Rückseite des Hauses lag und Kit als Arbeitszimmer diente, drangen Stimmen. Vorsichtig drückte sich Logan in den Schatten neben der offenstehenden Tür und lauschte.

»Ich meine, daß uns Harry gute Dienste leisten könnte«, hörte er Mandy sagen. »Raleigh beschwert sich ohnehin, daß er nichts tut und nur den Hausmädchen nachsteigt.«

»Wir brauchen keine männliche Begleitung«, erklärte Kit in barschem Ton. »Seit dem Tod meines Vaters komme ich allein zurecht, und das wird auch so bleiben.«

Als Logan vorsichtig ins Zimmer spähte, traf ihn Kits Anblick mitten ins Herz. Wie oft hatte er diesen kritischen Blick gesehen, und wie vertraut waren ihm dieses energische Kinn und die schwungvollen dunklen Augenbrauen! Er liebte ihren etwas staksigen Gang mit den ausgreifenden Schritten und sah es gern, wenn der schwingende Rock ihre schmale Taille und die langen Beine betonte.

»Ohne männliche Begleitung fürchte ich mich auf einer so langen Reise«, nörgelte Mandy. »Was werden wir tun, wenn wir von Piraten überfallen werden?«

Ein kurzes, bitteres Auflachen war die Antwort. »Der einzige Pirat, der mir Kopfzerbrechen bereitet, befindet sich hier auf dieser Insel!«

»Und der Schakal?«

Kits Augen verdunkelten sich, als sie wieder an die entsetzlichen Szenen auf der *Carrie Ann* erinnerte. »In diesem Fall nützt uns der liebe Harry erst recht nichts! Dann hilft nur noch Beten!«

Mandy brummte. »Ich würde mich aber trotzdem sicherer fühlen.«

Lächelnd schüttelte Kit den Kopf. »Und ich dachte, Sie hätten die Männer endgültig aufgegeben.«

»Beruflich schon.« Mandy grinste. »Im Privatleben fällt es mir allerdings sehr schwer.«

Wie wahr, dachte Kit und wechselte rasch das Thema. »Wir müssen uns beeilen, Mandy, denn ich will in zwei Tagen fertig sein. Ich habe unserem Agenten in Bridgetown bereits angekündigt, daß wir dann die *Isabella* benötigen.«

»Die *Isabella?*« Mandy war entsetzt. »Dieses winzige Schiff?«

»Seien Sie nicht kindisch! Die *Isabella* wird uns genauso sicher über den Ozean tragen wie die *Elizabeth.* Die ist zwar größer, aber sie steht im Augenblick nicht zur Verfügung, da sie am Todestag meines Bruders in die amerikanischen Kolonien abgesegelt ist, wie Sie sich bestimmt entsinnen.«

»Wenn der Gouverneur den Mann ordnungsgemäß aufgehängt hätte, wären uns eine Menge Probleme erspart geblieben!«

»Aber, Mandy, so etwas will ich nie wieder hören!«

»Schon gut. Ich werde einmal nachsehen, was Mr. Bartlett veranlaßt hat, um uns heute nacht zu beschützen.«

Als die rundliche Frau in den Wohnraum trat, drückte sich Logan noch tiefer in den Schatten. Bei dem Gedanken, daß Kit vor ihm davonlief, mußte er lächeln. Wie ein verängstigtes Kaninchen kam sie ihm vor. Demnach hatte sie seine Drohung also wörtlich genommen. Als er sah, wie sie nachdenklich aus dem Fenster starrte, drückte es ihm fast das Herz ab. Im Grunde tat sie ihm leid, denn er wußte sehr wohl, welche zartfühlende, ängstliche Seele sich unter diesem starken Äußeren verbarg. Er hatte diese Frau einmal geliebt. Nein, er liebte sie immer noch! Diese Erkenntnis traf ihn wie ein Schock. Konnte man denn jemanden lieben, der einem erst seine Liebe erklärte und dann eine Falle stellte und alles verriet? Sie hatte nur das Schlechteste angenommen und ihm nie eine Chance gegeben. Sie hatte wirklich Glück, daß er so weichherzig war, denn andere hätten mit Sicherheit nicht so sanftmütig reagiert. Entschlossen preßte er die Lippen aufeinander und ging einen Schritt auf die Tür zu, doch als er Mandy hörte, kehrte er rasch wieder in sein Versteck zurück.

»Mr. Bartlett hat alles unter Kontrolle. Seine Leute sind so postiert, daß ihm nichts entgeht.«

»Na wunderbar«, meinte Kit. »Dann können wir ja beruhigt schlafen.«

»Ich ganz bestimmt!« Triumphierend zog Mandy ein Messer hervor, das sie gerade in der Küche entwendet hatte. »Wer den Aufsehern entgeht, wird damit Bekanntschaft machen!«

Kit widerstand der kurzen Versuchung, sich ebenfalls eine Waffe zu besorgen. Logan hatte jetzt sicher andere Sorgen und dachte längst nicht mehr an das dumme Mädchen, das er verführt und im Grunde nur betrogen hatte. Außerdem wußte Kit genau, daß sie niemals eine Waffe gegen ihn erheben könnte.

»Ich werde jetzt zu Bett gehen, Mandy, und möchte Sie bitten, Mr. Bartlett noch etwas auszurichten. Falls seine Männer tatsächlich Erfolg haben sollten, möchte *ich* zuerst mit Mr. Steele sprechen. Den Gouverneur und die Miliz werde ich dann selbst benachrichtigen.«

»Wie Sie meinen, Miß«, antwortete Mandy, während sie zusammen das Arbeitszimmer verließen.

Nachdem Kit nach oben gegangen war und nach und nach alle Geräusche im Haus verstummt waren, verharrte Logan noch einige Zeit reglos in seinem Versteck. Mit ihm reden wollte sie! Nun gut, das konnte sie haben. Als die Uhr in Olivers Arbeitszimmer Mitternacht schlug, bewegte sich Logan von Schatten zu Schatten lautlos die Treppe hinauf, bis vor Kits Schlafzimmer. Die Tür war zwar geschlossen, doch darunter fiel Lichtschein in den Flur.

Lange hatte Kit keinen Schlaf finden können, hatte sich unruhig hin und her geworfen und war bei dem kleinsten Geräusch hochgeschreckt. Mutig hatte sie sich immer wieder eingeredet, daß das Haus gut bewacht würde, doch beruhigt hatte sie sich deswegen nicht. Jeder Schatten war ihr verdächtig erschienen, und die raschelnden Blätter des Tamariskenbaums hatten ihre Fantasie noch beflügelt. Aus Angst, daß jemand heraufklettern könnte, hatte sie irgendwann das Fenster geschlossen, worauf sie in der stickigen Luft wilde Alpträume heimgesucht hatten.

Plötzlich war sie aufgewacht, weil sie zu ersticken drohte. Eine große schwielige Hand preßte sich auf ihren Mund und verhinderte jeden Schrei. Als sie die Augen aufriß, sah sie Logan Steeles Gesicht direkt über sich, sah die eisblauen Augen, den zynischen Zug um den Mund und das kleine Grübchen, das sein kantiges Gesicht soviel liebenswerter machte. Nein, das war kein Alptraum, er war es wirklich! Wieder versuchte sie zu schreien und zerrte verzweifelt an der Hand, die sie in die Kissen drückte.

Fast freundlich lächelte Logan auf sie hinunter, während er einen Finger auf die Lippen legte. »Ich werde dir nichts tun, Katarina, außer du zwingst mich dazu«, flüsterte er. Dann löste sich sein Griff so weit, daß sie wenigstens Luft bekam. »Ich werde dich loslassen, doch wenn du schreien solltest, wirst du lange Zeit nichts mehr sagen können. Verstanden?«

Als sich der Griff löste, war Kit für Sekunden versucht, trotz der Drohungen, um Hilfe zu rufen, doch sie besann sich rasch. Dieser Logan war nicht mehr der, den sie mit Leichtigkeit um den Finger gewickelt hatte, der bei jedem Streicheln so hingebungsvoll gelächelt hatte. Vielmehr umgab ihn plötzlich eine gewisse drohende Strenge, und es war klar, daß mit ihm nicht zu spaßen war.

»Steh auf!« befahl er flüsternd.

Nur widerwillig gehorchte Kit und griff verlegen nach ihrem Morgenmantel, der auf dem Fußende ihres Bettes lag. Doch mitten in der Bewegung packte Logan ihr Handgelenk.

»Du lieber Himmel, glaubst du nicht auch, daß solche

Schamhaftigkeit zwischen uns mittlerweile überflüssig ist?« Dabei grinste er kalt.

Kit errötete, als sie spürte, wie seine Blicke ihren Körper unter dem fast durchsichtigen Nachthemd musterten. In der Vergangenheit hatte Logan sie von Kopf bis Fuß liebkost, und in keiner Sekunde hatte sie sich geschämt. Aber für diesen abschätzenden Blick, bei dem sie sich wie eine Sklavin vorkam, haßte sie ihn!

»Du bist wunderschön, Katarina!« Tief in seinen Augen leuchtete die alte Begehrlichkeit, doch Kit bemerkte nichts davon. »Eigentlich ist es eine Schande, daß ein solch verlogenes Wesen in einer so verlockenden Verpackung steckt! Strähnige Haare, Buckel und Hakennase würden weit besser zu dir passen!«

Am liebsten wäre Kit mit geballten Fäusten auf ihn losgegangen, aber sie wagte es nicht und flüchtete sich lieber in Beschimpfungen. »Du bist ein Mörder!« schleuderte sie ihm entgegen. »Ich hasse dich, und ich wünschte, man hätte dich aufgehängt!«

Logan ließ die Szene gänzlich kalt. »Ich weiß, daß du mich haßt, Katarina. Das mußt du mir nicht erst noch sagen.« Ein sarkastisches Lächeln spielte um seine Mundwinkel. »Es ist aber äußerst unklug, den Mann zu beschimpfen, der dich in seiner Gewalt hat und der etwas mit dir vorhat, was sich nur ein Gauner wie ich ausdenken konnte!«

Kit riß ängstlich die Augen auf, als er auf sie zukam. »Wage es nicht! Ich werde schreien, wenn du mich anfaßt!«

Blitzartig hatte Logan ihr Kinn umklammert, so daß weitere Worte im Keim erstickten. Angstvoll rollte Kit mit den Augen, als Logan mit der geballten Faust sanft über ihre Schläfe strich ... »Ich habe dich gewarnt, du vorlautes Biest!« fauchte er. »Beim nächsten Mucks werde ich dich niederschlagen.«

Mit diesen Worten zerrte er sie zum Schrank, wo er einige Zeit herumwühlte und Kit schließlich die Hose und das Hemd zuwarf, die sie so oft auf der *Ice Maiden* getragen hatte. »Zieh das an, und zwar schnell! Meine Geduld ist am Ende!«

Starr vor Angst, drehte Kit sich um und ließ ihr Nachthemd zu Boden gleiten. Sekundenlang meinte sie, Logans Blicke wie heiße Nadelstiche auf ihrer Haut zu spüren, doch sie verdrängte dieses Gefühl und stieg blitzartig in die Kleider. Angezogen fühlte sie sich gleich sicherer.

»Halt still!« tönte es von hinten, worauf sie erstarrte.

Rasch packte Logan ihre Handgelenke und band sie mit einem Haarband von Kits Frisiertisch zusammen. Dann waren die Füße an der Reihe, und als er schließlich die Fesseln prüfte, verzog Kit schmerzhaft das Gesicht.

»Verdammt! Das tut weh! Du hast sie viel zu...«

Die Worte blieben ihr im Hals stecken, als er ihr ein Taschentuch in den Mund stopfte und mit einem weiteren Band befestigte. »Habe ich sie etwa zu fest angezogen?« fragte er kalt. »Mein Gott, wie entsetzlich!«

Kit stöhnte nur, als Logan sie über die Schulter warf und ihr kräftig mit der Hand auf das Hinterteil schlug. »Ruhig!« warnte er sie ein letztes Mal.

Ohne sich von ihrem Zappeln beeindrucken zu lassen, trug er sie mit Leichtigkeit die Treppe hinunter und hinaus in den Schatten des Hauses und dann hinüber zum Waldrand. Bei jedem Schritt wurde sie schmerzhaft durchgeschüttelt, und im gleichen Maß steigerte sich ihre Wut auf die unfähigen Aufseher, die angeblich ihre Sicherheit garantierten. Als Logan sich irgendwann ruckartig ins Gebüsch duckte, um nicht gesehen zu werden, überlegte Kit für Sekunden, ob sie nicht schreien sollte.

Offensichtlich hatte Logan im selben Augenblick ihre Gedanken erraten, denn er knuffte sie unsanft. Nachdem der Mann fort war, lachte er leise und ließ Kit von seiner

Schulter heruntergleiten. »Keine Angst, mein Schatz, aber ich werde mich nicht rächen, wie du es eigentlich verdienst, sondern dir lediglich zeigen, wovor ich dich die ganze Zeit über bewahren wollte ... Jedenfalls vor deinem Verrat. Diese etwas poetische Form der Gerechtigkeit liegt mir weit mehr!« Dabei grinste er sarkastisch.

19. Kapitel

Nie hätte Kit gedacht, daß ein Weg so lange dauern konnte! Wie einen Mehlsack hatte Logan sie wieder über die Schulter geworfen und durch den Wald bis hinunter zum Strand geschleppt. Bei jedem Schritt hatte sich seine Schulter schmerzhaft in ihren Bauch gebohrt, und jeder Protest war mit einem energischen Klaps auf ihr Hinterteil beendet worden. Selbst hilfesuchende Blicke zu Peter und Carmody waren unbeantwortet geblieben.

Am Strand lud Logan sie ohne jede Umschweife in einem Boot ab und sprang dann mit Peter und Carmody hinterher. Dabei schwappte ein kräftiger Wasserschwall über die Bordwand und durchnäßte sie völlig. Als sie sich näher umsah, erkannte sie alle die alten Gefährten, die zu Logans Mannschaft gehörten und in seinem Haus gewohnt hatten. Einige grinsten freundlich, doch die meisten blickten mißtrauisch oder nahmen sie gleich gar nicht zur Kenntnis.

Mit Hilfe eines kleinen Segels gewannen sie rasch an Fahrt. Als die kleine Nußschale jedoch heftig auf den Brandungswellen tanzte und Kit plötzlich Übelkeit verspürte, überkam sie heftige Wut. Mit starren, vorwurfsvollen und zugleich vernichtenden Blicken versuchte sie, Logan zu beeindrucken, doch der beachtete sie überhaupt nicht.

Nach etwa einer Stunde Fahrt erkannte Kit den bergigen Landvorsprung an der Carlisle Bay. Die Farbe des Himmels wechselte ganz allmählich ins Graue, aber es war noch immer dunkel genug, um ungesehen Fort Wallenghby zu passieren. Danach wurde der Kurs abrupt geändert, und kurz darauf tauchte ein Schiff vor ihnen auf, das selbst Kits ungeübtes Auge sofort als die *Ice Maiden* erkannte. Mit einigen geübten Handgriffen wurde das Boot in den Wind gedreht und das Segel eingeholt.

Lautlos huschte Logan zu Kit hinüber und prüfte ihre Fesseln. »Mmmmph!« stöhnte Kit in ihren Knebel, doch Logan nahm keine Notiz davon. Statt dessen wandte er sich flüsternd an Tom Trelawny: »Sie sind mir dafür verantwortlich, daß sie keinen Mucks von sich gibt!« herrschte er ihn an.

Tom runzelte zwar die Stirn, dann nickte er jedoch und tätschelte Kits Schulter, während die anderen sich hastig aller Kleidungsstücke bis auf ihre Hosen entledigten und lautlos ins Wasser glitten. In wenigen Augenblicken würde Sir Thomas Modyford sein Schiff zum zweiten Mal verlieren, doch im Grunde geschah es ihm recht, denn er hatte an einer abgelegenen Stelle Anker werfen lassen. Lernte dieser Mann denn nichts dazu?

Endlose Minuten vergingen ohne das geringste Geräusch. Nur die leichte Dünung brach sich in winzigen Wellen am Bug des Bootes. Dann ein leises Platschen, ein unterdrücktes Stöhnen, und nach erneutem Warten endlich ein fast unhörbarer Ruf, der kaum das Plätschern des Wassers übertönte. Mit einem kleinen triumphierenden Auflachen ergriff Tom augenblicklich die Ruder. Offenbar hat Modyford nicht genügend Wachen aufgestellt, dachte Kit, und somit war die ganze Angelegenheit ein Kinderspiel gewesen.

Als Kit an Bord gehievt wurde, sah sie nur für Sekunden, wie sich Modyfords Männer ängstlich wie Schafe an der Reling zusammendrängten. Dann hing sie wieder über Logans Schulter und wurde unsanft durchgeschüttelt, bis sie schließlich mit einem Ruck auf dem breiten Bett abgeladen wurde. Sekunden später zuckte ihr Herz zusammen, als Logan ihr mit sanfter Hand die schwarzen Haarsträhnen aus dem Gesicht strich. Blitzartig durchfuhr sie ein Gefühl, das eigentlich schon seit Tagen hätte tot sein müssen. Ein spöttischer Blick aus eisblauen Augen registrierte ihre Reaktion, als seine Finger zart über ihren Hals strichen und sekundenlang auf dem Puls an ihrer Kehle verweilten.

Schließlich wandte sich Logan zur Tür. »Ich werde bald wiederkommen, und dann haben wir einiges miteinander zu bereden.« Mit diesen Worten flog die Tür ins Schloß.

Anfangs zappelte Kit verzweifelt, doch die Fesseln und der Knebel saßen unverrückbar fest. Erschöpft ließ sie sich schließlich auf die Matratze zurücksinken und starrte zur Decke empor. Am liebsten hätte sie sich ganz weit weg in einem Versteck verkrochen, denn die ungewisse Zukunft, die vor ihr lag, machte ihr große Angst.

Kurz darauf signalisierten das Rasseln der Ankerkette und der Knall, mit dem der Wind das Segeltuch blähte, die bevorstehende Abfahrt. Niemand würde die *Ice Maiden* am Verlassen der Carlisle Bay hindern, solange alle Logan Steele auf Barbados suchten, und wenn Kits Entführung am Morgen bekannt würde, befänden sie sich schon seit Stunden auf hoher See. Kit stöhnte in ohnmächtigem Zorn. Der Gouverneur war ein ausgemachter Idiot, und Modyford ebenfalls! Doch der größte Dummkopf von allen war Kit St. John! Sie selbst hatte Logan die Flucht ermöglicht, und was war der Dank? Sie hatte dem Mörder ihres Bruders die Freiheit geschenkt und mußte nun sein ungewisses Schicksal teilen!

Irgendwann sank sie in unruhigen Schlaf und wurde von quälenden Träumen heimgesucht. Schwitzend warf sie sich hin und her, bis sie plötzlich ein brennender Schmerz an ihren Fesseln wieder in die Gegenwart zurückriß.

»Halt still! Verdammt!« drängte sich Logans Stimme in ihr Bewußtsein. »Oder willst du sie nie loswerden?«

Erlöst streckte und rieb Kit ihre tauben Gelenke. Die Fesseln waren verschwunden und ebenso der Knebel. Als sie sich aufrichtete, sah sie, wie Logan gerade mit einem Messer die Fesseln an ihren Füßen durchtrennte. Dann wandte er sich mit grimmigem Gesichtsausdruck zu dem kleinen Schrank um und goß zwei Gläser voll Wein. Mißtrauisch beäugte Kit den rubinroten Inhalt, in dem die strahlende Morgensonne zauberhafte Reflexe erzeugte.

»Keine Angst, er ist nicht vergiftet.« Und als ob Logan seine Behauptung beweisen müßte, stürzte er den Inhalt seines Glases auf einmal hinunter und goß sich ein weiteres ein.

»Ich will aber nicht mit dir trinken«, erklärte Kit eisig.

»Nicht gerade entgegenkommend«, erwiderte Logan. »Wenn ich mich recht erinnere, hast du bis vor kurzem noch ganz andere Sachen mit mit gemacht.«

Geistesgegenwärtig fing er ihren Schlag ab und zerrte sie am Handgelenk vom Bett hoch, bis ihr Gesicht sich direkt vor dem seinen befand. »Ich warne dich: Nütze meine Gutmütigkeit nicht aus! Meine Geduld ist sehr strapaziert.«

Trotzig reckte Kit ihr Kinn in die Höhe und entriß Logan ihre Hand. »Hat mein Bruder deine Geduld ebenfalls strapaziert? Wirst du mich jetzt genauso umbringen?«

Mit versteinertem Gesichtsausdruck sah Logan sie nur wortlos an, bis ihr eiskalte Furcht über den Rücken kroch.

»Was hast du mit mir vor, Logan?« nur mit Mühe konnte sie verhindern, daß ihre Stimme zitterte.

»Hast du tatsächlich Angst, daß ich dich umbringe?« fragte er mit tonloser Stimme.

»Was sollte ich von einem Mörder anderes erwarten? Das Töten scheint dir nicht schwerzufallen.«

»In deinen Augen bin ich also ein Mörder...« Mit bitterem Lächeln erhob sich Logan und trat an das große Fenster. »Mag sein, daß es so ist, aber das kann nur Gott entscheiden. Ich habe in meinem Leben einige Menschen getötet, doch es ist mir nie leichtgefallen.« Einige Augenblicke lang blickte er nachdenklich vor sich hin. »Ich habe deinen Bruder nicht getötet, Katarina.«

Sie lächelte höhnisch. »Und das soll ich dir glauben?«

»Vermutlich wäre das zuviel verlangt, nicht wahr?«

Leichte Unsicherheit nagte an Kits felsenfester Überzeugung. »Wenn du ihn nicht getötet hast, weshalb hast du dann nicht auf meinen Brief reagiert?«

»Das habe ich doch, wenn du dich erinnern würdest!« Er lächelte bitter. »Ich hatte an diesem Abend eine meiner Verabredungen und bin erst am folgenden Abend zurückgekehrt. Sobald ich erfahren hatte, was vorgefallen war, bin ich auf der Stelle nach Greenhaven geeilt – und genau der Miliz in die Arme gelaufen!«

Kit senkte die Augen und errötete, was wie ein Schuldbekenntnis aussehen mußte. »Ich wußte nichts davon. Der Gouverneur hat diese Falle gestellt, ohne mich zu informieren.«

»Und das soll ich dir glauben?«

»Vermutlich wäre das zuviel verlangt, nicht wahr?« antwortete Kit. Danach breitete sich ein kleines, fast feindseliges Schweigen aus, bevor Kit den Mut zu weiteren Fragen fand. »Und was jetzt? Es sieht so aus, als ob ich meine Rache gehabt hätte. Jetzt bist du an der Reihe. Was wirst du tun?«

Als er sich abwandte, betrachtete Kit seinen breiten Rücken und erinnerte sich an die brutalen Verletzungen, die Oliver ihm zugefügt hatte. Konnte sie es Logan wirklich verdenken, wenn er sich dafür gerächt hatte?

»Rache...« Logan sprach dieses Wort sehr gedehnt aus, als ob er nur dann die ganze Bedeutung erfassen könnte. Dann blickte er Kit mit undurchdringlicher Miene an. Allerdings war der harte Ausdruck aus seinen Augen gewichen. »Ich will keine Rache.«

»Und wie nennst du es, wenn du mich mitten in der Nacht aus meinem Zimmer wegschleppt und mich hier stundenlang gefesselt liegen läßt?«

»Das war vielleicht nicht besonders freundlich von mir, mein Schatz, aber mit Rache hat das nichts zu tun. Ich möchte mich nicht an dir rächen, sondern dir höchstens zeigen, wie es wirklich in deinem Leben aussieht. Du hast immer behauptet, daß du der Wahrheit ins Gesicht sehen kannst, und jetzt bekommst du Gelegenheit, es zu beweisen.«

»Was meinst du damit?« fragte Kit verunsichert.

»Ich habe eine Überraschung für dich. Jedoch keine sehr erfreuliche, wie ich fürchte.«

»Und was?«

»Wenn ich es dir verraten würde, wäre es doch keine Überraschung mehr, oder?«

Sein sarkastisches Lächeln reizte Kit. »Halt mich nicht zum Narren! Wenn du glaubst, daß du mir mit diesen mysteriösen Andeutungen Angst machen kannst, dann hast du dein Opfer gründlich unterschätzt.«

»Opfer?« Logan ließ sich nicht provozieren. »Du bist nicht mein Opfer, Katarina. Wenn ich dich verletzen wollte, würde ich das tun. Dazu gibt es viele Möglichkeiten, glaube mir.«

Kit zuckte zurück, als Logan sich ihr näherte, und als er ihr Gesicht umfaßte, versuchte sie, sich zu befreien. Für den Bruchteil einer Sekunde dachte sie, daß er sie küssen würde, doch als er es nicht tat, war sie zu ihrer Überraschung sogar ein bißchen enttäuscht.

»Allerdings bin ich mir für solche Methoden zu schade,

auch wenn es nicht immer leicht fällt, meine animalischen Triebe zu unterdrücken.« Als er sie schließlich losließ, zitterte Kit am ganzen Körper und schämte sich, doch Logan schien es nicht zu bemerken. Erst an der Tür drehte er sich noch einmal um. »Ich habe Oliver nicht getötet, Katarina. Dein Bruder war ein reißendes Monster in harmloser Maske. Wenn ich ihn unschädlich gemacht hätte, hätte ich es zugegeben und wäre vermutlich sogar stolz darauf gewesen.«

Kit umklammerte den Bettpfosten, als ob sie ihn ausreißen und Logan auf den Kopf hauen wollte. Sie haßte ihn, weil er sie zittern ließ, weil er ihre Sehnsucht weckte und weil er den Mann beleidigte, der doch ihr einziges Stück Familie gewesen war. Aber am meisten haßte sie ihn dafür, daß er ihr das Herz zerriß! »Ich hasse dich!«

Für Sekunden konnte man denken, daß er etwas bedauerte, doch kurz danach klang seine Stimme wieder völlig ausdruckslos. »Ich weiß, Katarina.«

Damit war er draußen, und Kit starrte in hilflosem Zorn auf die geschlossene Tür. Irgendwann schweifte ihr Blick ab und fixierte die Porträtzeichnung, die immer noch an der Wand hing. Ohne auch nur eine Sekunde zu zögern, packte Kit wild entschlossen das hübsche Gesicht mit den lachenden, liebenden Augen und riß es in tausend kleine Fetzen.

Acht Tage später trieb sie ein stetiger Wind in die Bucht von Cayona, in der sich der natürliche Hafen von Tortuga befand. Die berüchtigte Heimat der Piraten war längst nicht mehr, was sie früher einmal gewesen war. Seit Januar 1654 hatten die Spanier die Insel annektiert und die gesetzlosen Bewohner nach Hispaniola vertrieben. Als ungefähr ein Jahr später die britische Flotte ihrerseits Hispaniola aufs Korn nahm, zog sich die spanische Garnison aus Tortuga zurück, und die Piraten hielten samt Schiffen und Ladung wieder Einzug.

Kit stand neben Tom an der Reling und beobachtete das Einlaufen in den völlig überfüllten Hafen. »Es stinkt wie in einer Kloake«, bemerkte sie und rümpfte die Nase.

»Wie in einer französischen Kloake«, berichtigte Tom. »Die sind hier eindeutig in der Überzahl, und Holländer und Briten sind nicht besonders beliebt. Wir müssen uns ein wenig vorsehen, wenn wir an Land gehen.«

»An Land?« fragte Kit entsetzt. »In dieses trübe Nest setze ich keinen Fuß! Wo könnten wir auch bleiben? Ich wüßte wirklich gern, was Logan Steele vorhat!«

Getreulich, wie eine Kompaßnadel den Nordpol sucht, waren Logans Blicke ihr während der ganzen Fahrt gefolgt. Keine Sekunde lang hatte sie geglaubt, daß er sich nicht rächen wollte, und unentwegt hatte sie überlegt, was er wohl plante. Im Grunde fühlte sie sich wie eine Maus in den Krallen der Katze und wartete nur ängstlich auf den letzten Biß.

Toms zuversichtliche Stimme riß sie aus ihren Gedanken. »Machen Sie sich nicht so viele Gedanken, Miß! Von Doc habe ich erfahren, daß der Captain hier ein Haus besitzt.«

»Ein Haus?« Hoffentlich hatte das mehr als nur ein Schlafzimmer! Sie erinnerte sich noch gut daran, mit welchem Hochmut sie Logan gedroht hatte, sich umzubringen, sollte er sie auch nur berühren. Ohne Widerrede hatte Logan seine Sachen gepackt und war auf der Stelle in Peters Kabine gezogen. Und genau diesen Abstand wollte sie auch hier gewahrt wissen.

»Was suchen wir eigentlich in einer so gottverlassenen Gegend?« erkundigte sie sich verwundert.

»Der Captain sucht Informationen, aber hat er Ihnen das denn nicht erzählt?« Als Kit nur den Kopf schüttelte, fuhr er achselzuckend fort: »Nun, eigentlich ist es ja kein

Geheimnis. Wir suchen den Schakal. Hier findet man immer jemanden, der ihn in der letzten Zeit gesehen hat.«

»Und was will Logan von diesem Kerl?« fragte Kit mit tonloser Stimme.

»Er will ihn töten«, war die entschiedene Antwort.

»Ist er jetzt völlig verrückt geworden? Er muß wahnsinnig sein!« Ohne ein weiteres Wort ließ sie den sprachlosen Tom stehen und ging mit weitausgreifenden Schritten zum Achterdeck. Beim Anblick ihrer Miene gingen alle Besatzungsmitglieder erst einmal in Deckung.

»Ich verlange eine Erklärung!« herrschte sie Logan an, nachdem sie zu ihm hinaufgeklettert war.

»Spar dir das für später auf, Katarina!« er würdigte sie keines Blickes. »Ich habe zu tun, denn wir legen gleich an.«

»Das ist mir völlig gleichgültig! Ich möchte lieber wissen, weshalb du den Schakal verfolgst und mich dabei mitschleppst! Was hat dieser Pirat denn mit mir zu tun?«

Diesmal wandte Logan den Kopf und blickte Katarina an. »Was er mit dir zu tun hat? Vielleicht nichts, Katarina, aber vielleicht auch eine ganze Menge.«

»Und wenn es nicht so ist? Weshalb verfolgst du ihn?«

»Glaubst du, daß ich immer nur Dinge tue, die mit dir in Zusammenhang stehen, du kleine Egoistin?«

Sein spöttisches Grinsen reizte sie zur Weißglut. Am liebsten wäre sie auf ihn losgegangen, doch sie beherrschte sich. »Das ist reiner Selbstmord!« fauchte sie statt dessen. »Und du weißt das! Alle werden wir es büßen müssen! Kannst du mir vielleicht auch verraten, weshalb du das tust?«

Fast lässig lehnte sich Logan gegen die Reling. »Ich habe beschlossen, daß diesem Treiben ein Ende gemacht werden muß. Ich habe es nämlich satt, immer und überall auf die Spuren seiner Grausamkeit zu treffen!«

»Du bist verrückt!«

»Du magst recht haben. Ich habe allerdings nicht vor, dabei umzukommen! Ich will doch auch dich noch unglücklich machen.«

Kit ballte die Fäuste. »Der Himmel beschütze mich vor diesen verdammten Dickköpfen, die glauben, daß sie alles erreichen können, nur weil sie Männer sind!«

»Ein ziemlich sinnloser Wunsch, Katarina.« Diesmal lächelte Logan vielversprechend. »Kein Himmel wird dich vor mir bewahren können. Und jetzt verschwinde, damit ich endlich arbeiten kann!«

Mit hocherhobenem Kopf und wutsprühenden Augen gehorchte Kit.

Im Schankraum des *Sea Gull Inn* herrschte unglaublicher Lärm und ein mindestens ebenso unglaublicher Gestank nach ungewaschenen Menschen.

»Ich möchte wissen, weshalb Logan uns hierhergeschleppt hat!« stöhnte Kit, während sie mit gerümpfter Nase den ekelerregend schmutzigen Becher mit schalem Bier betrachtete. »Da wären wir doch wirklich besser zu Hause geblieben!«

Tom zuckte die Achseln und blickte sich um. »Dieses Gasthaus ist ein sehr bekannter Treffpunkt«, flüsterte er schließlich verschwörerisch. »Sehen Sie den dort drüben?« Damit deutete er auf einen großen hakennasigen Mann in scharlachrotem Wams und schwarzer Schärpe. »Von Doc weiß ich, daß er einer der reichsten Männer dieser Insel ist. Er war einmal zwei Jahre lang Sklave auf einer Plantage und hat jetzt als Kapitän bei dem Sklaventransport geholfen.«

Wie viele andere im Raum, so ähnelte auch dieser Mann eher einem Londoner Gentleman als einem Piraten, doch seine Statur und die wachsamen Blicke verrieten den rauhen Gesellen, der sich unter Seide, Satin und Schmuck versteckte. Die Frauen in ihrer Begleitung waren allesamt ziemlich gewöhnlich und stellten ihre verblühenden Reize auf so herausfordernde Weise zur Schau, daß nichts der Fantasie überlassen blieb.

Der Geruch nach billigem Parfüm widerte Kit so an, daß sie sich schütteln mußte. Bestimmt hatte Logan sie lediglich aus Rachsucht aus der Sicherheit von Greenhaven weggeschleppt und dieser Tortur ausgesetzt. Nichts, aber auch gar nichts, wollte sie mit einem Menschen zu tun haben, der sich in solcher Gesellschaft bewegte.

»Wer ist der ekelhafte Kerl, mit dem Logan sich dort drüben unterhält?« fragte sie, nachdem ihr die herausfordernden Blicke dieses Menschen allmählich zuviel wurden.

»Er ist Franzose. Wegen des eisernen Hakens, der ihm die linke Hand ersetzt und den er als Waffe benutzt, wird er allgemein Main de Fer genannt. Er soll häufig mit dem Schakal gesegelt sein.« Für einige Sekunden trat ein abwesender Ausdruck in Toms Augen, und Kit fragte sich, ob er in diesem Augenblick auch an den Alptraum gedacht hatte, den er auf der *Carrie Ann* erlebt hatte.

»Aber ein Vertrauter des Schakals wird doch Logan nicht verraten, wo er suchen muß!«

Ein altkluges Lächeln spielte um Toms Lippen. »Für Gold gibt es jede Information.«

Aber an diesem Nachmittag nütze Logan auch sein ganzes Gold nichts. Jean Main de Fer hatte etwas weit Begehrenswertes entdeckt, worauf Logan allerdings nicht verzichten wollte.

»Dieses Mädchen ist nicht zu verkaufen!« wiederholte Logan. »Mit dem Gold, das ich Ihnen anbiete, können Sie mindestens ein Dutzend kaufen, die noch dazu ein wenig mehr Fleisch auf den Knochen haben!«

Der Franzose zog eine Augenbraue in die Höhe. »Ich fürchte, ich verstehe Sie nicht, Capitaine. Sie möchten den Aufenthaltsort des Schakals erfahren, und mich interessiert Ihre kleine Engländerin. Sind Sie nicht ein wenig zu dickköpfig, *mon ami?*«

»Das ist spitzfindig! Nennen Sie mir Ihren Preis, aber die Dame bleibt aus dem Spiel!«

»*Eh bien,* dann habe ich einen anderen Vorschlag. Wir tauschen das Gold gegen die Information, und um die Dame kämpfen wir.« Dabei bewegte der Franzose genüßlich die Finger seiner rechten Hand. »Ein guter Kampf wäre jetzt genau die richtige Unterhaltung. Wie ich gehört habe, sind Sie als Gegner nicht zu verachten!«

»Ich kämpfe nicht um etwas, das mir bereits gehört.« Logan versuchte, den Franzosen mit Blicken einzuschüchtern, doch bei Main de Fer erreichte er damit höchstens das Gegenteil.

»Wie ich sehe, sind Sie ein Feigling. Sehr schade!«

Längst bereute Logan, daß er Kit mitgenommen hatte, aber er hatte sie unter Aufsicht haben wollen, weil er niemand anderem traute. Nach den Männern seiner Besatzung war nun auch Tom drauf und dran, die Kleine in sein Herz zu schließen, und nun hatte auch noch dieser verdammte Franzose ein Auge auf die geworfen. »Ich denke, ich werde meine Informationen auch woanders erhalten«, erklärte Logan. »Andere werden mein Angebot nicht so einfach ausschlagen.«

»Ich kann Sie nur warnen, Capitaine! Sie haben etwas, das ich haben will. Und wenn Sie zu feige sind, darum zu kämpfen, dann werde ich es mir einfach nehmen.« Er hatte zwar leise gesprochen, doch der Unterton war so drohend gewesen, daß sofort alle Unterhaltungen verstummt waren.

Sogar der junge Tom spürte an Main de Fers Blick, daß Ärger in der Luft lag. »Wir sollten schleunigst gehen!« flüsterte er Kit zu.

»Einen Augenblick, *mon petit!*« Die Stimme des Franzosen hallte so laut durch den Raum, daß Kit und Tom mitten in der Bewegung erstarrten. »Bleiben Sie! Ich muß mit Ihrer Freundin sprechen, sobald ich unsere hübsche Insel von diesem Kerl gesäubert habe!«

Rasch erhoben sich einige der Anwesenden und blokkierten den Ausgang, um sich den vielversprechenden Kampf nicht entgehen zu lassen.

»Na wunderbar!« Mit zusammengepreßten Lippen nahm Kit wieder Platz und redete sich ein, daß sie sich nicht um Logan sorgte. Dieser Kerl verdiente redlich, was er immer wieder so mutwillig herausforderte!

Logan und sein Widersacher erhoben sich, wobei sie einander nicht aus den Augen ließen. In Windeseile hatte man Stühle und Tische beiseite geschafft, um für das blutige Spektakel Platz zu schaffen. Im Raum war es plötzlich so still geworden, daß man das Zischen hören konnte, als die Säbel aus der Scheide gezogen wurden. Nach einem kurzen Gruß vor Logan wollte der Franzose nur mit einem Seitenblick feststellen, ob Kit ihn auch berührend bewunderte. Logan nutze diese kleine Unaufmerksamkeit jedoch sofort und fügte Main de Fer eine leichte Wunde zu.

»Nicht gerade sehr sportlich, *mon ami!*« Mit Leichtigkeit sprang der Franzose außer Reichweite.

»Wenn Sie unbedingt umgebracht werden wollen, werde ich das tun. Aber vorher fordere ich Sie noch einmal auf, das Gold zu nehmen und mir das Gewünschte zu geben. Andernfalls werde ich es mit dem Säbel aus Ihnen herauskitzeln.«

Die Antwort war eine heftige Attacke, die Logan bis an die Tische zurückweichen ließ. »Für einen Mann, der nicht kämpfen will, wehren Sie sich aber kräftig! Vielleicht bekommen wir ja doch noch unseren Spaß.«

»Nur wenn Ihnen das Töten Spaß macht!«

»Können wir denn nicht irgend etwas tun?« fragte Kit mit zitternder Stimme und umklammerte dabei Toms Arm.

»Ich fürchte, nein«, kam es kleinlaut zurück. Dieser Franzose schien seinem Captain überlegen zu sein. »Wenn doch wenigstens Mr. Van Halen mitgekommen wäre! Ich weiß nicht, wie wir hier heil herauskommen sollen, falls der Franzose ...«

Entsetzt unterbrach ihn das Mädchen. »Glauben Sie etwa, daß Logan verlieren könnte?«

Toms Schweigen sagte Kit genug. Logan focht rasch und gewandt wie immer, doch gegen diesen Gegner konnte er sich nur mit Mühe behaupten. Langsam aber sicher drängte ihn der Franzose immer weiter in die Enge, so daß er sich unglaublich konzentrieren mußte. Die Anstrengung trieb ihm den Schweiß auf die Stirn, doch wieder und wieder konnte er sich der drohenden Vernichtung entziehen. Irgendwann konnte der Franzose der Versuchung nicht widerstehen. »Ich freue mich schon darauf, der Kleinen meine Vorzüge zu demonstrieren. Vielleicht reiche ich sie später auch an meinen guten Freund, den Schakal, weiter.«

»Ich fürchte, dann werden Sie eine Überraschung erleben, mein Freund.«

In diesem Augenblick stolperte Logan und bekam in letzter Minute noch ein Stuhlbein zu fassen. Mit einer verzweifelten Anstrengung schleuderte er ihn dem Franzosen vor die Füße, worauf dieser das Gleichgewicht verlor und zur Boden stürzte. Ohne sich zu besinnen, stürzte sich Logan auf ihn und preßte ihm die rasiermesserscharfe Schneide seines Säbels auf die Kehle.

Er konnte sein Glück kaum fassen. »So, mein Freund, jetzt werden sie mir umsonst geben, was ich für Gold kaufen wollte!« keuchte er.

Als Logan den Druck immer mehr verstärkte, kam schließlich nur mehr ein Röcheln aus der Kehle des Franzosen. »Tar Island ... Dort will er sein Schiff überholen ... Wir werden uns in fünf Tagen dort treffen.«

»Es tut mir leid, aber diese Verabredung werden Sie wohl nicht einhalten können!« Logan spannte seine Muskeln, um das Unvermeidliche zu tun, doch in letzter Minute bekam er Gewissensbisse. Natürlich wäre es vernünftiger, diesen Kerl auszuschalten, doch er wollte Kits Vorurteil nicht bestätigen.

Ungläubiges Staunen malte sich auf dem Gesicht des Franzosen, als Logan seinen Säbel wegnahm und aufstand. Mit einer blitzartigen Bewegung warf er sich herum und versuchte, nach seiner eigenen Waffe zu greifen, die ihm beim Sturz entglitten war. Aber Logan war schneller. Der Franzose schrie gellend auf, als ihm ein schwerer Stiefel das rechte Handgelenk zertrümmerte.

»Das wird Sie hoffentlich so lange außer Gefecht setzen, bis ich Ihren Freund gefunden habe.«

Mit warnenden Blicken hielt Logan die Gesellschaft in Schach, während Tom und Kit zur Tür gingen. Mit einem mitleidigen Blick bedachte Katarina den Franzosen, der jammernd auf dem Boden hockte und seine verletzte Hand in der Armbeuge wiegte.

»War diese Grausamkeit wirklich nötig?« fragte sie Logan, doch der stieß sie nur hastig zur Tür.

Obwohl sie das Geschehen nicht verschuldet hatte, bekam sie seinen Zorn zu spüren. »Hüte deine vorlaute Zunge! Schließlich habe ich mich wegen dir so angestrengt. Doch allmählich frage ich mich, ob sich dieser ganze Aufwand überhaupt lohnt!«

20. Kapitel

Die *Ice Maiden* segelte noch mit dem abendlichen Hochwasser, obwohl ein Sturm am Himmel stand, der auch nicht lange auf sich warten ließ. Logan mußte das in Kauf nehmen, wenn er nicht riskieren wollte, daß jemand seine Beute warnte. Die Aussicht, den Schakal wehrlos auf Tar Island überraschen zu können, war einfach zu verlokkend.

Der Sturm der Elemente war allerdings gar nichts im Vergleich zu dem Sturm, der sich in Kits Gemüt abspielte. Sie war felsenfest davon überzeugt gewesen, daß Logan nur einen Rachefeldzug im Sinn gehabt hatte, doch statt dessen hatte er sie unter Einsatz seines Lebens gerettet. Aber für sich hatte er nichts verlangt, sondern mied sie regelrecht, obwohl ihr jedesmal bei seinem Anblick die Sehnsucht durch die Adern schoß. Das er nicht darunter litt, bestärkte sie wiederum in ihrem Verdacht, daß er es niemals ernst gemeint hatte. Verdammter Kerl!

Unruhig lief Kit in ihrer Kabine auf und ab, statt sich einfach aufs Bett zu legen und den Sturm abzuwarten. Ungewißheiten waren für sie das Schlimmste, und es zerrte an ihren Nerven, daß sie nicht wußte, welche Pläne Logan verfolgte. Es mußte doch einen Grund geben, weshalb er sie aus Greenhaven entführt hatte. Weshalb sahen Peter, Doc und der getreue Tom sie immer wieder so mitleidig an? Wußten sie vielleicht etwas, das sie nicht wußte? Zum Teufel mit Logan Steele!

Schließlich wurde der Sturm so stark, daß Kit sich nicht mehr auf den Beinen halten konnte. Sie sank auf das Bett und starrte so lange auf die schaukelnde Lampe, bis die Übelkeit sie packte und sie sich gerade noch zum Nachttopf schleppen konnte. Dort fand Logan sie als Häufchen Elend, als er einige Zeit später die Kabine betrat. Obwohl Kit sich jammervoll fühlte und eigentlich nichts mehr von Logan wissen wollte, machte ihr Herz bei seinem Anblick einen kleinen Satz. Weshalb konnte sie ihn denn nicht hassen, wie sich das gehörte?

»Sinken wir?« stöhnte sie, ohne sich für ihr Elend zu schämen.

Bisher hatte Logan nur stumm dagestanden, doch ihre Frage schien ihn aufgeweckt zu haben. Rasch befeuchtete er ein Handtuch in der Waschschüssel und preßte es ihr gegen die Stirn, bis das schlimmste Elend vorbei war.

Sobald Kit sich ein wenig besser fühlte, kehrte auch ihre Wut zurück. »Geh weg!« fauchte sie mit rauher Stimme und stieß die hilfreichen Arme fort. »Ich brauchte nichts.«

»Doch, du brauchst Docs Medizin.« Damit zog er sie hoch und trug sie zum Bett, obwohl er sich selbst kaum auf den Beinen halten konnte. »Warte, ich bin gleich wieder da!«

»Nein!« Mit Mühe stützte Kit sich hoch. »Woher nimmst du das Recht, so freundlich zu mir zu sein, nachdem ...«

»Nachdem was?« fragte er, wobei wieder das spöttische Lächeln um seine Lippen spielte.

»Nachdem du mein Leben zur Hölle gemacht hast!«

»Tatsächlich? Habe ich das wirklich getan?«

Dieser spöttische Ton brachte Kit zur Raserei. Wie eine Wilde stürzte sie sich auf Logan, riß ihm seinen Dolch aus dem Gürtel und schleuderte ihn ihm mit solcher Wucht vor die Füße, daß er in den Deckplanken steckenblieb.

»Du verdammter Kerl, nimm ihn und bring mich um! Oder erschieße mich!« Ihre Frisur hatte sich längst aufgelöst, und die wilde schwarze Mähne hing ihr über das Gesicht. »Bring mich lieber um! Ich verzweifle, denn ich kann solche versteckten Hinweise und Drohungen nicht ertragen! Mit Verlust und Tod kann ich umgehen, aber nicht mit solchen Gespenstern!«

Schluchzend brach sie auf dem Bett zusammen, doch Logan bückte sich nur ungerührt und zog die Waffe aus dem Holz. Während er sie wieder in seinen Gürtel steckte, lächelte er Kit zu. »Mit diesen Gespenstern bist du vermutlich gar nicht so weit von der Wahrheit entfernt.«

»Nein!« jaulte sie und hielt sich die Ohren zu. »Fang

nicht schon wieder damit an! Hör sofort auf!« Damit warf sie sich zurück und wühlte ihren Kopf in die Kissen.

Seufzend ließ Logan sich auf der Bettkante nieder und zog sie in seine Arme. »Ich will dich doch nicht quälen, Katarina.« Dabei strich er ihr über die Haare und dachte nach. War er wirklich frei von dem Wunsch nach Rache? Hatte er nicht manchmal in seiner einsamen Hängematte den Wunsch verspürt, sie für das büßen zu lassen, was sie ihm Schreckliches angetan hatte? Und nur, weil er sie nicht aus seinem Herzen vertreiben konnte? »Ich würde dir wirklich gern deine Fragen beantworten, meine kleine traurige Maus, aber du würdest mir nicht glauben. Und deshalb mußt du es mit deinen eigenen Augen sehen.«

»Was denn?« Hoffnungsvoll sah sie zu ihm auf, doch als er wieder nur den Kopf schüttelte, ließ sie die Stirn gegen seine Brust sinken. »Oh, ich hasse dich! Ich hasse dich, Logan Steele. Ich hasse dich. Ich hasse dich!« wiederholten ihre Lippen mechanisch, obwohl ihr Herz ganz etwas anderes empfand.

Als sie längst eingeschlafen war, hielt Logan sie noch lange im Arm. Irgendwann bewegte sie sich im Schlaf. »Logan?« Und dabei strich ihre Hand suchend über die flachen Muskeln seiner Brust.

»Ja?« fragte er, obwohl er wußte, daß sie im Traum sprach.

»Logan, ich liebe dich. Ich liebe dich.« Wie leises Seufzen drangen die Worte fast unhörbar an sein Ohr.

Logan hauchte ihr einen zarten Kuß auf den Scheitel. »Ich weiß, mein Schatz. Ich weiß es doch.«

Gemeinsam saßen sie in der Falle, dachte Logan, während er Kit vorsichtig auf das Kissen bettete. Er hatte nicht die Kraft, sich von diesem Mädchen zu lösen, und sie würde ihm nie vergeben, was er ihr antun mußte. Außerdem war es jetzt längst zu spät, noch irgend etwas zu ändern. Ob er es sich selbst jemals verzeihen würde?

Nachdem der Sturm abgeflaut war, benötigte die *Ice Maiden* noch genau drei Tage bei stetigem Wind, um Tar Island zu erreichen. Auf den ersten Blick sah es nicht so aus, als ob Main de Fer die Wahrheit gesprochen hätte, denn die paradiesischen Strände lagen leer und verlassen unter der Sonne, und weit und breit war kein Pirat zu entdekken.

»Sieht so aus, als ob alles umsonst gewesen wäre«, bemerkte Kit, die neben Logan an der Reling stand.

»Abwarten!« entgegnete er, während das Schiff langsam die Insel umrundete. »Es ist nicht alles so, wie es scheint.«

Auf der Rückseite, die dem Wind zugewandt war, bot sich ein völlig anderes Bild. Wilde Brecher ergossen sich über ein ausgedehntes Korallenriff, hinter dem sich eine große Lagune samt einem schmalen Strandstreifen vor dem Urwald erstreckte. Kit unterdrückte einen Kommentar, denn diese Seite wirkte eher noch unzugänglicher als die andere.

»Dort drüben!« rief plötzlich Michael Carmody, der am Ruder stand, und deutete auf eine kaum wahrnehmbare Lücke in der Brandung.

»Lassen sie fortlaufend die Tiefe messen!« befahl Logan.

Unverzüglich erteilte Peter die nötigen Kommandos, Carmody warf das Ruder herum und die Matrosen kletterten wie kleine Affen in der Takelage. Augenblicke später drehte sich die *Ice Maiden,* wobei die Segel im Wind knatterten.

»Du willst doch wohl nicht das Riff überqueren?« fragte Kit ungläubig.

»Man muß nur gut genug aufpassen. Ich habe es schon früher einmal gemacht.«

»Aber weshalb denn? Was soll denn da sein?«

»Abwarten, Katarina!« Logan lachte leise. »Ich kann mir

denken, daß dein Onkel gern von diesem Versteck erfahren hätte, doch glücklicherweise kannte keiner seiner Gefangenen das Geheimnis.«

»Aha«, erwiderte Kit, obwohl sie nichts begriff.

Logan streifte sie mit einem kurzen Blick und lächelte. Seit dieser entsetzlichen Nacht schien Kit ihren Frieden mit der Situation gemacht zu haben und hatte sogar schon einige Male wieder wie früher mit Doc und Tom gescherzt. Inständig wünschte Logan, daß er ebenfalls schon so weit wäre.

»Wir schaffen es!« meinte Peter zuversichtlich.

»Aber mit Sicherheit«, gab Logan zurück. »Gehen Sie jetzt mit Gabriel nach unten und machen Sie die Geschäfte klar. Auf alle Fälle sollen sich die Männer mit allem bewaffnen, was sie finden können.«

Erst als die *Ice Maiden* das Riff überquert hatte, entdeckte Kit einen winzigen Einschnitt in der grünen Küstenlinie. »Willst du mir etwas weismachen, daß sich dort ein verborgener Hafen befindet?«

»Genau das, mein Schatz!« Dabei grinste er. »Und dort wirst du auch die Antwort auf alle deine Fragen finden. Mr. Bonny, übernehmen Sie das Ruder!« bellte Logan dann. »Carmody, Sie übernehmen die Kanonen. Und wehe Ihnen, wenn Sie danebenschießen!«

»Was hast du vor?« Kit grauste es, als sie sah, wie das Deck mit Sand bestreut und die Kanonen geladen wurden.

»Ich werde diesen Bastard vom Strand wegpusten!« antwortete Logan finster.

»Bist du denn sicher, daß der Schakal auch dort ist?«

»Ja.« Logans Augen glitten unablässig über die Küstenlinie, während sie sich ganz allmählich der versteckten Bucht näherten. »Ich kann ihn förmlich fühlen.«

»Und wenn er uns zuerst erwischt?«

Logan war zuversichtlich. »Diesmal werde ich nicht

verlieren. Geh bitte nach unten, Katarina, denn was jetzt kommt, ist nichts für junge Mädchen!«

Damit wandte er sich ab, und Kit war versucht, hinter seinem Rücken eine Grimasse zu schneiden. Während die *Ice Maiden* lautlos durch das kristallblaue Wasser der Lagune glitt, waren aller Augen wie gebannt auf die Küstenlinie gerichtet. Schweigend starrten die bis an die Zähne bewaffneten Männer zum Ufer hinüber, bis sich endlich die Bucht öffnete und sie tatsächlich eine Brigg erblickten, die hilflos auf der Seite lag und an den Bäumen festgezurrt war. Oberhalb der Wasserlinie war das Schiff in einem geisterhaften Grau gestrichen, so daß es eigentlich mehr an einen gestrandeten Wal erinnerte.

»Ich kann keine Kanonen entdecken«, bemerkte Peter.

»Die sind mit Sicherheit gut versteckt«, entgegnete Logan, während er mit einem Fernglas das Ufer absuchte. »Wir werden sie noch früh genug zu hören bekommen!«

Sekunden später herrschte größte Aufregung am Strand, und Kommandos hallten durch die Luft, die entsetzlich nach Teer stank.

»Achtung, Leute, gleich kommt die erste Ladung!«

Er hatte den Satz noch nicht beendet, als auf einmal Rauch und Feuer zwischen den Bäumen aufstiegen und die Geschosse auf die *Ice Maiden* zuflogen. Das erste durchschlug das Großsegel, während die anderen einen Teil der Takelage beschädigten. Ein Mann schrie auf, weil ihm ein Splitter ins Bein gedrungen war. John Bonny dagegen sank lautlos zu Boden, worauf sofort ein anderer Mann an seine Stelle trat.

Die Wucht des Einschlags hatte Kit aus dem Gleichgewicht gebracht und gegen Logan geworfen. Wütend sauste er herum. »Was machst du denn noch hier, du Wahnsinnige? Doc!« rief er dem Arzt zu, der gerade mit zwei Matrosen Mr. Bonny unter Deck brachte. »Nehmen Sie die Verrückte gleich mit. Sie soll Ihnen zur Hand gehen und sich nützlich machen.« Damit schob er Kit zum Niedergang. »Und laß dich ja nicht wieder hier oben blicken, bevor alles vorbei ist!«

Dann machte er auf dem Absatz kehrt, um Carmody die nächsten Befehle zuzurufen. Kit war noch nicht ganz unten, als die Geschütze der *Ice Maiden* krachten und sie der Ruck fast von den Füßen riß. Sie hielt sich die Ohren zu und folgte dem Arzt in das Lazarett, das man in einem Lagerraum eingerichtet hatte.

»Ha!« rief Doc triumphierend. »Die Kanonen am Strand werden uns nicht mehr lange Schwierigkeiten machen!« Als die Fregatte sich plötzlich auf die Seite legte und Kit gegen den Arzt taumelte, tätschelte er ihr fürsorglich die Schulter. »Regen Sie sich nicht auf, Mädchen! Wir zeigen denen nur kurz unser Hinterteil, damit das Ziel nicht mehr so groß ist. Während sie nachladen müssen, schwenken wir dann wieder herum und decken Sie mit unserer Ladung ein. Ja, Logan Steele weiß, was er tut!«

Doc sollte recht behalten. Nach einer weiteren Wendung waren die Kanonen im Urwald, die die Männer des Schakals aus Vorsicht an Land gebracht hatten, offenbar endgültig verstummt. Kit assistierte dem Arzt, als er dem Matrosen einen Splitter aus dem Oberschenkel entfernte. Dem armen John Bonny war nicht mehr zu helfen, denn ihm war der Splitter direkt in die Kehle gedrungen.

Als die Geschütze der *Ice Maiden* ein weiteres Mal feuerten, fuhr Kit herum. »Was geschieht wohl gerade?« fragte sie besorgt.

»Von der Achterkabine aus könnten wir das Geschehen verfolgen. Soweit ich weiß, hat der Kapitän uns das nicht verboten, oder?«

Man hatte allerdings nur eine gute Sicht, wenn die Fregatte dem Schauplatz das Heck zuwandte, doch das war ausreichend. Man sah die Stellen, wo der Dschungel nach den Einschlägen noch qualmte, und dann nach einer weiteren Salve der *Ice Maiden* die endgültige Zerstörung der hilflosen Brigg.

»Gut gemacht, Carmody!« Doc hüpfte fast vor Begeisterung. »Ein Teufelskerl, der immer ins Ziel trifft!« Doc rieb sich die Hände. »Endlich bekommt der Schakal, was er verdient!«

»Und wie geht es jetzt weiter?« wollte Kit wissen.

»Wir könnten sie hier sitzenlassen und ihnen die Marine auf den Hals schicken. Oder...« Er neigte den Kopf und lauschte auf die Befehle, die an Deck erteilt wurde. »Das habe ich mir gedacht! Wir lassen die Beiboote zu Wasser und gehen an Land, um endgültig mit der Bande abzurechnen.«

»Und wenn – sie stärker sind als wir?« Logan begab sich in Gefahr! »Vielleicht nehmen sie uns auch die *Ice Maiden* ab!«

Mitfühlend legte Doc in einer väterlichen Geste den Arm um sie. »Logan hat es aus ganz bestimmten Gründen auf den Schakal abgesehen. Leider ist er sehr dickköpfig und möchte beenden, was er angefangen hat!«

Dickköpfig! Das kann man wohl behaupten, dachte Kit, und noch dazu arrogant, aufsässig und der größte Narr, der auf Gottes Erdboden herumlief! Der Himmel sollte verhindern, daß dieser dickköpfige unmögliche Kerl zu Schaden kam!

»Schauen Sie doch nicht so jämmerlich drein, Mädchen! Logan kann ganz gut auf sich aufpassen und wird bestimmt unversehrt zurückkehren.«

Kit warf Doc einen überraschten Blick zu, doch gleich darauf tat sie ganz unbeteiligt. »Mir soll es gleichgültig sein, ob der Narr heil zurückkommt!«

Mit wissendem Lächeln schüttelte Doc den Kopf. »Ach, diese Jugend! Bin ich froh, daß ich aus diesem Alter heraus bin!«

Die Mannschaft des Schakals wartete bereits, als die Beiboote knirschend auf den Sand fuhren und Logans Männer mit lautem Geschrei heraussprangen und den Strand hinaufrannten. Für sie ging es um die Beute im Bauch der Brigg, während die Männer des Schakals ihr Leben verteidigen. Mit heftigem Waffengeklirr prallten die beiden Gruppen aufeinander. Messerscharfe Klingen blitzen, und man kämpfte verbissen Mann gegen Mann. Verwundete sanken zu Boden und schrien, während die Männer fluchend aufeinander losgingen.

Während Logan einen Gegner nach dem anderen erledigte, waren seine Augen unablässig auf der Suche nach einem einzigen Ziel – dem unmaskierten Schakal mit dem Gesicht von Oliver St. John! Logan brannte darauf, diesen Kerl auf Säbellänge vor sich zu haben und zu beobachten, wie ihm die Angst langsam in die Augen kroch.

Während er sich durch die Reihen der Männer kämpfte und unentwegt nach dem Schakal Ausschau hielt, entdeckten ihn statt dessen die scharfen Augen des ehemaligen Verwalters Simon Brownlow, der seine Waffe mindestens ebenso furios handhabte wie früher die Peitsche. Voller Rachedurst stürzte er sich auf Logan, der ihn jedoch erst in letzter Sekunde bemerkte, weil er sich gerade eines anderen Gegners erwehren mußte. Aus dem Augenwinkel sah er gerade noch das Aufblitzen tödlicher Entschlossenheit in Brownlows Augen, bevor er durch einen gewaltigen Hieb von Carmodys Säbel endgültig ausgelöscht wurde.

»Du stinkender Bastard!« Verächtlich spuckte Carmody auf den Leichnam. »Du quälst niemanden mehr.«

In relativ kurzer Zeit war der Kampf entschieden. Die Beschießung durch die *Ice Maiden* hatte zu viele Opfer gefordert, und die übrigen Männer waren so gut wie gar nicht auf einen Kampf vorbereitet gewesen. Tar Island war immer ein besonders sicherer Zufluchtsort gewesen, und deshalb hatten die meisten Männer auch ihre Waffen abgelegt, um besser arbeiten zu können. In diesem Fall hatten sie bitter für ihren Leichtsinn büßen müssen.

Als die letzten Überlebenden um Gnade flehten, war Logan der Verzweiflung nahe. Sorgfältig musterte er die ängstlichen Gestalten, die seine Männer wie eine Schafherde zusammengetrieben hatten, doch Oliver St. John war nicht dabei.

Leise fluchend erteilte er seine Befehle. »Sie, Ungalas, kümmern sich um die Gefangenen! Peter, Sie und Gabriel, durchsuchen die Brigg nach Wertgegenständen. Sie sind mir dafür verantwortlich, daß es korrekt dabei zugeht! Wer etwas für sich abzweigt, bekommt es mit mir zu tun!«

Er konnte darauf vertrauen, daß seinen gierigen Männern auf der Brigg nichts, aber auch nicht das Geringste, entgehen würde, und konnte deshalb in aller Ruhe weiter nach seinem Widersacher suchen. Nach etwas einer Stunde war die gesamte Ladung der Brigg am Strand ausgebreitet, doch der Schakal war und blieb unsichtbar. Zum wiederholten Mal glitten Logans Augen langsam über die Gruppe der Gefangenen, die mittlerweile die Gräber für ihre gefallenen Kameraden ausheben mußten.

»Ungalas!« rief Logan in herrischem Ton.

»*Si?*«

»Bringen Sie mir den Kerl mit der purpurfarbenen Schärpe!«

Ungalas packte den Unglücklichen und stieß ihn vor Logan auf die Knie. Ängstliche Augen blickten zu dem riesigen Captain der *Ice Maiden* empor, der in seinem blutbespritzten Hemd breitbeinig vor dem Piraten stand und immer noch mit dem Säbel herumfuchtelte.

»Ich will wissen, wo Ihr Captain ist!« zischte Logan mit drohendem Unterton in der Stimme.

Verzweifelt rang der Pirat die Hände und blickte zu seinen gefangenen Kameraden hinüber. »Keine Ahnung.«

Noch in derselben Sekunde fühlte er die Säbelspitze an seiner Kehle. »Wirklich nicht?«

Der Mann zuckte zurück, doch die stählerne Klinge folgte ihm. »Ich weiß es wirklich nicht! Verdammt!«

Dicke Schweißtropfen rannen dem Piraten über das Gesicht, und seine Augen bettelten um Gnade. Doch Logan drückte das Kinn des Mannes mit dem Säbel in die Höhe und zwang den Gefangenen mit einem ungeduldigen Tritt zum Aufstehen.

»Wer mir verrät, wo ich den Schakal finde, kann unbehelligt seiner Wege gehen!« bot er an. Doch noch bevor irgendeiner der Männer den Mund aufmachen konnte, ertönte ein Schrei vom Ausguck der *Ice Maiden*.

Nachdem das letzte der Boote abgelegt hatte, steckte Kit vorsichtig den Kopf aus der Luke und sondierte die Lage. Als sie lediglich Tom Trelawny entdeckte, traute sie sich hinaus, und der Arzt folgte ihr auf dem Fuße.

»Ich dachte, Sie wären auch an Land gegangen.«

»Der Captain war wieder einmal dagegen! Darf ich das Fernglas nehmen und in den Ausguck klettern?«

»Sie dürfen«, erwiderte Doc, »aber berichten Sie uns, was drüben vorgeht! Logan Steele ist sein großes Vorbild«, meinte er dann, während der junge Mann die Takelage emporkletterte.

»Ob das so gut ist?«

»Nun, er hätte sich wirklich einen schlechteren Menschen aussuchen können! Logan ist ein ganz außergewöhnlicher Mann.«

»Nun«, brummte Kit, »das habe ich ja gemerkt!«

»Ahoi!« rief Tom von oben. »Wir geben ihnen ganz schön Zunder. Fünf Figuren sind gerade im Dschungel verschwunden, und die anderen schippen Gräber.«

»Wohin kann man denn hier laufen?« fragte Kit mit gerunzelter Stirn.

»Eigentlich nirgendwohin. Die Bucht verbreitert sich weiter hinten zwar noch, aber...«

»Doc!« Wild fuchtelte Tom mit dem Fernglas. »Miß Kit! Schauen Sie! Dort drüben...«

Doc schoß herum und stieß einen unterdrückten Fluch aus, als er sah, was Tom entdeckt hatte. »Verdammt! Dorthin sind sie also gelaufen.«

Kit sah ebenfalls hinüber, wo ein Stück Dschungel die Sicht auf die erweiterte Bucht verdeckte. Langsam schob sich ein Bugspriet hinter dem Wald hervor, dem in kürzester Zeit das ganze Boot folgte. Der einzige Mast des kleinen Schiffes war mit so vielen Segeln bestückt, so daß die Schaluppe trotz der schwachen Brise immer schneller wurde.

»Logan!« rief Doc in heller Aufregung. »Schauen Sie! Dort drüben!«

Auf den Zuruf hin fuhr Logan herum, doch weil er tiefer stand, konnte er zuerst nichts erkennen. Sekunden später jedoch verwandelte sich seine Verwirrung in heiße Wut. »Da ist der Kerl!« schrie er und ließ eine Serie von Flüchen los, daß selbst den hartgesottenen Gefangenen die Ohren klangen.

Im Eifer des Gefechts hatten sie das erbeutete Schiff völlig vergessen und mußten nun hilflos zusehen, wie ihr Captain mit einigen Offizieren das Weite suchte. Als die Schaluppe die *Ice Maiden* passierte, gab sie einen triumphierenden Schuß ab, und zu seinem Schrecken entdeckte Logan, daß Tom und Doc und auch Kit sich auf dem Deck abmühten, um die Kanone zu laden und die Verbrecher in letzter Minute aufzuhalten.

Nachdem endlich alle Gefangenen und die Beute in den Booten verstaut und zur *Ice Maiden* gebracht worden waren, war die Schaluppe längst außer Reichweite. Und natürlich würde ihr Vorsprung noch anwachsen, da die mühsame Passage über das Riff für das kleine Schiff weit weniger gefährlich war und schneller bewältigt werden konnte. Zähneknirschend mußte Logan sich in sein Schicksal ergeben, denn ihm war außerdem klar, daß er die Männer niemals dazu hätte überreden können, die Beute zurückzulassen.

»Schicken Sie alle Männer auf ihre Posten!« wandte er sich an Peter. »Und befehlen Sie höchste Aufmerksamkeit, denn wir werden das Riff unter vollen Segeln passieren!«

Während Peter mit besorgtem Gesicht diesen Auftrag ausführte, herrschte Logan Kit ungeduldig an. »Und du? Was machst du an Deck? Habe ich dir nicht gesagt, daß...«

»Du hast mir erlaubt, nach oben zu kommen, sobald es sicher ist«, erinnerte sie ihn. »Willst du mich mit deinen Blicken umbringen? Freust du dich denn gar nicht, daß du gegen den Schakal gesiegt hast?«

»Ich habe den Krieg nicht gewonnen!« fauchte er. »Höchstens eine Schlacht.«

»Sind die Antworten, die du mir versprochen hast, etwa auf diesem Schiff davongefahren?«

Logan wollte schon einen bitteren Kommentar loslassen, als er sich doch noch besann. »Er wird mir nicht entkommen, denn ich weiß, wohin er sich flüchtet.«

»So?«

»Ich spüre, daß ein Sturm bevorsteht, gegen den der letzte ein reines Kinderspiel war. Das kleine Boot kann ein solches Unwetter nicht meistern, und deshalb wird der Schakal unverzüglich nach Hause segeln.«

»Nach Hause?« fragte Kit unsicher.

»Ja, genau.« Logan packte sie plötzlich so energisch, daß Kit sich am liebsten losgerissen hätte. »Komm mit nach unten, Katarina. Wir müssen miteinander reden.«

21. Kapitel

»Das glaube ich nicht! Ich glaube dir kein Wort! Du lügst! Wie kannst du dir nur eine solche Geschichte ausdenken!« Voller Wut schlug Kit gegen einen Querbalken, doch den Schmerz nahm sie nicht wahr. Sie zitterte und bebte am ganzen Körper vor Empörung. Ihr Bruder sollte lebendig sein und als der widerliche Schakal die Meere unsicher machen! Welcher Unsinn! Eine Frechheit, wenn Logan ernsthaft glaubte, daß sie ihm diesen Unsinn abnehmen würde!

»Du hast recht«, räumte Logan ein, der ganz lässig an seinem Schreibtisch lehnte. »Eine solche Geschichte kann man unmöglich erfinden, und genau deshalb muß sie wahr sein!«

Kit ballte die Fäuste, bis sich die Nägel in ihre Handflächen gruben. »Oliver ist tot, Logan! Ich habe seine Leiche mit eigenen Augen gesehen. Du hast ihn getötet und ihn dann den Haien vorgeworfen!«

»Es war bestimmt ein hübscher Anblick!« mutmaßte Logan finster. »Reizend, daß die Haie genug übriggelassen haben, so daß du ihn noch erkennen konntest!«

Bei der Erinnerung an diesen Tag erbleichte Kit. »Es war Oliver.« Dann überwältigte sie wieder der Schmerz über den Verlust. »Wer soll es denn sonst gewesen sein?«

»Wird sonst noch jemand aus Greenhaven vermißt?«

»Nein.« Doch! widersprach ihr Innerstes, und zwar George Marshall. Er befand sich nicht unter der Besatzung der *Ice Maiden*, wie sie ursprünglich angenommen hatte. Äußerlich war er Oliver sehr ähnlich, und außerdem war er seit dem fraglichen Nachmittag verschwunden. »Nein«, wiederholte Kit noch einmal, als ob sie damit die Tatsachen aus der Welt schaffen könnte.

»Für Oliver war es die beste Gelegenheit, um sich aus

dem Staub zu machen, nicht wahr? Indem er eine Leiche hinterließ, die man für seine hielt, schob er damit gleichzeitig seinem schlimmsten Feind einen Mord in die Schuhe.«

Eigentlich hätte es Logan genießen müssen, die Verräterin mit der schrecklichen Wahrheit zu konfrontieren, aber genau das Gegenteil war der Fall. Am liebsten hätte er Kit in die Arme genommen und sie getröstet, denn er liebte sie noch immer. Aber im Augenblick war das unmöglich, und er mußte hilflos mitansehen, wie die bittere Wahrheit sie fast umbrachte.

»Du bist verrückt!« protestierte Kit heftig. »Du suchst nur Entschuldigungen für dich selbst! Weshalb sollte Oliver überhaupt so etwas tun?«

Logan wirkte sehr selbstbewußt, wie er mit verschränkten Armen an seinem Schreibtisch lehnte. Mit bitterem Auflachen schüttelte er den Kopf. »Denk nach, mein Schatz! Wer hätte mir schon geglaubt, wenn ich behauptet hätte, daß Oliver St. John der gesuchte Schakal wäre? Alle hielten mich für den Mörder, und selbst wenn ich sie überzeugt hätte, hätte niemand nach einem Toten gefahndet.«

Aus Kits Augen schlug ihm blanker Haß entgegen. »Oliver hätte niemals so etwas getan! Im Gegensatz zu dir war er kein Mörder und auch kein Pirat!«

»Alles Abstreiten hilft nichts, Katarina«, erklärte Logan ein kleines Stückchen freundlicher. »Ich weiß, wie weh es tut, wenn man der Wahrheit ins Gesicht sehen muß.«

»Sieh mich nicht so an!« Sie brauchte kein Mitleid. Nur die Wahrheit interessierte sie – und nicht diese unglaublichen Geschichten, die nicht einmal ein Kind glauben würde! Logan war ein guter Schauspieler und schien von dem, was er sagte, auch noch überzeugt zu sein, aber Kit wußte es besser. Diese Geschichte war die entsetzliche Ausgeburt einer kranken Fantasie!

»Das ist wohl die übelste Art der Rache!« zischte sie voller Verachtung. »Was hast du vor? Willst du als Held nach Barbados zurückkehren und dich rühmen, das Schiff des Schakals zerstört zu haben? Willst du die Ehre eines Toten beschmutzen?«

Seufzend strich sich Logan mit der blutverkrusteten Hand über die Haare. Weshalb waren Frauen nur immer so dickköpfig und opferten sich meistens für die Falschen?

»Ist das deine Art der Rache, Logan Steele? Willst du meinen Namen mit dieser Geschichte beschmutzen?« Sie ballte die Fäuste. »Ich habe nicht die Absicht, dieses Spiel mitzuspielen! So leicht täuscht man mich nicht. Du hast meinen Bruder getötet, und alle Bediensteten haben euren Streit gehört.«

Da riß Logan der Geduldsfaden. Er packte Kits Schultern und schüttelte sie so ungestüm, bis sie Angst bekam. »Jetzt hörst du mir aber zu, Katarina! Hör mir genau zu und mach endlich die Augen auf! Weshalb, glaubst du, hat dich der junge Tom für den Schakal gehalten, als du Doc assistiert hast? Damals trugst du Hosen und hattest dein Haar zurückgebunden. Du weißt doch, wie sehr du deinem Bruder ähnlich siehst!«

»Das ist ja lächerlich!«

»Und wieso hat Tom Oliver erkannt, als er den Brief in Greenhaven abgegeben hat?«

»Er muß sich geirrt haben.«

»Und weshalb gehört Simon Brownlow zur Mannschaft des Schakals? Er hat die ganze Zeit über für Oliver gearbeitet! Geht das nicht in deinen Kopf?«

»Das kann Zufall sein.«

»Verdammter Zufall!« Logan sah so finster drein, daß Kit sich losmachen wollte, doch er hielt sie eisern fest. »Weshalb hat Oliver versucht, mich umzubringen, als ich ihm die Wahrheit auf den Kopf zugesagt habe? Er wußte keinen anderen Ausweg mehr! Ich sage dir die Wahrheit, Katarina!« Wieder schüttelte er sie. »Es ist mir gleich, ob du glaubst, daß ich ihn getötet habe. Wenn dieser Kerl mir noch einmal über den Weg läuft, werde ich ihn an den Galgen liefern!«

Voller Wut schlug Kit Logan so heftig mitten ins Gesicht, daß seine Wange erst weiß und dann rot anlief. Regungslos ließ er auch den zweiten Schlag über sich ergehen.

»Bist du jetzt fertig?« erkundigte er sich grinsend.

»Nein!« schrie sie voller Verzweiflung. »Verlaß diesen Raum, bevor ich dich umbringe!« Mit wilden Blicken suchte sie nach einer geeigneten Waffe.

»Ganz wie du möchtest!« Und dann folgte dieselbe sarkastische Verbeugung wie damals auf dem Zuckerrohrfeld.

»Hinaus, hinaus! Geh mir aus den Augen!«

Wütend schleuderte sie ein Buch nach ihm, doch er duckte sich gerade noch rechtzeitig und schaffte es auch, dem Zinnkrug auszuweichen, der hinterher segelte. »Ich hoffe, daß du aufgehängt und gevierteilt wirst! Von mir aus kannst du tausend Jahre in der Hölle schmoren!«

»Oliver würde sich über meine Gesellschaft bestimmt freuen!« bemerkte Logan trocken, während er sich duckte und eines der Gläser hinter ihm zerschellte. »Auf diese Weise wirst du mich nicht los, Katarina! Wenn ich es mir recht überlege, wirst du mich vielleicht überhaupt nicht mehr los.« Liebevoll sah er die kleine Furie an. »Überall, wo du gehst und stehst, wirst du mein Gesicht sehen und meine Stimme hören. Ich werde dich bis in die Träume verfolgen und dich auch in den wachen Stunden nicht in Ruhe lassen. Selbst wenn man mich aufhängt und in tausend Stücke reißt, werde ich immer noch ein Teil von dir sein!«

»Nein! Nein! Nein! Nein!« Kit war mittlerweile völlig hysterisch geworden. Es war das erste Mal, daß sie Gefühlsstürme erlebte, denen sie hilflos ausgeliefert war.

Und ihr gegenüber stand dieser Kerl, so selbstsicher und ruhig, daß sie am liebsten auf ihn eingeprügelt hätte. Aber im selben Augenblick sehnte sie sich schon danach, ihren Schmerz und ihre Verzweiflung an seiner starken Brust auszuweinen.

»Du mußt mir glauben, Katarina.« Sein ernster Ton erschreckte Kit. »Ich weiß, wovon ich rede, denn ich bin in der gleichen Weise von dir besessen.«

Kit biß sich auf die Lippen, bis sie ihr eigenes Blut schmeckte. »Du bist höchstens vom Teufel besessen, Logan Steele!« Ihr tränenüberströmtes Gesicht war zu einer Maske eisiger Entschlossenheit erstarrt, als ihre Hand sich um den Krug auf dem Waschtisch schloß. »Mach, daß du rauskommst, bevor ich dich umbringe!«

Sie holte mit dem Krug aus wie mit einem Speer, so daß sich Logan freiwillig zur Tür zurückzog. »Demnach war meine ursprüngliche Absicht richtig. Dich überzeugt nur, was du mit eigenen Augen sehen kannst. Darauf werde ich eben warten.«

Nachdem sich die Tür leise hinter ihm geschlossen hatte, hielt Kit einen Augenblick lang inne. Erschöpft wollte sie schon den Krug sinken lassen, als sie sich jedoch eines Besseren besann. Mit voller Wucht schleuderte sie ihn gegen die Tür und sah mit tränenfeuchten Augen zu, wie er, und mit ihm ihr ganzes Leben, in tausend Stücke zerbrach.

Die See war bereits ziemlich unruhig, als die *Ice Maiden* die Half Moon Bay erreichte. Was den Sturm betraf, hatte Logan also recht behalten, dachte Kit, als sie hochaufgerichtet allein an der Reling stand und die vertraute Landschaft an sich vorbeiziehen sah. Beharrlich weigerte sie sich jedoch, ihm auch in anderen Punkten zu glauben, und war deshalb sehr erleichtert, als sie nirgendwo in der Bucht eine Schaluppe entdecken konnte.

Als Logan zu ihr trat, bedachte sie ihn mit einem triumphierenden, fast mitleidigen Lächeln. »Offenbar hat sich deine Beute woanders hin geflüchtet!«

»Meinst du?« Er lächelte ohne jeden Hintergedanken.

Dabei beobachtete Kit, wie seine Blicke zur Mündung des kleinen Flusses hinüberwanderten, der weiter oben an der Mühle vorbeifloß und auch den kleinen See speiste, wo Logan – sie... Energisch beendete Kit diesen Gedanken.

»Der Fluß ist nicht schiffbar!« protestierte sie.

»Für eine Fregatte mit Sicherheit nicht, aber eine kleine Schaluppe mit flacherem Kiel könnte im unteren Teil durchaus Schutz vor dem Unwetter finden.«

»Unsinn! Nur leere Vermutungen! Du solltest deine Fantasie auf etwas anderes konzentrieren!« schimpfte Kit.

»Keine Sorge, das werde ich auch tun, aber zuvor werde ich dich nach Hause bringen. Das habe ich schließlich versprochen.« Dabei blickte Logan zu den Hügeln hinüber, wo Greenhavens Herrenhaus gerade oberhalb der Baumwipfel im Dunst zu sehen war.

»Das ist absolut nicht notwendig. Es genügt, wenn du mich am Strand absetzt. Ich finde meinen Weg schon allein.«

»Ich denke nicht im Traum daran, dich schutzlos in den Käfig des Schakals zu schicken!«

»Greenhaven ist nicht der Käfig dieses Ungeheuers! Und du bist dort nicht willkommen!« Bei diesen Worten funkelten Kits Augen so bedrohlich wie der Sturm, der sich draußen auf dem Meer zusammenbraute. »Außerdem erwarten mich dort höchstens einige Milizsoldaten, falls mein Verschwinden bekanntgeworden ist.«

»Das glaube ich nicht. Aber selbst wenn es so wäre, ginge doch wenigstens dein sehnlichster Wunsch in Erfüllung und du könntest mich endlich baumeln sehen!«

»O Gott!« stöhnte Kit.

»Falls allerdings dein lieber Halbbruder zu Hause sein sollte...«

»Das ist unmöglich!«

»Bist du sicher?«

»Absolut.«

»Würdest du mit mir wetten?«

»Mit dem Teufel schließe ich keine Wetten ab!« brummte Kit voller Verachtung.

Mit einem Finger hob Logan ihr Kinn und drehte ihr versteinertes Gesicht zu sich um. Dabei durchfuhr Kit ein heißes Zittern. »So?« Er grinste spöttisch. »Wo ist denn dein Selbstbewußtsein geblieben, Katarina? Hast du etwa Angst, du könntest die Wette verlieren?«

»Überhaupt nicht! Aber wie kann Oliver zu Hause sein, wenn du ihn doch getötet hast?«

»Tja.« Logan lächelte aufreizend selbstsicher. »Wenn du deiner Sache so sicher bist und immer noch glaubst, daß ich lüge, kannst du mir doch in aller Ruhe etwas versprechen, falls Oliver doch zu Hause sein sollte!«

Mißtrauisch zog Kit die Brauen zusammen. »Und an was hast du dabei gedacht?«

»Nun, vielleicht – an einen Kuß.«

»Lieber würde ich eine Schlange küssen! Doch ich möchte das Schicksal lieber nicht herausfordern.«

»So, so!« höhnte Logan. »Demnach bist du deiner Sache also keineswegs so sicher, wie du vorgibst!«

»Keine Angst, ich bin mir sicher, aber dir traue ich nicht über den Weg. Was hättest du denn von einem Kuß?« Nervös registrierte sie das kleine Flackern in seinem Blick.

»Du würdest staunen, was sich alles damit erreichen läßt!«

Sein Lächeln ging Kit durch und durch, denn sie wußte sehr genau, was Logan mit einem Kuß erreichen konnte. Wie oft hatten ihre ekstatischen Begegnungen so harmlos angefangen, und wie oft hatte ein einfacher Kuß ihre Zurückhaltung in hemmungslose Leidenschaft, ihre Wut in strahlendes Glück und ihre Dickköpfigkeit in Anschmiegsamkeit verwandelt! Damit was es jetzt vorbei. Und falls nicht, wollte sie es ihn jedenfalls nicht mehr spüren lassen. Diesen Sieg wollte sie ihm niemals mehr gönnen.

»Und wenn du verlierst?« fragte sie kühl.

»Falls ich verliere...« Wieder wanderte sein Blick zum Herrenhaus hinüber. »Falls Oliver St. John tatsächlich nicht der Schakal sein sollte, dann stehe ich tiefer in deiner Schuld, als ich jemals wieder gutmachen kann!«

In dem Beiboot, das Kit wenig später an Land ruderte, saßen außer Logan und Peter auch Carmody und vier weitere Matrosen der *Ice Maiden*. Kit winkte Doc und Tom ein verzweifeltes Lebewohl zu, denn sie wußte, daß sie die beiden vermutlich nie wiedersehen würde, und vermißte sie schon jetzt. Nach der kurzen Fahrt über die tanzenden Wellen fühlte sie sich elender denn je und war ohne Widerrede einverstanden, als Logan sie aus dem Boot hob.

Während er seine Last noch auf den Armen trug, wandte er sich an Peter: »Sie wissen, was Sie zu tun haben.«

Peter nickte finster. »Wir werden unser Bestes tun.«

Dann schoben er und ein weiterer Mann das Boot wieder in die Brandung zurück und sprangen hinein. Logan sah ihnen nach, bis sie sicher hinter der Brandung verschwunden waren, und erst dann setzte er Kit ab.

»Wohin fahren sie?« fragte diese voller Mißtrauen.

»Zur Flußmündung.«

»Demnach hast du auch Peter in diese närrische Geschichte verwickelt?«

»Mit dieser Meinung stehst du ziemlich allein, liebe Katarina.«

Schnaubend wandte Kit sich ab und stapfte durch den Sand davon. Logan folgte ihr, doch als er ihr helfen wollte, stieß sie ihn zurück. »Du brauchst mich nicht nach Hause zu begleiten!« Sie hatte das Streiten so satt und sehnte sich nur nach dem Frieden ihres Zimmers. Selbst hier, auf dem festen Boden, drehte sich noch die ganze Welt um sie. »Du bist in meinem Haus nicht willkommen.«

»Aber wenn Oliver doch zu Hause ist?« rief Logan laut, um den immer kräftiger wehenden Wind zu übertönen.

»Meines Wissens ist noch keiner von den Toten auferstanden!«

»Möglicherweise wirst du eine Überraschung erleben.«

Kit schüttelte nur stumm den Kopf.

So einfach gab Logan jedoch nicht auf. »Wie komme ich an meinen Lohn, falls Oliver doch zu Hause sein sollte?«

»Oh, ich werde dich einfach verständigen.« In leisem Spott zog sie eine Augenbraue in die Höhe. »Und wohin soll ich die Botschaft senden? Nach Tortuga zu Händen deiner Freunde im *Sea Gull Inn?* Oder vielleicht doch lieber gleich nach Wallenghby Fort, wo du wahrscheinlich ohnehin landen wirst, wenn du nicht bald verschwindest. Noch einmal werde ich dir nämlich nicht bei der Flucht helfen.«

Logan packte Kit an der Schulter und drehte sie gewaltsam zu sich herum. »Ich bin überrascht, wie sehr du dich um mich sorgst, mein Liebes!«

»Ich sorge mich höchstens um deine Mannschaft, aber nicht um dich!«

»Weißt du das bestimmt?«

Kit seufzte. »Gib es auf, Logan! Wir beide passen nicht zueinander. Es war vom ersten Augenblick an ein Fehler!«

»Meinst du?«

Als seine Hände einfach ihr Gesicht umfaßten und sich sein Mund sanft auf ihre Lippen drückte, fühlte Kit, wie ihre mühsam errichtete Verteidigung in sich zusammenbrach. Als dann auch noch seine Zunge in ihren Mund eindrang und ihn eroberte, wie er früher ihren Körper erobert hatte, zuckte es ganz tief in ihrem Bauch, und heiße

Sehnsucht pulste durch ihre Adern. Zitternd tasteten seine Hände über ihr Gesicht, ihre Schultern, ihre Brüste bis zur Taille und preßten dann ihren Körper ungestüm in eine heiße Umarmung. Verstohlen schlangen sich Kits Arme um ihn, und als sie das Spiel seiner Muskeln unter ihren Händen fühlte, ihre Finger in seine windzerzausten Haare wühlte und seine fordernde Sehnsucht an ihrem Bauch spürte, schmolz auch der letzte Widerstand...

Ein ohrenbetäubender Donnerschlag und plötzlich einsetzender, heftiger Regen brachte Kit rasch wieder auf den Boden der Tatsachen zurück. Mit aller Kraft drängte sie Logan zurück.

»Bist du immer noch sicher, daß wir nicht zueinander passen?« Aus seinem trägen Lächeln sprachen allerdings Zuversicht und Leidenschaft.

Kit verschanzte sich wieder hinter hochmütiger Verachtung. Stocksteif stand sie sehr aufrecht vor Logan. »Du beanspruchst deinen Preis, bevor du die Wette überhaupt gewonnen hast!«

»Das war nur ein kleiner Vorgeschmack, mein Schatz! Grüße deinen Bruder von mir! Bis bald!«

»Mit etwas Glück werden wir uns nie mehr sehen!«

Logan winkte nur flüchtig und machte dann auf dem Absatz kehrt. Kit war völlig überrascht, daß er so einfach nachgegeben hatte, und starrte ihm wie betäubt nach, bis er hinter dem Regenschleier verschwunden war. Nicht einmal an Olivers Todestag hatte sie sich so einsam und verlassen gefühlt wie in diesem Augenblick!

Als Kit schließlich das Haus erreichte, goß es bereits in Strömen, und ein böiger Wind peitschte den Regen so heftig gegen sie, daß sie kurz vor der Tür von den Füßen gerissen wurde. Laut rief sie nach Raleigh, aber als niemand kam, raffte sie sich allein wieder auf und hatte größte Mühe, die Haustür gegen den Druck des Windes aufzustemmen.

Die plötzliche Stille in der Halle war überwältigend. Es dauerte einige Sekunden, bis sich Kits Ohren von dem Sturmgetöse erholt hatten. Wie betäubt verharrte sie für Sekunden bewegungslos mitten in der Halle, während das Wasser aus ihren Röcken auf das Parkett tropfte und kleine Seen auf dem Boden hinterließ.

Es dauerte einige Zeit, bis Kit die unnatürliche Stille des Hauses bewußt wurde. »Mandy, Raleigh!« Himmel, waren denn alle fortgelaufen? »Mandy?«

Zögernd öffnete sich die Küchentür und eine völlig verwirrt dreinschauende Mandy beäugte mißtrauisch den Eindringling.

»Mandy!«

»Oh, Himmel! Sie sind es wirklich! Wir haben uns ja solche Sorgen gemacht! Wo sind Sie denn gewesen?«

Hinter der rundlichen Rothaarigen erschien auch Raleigh, der sich einerseits ehrlich freute, aber andererseits auch mißbilligende Blicke auf die Wasserflecken warf.

»Wo stecken Sie denn alle? Ich habe gerufen und gerufen...«

»Wir waren alle in der Küche, Miß. Wir mußten etwas besprechen, aber das erzählen wir Ihnen später. Sie sind ja völlig durchweicht und werden sich den Tod holen, wenn Sie nicht bald aus diesen nassen Kleidern herauskommen. Ich richte Ihnen schnell ein heißes Bad. Dann können sie mir erzählen, weshalb Sie uns einen solchen Schrecken eingejagt haben!«

»Mistreß Carpenter...« begann Raleigh in seltsamem Ton.

»Keine Sorge, Mr. Raleigh! Lassen Sie bitte Wasser ins Badezimmer bringen! Jetzt, da Miß Kit wieder da ist, wird bestimmt alles wieder in Ordnung kommen.«

Während Kit die Treppe hinaufstieg, spürte sie deutlich, daß irgend etwas vorgefallen sein mußte. »Was ist hier los, Mandy?« fragte sie, während sie aus ihren klatschnassen Sachen stieg und sich in ein großes Handtuch hüllte. »Weshalb haben Sie und Raleigh so komische Blicke gewechselt?«

»Oh, Himmel! Hier sind seltsame Dinge geschehen, Miß. Wir haben und schreckliche Sorgen um Sie gemacht! Wo sind Sie denn gewesen?«

Kit seufzte. »Ich habe einen Alptraum erlebt. Und ich fürchte, er ist noch nicht zu Ende. Verraten Sie mir jetzt bitte, weshalb sich alle in der Küche versammelt haben! Sie und Raleigh wirken so, als planten Sie große Dinge! Sind die anderen auch alle in der Küche?«

Mandy nickte. »Wir hatten uns alle vorgenommen, nach dem Sturm gemeinsam das Haus zu verlassen.«

»Und weshalb, um Himmels willen?«

»Wir haben befürchtet, daß Sie nie mehr wiederkommen würden. Außerdem ist Master Oliver nach Hause zurückgekehrt. Von den Toten ist er auferstanden und sieht entsetzlich bleich aus! Wie ein Gespenst!«

Für Sekunden stockte Kits Herz, bevor es um so heftiger gegen ihre Rippen schlug. Draußen peitschte der Regen gegen die Scheiben, es blitzte und donnerte, doch Kit war wie taub. Das war doch unmöglich, einfach lächerlich und hirnverbrannt! Es konnte und durfte nicht wahr sein!

»Wann ist er zurückgekommen?« erkundigte sie sich dann ganz ruhig, als ob nicht gerade ihre ganze Welt in Trümmer gefallen wäre.

»Vor wenigen Stunden. Er hat keine Erklärungen abgegeben und getobt, als er erfuhr, daß Sie nicht zu Hause waren. Er ist sogar auf Mr. Raleigh losgegangen! Können Sie sich das vorstellen? Dann hat er sich in sein Zimmer eingeschlossen und gedroht, uns alle umzubringen, falls wir ihn stören sollten! Er ist in einer entsetzlichen Verfassung! Ohne Sie haben wir nicht gewagt, irgend etwas zu unternehmen.«

»Für diese miese Verfassung gibt es einen guten

Grund«, erklärte Kit seufzend. »Aber weshalb haben sie mir das nicht gleich alles bei meiner Ankunft gesagt?«

Mandy wirkte sehr bedrückt. »Es ist gar nicht leicht, so etwas Schreckliches mitzuteilen. Es war einfach alles zuviel für uns! Tote, die aus ihrem Grab auferstehen, Leute, die mitten in der Nacht verschwinden und dann auch noch Gouverneure und vornehme Herren, die den armen Dienern die Seele aus dem Leib fragen...«

»War der Gouverneur hier und hat euch ausgefragt?«

»O ja, und Sir Thomas Modyford ebenfalls! Die beiden halten offenbar nichts davon, den Toten ihre Ruhe zu lassen! Sie haben Master Olivers Arbeitszimmer auf den Kopf gestellt, daß man glatt annehmen konnte, sie verdächtigen ihn...«

Kit grübelte eine Weile schweigend vor sich hin, bis Mandy schließlich ihre Gedanken unterbrach. »Das Badewasser wird kalt, Miß. Kommen Sie!«

»Wie bitte? Oh, ich kann doch jetzt nicht baden!«

»Aber...«

»Holen Sie mir lieber Papier und Feder! Ich muß an den Gouverneur schreiben. Oder nein!« Ungeduldig fuchtelte sie mit ihrer Hand. »Das kann ich nicht! Ich kann es nicht tun! Oliver ist schließlich mein Bruder und der einzige Sohn meines Vaters! Was soll ich nur tun?«

Mit gerunzelten Brauen beobachtete Mandy Kits aufgeregtes Gehabe. »Es tut mir leid, Miß, aber ich kann Ihnen nicht so ganz folgen.«

Kit sah so gequält drein, daß Mandy beunruhigt war. »Fehlt Ihnen etwas?«

»Nein, nein, ich bin nicht krank! Ich – ich kann es nur nicht erklären. Jedenfalls jetzt noch nicht! Rasch, Mandy! Holen Sie mir ein frisches Kleid! Ich muß unbedingt mit meinem Bruder sprechen.«

»Das ist aber nicht klug, Miß! Er war außer sich und wollte ein wenig schlafen. Wir dürfen ihn nicht stören!«

»Wenn ihm nie etwas Schlimmeres widerfährt, kann er sich freuen!« entgegnete Kit orakelhaft. Damit ließ sie aber das verwirrte Hausmädchen stehen und machte sich auf den Weg. Auf jeder Treppenstufe schärfte sie sich ein, daß Logan nicht automatisch recht hatte, nur weil Oliver noch am Leben war. Dieser lebenslustige Mensch konnte doch unmöglich ein brutaler Pirat sein, der Blutvergießen und Folterungen genoß! Oliver war zwar leicht zu erzürnen, und manchmal konnte er auch regelrecht grausam sein und ließ sich hinreißen, aber ein solches Ungeheuer wie der Schakal war er wirklich nicht! Höchstwahrscheinlich war alles nur ein dummer Zufall, der sich gewiß aufklären ließ.

Mandy sollte recht behalten. Oliver brummte wie ein wütender Bär, als Kit ihn aus dem Schlaf rüttelte, und er brummte sogar noch lauter, als er sah, wer der Störenfried war. »Was zum Teufel ist los?« Blitzartig schoß Oliver hoch und griff automatisch nach einer Waffe, die jedoch nicht da war. Verwirrt starrte er Kit an, die mit verschränkten Armen vor ihm stand und ungeduldig mit dem Fuß auf den Boden klopfte. »Du bist es! Wo bist du denn gewesen? Die Dienstboten haben mir eine seltsame Geschichte erzählt...«

»Dasselbe könnte ich dich fragen!« Kits Stimme klang kalt, denn sie wollte sich nicht einschüchtern lassen.

»Ach ja? Freust du dich denn überhaupt nicht, daß ich auf so wunderbare Weise wiedergekehrt bin?«

»Wir haben dich für tot gehalten!«

»Das habe ich gehört. Bei meiner Rückkehr habe ich davon erfahren. Eine schöne Bescherung!« Er lächelte und griff nach seinem Hausmantel. »Der arme Pettijohn. Ich hoffe, man hat ihn nicht schon aufgehängt.«

»Nein, das haben sie nicht getan«, erwiderte Kit knapp. »Würdest du mir erklären, was eigentlich vorgefallen ist?«

»Wenn du unbedingt darauf bestehst! Würdest du dich

bitte einen Augenblick umdrehen? Du bist zwar meine Schwester, aber trotzdem...« Verlegen schüttelte er ein frisches Hemd und eine Hose zurecht und lächelte ihr zu.

Kit gehorchte seinem Wunsch und bemerkte dabei einige schmutzige Kleidungsstücke, die vor dem Schrank auf dem Boden lagen. War das dort Blut auf dem Hemdsärmel? Sofort rebellierte ihr Magen. »Also?« drängte sie ihren Bruder.

»Ach ja, meine neugierige kleine Schwester will eine Geschichte hören! Also: Es ist alles ganz einfach. Unser Freund Pettijohn und ich hatten im Arbeitszimmer eine kleine Meinungsverschiedenheit, natürlich über dich. Der Kerl ist ganz schön temperamentvoll! Ich dachte, er spießt mich auf, und ich habe sogar einen Schuß auf ihn abgefeuert, um mich zu verteidigen! Er hat mich mit seinem Säbel verletzt, und die Wunde hat stark geblutet.«

»Und dann?«

Oliver zuckte die Achseln. »Im ersten Schrecken habe ich mich entschlossen, Greenhaven auf der Stelle zu verlassen. Ansonsten hätte ich den Kerl umgebracht, und das hättest du mir nie verziehen. Ich habe also meine Wunde verbunden und bin dann mit einem kleinen Boot der *Elizabeth* nachgefahren, die an diesem Tag in See gestochen war, wie du dich erinnerst.«

»Aber keiner von den Dienstboten hat dich gesehen!«

»Ich habe mich so plötzlich entschieden, daß mir keine Zeit mehr geblieben ist, alle zu informieren. Aber ich habe dir einen Brief hinterlassen, in dem ich dir alles erklärt habe. Hast du ihn denn nicht bekommen?«

»Nein.« Kits Stimme war eiskalt. Ganz offensichtlich war ihr Bruder längst kein so geschickter Lügner wie Logan Steele, und von Sekunde zu Sekunde wurde ihr klarer, daß Logan überhaupt nicht gelogen hatte!

»Bestimmt ist er verlegt worden. Es tut mir nur leid,

daß du dir Sorgen gemacht hast. So, du kannst dich wieder umdrehen.«

Mit starrem Gesicht sah Kit ihren Bruder an. »Deine Geschichte gefällt mir nicht, Oliver. Sag mir die Wahrheit!«

Wie ein Unschuldsengel blickte er sie an. »Aber das ist die Wahrheit, meine liebe Schwester! Ich weiß, daß du mißtrauisch bist, aber...«

»Mehr als nur mißtrauisch.« Damit ging sie zum Schrank hinüber und hob das Hemd hoch, dessen Ärmel völlig mit Blut beschmiert war. »Und wie erklärst du das?«

»Ich habe dir doch gesagt, daß der Kerl mich verletzt hat!«

»Am Brustkorb, wie der Verband da deutlich genug zeigt. Aber dieses Blut ist frisch, Oliver, und verschmiert. Da du keine anderen Verletzungen hast, nehme ich an, daß dir jemand in deinen Säbel gelaufen ist!«

»Ich habe...«

»Wer ist der Tote, den sie aus der Bucht gefischt haben?«

»Woher soll ich denn das wissen?«

»Oliver!« entgegnete Kit hartnäckig und eindringlich. »Ich weiß es.«

»Was weißt du?« Mißtrauisch zogen sich seine Brauen zusammen.

»Alles. Der Schuß aus der Bugkanone hätte mich beinahe umgebracht!«

»Wie bitte?«

Einige Augenblicke lang sah Oliver noch ganz unschuldig drein, doch dann erstarrte sein Gesicht zu einer harten Maske. »Weshalb hast du diesen Kerl nach Tar Island begleitet?«

»Größtenteils gegen meinen Willen, aber das ist jetzt völlig gleichgültig.«

Seufzend nahm Oliver ihr das Hemd aus der Hand und warf es wieder auf den Haufen. »Ich nehme an, daß du sowieso früher oder später alles herausgefunden hättest, und wenn ich es mir genau überlege, so ist es mir sogar lieber, daß ich in Zukunft wenigstens zu Hause kein Theater mehr spielen muß!«

Kit schnappte nach Luft und hoffte zutiefst, daß nichts von allem wahr wäre. Wollte dieser Alptraum denn kein Ende nehmen?

»Eigentlich habe ich es doch ganz klug angestellt, oder nicht? Dieser Pettijohn ist übrigens mindestens so durchtrieben wie ich, aber das weißt du vermutlich selbst. Er wußte zuviel und war dumm genug, mich damit zu konfrontieren. Ich versuchte, ihn zu töten, doch er ist auf mich los, bevor ich richtig zielen konnte. Er hat mich verletzt und dann bewußtlos geschlagen. Weshalb mich dieser dämliche Kerl nicht umgebracht hat, werde ich nie begreifen!«

Kit wußte es dafür um so besser, und all die Verwünschungen und Beschuldigungen, die sie Logan ins Gesicht geschleudert hatte, dröhnten ihr in den Ohren.

»Als ich zu mir kam, war er fort. Da beschloß ich, es ihm heimzuzahlen und mich gleichzeitig zu schützen.«

»Du hast also deinen eigenen Mord inszeniert?« stellte Kit fest. »Und der arme George Marshall?«

»Nun, er war doch nur ein Nichts. Kein Grund, um traurig zu sein. Ich wußte, daß man nicht mehr viel von ihm erkennen würde. Bestimmt erinnerst du dich auch noch an den Vorfall am Strand, als wir noch Kinder waren.«

»Ja, ich erinnere mich.«

»Anschließend habe ich mich von Nick zur *Elizabeth* bringen lassen. Übrigens arbeitet er schon seit einer ganzen Weile für mich, indem er die gestohlenen Sachen an den Mann bringt. Er hat außerdem das sichere Versteck ausgekundschaftet, wo ich immer die *Elizabeth* mit meiner grauen Schönheit vertauscht habe. Die dicke *Elizabeth* ist für meine Zwecke viel zu unbeholfen.«

»Für die Beutezüge eines Piraten meinst du wohl. Ich hätte mir denken können, daß auch Nick seine Finger im Spiel hatte!«

Oliver lachte leise. »Mach dir keine Gedanken, kleine Schwester! Ich werde schon bald wieder ein Schiff auftreiben, mit dem ich mein Leben fortsetzen kann. Wir werden reicher sein, als wir uns vorstellen können.«

»Und wie willst du dein Verschwinden und die Leiche erklären?« fragte sie wie benommen.

»Das war ganz einfach ein Fall von Verwechslung. Und über meine Fahrten habe ich noch nie genau Buch geführt! Hast du noch nicht begriffen, mein Kleines, daß die Leute einem fast alles glauben, wenn man nur über genug Geld und Einfluß verfügt?«

»Und Logan Steele?«

»Du denkst wirklich an alles!« Oliver lachte, aber seine Miene blieb kalt. »Den werden wir nicht wiedersehen. Ich habe nämlich dafür gesorgt, daß dem Gouverneur von vertrauenswürdigen Leuten Beweise für die Piratentätigkeit dieses Mannes übergeben werden. Er wird sich in Barbados nicht mehr blicken lassen, und wenn ich ihn das nächste Mal auf See treffe, werde ich ihn den Fischen zum Fraß vorwerfen! Komm jetzt! Ich sterbe vor Hunger, und du siehst auch ganz erschöpft aus. Mrs. Simpson wird uns sicher etwas zubereiten, und beim Essen kannst du mir dann berichten, wie du auf dieses Schiff gekommen bist.«

Sekundenlang stand Kit wie erstarrt und versuchte, das, was Oliver ihr soeben eiskalt berichtet hatte, in ihr Bewußtsein zu sortieren. Mit diesen Sätzen war auch die letzte Fassade gefallen, und ihr bisheriges, sicheres Leben hatte sich in Nichts aufgelöst.

»Irgendwie bin ich über diese Entwicklung froh«, fuhr Oliver ungerührt fort. »Jetzt können wir endlich wirkliche Partner werden! Ich interessiere mich zunehmend mehr für die Plantage und habe auch bereits eine Idee...«

Als er zur Tür gehen wollte, hielt Kit ihn auf, und Oliver sah sie so verwundert an, als ob sie sich nur über das Wetter unterhalten hätten. »Das soll doch wohl nicht heißen, daß – du dieses Leben fortsetzen willst?«

»Aber natürlich will ich das!« Indigniert sah er sie an. »Und weshalb auch nicht?«

Kit schloß die Augen, als ob sie damit die Uhr zurückdrehen könnte. Sie mußte ihn unbedingt davon abbringen, wenn es nicht ohnehin schon zu spät war. Offenbar verdächtigten der Gouverneur und Modyford ihn bereits, denn weshalb hätten sie sonst alles durchsucht? »Ich werde das nicht zulassen, Oliver. Ich habe gesehen, was du auf der *Carrie Ann* angerichtet hast! Es ist – einfach unmenschlich! Ich kann und werde es nicht zulassen!«

»Sei doch nicht dumm, Kleines! Du bist doch keines dieser zartbesaiteten Weibchen, sondern eine St. John!«

Sie klammerte sich an seinen Arm, als ob sie ihn gewaltsam zurückhalten wollte. »Ich werde es nicht zulassen, Oliver! Wir können von den Erträgen der Schiffahrtsgesellschaft und der Plantage wunderbar leben. Von mir aus kannst du dich auch gern mehr hier in Greenhaven engagieren. Du kannst machen, was du willst, aber dieses Leben muß ein Ende haben. Der Schakal muß endgültig sterben, damit Oliver St. John leben kann!«

Seine Augen wurden ganz schmal, und das eiskalte Glitzern, das sich plötzlich in ihnen zeigte, überzeugte Kit endgültig, daß dies absolut kein Spaß mehr war.

»Und was wirst du tun, wenn ich nicht auf dich höre?«

»Oliver!« bat sie. »Bitte treibe mich nicht zum Äußersten!«

»Tu du das lieber nicht!« Eine maskenhafte Starre hatte sich über sein Gesicht gebreitet. »Schwestern sind durchaus entbehrlich, auch wenn ich den Verlust bedauern würde. Wichtig ist allein das Überleben! Hast du mich verstanden?«

Kit verstand ihn nur zu gut, doch vor sich selbst wollte sie es nicht zugeben. »Nein, ich verstehe überhaupt nichts mehr! Was ist nur mit dir los? Wo ist der Oliver geblieben, den ich liebe? Wo ist der kleine Junge...«

»Sei nicht dumm, Kit! Was muß ich denn noch sagen, bis du endlich Vernunft annimmst?«

Doch Kit war nur noch entsetzt. Sie hatte begriffen, daß Oliver sie umbringen würde, wenn sie seinen Plänen im Weg war. Er war verrückt! Ebenso skrupellos hatte er auch George Marshall getötet. Weshalb hatte sie das nur nicht gleich erkannt? »Keine Sorge, du hast genug gesagt«, erwiderte sie niedergeschlagen. »Ich habe begriffen.«

Während die nach dem Krug auf dem Waschtisch griff, erinnerte sie sich an die Szene auf der *Ice Maiden.* Dort hatte sie dasselbe Wurfgeschoß benutzt, als Logan versucht hatte, ihr die Wahrheit zu sagen. Diesmal verfehlte der Krug zwar sein Ziel, doch Oliver war so überrascht, daß Kit blitzartig an ihm vorbeilaufen konnte.

Während sie über die Treppe nach unten floh, dachte sie sekundenlang an die Pistole in ihrem Arbeitszimmer, doch dazu blieb keine Zeit mehr. Ebenso sinnlos war es, die Dienstboten zu rufen, denn die hätte er besinnungslos getötet. Sekundenlang war sie unentschlossen, wußte nicht, wohin sie sich wenden konnte.

Oliver war ihr auf den Fersen...

Nein, niemals mehr wollte sie ihn Oliver nennen! Dieser Mensch war der Schakal, ein Verrückter, ein Irrer, ein Mörder... Logan hatte die Wahrheit gesagt, und sie mußte jetzt für ihre Dickköpfigkeit bezahlen! Als ein Blitzschlag die Halle in ein gespenstisches Licht tauchte, sah sie sekundenlang ihren Verfolger, und noch während ihr der Donner in den Ohren dröhnte, stemmte sie in panischer Angst die Eingangstür auf und floh über die Verandastufen hinaus in den Sturm.

22. Kapitel

Kit stemmte sich zwar mit aller Macht gegen den Sturm, doch er machte mit ihr, was er wollte. Er trieb sie in jede Richtung, durchnäßte sie von Kopf bis Fuß, drückte sie auf den Boden, zerrte an ihr wie ein Verrückter und als sie schreien wollte, peitschte er ihr das strähnige Haar über Gesicht und Augen. Das Haus und alles Vertraute waren verschwunden, und die ganze Welt bestand nur noch aus einer wirbelnden Masse aus Wind und Wasser.

Erst als eine Stimme kreischend ihren Namen schrie, wußte Kit wieder, weshalb sie sich in diese Gefahr gestürzt hatte. Wenn Oliver ihr auch noch nach draußen folgte, gab es keinen Zweifel mehr. Dann war er zu allem entschlossen! Mit neuer Kraft lehnte sie sich gegen die Gewalt des Sturms, zog die Schultern hoch und arbeitete sich mühsam Schritt für Schritt vorwärts. Immer wieder stürzte sie zu Boden und kam nur mit Mühe wieder hoch, die klatschnassen Röcke klebten ihr förmlich an den Beinen, die Hautabschürfungen, die sie sich bei den Stürzen zugezogen hatte, brannten wie Feuer, und in den Händen hatte sie längst kein Gefühl mehr.

Kurz bevor sie völlig erschöpft war, preßte der Wind sie jedoch gegen eine rauhe Mauer. Dankbar breitete Kit Arme und Beine aus und war froh, daß etwas so Sicheres und Festes existierte, an das sie sich halten konnte. Vorsichtig und verbissen arbeitete sie sich Stück für Stück an der Mauer entlang, bis ihre Rippen schließlich unsanft gegen einen Riegel stießen. Da erst begriff sie, daß sie am Stall gelandet war und freute sich auf die vertraute Wärme. Sie hatte den Riegel noch kaum bewegt, als ihr der Sturm bereits die Tür aus der Hand riß und sie so krachend gegen die Mauer schlug, daß man es trotz des heulenden Windes überall hören konnte. Mit Mühe kroch Kit das letzte Stück auf allen Vieren.

»Um Himmels...! Miß Kit!«

Adam zog sie hoch und strich ihr das Haar, das ihr in wilden Strähnen förmlich am Kopf klebte, aus dem Gesicht. Kit wollte ihn warnen, doch sie rang nur nach Luft und brachte kein Wort heraus. Im selben Augenblick taumelte auch schon Oliver durch die Türöffnung herein.

»Nein!« schrie Kit laut, als er sie am Arm packen wollte. Sie ließ Adam los und machte sich voller Verzweiflung auf die Suche nach etwas, das sie als Waffe benutzen konnte.

»Mein liebe Schwester!« rief Oliver mit hämischem Vergnügen. »Wie leichtsinnig von dir, bei solchem Wetter einfach hinauszurennen!«

Verwirrt blickte Adam von einem zum anderen. Doch Oliver erklärte nichts, sondern versuchte, ihn mit einer herrischen Handbewegung zu verscheuchen. »Gehen Sie wieder in Ihr Zimmer, Mann! Ich werde meine Schwester selbst ins Haus zurückbringen.«

»Aber das ist augenblicklich unmöglich, Sir!« widersprach Adam und blickte immer noch von einem zum anderen. »Sie müssen abwarten, bis sich der Sturm ein wenig gelegt hat.«

»Tun Sie gefälligst, was ich sage!«

»Nein!« Kit drängte Adam zur Türöffnung hinüber. »Holen Sie lieber Hilfe, Adam! Ich werde Ihnen später alles erklären...«

»Meine Schwester ist nicht ganz bei sich!« unterbrach sie Oliver mit tödlich ruhiger Stimme. »Sie muß verrückt geworden sein.«

Adam runzelte die Stirn und wußte allmählich gar nicht mehr, was er noch denken sollte.

»Tun Sie endlich, was ich Ihnen gesagt habe!« In drohender Haltung kam Oliver näher.

»Gehen Sie, Adam!«

Kit packte ein schmales Eisen, mit dem normalerweise die Pferdehufe gereinigt wurden. Oliver amüsierte sich anfangs köstlich über die lächerliche Waffe, doch das Lachen blieb ihm im Hals stecken, als seine Schwester das Eisen mit aller Wucht auf ihn schleuderte.

»Autsch! Verdammt!« Er hatte dem Ding gerade noch ausweichen können, aber als er über seine schmerzende Backe strich, waren seine Finger voller Blut. Offenbar hatte sie ihn verletzt. »Du Hexe!« Und plötzlich sprühte sein Blick vor tödlicher Entschlossenheit.

In diesem Augenblick begriff Adam die Situation und stürzte davon. Oliver versuchte noch, ihn aufzuhalten, doch es war zu spät. In Sekunden hatte die graue Wasserwand den Stallmeister verschluckt.

Sofort wandte sich Oliver wieder seiner Schwester zu. »Du hast mir die Augen geöffnet, Kleines«, und dabei war seine Stimme sanft wie der Samt des Etuis, das den messerscharfen Dolch umschloß. »Ich hatte gehofft, du würdest meine Ansicht teilen und dich über den Reichtum, die Freiheit und all die schönen Dinge freuen, die ich dir zu Füßen legen könnte. Mein Traum wäre gewesen, daß du Nick Basey oder einen anderen heiraten und als Partner in unser Geschäft bringen würdest.«

Langsam zog sich Kit immer weiter in den Gang zwischen den Boxen zurück und überlegte fieberhaft, wie sie sich befreien könnte. Schweren Herzens hatte sie erkennen müssen, daß Oliver die Situation genoß. In seinen Augen lag ein Schimmer freudiger Erregung, der sie das Schlimmste befürchten ließ. Er würde sie nicht nur töten, sondern die Tat auch noch genießen!

»Du warst immer die tugendhafte, eisige Jungfrau, nicht wahr? Immer dickköpfig und niemals leichtsinnig.«

In diesem Augenblick ertastete Kits Hand eine Harke, die an der Wand lehnte. Rasch packte sie sie und hielt sie wie einen Spieß vor sich, worauf Oliver in hemmungsloses Gelächter ausbrach.

»Ich würde nicht so laut lachen, mein Freund.«

Noch in der Drehung riß Oliver seinen Säbel aus der Scheide. Triefend vor Nässe, stand Logan unter dem Tor, und Adam spähte an ihm vorbei.

»Logan!« Kit stieß einen Seufzer der Erleichterung aus. »Wie...«

Logan ließ seinen Gegner keine Sekunde aus den Augen. »Hast du etwa gedacht, ich würde dich allein in den Käfig dieses Ungeheuers gehen lassen, mein Schatz? Ich bin dir gefolgt, aber in diesem Sturm hätte ich dich verloren, wenn Adam nicht gewesen wäre!«

»Wie überaus edelmütig!« spottete Oliver bissig. »Sie hatten wohl die Absicht, Ihr Dämchen zu retten? Statt dessen haben Sie mir die Suche nach Ihnen erspart! Die Sache beginnt, mir zu gefallen.«

Als Antwort zog Logan seine Waffe. »Dann wollen wir den Augenblick auch genießen, denn es wird der letzte Genuß Ihres Lebens sein!« Dabei blickten seine Augen so eiskalt, daß Kit unwillkürlich erschauerte.

Dicht an der Wand entlang, schlüpfte Adam zu Kit hinüber und blickte sie fragend an. »Suchen Sie sich eine Waffe!« flüsterte sie ihm zu. »Ganz gleich was! Ein Messer, einen Säbel oder eine Axt... Schnell! Alles weitere erkläre ich später!«

Die Angst in ihrer Stimme beflügelte Adam, und er kehrte schon wenige Augenblicke später mit einem uralten verrosteten Rapier zurück, mit dem sein Vater früher gegen die Holländer gekämpft hatte.

»Können Sie damit umgehen?« fragte Kit zweifelnd.

Adam schüttelte den Kopf und zuckte nur bedauernd die Achseln. Er war schließlich Stallmeister und kein Soldat!

»Dann geben Sie her!« Kit nahm ihm das unhandliche

Ding ab und hoffte zu Gott, daß sie es nicht benutzen müßte.

Oliver und Logan umkreisten einander inzwischen wie zwei Wölfe, die um dieselbe Beute streiten. Mit gelegentlichen Vorstößen und kleinen Ausfällen testeten sie die Schnelligkeit und die Fähigkeiten ihres Gegners. Ganz offensichtlich war beiden klar, daß nur einer diesen Kampf überleben würde und keiner hatte es mit dem Sterben besonders eilig.

Wie auf ein geheimes Signal hin, war es dann plötzlich soweit. Mit angehaltenem Atem und rasendem Puls beobachtete Kit, wie Stahl auf Stahl traf, wie die Klingen aneinander abglitten und die Stöße pariert wurden. Anfangs umtanzten die beiden Kämpfer einander noch leichtfüßig, doch je länger die Auseinandersetzung dauerte, desto heftiger und verbissener wurden die Waffen geführt. Irgendwann war Logan einmal nicht schnell genug, und schon erschien eine blutrote Linie auf seiner Brust. Oliver grinste nur, doch Kit stöhnte und umklammerte ihre Waffe fester.

Windwalker wieherte aufgeregt, als Logan heftig gegen ihre Stalltür stolperte. Blitzschnell war Oliver zur Stelle und stieß so heftig zu, daß die Klinge tief in das Holz der Tür eindrang, wo sich noch vor Sekunden Logans Herz befunden hatte. Logan war jedoch beiseite gesprungen und grinste so teuflisch wie damals auf der Lichtung in Jamaica, als er Esteban del Vargas ins Jenseits befördert hatte.

Oliver fand keine Zeit mehr, seine Waffe wieder aus dem Holz zu ziehen, denn schon drang Logan machtvoll auf ihn ein. Blitzartig griff er statt dessen nach der Harke, die Kit noch vor wenigen Minuten in der Hand gehabt hatte, und schlug damit blindlings um sich. Durch Zufall traf er dabei Logans Handgelenk so unglücklich, daß diesem die Waffe aus der Hand geschlagen wurde.

»Das ist das Ende, mein Freund!« verkündete Oliver, während er seine ungewöhnliche Waffe schwang und drohend immer näher kam.

Hastig warf Kit das alte Rapier zur Seite und zerrte Olivers Säbel aus der Tür. Gleichzeitig machte sie Adam Zeichen, Logans Waffe aufzuheben. Die Pferde in den Stallungen waren mehr als irritiert und äugten mißtrauisch über die Türen. Olivers wilder Teufel dagegen machte seinem Namen alle Ehre und trat in heller Aufregung immer wieder dröhnend gegen die Bretter seiner Box.

Währenddessen trieb Oliver Logan mit wilden Schwüngen seiner Waffe immer weiter gegen die hintere Wand, von wo es keinen Ausweg mehr gab. Mutig folgte Kit den Kämpfenden und suchte verzweifelt nach einer Lücke, doch Oliver behielt seine Schwester im Auge und wirbelte seine Harke so geschickt, daß er sich keine Blöße gab.

Irgendwann tippte Adam Kit auf die Schulter und machte ihr Zeichen. Er wollte Oliver ablenken, so daß sie Logan Olivers Säbel zuwerfen konnte. Kit hatte jedoch Bedenken und wollte das Werfen lieber dem Stallmeister überlassen, da dieser ein ganzes Stück kräftiger war als sie. Ein kurzes Nicken von Adam war für sie das Zeichen zum Angriff. Ohne lange zu überlegen, stürzte sie sich mit gezückter Waffe auf Oliver, und erst als sie zurückspringen mußte, um der Harke auszuweichen, begriff sie, daß es so nicht ging. Blitzartig erinnerte sie sich an Tom Trelawnys oberstes Gesetz.

»Oliver!« rief sie laut.

Für den Bruchteil einer Sekunde riskierte Oliver einen Blick. Rasch schleuderte Kit ihren Säbel wie einen Speer, doch leider berührte er Oliver nur unerheblich an der Schulter, bevor er scheppernd zu Boden fiel. Trotzdem hatte Adam diese winzige Ablenkung genügt. Geschickt hatte Logan den Säbel aufgefangen und brachte nun seinerseits seinen Gegner in harte Bedrängnis. In Panik stolperte Oliver nach rückwärts und knallte dabei heftig gegen die Tür zur Box seines Hengstes. Die Wucht des Aufpralls sprengte die Tür auf, so daß Oliver rückwärts in den Stall taumelte und unter die Hufe des erregten Tiers geriet. Ein schrilles Wiehern, dann ein lauter Schmerzensschrei, und nur Sekunden später war alles vorbei.

»O Gott!«

Kit rannte zur Box, doch Logan fing sie gerade noch ab und drückte ihr Gesicht gegen seine Brust, um ihr den schrecklichen Anblick zu ersparen. Aufschluchzend vergrub Kit ihren Kopf immer tiefer in Logans Umarmung und versuchte, die entsetzlichen Geräusche, die aus dem Stall drangen, zu überhören. Erst lange, nachdem es ganz still geworden war, wagte sie aufzusehen.

»Ist er tot?« Ihre Stimme zitterte jämmerlich.

»Ja, er ist tot«, bestätigte Logan. »Vergib mir, mein Schatz, daß ich jemals an deinen kämpferischen Fähigkeiten gezweifelt habe!«

Irgendwann war alles vorüber. Gouverneur Searle und seine Miliz waren abgezogen, und auch Sir Thomas war zusammen mit Logan nach Bridgetown zurückgefahren. Und Kit war endlich allein. Allein mit der plötzlichen Stille, allein mit ihrer Traurigkeit und allein mit den quälenden Erinnerungen.

Diesmal war Oliver wirklich tot und ruhte in der Familiengruft, wo man ihn ohne große Zeremonie beigesetzt hatte. Kits Träume von einem liebenswerten großen Bruder waren mit ihm gestorben. Niemals mehr würde sie an den kleinen Jungen denken können, den sie so sehr geliebt hatte, ohne auch gleichzeitig an die Verbrechen des erwachsenen Mannes erinnert zu werden.

Im Wohnraum herrschte eine düstere, fast unwirkliche Atmosphäre, denn die dichten Vorhänge waren sorgfältig zugezogen, so daß kein einziger Sonnenstrahl eindringen konnte. Seit einer ganzen Woche saß Kit nun schon Tag für Tag in Trauerkleidung in dieser Gruft und versuchte, um ihren Bruder zu trauern, doch in Wirklichkeit trauerte sie nur um ihr eigenes Leben. Auch die dienstbaren Geister waren durch die Ereignisse zutiefst erschüttert und schlichen nur auf Zehenspitzen durch das Haus.

Die einzige Person, die Kit gern in ihrer Nähe gehabt hätte, war nicht da. Weshalb hätte Logan auch kommen sollen, wo er ihr doch nichts schuldete? Weshalb sehnte sie sich überhaupt noch nach ihm? Während der entsetzlichen Stunden, die sie noch im Stall hatten ausharren müssen, hatte er ihr alles gesagt, was sie wissen wollte. Betäubt vor Entsetzen, hatte sie versucht, nicht an den rauhen Sack zu denken, unter dem die Überreste ihres Bruders lagen, aber trotzdem hatte sie Logans Worte klar und deutlich vernommen.

Demnach war die jämmerliche Vogelscheuche, die Oliver bei der Auktion gekauft hatte, der jüngere Bruder des Earl of Wallingham und gleichzeitig das schwarze Schaf einer aristokratischen Familie. Um seinen rebellischen und etwas unkonventionellen Bruder loszuwerden, hatte ihn der Earl überredet, in die Marine einzutreten, wo er seine Energie und seine Kräfte nutzbringend einsetzen könnte. Zur Überraschung aller hatte sich der junge Mann in kürzester Zeit zu einem geachteten Offizier entwickelt, bis er an einen brutalen Kommandeur geraten war und gemeutert hatte. Dieses Verbrechen war so schwerwiegend gewesen, daß weder der Einfluß der Familie noch die offensichtliche Unfähigkeit des Kommandeurs das Todesurteil hatten abwenden können.

Es war jedoch niemals vollstreckt worden, denn zu diesem Zeitpunkt hatte Sir Thomas Modyford einen starken, mutigen Offizier gesucht, der sich auch vor Gesetzesübertretungen nicht fürchtete. Mit Genehmigung des Parlaments hatte er mit dem Verurteilten einen Pakt geschlossen ... Leben und Freiheit gegen das Leben des Schakals. Logan sollte als Sklave nach Barbados gebracht werden, und, wie andere vor ihm, davonlaufen und das Leben eines gesetzlosen Piraten führen. Modyford wollte lediglich ein Schiff bereitstellen und Logan in aller Heimlichkeit unterstützen, aber die Identifizierung des Gesuchten war allein Logans Sache ... Sollte er den Schakal nicht tot oder lebendig fassen, drohte ihm eine erneute Verurteilung wegen Piraterie.

Logan hatte also nicht nur seine Pflicht erfüllt, sondern gleichzeitig auch noch als Modyfords Auge und Ohr während des Feldzugs von Venables und Penn fungiert. Modyford war zwar mit den Sklaventransporten nicht einverstanden gewesen, doch da Logan seinen Teil der Abmachung erfüllt hatte, war im Grunde nichts dagegen einzuwenden gewesen. Modyford hatte einen Wolf ausgeschickt und durfte sich nicht wundern, wenn der unterwegs auch noch einige Schafe riß.

Sir Thomas hatte Kit viele Einzelheiten dieser Geschichte bestätigt, und dabei hatte sie begriffen, daß sie im Grunde mit der ganzen Sache nichts zu tun gehabt hatte, sondern höchstens ein kleiner Zeitvertreib für den Wolf gewesen war. Ihr war nichts geblieben außer einem ruinierten Namen und der Aussicht, Olivers Anteil am Familienvermögen an den Staat zu verlieren. Oonas Prophezeiung hatte sich bewahrheitet. Logan Steele war in ihr Leben eingedrungen und hatte alles zerstört.

In diesem Moment räusperte sich Raleigh vernehmlich.

»Was gibt es, Raleigh?«

»Ein Besucher ist gekommen. Mr. – Steele.«

Logan. Seltsam, daß er frei herumlaufen und seinen Namen ohne Scham aussprechen durfte, während der stolzen Kit St. John das nicht mehr möglich war. »Bitten Sie ihn herein!« sagte Kit ganz ruhig, doch in ihr tobte ein wilder Aufruhr.

Mit energischen Schritten ging Logan geradewegs zum Fenster. Nachdem er die Vorhänge zurückgezogen und die Läden aufgestoßen hatte, blickte er stirnrunzelnd zu Kit hinüber. »Du trauerst doch nicht etwa um diesen Menschen, oder?«

Kit blinzelte in die plötzliche Helligkeit. »Ich trauere um den Bruder, den ich gern gehabt hätte«, entgegnete sie kühl.

Logans Vitalität erschreckte sie, und sie war den Tränen nahe, weil sie diesen unmöglichen Menschen immer noch liebte. Stark hatte sie sich gefühlt, und war doch so schwach geworden. Weshalb kam er denn nicht endlich zum Schluß und ließ sie in Ruhe? Wie sehr hatte es sie danach verlangt, ihn zu sehen! Tag für Tag hatte sie am Fenster Ausschau nach ihm gehalten, doch jetzt hämmerte nur noch das Wissen in ihrem Kopf, daß er sie benutzt hatte, sie nie geliebt und im Grunde nur zum Narren gehalten hatte. Am Ende hatte er ihr das Leben gerettet, doch ohne ihn war es nicht lebenswert!

»Es tut mir leid«, sagte Logan völlig unerwartet. »Ich weiß, daß du den Mann geliebt hast, der er sein wollte.«

Schweigend sah Kit zu, wie Logan mit Riesenschritten auf und ab lief. Kein Wunder, daß er so widerspruchsvoll und rebellisch ist, dachte sie. Natürlich war die Londoner Gesellschaft für einen Mann wie ihn viel zu eng. Niemals würde sich dieser Mann bloßen Konventionen beugen.

»Und es tut mir leid, daß ich dich so lang alleinlassen mußte«, fuhr er fort. »Modyford hat mich während der letzten Tage hübsch in Atem gehalten, doch jetzt ist alles erledigt. Wir sind fertig miteinander und...«

»Und was ist mit deiner Mannschaft?«

Logan lachte leise. »Die meisten haben ihr altes Leben wieder aufgenommen, doch einige haben das Angebot der Straffreiheit akzeptiert. Doc zum Beispiel wird nach England zurückkehren, und Gabriel und Judd ebenfalls.

Carmody will in Zukunft Irland unsicher machen, und Tom hat durch Sir Thomas einen Posten auf einem britischen Marineschiff erhalten.«

»Und wird ohne Zweifel seinem großen Vorbild nacheifern!«

Logan überhörte die kleine Spitze. »Und Peter will sich im Handelsgeschäft mit Jamaica engagieren.«

War er gekommen, um ihr das zu erzählen? Weshalb ließ er sie denn nicht in Frieden, damit die Vergangenheit endlich zur Ruhe kommen konnte. Er schuldete ihr keine Höflichkeiten!

Mitten im Schritt hielt Logan unvermittelt inne. »Sieh mich doch nicht so traurig an, Katarina!«

Kit war schrecklich verlegen, weil sie das gar nicht bemerkt hatte, und senkte errötend den Kopf.

»Es tut mir leid, daß alles so gekommen ist, mein Schatz! Ich hatte gehofft, dir alles ersparen zu können, und versucht, mit Oliver damals im Arbeitszimmer zu einer Vereinbarung zu kommen. Aber er hat es abgelehnt.«

»Du hast nur deine Pflicht getan«, entgegnete sie steif.

»Ja, das mag schon sein, aber es tut mir trotzdem leid, daß ich dir Kummer gemacht habe.«

»Sehr schön war das nicht.« Sie hob den Kopf und sah ihn an. Sollte er doch sehen, wie sehr er sie verletzt hatte!

Rasch kniete Logan neben ihrem Stuhl nieder und nahm ihre Hände in die seinen, obwohl sie heftig zurückzuckte. »Ich habe dich niemals angelogen, Katarina.«

»Nein?« So plötzlich, wie eine Kerze aufflammt, war die alte Wut wieder da.

»Nein, es war wirklich Zufall, daß ich ausgerechnet nach Greenhaven gekommen bin, wo ich dich getroffen...« – das altbekannte Grinsen huschte über sein Gesicht und brachte Kit fast um den Verstand – »und mich augenblicklich in dich verliebt habe! Erst als Tom dich für den Schakal hielt, keimte mein erster Verdacht, daß Oliver der Gesuchte sein könnte. Du mußt mir glauben, daß ich dich niemals benutzt habe! Alles, was zwischen uns gewesen ist, Katarina, ging nur uns beide etwas an!«

Kit schnaubte ungläubig. »Bist du hergekommen, um zu rechtfertigen, was du mir angetan hast?«

Logan erhob sich und zog Kit mit sich, ohne ihre Hände loszulassen. »Ich muß nichts rechtfertigen, denn ich habe alles nur aus Leidenschaft getan.«

Konnte das wahr sein? Nein! Nein, sie wollte sich nicht noch einmal zum Narren halten lassen! Nie wieder wollte sie schwach werden!

»Ich bin gekommen, um meine Wette einzulösen.«

»Welche Wette?«

»Ich bekomme noch einen Kuß von dir, wie du dich bestimmt erinnerst. So lautete unsere Abmachung.«

»Sei nicht albern!«

Logan zog eine Augenbraue hoch. »Man hat mich als Mörder, als Ungeheuer und alles mögliche bezeichnet, aber noch nie als albern!«

»Du machst dich über mich lustig!«

»Niemals.« Sein Lächeln drang ihr unter die Haut, und sie fühlte, wie es an ihrer Verteidigung nagte. »Du bist ganz schön eitel, Logan Steele! Kannst du mir verraten, was dir dieser verdammte Kuß bringen soll?«

»Ich habe dir schon einmal gesagt, daß du vermutlich überrascht sein wirst, was alles geschehen wird.«

Beharrlich zog er sie immer weiter in seine Arme, legte ihre Hände auf seine Schultern und dann fand sein Mund ihre Lippen. Anfangs war es ein sehr zarter, liebevoller Kuß, doch rasch wurde er leidenschaftlicher, fordernder, und schließlich wußte Kit, daß sie verloren war. Und der Panzer aus Eis, den sie sich so mühsam aufgebaut hatte, schmolz dahin.

»Du bist mein Leben!« flüsterte er. »Und ich liebe dich! Wie hast du nur jemals daran zweifeln können!«

Wieder suchten seine Lippen die ihren voller Zärtlichkeit. Ohne sich von ihr zu lösen, nahm er sie auf die Arme, ließ sich zusammen mit ihr aufs Sofa sinken und bettete ihren Kopf in seinen Arm.

»Das waren schon zwei Küsse!« protestierte Kit, während sie Logan von sich schob und nach Luft schnappte.

»Das kann schon sein«, entgegnete er in spöttischem Ton. »Ich betrüge eben gar zu gern!« Zart fuhr er mit dem Finger über ihre Wange. »Was ist das? Sind das etwa Tränen?«

Es war jedoch nur der Anfang. Aufschluchzend barg Kit ihr Gesicht an Logans Brust und weinte sich ausführlich allen Schmerz von der Seele, während Logan ihr leise tröstende Worte ins Ohr flüsterte.

»Was haben wir einander nur angetan«, jammerte sie, als es ihr wieder ein wenig besser ging.

»Pst, mein Liebes! Es ist nichts geschehen, das wir nicht wieder gutmachen könnten.«

»Ich habe dein Hemd völlig durchnäßt!« schnüffelte sie, doch er lachte nur. »Außerdem...« sie strich sich die Haare aus dem Gesicht, »sehe ich schrecklich aus.«

Logan lächelte zärtlich auf sie hinunter. »Du hast nie süßer ausgesehen!«

Lügner, dachte sie, aber sie liebte diese Lügen, und sie liebte ihn. »Und was machen wir jetzt?« fragte sie leise.

Als er sie plötzlich losließ und aufstand und ihr auch noch seinen breiten Rücken zukehrte, während er zum Fenster hinüberging, fühlte sie sich entsetzlich verunsichert.

»Man hat mir Land in Jamaica angeboten, aber ich glaube nicht, daß mir das Leben eines Plantagenbesitzers behagt. Ich will mein Geld nicht mit Sklavenarbeit verdienen, nachdem ich dieses Leben aus eigener Erfahrung kenne.«

Kit hätte viel darum gegeben, sein Gesicht sehen zu können.

»Statt dessen habe ich in einem der Neuenglandstaaten, und zwar in Rhode Island, ein großes Stück Land gekauft. Es gibt dort reichlich Holz, fruchtbaren Boden und außerdem Flüsse voller Fische.«

»Neuengland! Dann gehst du also fort!« Das Licht in ihren Augen erlosch in derselben Sekunde.

Da drehte Logan sich um und blickte Kit fragend an. »Ich brauche eine Frau an meiner Seite, die mutig und stark genug ist, um mir beim Aufbau eines neuen Lebens zu helfen. Dort zählt nur der Mensch mit seiner Kraft und seinem Verstand, und Besitz, Vergangenheit und ähnliche Äußerlichkeiten sind unwichtig.«

Kit hielt den Atem an. »Soll das heißen, daß du mich – heiraten willst?«

»Hast du etwa gedacht, daß ich dich hier zurücklasse?«

Mit einem Aufschrei warf sich Kit in seine Arme, und Logan küßte sie ganz sanft auf ihr Haar. Dann wanderten seine Lippen über ihre Brauen und ihre Nase bis zu ihrem Mund.

»Ich werde Greenhaven verkaufen«, keuchte Kit, nachdem sie wieder ein wenig zu Atem gekommen war. »Wir werden eine Menge Geld für dein neues Leben brauchen.«

»Für unser neues Leben«, verbesserte Logan. »Aber deshalb mußt du nichts verkaufen, mein Liebes! Mein Bruder hat zwar den Titel geerbt, aber keineswegs das gesamte Vermögen.« Auf einmal blitzten seine Augen spitzbübisch. »Außerdem haben wir ja noch die Beute!«

»Mavis und Lionel werden Greenhaven sicher gern verwalten und für unsere Kinder aufbewahren. Ich möchte alles so schnell wie möglich hinter mir lassen und ganz neu anfangen.«

»Aber du liebst doch dieses Fleckchen Erde!«

»Ich liebe dich, Logan Steele, und du bist alles, was ich brauche!«

»Mich wirst du niemals verlieren!« Dabei streichelte er ihr Gesicht, uns sie schmiegte sich, vor Glück seufzend, in seine Arme.